백두산함

최순조 지음

리오북스

조국이 나를 위해 무엇을 할 수 있는지 묻지 말고,

내가 조국을 위해 무엇을 할 수 있을지 스스로 물어보라.

John F. Kennedy

1.

8월 15일, 봉천의 하늘은 맑고 날씨는 덥고 건조했다. 손원일은 봉천역 근처의 여관 간판이 즐비한 길거리에 자리 잡은 한 삼층집 여관에 투숙한 지 이틀이 지난 후에야 겨우 몸을 움직거렸다. 아무래도 상해에서 봉천으로 출장을 오면서 몰려든 여독과 일본 경찰에 잡혀가 죽을 만큼 심한 고문을 받았던 후유증이 도진 탓이었다.

"지점장님, 들으셨습니까?"

약을 사러 갔던 김동준이 들어서며 다급한 목소리로 소리쳤다. 손원일은 무엇이냐고 묻지도 않고 움푹 들어간 희멀건 눈빛으로 쳐다보기만 했다.

"일본 왕……, 아니 히로히토! 그 인간이 항복을 선언했답니다!"

김동준은 기쁨에 들떠서인지 서러움이 북받쳐서인지 모를 만큼 가늘게 떨리는 소리로 말했다. 손원일은 단박에 벌떡 일어나 눈을 부릅뜨며 "뭐라고? 일본이 항복해?"라고 크게 소리쳤다.

"그렇습니다, 히로히토 그 자식이 포츠담선언을 수락하고 무조건 항복한다고 했답니다."

한껏 우람한 목소리로 말하는 김동준은 얼굴까지 달아올랐다.

"그게 정말이야?"

손원일은 도무지 믿기지 않는다는 듯 자초지종을 말해보라고 했다.

"사람들이 거리로 잔뜩 몰려나와 봉천이 떠들썩합니다."

김동준은 긴말 필요 없이 밖을 보면 알 것이라며 어서 내다보라고 했다. 손원일은 몸을 겨우 가누고서 일어나 창밖으로 내다보았다. 뜨거운 햇볕이 내리쪼이는 거리에는 만세를 부르는 수많은 사람들로 북적댔고, 거리 구석구석에 울려 퍼지는 일본이 항복했다는 소리가 온 천지를 가득 메웠다.

"이제 세상이 바뀌어 일본 놈들 죽을 일만 남았습니다."

김동준은 그동안 받아온 멸시와 모욕에 대한 앙갚음을 할 날이 온 것이라고 했다. 손원일은 아이처럼 고개를 배주룩이 들어 건넛집 지붕에서 퉁기는 눈부신 햇빛을 멍하니 바라보았다. 그러고는 이내 쓰러질 것 같은 몸을 간신히 가누어 자리에 앉자 그만 눈가로 뜨거운 눈물이 흘러나왔다.

"아버지…… 드디어 일본 놈들이 망했습니다. 이렇게 감격스러운 날 아버지께서 안 계시니……, 아버지…….."

손원일은 아버지인 손정도를 따라 가족들이 경성에서 평양으로, 평양에서 만주로 향했던 지난날의 일들이 주마등처럼 떠올랐다. 독립운동을 하다가 목숨을 잃은 손정도가 일본의 패망을 보았더라면 더없이 좋았을 것이라는 생각이 들었다. 안경을 벗어 뺨으로 주르

룩 흘러내리는 눈물을 닦아내고 다시 하늘을 올려다보았다. 박꽃처럼 하얀 구름송이가 고삐 풀린 망아지처럼 유유히 떠돌았다. 저 하늘 어디에다 대고 그저 소리를 지르고 싶고, 아무 곳에나 절을 해도 좋을 만큼 날뛰고 싶은 심정이었다.

"지점장님……."

김동준은 약간 젖은 목소리로 손원일을 불렀다. 손원일은 목소리를 가다듬고는 "이러고 있을 때가 아니야."라고 중얼거리다가 이내 김동준을 향해 "자네 혼자 상해로 갈 수 있지?"라고 물었다.

"저 혼자……? 지점장님은 어쩌시려고요?"

김동준은 놀란 눈으로 쳐다보며 물었다.

"난 이 길로 기차를 탈 거야."

"경성으로 가시게요? 그 몸으로?"

"일본 놈들이 망했다는데 이러고 있을 수 없어……. 자네는 상해로 가서 나 대신 해줘야 할 일이 있어. 해줄 수 있지?"

"그거야……. 무엇을 해야 하는데요?"

"내 가방 좀 갖다 줘."

손원일은 벽장을 가리키며 말했다. 김동준은 벽장을 열어 검은 가죽으로 된 손가방을 꺼내 가져왔다. 손원일은 가방 속에 든 돈을 끄집어내어 놓고서 입을 뗐다.

"이 돈을 가지고 상해로 가서 직원들에게 나누어줘. 모두 고향으로 돌아갈 사람들이니 노잣돈으로 쓰게 넉넉하게 줘."

"이건 사장님의 허락을 받아야 하는 돈이 아닙니까?"

"내가 경성에 가서 말씀드릴 테니, 넌 걱정 말고 그렇게 해."

"경성 가는 기차표 구하기가 어려울 텐데……."

"지금 역으로 나가면 구할 수 있겠지. 당장 떠나."

손원일은 다른 일은 눈에 들어오지 않는다는 듯 급한 마음을 드러냈다.

"알겠습니다. 정 그러시다면 제가 어떻게든 기차표를 구해보겠습니다. 나갈 준비 하시죠."

김동준은 활기찬 목소리로 말하고는 빠른 동작으로 이것저것 짐을 챙겼다.

"여관주인에게 말할 테니 바로 나오세요. 가방 잊어버리지 마시고요."

김동준은 손원일을 향해 방바닥에 놓인 손가방을 가리키며 노파심 한 자락을 던져놓고서 짐이 가득 찬 황갈색 가방을 어깨에 메고 밖으로 나섰다. 손원일은 연회색 여름 양복을 걸치고서 회색 중절모를 쓰고는 곧 손가방을 집어 들었다.

성치 않은 몸으로 여관을 빠져나온 손원일은 김동준과 함께 가까운 봉천역으로 향했다. 역 광장에는 수많은 사람들과 인력거 그리고 우마차들이 엉키어 난리였다.

"기차표를 구해올 테니 여기 가만히 계세요."

김동준은 당부하듯 말하고는 인파 속으로 비집어 들었다. 손원일은 김동준의 뒷모습을 바라보다가 주위를 두리번거렸다. 붉은 벽돌에 흰 골조가 드러난 봉천역은 경성역과 쌍둥이처럼 닮은 꼴이어서 한순간 경성에 도착한 착각이 들었다. 역 광장에는 청천백일기(靑天白日旗)를 든 수많은 사람들로 복작거렸고 역 지붕에 내걸린 스피커에서는 장개석의 육성연설이 웅웅 울리며 흘러나왔다.

"우리를 침략했던 일본은 드디어 패망했습니다. 우리 땅에 있는 조선 사람들은 일본군에게 우리보다 더 심한 박해를 받았으니 조선 사람에게 보복행위를 하지 말아주기 바랍니다."

손원일은 장개석의 목소리를 귓전에 모으며 주위를 둘러보았다. 봉천역 광장은 감격과 흥분을 주체하지 못하는 수많은 인파로 출렁이는 바다 같았다.

한동안 설레는 마음을 다독이고 있을 때 김동준이 땀으로 얼룩진 얼굴로 다가서며 표를 흔들어 보였다. 손원일은 반가운 기색을 띠며 "용케 구했구나."라고 말했다.

"돈을 네 배 넘게 주었어요. 사람들이 기차표를 구하느라고 난립니다."

"자네 것은?"

"구했으니 걱정 마시고 가시는 동안 몸이나 잘 보살피세요."

"수고했어. 상해로 떠나기 전에 내가 경성으로 출발했다고 전해주게."

"전화가 될지 모르겠지만 한번 해보겠습니다."

김동준은 그러겠다고 말하고는 "어서 가세요."라며 앞장섰다. 손원일은 천천히 발걸음을 떼어 따라붙었다.

플랫폼으로 들어서자 객차를 뱀 꼬리처럼 기다랗게 매단 시커먼 증기기관차가 하얀 수증기를 코뿔소 콧김처럼 사납게 뿜어내며 씩씩거렸다.

"혹시, 해군을 창설하시겠다는 그것 때문입니까?"

김동준은 불현듯 손원일이 귀국을 서두르는 까닭이 집힌다는 듯이 물었다.

"그토록 염원하던 독립을 이루었는데, 내가 어찌 한시라도 꾸물거릴 수 있겠는가?"

손원일은 비로소 속내를 털어놓았다.

"역시 그렇군요."

"자네도 귀국하면 합류하지 그래?"

"저까지요?"

"이순신 장군께서는……."

"또 그 말씀. 됐습니다, 지점장님."

김동준은 벌써 여러 번 들어 왔다는 말이라는 듯이 냉큼 잘라먹었다.

"어쨌거나 상해로 돌아가는 대로 사장님께 연락해. 아마 십중팔구 자금을 정리해서 귀국하라고 하시겠지만……."

손원일은 윤치창의 지시를 받아 움직이라고 했다. 김동준은 알았다고 대답하고는 기차에 오르기를 권했다. 손원일은 손을 내밀어 악수를 나눈 뒤 기차에 올랐다. 김동준은 조심해서 가라며 손을 흔들었다. 손원일은 손을 흔들어 작별을 고하고 안으로 들어섰다.

기차 안은 온갖 군상들로 시끌벅적거렸다. 사람들 틈을 비집어 두리번거리다가 자리를 찾아 앉았다. 먼저 와서 창가에 앉은 사내는 손원일을 향해 고개를 까딱 숙여 인사를 했다. 가든한 옷차림에 왼팔을 붕대로 감싼 사내는 몹시 피곤한 기색이었다. 손원일은 고개를 살짝 돌려 모자를 벗어 들어 보인 뒤 다시 쓰고는 사내의 어깨 너머로 창밖을 쳐다보았다. 기차 안이나 창밖의 플랫폼이나 사람들로 북적대기는 매한가지였다.

기차는 요란한 기적소리와 함께 화통에서 수증기를 뿜어내고는 서서히 움직였다. 곧 데그럭거리는 바퀴소리가 빨라지면서 기차도 속력이 높아졌다. 손원일은 온전치 못한 몸을 이겨내기라도 하겠다는 듯 눈을 자그시 감았다. 그러다가 앞으로 해야 할 일들을 어떻게 풀어나가야 할지에 대한 생각에 빠졌다.

"안색이 안 좋아 보이는데, 어디 불편하십니까?"

옆자리에 앉은 사내가 불쑥 말을 걸었다. 손원일은 생각을 털어내고 고개를 돌려 사내를 쳐다보고는 나직한 소리로 입을 뗐다.

"일본 놈들한테 당한 것 때문에 힘이 듭니다만, 견딜 만합니다."

사내는 "아~그러시군요."라고 대꾸하고는 고개를 이리저리 돌리며 기차 안을 휘둘러보고는 말을 이었다.

"기차 안에 일본군 헌병 나부랭이들이 안 보이니까 어째 어색하지 않습니까?"

"그렇군요."

손원일은 무심한 표정으로 대꾸했다. 사내는 여짓거리다가 "경성으로 가는 길입니까?"라고 물었다. 손원일은 고개를 한 번 주억거리며 그렇다고 대답했다.

"저는 부모님이 계시는 평양으로 갑니다."

사내는 살짝 잠긴 목소리로 말하고는 최용남이라는 이름까지 밝혔다. 손원일은 사내의 눈을 쳐다보며 "손원일이라고 합니다."라고 대꾸했다.

"저보다 연장자이신데…… 저는 계해년(癸亥年)생입니다."

최용남은 나이를 밝히고는 말을 놓으라고 했다. 손원일은 고개를 끄떡이고는 입을 뗐다.

"말투로 보아 동향 같은데…… 나는 평양이 고향이네만……."

"아, 그렇군요? 저는 평안북도 구성군 사기면 심산동이라는 작은 마을입니다."

최용남은 반갑다는 말과 함께 어깨를 움츠리며 고개를 굽실 숙였다.

"나도 반가워. 그런데 봉천에는 무슨 일로……?"

손원일은 동생을 대하듯 물었다. 최용남은 잠시 주뼛대다가 "사

실 전 일본군 소위였습니다."라고 대꾸했다. 손원일은 "그래?"라고
는 그만 표정이 바뀌었다.

"일본군 장교였다니까 언짢으시죠?"

최용남은 미안한 기색을 띠며 물었다.

"아, 꼭 그런 것이 아니라……."

손원일은 생각과는 다른 말로 대꾸했다.

"조선 사람이라면 당연한 거죠……."

최용남은 자책하듯 말하고는 뭉그적대다가 천천히 말을 이어나
갔다.

"신의주에서 중학교를 마치고 징용당할 뻔했는데, 부모님께서 징
용당하느니 학교나 가라고 하셔서 경성으로 가서 연희전문학교에
다녔습니다. 하지만 그곳에서도 얼마 지나지 않아 학병을 징집한다
기에, 일본군 졸병이 될 바엔 차라리 장교가 되는 것이 일본군한테
덜 당할 것 같다는 생각이 들어 장교 시험을 보고서 포병장교가 되
어 만주로 간 지 반년 조금 넘었습니다."

"그런 사람이 한둘이 아닌데, 미안하게 생각할 것이 무언가?"

손원일은 사정 이야기를 듣고 보니 동정이 가는지 태도를 바꾸어
말했다.

"하지만 저는 만주에서도 일본군으로 전쟁에 나설 마음은 없었
습니다."

최용남은 기회를 보아 도망갈 생각이었다고 했다. 손원일은 최용

남을 힐끗 쳐다보며 다음 말을 기다렸다. 최용남은 가볍게 목청을 가다듬고 입을 뗐다.

"우리 부대는 만주군 8군이었는데, 저는 만리장성 북쪽의 열하성에 포진하고 있었습니다. 저는 거기서 탈영하여 장이호라는 형을 만나 광복군 2지대에 합류하기로 되어 있었습니다."

"광복군과 어떻게 연락이 닿았다는 건가?"

손원일은 광복군이라는 말에 안색이 바뀌었다.

"장이호 형은 제가 신의주 동학교를 다닐 때 알게 된 신의주 사람인데, 졸업할 무렵 그 형은 광복군에 들어가기 위해 만주로 간다고 했습니다. 그러다가 제가 만주에 갔을 때 혼춘에서 일본군 몰래 조선 사람을 구해준 일이 있는데, 그 사람이 초모공작원이었습니다. 그 사람으로부터 장이호 형이 중국군관학교 한청반(韓青班)에서 간부훈련을 받은 뒤 광복군 3지대 분대장이 되어 강제 징집된 조선인 일본군을 상대로 초모활동을 한다는 소리를 듣고 탈영할 궁리를 하게 된 것입니다."

최용남은 일본군으로 있으면서 겪었던 일을 간추려 들려주었다.

"그럼 광복군에 합류했단 말인가?"

손원일은 궁금증을 풀겠다는 듯이 목소리가 커졌다. 최용남은 비감스러운 어조로 "결국 합류하지 못하고 말았습니다."라고는 나직하게 말을 이었다.

"8월 9일이었을 겁니다. 소련군이 참전했다는 소리를 듣고 우리

부대는 뚜어룬으로 진격하라는 명령을 받아 싱룽으로 집결했습니다. 그때 저는 뚜어룬으로 진격했다가는 살아나지 못할 것 같다는 직감이 들었습니다. 죽는 거야 별로 겁낼 것 없지만 일본군으로 죽는다면 천추의 한이 될 것 같아, 궁리하던 중에 마침 마적단을 만나 전투가 벌어졌지요. 그때 팔에 부상을 당해 의무대로 후송되던 중에 몰래 빠져나가 광복군을 찾아 나섰는데 일본이 망했다는 소리를 듣고 단걸음에 봉천역으로 달려온 것입니다."

최용남은 속에 맺혀 있는 말을 털어놓듯이 하고는 붕대로 감싼 왼팔을 들어 보이며 집에서 팔을 치료하고 푹 쉬고 싶다고 했다.

"해방된 조국을 위해 일하려면 팔이 다 나아야지."

손원일은 목구멍이 울리는 듯 굵은 목소리로 위로했다.

"그런데 저는 나라가 해방이 되었다고 해서 사람들의 마음이 하나가 될지는 모르겠단 생각이 듭니다."

최용남은 어딘가 회의감이 묻어나는 목소리로 말했다. 손원일은 굳어진 표정으로 "왜 그렇게 생각하는가?"라고 물었다.

"나라를 잃은 것을 아는지 모르는지…… 아니면 상관이 없다는 것인지……."

최용남은 말끝을 흐리며 자조적인 웃음을 띠다가 이내 말을 이었다.

"우리 부대에 조선인이 많이 있었습니다. 그런데 일본군 군복을 입고 있으면서도 좌익이 저렇고, 우익이 이렇고 하면서 빈번하게 대립이 벌어졌습니다. 이게 당최 말이나 되는 소립니까?"

최용남은 기가 찰 노릇이라며 고개를 흔들었다.

"그런 곳에서조차 좌우익이 나누어졌다니 정말 기가 막히는군."

손원일은 실망스러운 논조로 말했다.

"그래서 광복군뿐만 아니라 소련군 공산당에서도 우리를 포섭하려고 혈안이 되어 있었습니다."

"소련군이?"

"소련군이라기보다는, 정확하게 말하면 중국공산당과 소련공산당이 연합한 동북항일연군이 있는데, 지휘관은 주보중(周保中)이라는 중국 사람이지만 군대는 소련군으로 이루어져 있기 때문에 소련군이라는 겁니다. 거기도 조선인들이 제법 있거든요. 바로 그 조선인들이 나서서 포섭하려고 하는 것이지요."

"나라를 빼앗긴 마당에 이데올로기 싸움이라니……."

손원일은 국권을 상실한 망국민의 처지는 생각지도 않고 그 같은 짓을 한다는 것은 기가 차다 못해 부아통이 치미는 일이라고 했다. 최용남은 같은 생각이라고 말하고는 조심스러운 어조로 "혹시 어느 쪽인지 물어봐도 될까요?"라고 물었다.

"좌익이고 우익이고 따지기 전에…… 아버님께서 공산당 때문에 돌아가셨어."

손원일은 공산당은 가까이 하고 싶지 않다고 했다.

"무슨 일이 있었던 모양이군요?"

"아버님께서는 독립운동을 하셨는데, 김좌진 장군을 암살한 공산당을 매우 싫어하셨지."

"아……?! 아버님께서 독립운동을 하셨군요?"

최용남은 눈초리를 힘껏 끌어올리며 묻고는 "그런데…… 어쩌시다가?"라며 궁금함을 표했다.

"그 이야기를 하자면 길어."

손원일은 손바닥을 들어 보이고는 파리를 잡듯 감아쥐며 그만두자고 했다.

"기차가 도착하는 동안 하릴없이 남아도는 시간을 다 뭐해요?"

최용남은 심심한 것보다 낫지 않느냐고 말하고는 부러 몸을 뒤꼬았다. 손원일은 두 손바닥으로 안경테를 밀어 올리며 짐짓 맞장구를 쳐대고는 비감스러운 어조로 입을 뗐다.

"아버님께서는 스물세 살이 되었을 때 관리가 될 생각으로 집을 떠나 평양으로 향하고 있었어. 그러던 중 존 무어라는 선교사를 만나셨는데, 그분이 아버님의 사람됨을 알아보시고 비서 겸 한국어 선생으로 삼으시고서 숭실학교에 다니도록 주선해주었어. 아버님께서는 그때부터 신학문에 눈을 뜨기 시작하면서 독립에 대해 생각하시게 되었어. 그 무렵 어머니께서는 겨우 돌이 지난 누나를 업고 평양기홀병원에서 잡역부 일을 하시면서 아버지가 숭실전문학교를 졸업하실 때까지 4년이 넘도록 뒷바라지를 하셨고, 아버지께선 졸업하신 후 경성으로 가셔서 협성신학당(協成神學堂)에 입학하여 목회자 훈련을 받기 시작하셨는데, 그 무렵에 내가 태어났고."

"아까 고향이 평양이라고 하지 않았습니까?"

최용남은 고개를 갸웃거리며 물었다. 손원일은 입꼬리를 살짝 끌어올려 웃으며 "그렇지."라고는 하던 말을 이어나갔다.

"그때 어머니께서는 평양의 할아버지 댁에 계셨어. 어쨌든 그 후 아버님은 평양의 집으로 돌아와서 교회에서 1년 동안 시무하시다가 북만주 길림지역의 선교를 명받고 가셨지. 그곳에서 우리 동포들과 중국인들을 상대로 목회하시면서 독립운동 자금을 마련하고자 북경으로 가셨다가 가쓰라 타로 공작 암살미수죄로 연루되어 체포된 후 경성 경무총감부로 압송되어 모진 고문을 받으며 옥고를 치르셨어. 그런데 1년 만에 석방된 이후 북간도로 가셔서 독립무장학교 건립자금을 마련하기 위해 황해도 금광을 습격하려다가 체포되어 또다시 고문을 받고서 거주 제한 1년이라는 행정처분을 받아 전라남도 진도로 유배형을 떠나셨지. 유배생활을 마치고 경성으로 올라오신 후 몸을 추스르고 중국으로 가려 했으나 일본 경찰의 감시와 방해로 경성의 정동교회에서 시무를 하실 수밖에 없었어. 하지만 그 교회는 한일병탄(韓日併呑) 이후로 신도가 거의 없었어. 그런데 아버님께서 담임목사가 되신 후 청년학생들이 많이 모여들기 시작하자 일본 경찰의 감시가 심해졌지. 아버님은 그곳에서 유관순이라는 어린 여학생과 면담을 하던 중 잔다르크처럼 나라를 구하는 소녀가 될 것이라던 말을 들으시고는, 자책감에 사로잡혀 고심하시다가 다시 독립운동을 하실 생각을 굳히게 되셨지. 그 후 고문 후유증을 핑계로 평양으로 돌아가 몸을 요양하시면서 칠골교회에 나가셨는데, 그곳에서 강돈욱이라는 장로가 자신의 사위를 소개해주었는데 김형직이라고 하는 한약방 주인이었어. 그런데 알고 보니 그 사람은 내 부친과 평양 숭실중학교 동창이지 않았겠어? 그런데다가 그 사람이 고문 후유증으로 얻은 아버님의 병든 몸을 치료해주시면서 두 분은 더욱 가까운 사이가 되었지."

손원일은 장회소설 같은 긴 이야기를 끝막고 숨을 돌렸다.

"말씀을 듣고 보니 쭉 평양에서 사신 것 같은데, 왜 경성으로 가십니까?"

최용남은 괴이하다는 듯 삐뚜름히 처다보며 물었다. 손원일은 "나라를 빼앗긴 민족이 한곳에 머물며 살 수 있는 호사를 누릴 수 있던가?"라고 묻고는 까닭을 설명이라도 하겠다는 듯 굵직한 어조로 말을 이어나갔다.

"몸이 나아지신 아버님께서는 그 후 독립운동의 뜻을 세우기 위해 상해로 가서 임시정부를 조직하는 데 힘을 보태시고서 임시정의원 의장이 되셨어. 하지만 얼마 뒤 임시 대통령으로 추대된 이승만이 이동휘와 대립하면서 미국으로 가버리고 돌아오지 않는 일이 벌어졌어. 아버님께서는 그 일로 임시정부의 내분에 실망하여 상해를 떠나 길림으로 가서 그곳에서 교회를 세우고, 조선 아이들의 교육을 위해 유치원과 공민학교를 설립하신 후 우리 가족을 그곳으로 다 불러들이셨어. 그러다가 몇 년 뒤 누나가 결혼하여 매형과 미국으로 떠나고 난 어느 날 아버님께서 나를 불러 놓으시고는 이순신 장군에 대해 아느냐고 물으셨는데, 내가 대답을 하지 못하자 우리나라가 일본 놈들에게 짓밟힌 것은 이순신 장군처럼 바다를 지키는 자가 없어서 그렇다고 하셨지. 그러시고는, 우리나라가 살길은 바다에 있으니 중국해군에 가서라도 바다를 지키는 방법을 배우라고 하시면서 어렵게 구한 책이라며 충무공 이순신실기와 성웅 이순신이라는 책 두 권을 주셨어. 그러시면서 아버님께서는 당신의 한 몸이 바다를 지키는 주춧돌이라도 되었으면 좋겠다고 해서 직접 호를 해석(海石)으로 지으셨다고 설명을 해주셨지. 그런 말씀까지 듣고 난 나는 아버님께서 구해주신 책을 꼼꼼하게 읽지 않을 수 없었어. 그 후 나는 그 책들을 읽으면서 이순신 장군에 대해 깊이 생각하게 되었고 결국 아버님 뜻대로 중국해군이 되기로 마음먹었지. 하지만 중국에서 받아주지 않아 할 수 없이 상해 중앙대학교 항해과로 진학했고 졸업 후에는 중국의 초상국(招商局)에 소속된 화물선 실습생활을 거친 후 독일 상선에서 근무하게 되었는데, 그때 인도양을 건너던 중에 아버님의 부고를 전해 듣게 되었지."

손원일은 그물 고리처럼 엮인 사연을 풀어놓고는 안경을 벗어 입김을 호호 불고서 문질렀다. 최용남은 수긍이 되는 듯 고개를 끄떡이더니 천천히 입을 뗐다.

"안타까운 일이 생긴 거로군요, 그런데 공산당 때문에 돌아가셨다는 말씀은 무엇입니까?"

손원일은 다시 안경을 쓰면서 "한약방 주인 이야기를 했지?"라고 물었다.

"한약방 주인……? 아! 강 누군가라는 장로의 사위라는 분 말입니까?"

최용남은 기억을 더듬어내며 물었다.

"김형직이라는 그 사람의 자식들 중에 김성주라는 아들이 있었는데, 그자가 공산당에 가입했고……. 결국 그 때문에 돌아가셨어."

손원일은 지난날에 대한 후회가 막급하다는 듯 표정이 일그러지더니 엷은 신음 소리를 냈다.

"몸이 많이 불편해 보이는데…… 어디가 아픈 것입니까?"

최용남은 손원일의 안색을 살피며 물었다. 손원일은 까끄름한 어투로 "일본 놈들이 이렇게 만들었지."라고는 몸을 추스르고 말을 이었다.

"아버님의 부고를 들은 지 2년 만에 개성으로 귀국했는데, 일본 경찰이 나를 기다렸다는 듯이 체포하고는 임시정부의 비밀연락원 임무를 띠고 잠입한 사실을 실토하라며 구둣발로 차고 몽둥이와 가죽 채찍으로 때리고 물고문을 하고……. 석 달 넘도록 온갖 고문을 받다가 머리카락이 다 뽑힌 채 풀려났어. 풀려나고 나서야 미국으로 갔던 누나와 매형이 아버님의 부고를 듣고 귀국해서는 일본 경찰을 돈으로 매수하여 내가 풀려났다는 것을 알게 되었지."

"많은 고초를 겪으셨군요."

최용남은 짐짓 미안한 감정이 드는 것처럼 말했다.

"나는 배를 타고 바다에 나가 있을 때는 물론이고, 가끔 왜놈들한테 고문 받았던 것이 도질 때마다 이순신 장군을 많이 생각해봤어. 해방된 조국의 바다를 지키는 해군을 육성하는 것이 내 꿈이네."

손원일은 말끝에 쑥스러운지 입가에 잔잔한 웃음을 걸었다.

"해군을 육성하겠다고요?"

최용남은 놀라움을 금치 못하겠다는 듯 눈알이 커졌다.

"선원생활을 하면서 세계의 바다를 돌아다니는 동안 바다를 지키는 사람이 되라고 하셨던 아버님의 말씀이 옳다는 생각이 들었어. 우리 바다를 지키는 것이 얼마나 중요한지 깨달았지."

"그런 원대한 꿈을 가졌으리라고는 생각도 못했습니다. 말씀을 듣고 보니 아무런 대책도, 꿈도 없이 무작정 고향으로 돌아갈 생각만 한 제가 부끄럽습니다."

"무슨 소리? 고향에 가서 팔이 다 나을 동안 쉬다가 보면 나라를 위해서 무엇을 해야 좋을지 생각이 떠오르지 않겠어?"

"정말 그렇게라도 되었으면 좋겠습니다."

"사실, 조국이 해방되었다는 소리를 듣자마자 마음이 급해서 상해의 지점을 직원에게 정리하라고 떠넘기고 급히 경성으로 가긴 가는데, 무엇을 어떻게 어디부터 시작해야 할지 앞이 캄캄해."

"뜻이 있으면 길이 있다 하지 않았습니까?"

최용남은 호응하듯 말하고는 창밖을 내다보다가 "다 온 것 같습니다."라고 했다.

"덕분에 평양까지 심심하지 않았네."

"저도 잘 왔습니다, 부디 꼭 꿈을 이루시기를 바랍니다."

최용남은 은근한 말투로 말하고는 내릴 채비를 했다. 손원일은 "경성에 오면 한번 찾아오게."라고 인사말을 했다.

"알겠습니다, 몸 잘 돌보시기 바랍니다."

최용남은 황급히 말하고는 자리를 떴다. 사람들이 내리느라 객차는 도떼기시장처럼 혼잡스러웠다.

기차는 한동안 내리고 타는 사람들로 물갈이를 한 뒤에 길게 기적소리를 뽑아내고서 서서히 움직여 남쪽으로 향했다.

2.

경성역은 해방의 감격과 흥분이 광장을 뒤덮어 소용돌이치고 곳 곳에 '조선독립만세'라는 글씨가 적힌 현수막이 나부꼈다. 수만 명 의 인파로 가득 메운 광장에는 말을 탄 보성전문 학생들이 우리들 의 앞날에 희망이 있으니 동요하지 말자는 구호가 적힌 현수막을 흔들며 집회를 주도하고, 광장 한쪽 귀퉁이에 있는 힘 빠진 일본군 의 탱크 위에는 소련군을 환영한다는 현수막이 단단한 기세로 펄럭 거렸다.

손원일은 인파 속을 빠져나와 집이 있는 종로까지 걸어갔다. 거 리마다 몰려나온 사람들이 해방의 기쁨을 만끽하느라 춤을 추기도 하고 사방에서 일어나는 만세 소리가 거리 곳곳을 뒤덮었다.

손원일은 곳곳에서 나부끼는 '조선독립만세'라는 글씨가 쓰인 현 수막을 보고 지나치며 주체할 수 없도록 들뜬 마음을 진정시켜가며 집으로 향했다.

대문으로 들어서자 마당에서 빨래를 걷는 박신일이 보였다.

"어머니!"

손원일의 목소리는 반가움과 흥분으로 떨렸다. 박신일은 뒤를 돌아보다가 그만 얼굴이 붉은색으로 변색하면서 주림에 절어 목젖에서부터 떨려 나오는 목소리로 "아이구! 이게 누구야? 원일이가 왔구나!"라고 소리치고는 반가움에 어쩔 줄 몰라 했다.

"어머니, 몸은 괜찮으십니까?"

손원일은 박신일이 일본 경찰에게 끌려가 손정도가 어디 있는지 불라며 당한 고문으로 망가진 몸을 걱정했다.

"나는 아무렇지 않다만…… 너는 어떠냐?"

박신일은 눈물을 그렁거리며 말했다. 손원일은 박신일의 눈가를 닦아주고는 한 걸음 물러나 절을 받으라고 하며 땅바닥에 엎드려 절을 올렸다.

"아버지가 살아계셨어야 하는데……."

박신일은 치맛자락으로 눈가를 찍어내며 코를 훌쩍거렸다. 손원일은 집안을 둘러보고는 "집에 왜 아무도 없어요?"라고 물었다.

"오늘이 주일이지 않니?"

박신일은 모두 교회에 갔다고 했다.

"어머니께서는 왜 안 가시고……?"

손원일은 눈을 껌벅거리며 물었다.

"나는 동원이가 아파서 돌보고 있어."

"어디가 아파서 그래요?"

"쌕쌕거리며 숨을 거칠게 몰아쉬기에 병원에 데려갔더니 천식이라고 하던데, 주사를 맞고 왔으니 이제 괜찮을 거다.”

“어디 있어요?”

손원일은 턱을 삐쭉 세워 마루 쪽을 쳐다보며 물었다.

“방에 자고 있으니 들어가서 봐, 깨우지 말고.”

박신일은 방문이 활짝 열어젖혀진 안방을 가리키며 말했다. 손원
일은 대답을 하는 둥 마는 둥 하고서 방으로 들어섰다. 곤하게 잠든
손동원을 바라보다가 볼에 입술을 맞추고 일어나 밖으로 나섰다.

“교회에 가보게?”

박신일은 당연하게 생각하는 듯이 묻고는 손원일의 손을 잡으며
말을 이었다.

“지금 한창 예배를 보는 중일 거다만 에미가 얼마나 반가워하겠
냐? 윤서방하고 진실이하고 인실이도 교회에 있을 것이다. 어서 가
보거라.”

손원일은 다녀오겠다며 고개를 꾸벅 숙이고는 대문을 빠져나왔
다. 안국동으로 향하는 발걸음은 반공중에 뜬 것처럼 경황이 없지
만 몸은 날아갈 듯이 가벼웠다.

정동교회 뜰로 들어서자 찬송가 소리가 나비가 꽃을 찾듯 반갑게
귓속으로 들어앉았다. 열 살 때 손정도를 따라 평양으로 떠난 이후
처음 와보는 교회를 대하자 감회가 새로웠다. 지난날을 떠올리기라
도 하는 듯 교회를 한번 휘둘러보고는 천천히 예배당으로 향했다.

안으로 들어서자 성가대 옆쪽의 풍금 앞에 앉아 반주하는 홍은혜

가 눈에 들어왔다. 그 옆에 홍은혜의 치맛자락을 꼭 붙잡고 선 다섯 살배기 손명원도 보였다.

손원일은 그만 가슴이 울컥거리고 눈시울이 뜨거워졌다. 풍금 반주에 열중인 홍은혜가 마치 천상에서 내려온 천사처럼 우러러보였다. 홍은혜를 향해 시선을 고정한 채 두 귀를 활짝 열어 반주와 찬송가 소리를 음미했다.

이윽고 찬송가가 끝나고 목사의 기도가 시작되었다. 손원일은 기도 중에 눈을 감지 않고 홍은혜를 바라보았다. 목사의 기도를 끝으로 예배가 끝나자 사람들은 자리에서 일어나기 시작했다.

손원일은 그제야 사람들을 비집으며 홍은혜를 향해 다가가 불렀다. 단박에 손원일의 목소리를 알아들은 홍은혜는 몸을 획 틀어 쳐다보았다. 눈앞에 선 손원일을 보고도 믿기지 않는다는 듯 입술을 풀잎처럼 떨기만 했다.

"여보……."

손원일은 다시 홍은혜를 불러놓고는 무슨 말을 해야 할지 몰라 머뭇거렸다.

"명원아, 아버지께 인사드려야지."

홍은혜는 옆에 우두커니 서 있는 손명원을 향해 말했다.

"어디 보자. 우리 명원이, 많이 컸네."

손원일은 손명원을 훌쩍 들어 안으며 볼에 입을 맞추었다. 손명원은 고개를 옆으로 삐딱하게 기울인 채 얼굴을 찡그렸다. 손원일은 손명원의 등을 토닥이고는 홍은혜를 처다보며 혼자서 아이들을 잘 키워주어서 고맙고도 미안하다고 했다.

"그런 말씀 마세요. 비록 당신이 멀리 떨어져 있었다고는 하지만, 아이들에게는 아버지가 존재한다는 것만으로 얼마나 든든한지 모르는걸요."

홍은혜는 손원일이 건강하게 돌아와 준 것만으로도 고마운 일이라고 했다.

"아이들도 아이들이지만…… 당신이 나 때문에 참으로 고생이 많았소."

손원일은 크게 미안해하는 기색을 드러내며 말했다. 홍은혜는 더욱 분명한 음성으로 "고생이라니요, 당치 않아요."라며 손원일의 마음을 다독였다.

"일본 경찰을 피해서 집으로 찾아오는 독립군에게 숨을 곳을 마련해주고, 배불리 먹이기 위해 식량이 떨어지는 일이 없도록 정미소에서 돌을 고르는 날품팔이를 해가며 생활비를 벌면서도 식구들이 굶을지언정 독립군이 돌아갈 때는 항상 여비를 챙겨주었다는 거 다 알고 있소."

손원일은 홍은혜에게 징벌을 받기라도 하겠다는 것처럼 뉘우치듯 말했다.

"한 번도 뵙지 못한 시아버님께서는 고문 후유증 때문에 돌아가시고, 당신은 고문 후유증으로 지금도 고생을 하시잖아요. 거기에

비하면 아무것도 아닌 것을요."

홍은혜는 젖은 목소리로 말하다가 목청을 가다듬고는 손원일의 뒤를 가리키며 "모두 오시네요."라고 했다. 손원일은 엉겁결에 뒤를 돌아보았다. 그사이 윤치창과 손진실과 손인실이 거리감을 느낄 수 없도록 가까이 다가와 있었다.

손인실은 급히 한 걸음 앞서서 다가서며 반가운 목소리로 "오빠, 언제 왔어?"라고 소리쳤다.

"경성역에 도착하자마자 집으로 갔더니 어머니만 계시잖아."

손원일은 반가운 빛이 도는 얼굴로 말하고는 "매제는 들어왔어?" 라며 문병기의 안부를 물었다. 손인실은 썩 내키지 않는 어투로 "미국에서 오기가 그리 쉽나?"라고 대꾸했다. 손원일은 조용한 웃음으로 엄벙하고는 뒤따라 다가선 윤치창과 손진실을 맞이했다.

"김동준에게 연락을 받았지만 이렇게 빨리 도착할 줄은 몰랐네. 일본 놈들 검문이 없으니까 봉천도 이리 가까운 것을……."

윤치창은 반갑게 말을 건네고는 몸은 어떤지 물었다.

"해방이 되니 아팠던 것이 싹 다 날아가 버린 모양입니다."

손원일은 봉천의 여관에 머물면서 심하게 앓았던 것을 내색하지 않았다.

"처남…… 그 때문에 귀국했다면서?"

윤치창은 김동준에게서 해군창설을 위해 아픈 몸을 돌보지도 않고 서둘러 귀국했다는 소리를 전해 들었다고 했다. 손원일은 그렇다고 대답하고는 나라가 해방되고 보니 마음이 급해졌다고 했다.

"그렇기는 하겠지. 한데…… 광복군 정진대가 발도 못 붙이고 중국으로 쫓겨 가는데도 미군이 가만히 보고만 있었는데, 해군창설이 쉽겠어?"

윤치창은 임시정부의 이범석을 비롯한 15명이 경성비행장에 도착했다가 일본군사령관에게 입국을 저지당했다고 했다.

"뭐라고요? 광복군 정진대가 왜놈한테 쫓겨나가요?"

손원일은 잘못 듣기라도 한 듯 눈동자를 뒤룩뒤룩 굴리며 물었다.

"어제 미군 C-47기 수송기를 얻어 타고 경성비행장으로 들어왔지만 일본군들이 무력으로 돌려보냈다는데, 이게 다 해방이 되었다지만 주권행사를 할 수 없어서 벌어진 통탄할 일이지."

윤치창은 참담한 어투로 말했다. 손원일은 한숨을 푹 내쉬고는 무슨 각오라도 다지는 듯 목소리에 감정을 넣어 입을 뗐다.

"그렇기 때문에 하루라도 빨리 우리의 주권을 찾아야 합니다, 그러기 위해서는 육지도 육지지만, 바다를 지켜내야 하는 힘을 길러야 합니다."

윤치창은 생각에 잠긴 듯 잠시 침묵하다가 천천히 입을 뗐다.

"이런 것이 운명이라는 것인가? 아버님께서 못 이루신 꿈을 처남이 하겠다고 나서다니……."

손원일은 윤치창을 쳐다보며 "매형, 그것이 무슨 말씀입니까?"라고 물었다. 윤치창은 "오래전……."이라고 운을 떼고서 가라앉은 목소리로 입을 열었다.

"조선이 왜놈들과 강제개항조약을 체결하고 난 뒤 아버님께서는 우리도 군함을 가져야 할 필요성을 느끼시고 임금에게 아뢰고서 양무호라는 군함을 구입하기는 했지만, 해군을 창설하자는 상소는 이완용 일파에 밀려 무위로 끝났고 그 때문에 관직에서까지 물러나시고 말았지."

"매형 선친께서 그런 일을 하셨단 말입니까?"

손원일은 처음 듣는 소리라는 듯이 눈을 반짝이며 쳐다보았다.

"거기다가 장인어른께서 자네에게 이순신 장군에 대한 책들을 구해주신 까닭은, 필시 그 어떤 운명의 고리가 연결되었다는 생각이 들어."

윤치창은 또다시 운명을 거론하며 손원일이 하고자 하는 일을 힘껏 돕겠다고 했다. 손원일은 갑자기 불에 달구어진 쇳덩이처럼 뜨거운 음성으로 "매형이 도와주신다고요?"라고 물었다.

"김동준이 상해지점을 정리해서 오면 그 돈을 줄 테니 써."

윤치창은 해군창설에 필요한 자금을 보태주겠다고 했다. 손원일은 고마운 마음을 어떻게 표현해야 좋을지 몰라 잠긴 목소리로 "매형……"이라고는 말을 잇지 못했다.

"그리고 내가 사람을 소개해줄 테니 만나봐. 연희전문학교에 계시는 분인데, 도움이 될 사람이야."

손원일은 정말이냐고 묻고는 곧 목소리를 바꾸어 언제 만날 수 있느냐고 물었다.

"이 사람, 좋아하는 것 좀 봐. 내일 나와 함께 가기로 하고……. 여기서 이러고 있을 것이 아니라 그만 집으로 가서 좀 쉬어."

윤치창은 입가에 친근한 웃음을 띠며 말하고는 홍은혜를 쳐다보며 말머리를 돌렸다.

"처남댁, 오늘 닭이라도 한 마리 푹 고와 먹이세요."

홍은혜는 윤치창을 향해 머리를 조아리며 다소곳이 "네……."라고 대답했다. 손원일은 홍은혜 곁에 서 있는 손인실을 향해 다정한 목소리로 입을 뗐다.

"나는 이 교회가 고맙고, 인실이가 고맙다."

"오빠, 갑자기 내가 뭐……?"

손인실은 공연히 겸연쩍은지 우물우물 말했다. 손원일은 홍은혜의 손을 잡으며 입을 뗐다.

"네가 언니를 이 교회에 데리고 오지 않았다면 내가 어떻게 언니와 결혼할 수 있었겠어?"

"그렇게 따지면 이화여전을 고마워하고, 여기서 목회를 하셨던 아버지도 고마워해야지."

손인실은 손원일의 말뜻을 헤아렸다는 듯 밝은 음성으로 대꾸했다. 손원일은 이가 드러나 보일 듯 말 듯 입을 약간 벌려 웃으며 "맞다, 모두 다 고맙구나."라고 했다.

"언제까지 이러고 있을 거예요? 모처럼 우리 모두 다 모였으니 할 말도 많을 거고……, 집에 가서 맛있는 거 먹으며 이야기해요. 어머니께서도 기다리실 텐데……, 어서 가요."

듣고만 있던 손진실은 윤치창과 손원일의 팔을 끌어당기며 말했다. 홍은혜와 손인실은 뒤를 따라 발걸음을 뗐다.

다음 날 손원일은 윤치창을 따라 연희전문학교로 찾아갔다. 교장실로 들어가자 '校長 俞億兼'이라는 명패가 놓인 책상을 앞에 두고 앉았던 유억겸이 벌떡 일어나 나서며 윤치창을 반겼다.

"이렇게 불쑥 찾아오다니, 어쩐 일인가?"

"소개를 시켜줄 사람이 있어 왔습니다."

윤치창은 뒤따라 선 손원일을 가리키며 말했다. 유억겸은 두 사람을 번갈아 쳐다보다가 손원일을 향해 "누구신가?"라고 물었다. 손원일은 모자를 벗어들고서 유억겸을 향해 허리를 꾸벅 숙이며 손원일이라고 이름을 밝혔다. 윤치창은 정중한 어조로 "제 처남입니다."라고 입을 떼어 손원일을 소개했다.

"아니……? 그럼, 해석의 자제란 말인가?"

유억겸은 손원일을 향해 열기 묻은 목소리로 손정도의 아들인지 물었다. 손원일은 머리를 살짝 숙이며 "네."라고 짧게 대답했다.

"이런, 이런. 해석의 자제를 이렇게 만나다니……."

유억겸은 놀람과 반가움이 뒤섞인 표정으로 입을 떼고는 두 사람을 향해 앉기를 권했다. 손원일은 유억겸과 윤치창이 앉기를 기다렸다가 뒤따라 앉았다.

"어째서 해석의 자제를 나 같은 사람에게 소개해주는가?"

유억겸은 마음 한쪽으로 찔리는 구석이 있다는 듯이 말투가 어눌했다.

"실은 선생님께 도움을 청하고자 이렇게 찾아왔습니다."

윤치창은 유억겸의 눈치를 살피며 어눌하게 말했다.

"도움이라니? 나 같은 사람이 도울 것이 뭐 있다고?"

유억겸은 고개를 갸웃거리며 물었다.

"실은…… 처남이 해군을 창설하고 싶다고 하는데, 선생님이시라면 도움을 주실 것 같아 무작정 찾아왔습니다."

"해군을 창설해?"

유억겸은 놀란 듯이 손원일과 윤치창을 번갈아 쳐다보다, 흠흠하며 헛기침을 하고는 말을 이었다.

"그렇게 중대하고 무거운 일을 어찌 개인의 힘으로 할 수 있단 말인가?"

"저도 그렇게 여겼지만, 곰곰이 생각해보니 힘들다고 그냥 있을 일이 아닌 것 같습니다."

윤치창은 손원일의 뜻을 말하고는 이완용 일파의 반대로 고종이 해군을 창설하지 못했던 일까지 상기시켰다. 유억겸은 무거운 표정으로 천천히 더운 콧숨을 뿜어내고는 손원일을 향해 "어째서 그런 일을 하기로 생각했소?"라고 물었다. 손원일은 "네."라며 유억겸을 향해 고개를 살짝 숙여 보이고서 입을 뗐다.

"선생님께서도 아시겠지만 네덜란드, 영국, 포르투갈, 스페인, 미국 그리고 망해버린 일본까지 모두 바다를 무대로 삼아 나라를 부강하게 만들었고 세계를 재패했습니다. 지금 우리는 이제 막 해방이 되어 나라가 어수선합니다만 그렇다고 이런 중요한 일을 미룰 수는 없다고 생각했습니다. 짐작하시겠지만 해군을 육성한다는 것은 하루아침에 되는 것도 아닌 데다가 군함을 운용할 많은 병력을 길러야 하며 또한 엄청난 비용이 필요합니다. 엄두가 나지 않겠지만, 누구라도 나서서 기반을 잡지 않으면 안 된다고 생각해서 무모한 줄 알고도 나서지 않을 수 없었습니다."

이야기를 듣고 난 유억겸은 난언한 빛이 가득한 얼굴이었다. 윤치창은 나지막한 목소리로 "선생님, 방법이 없겠습니까?"라고 물었다. 유억겸은 입술을 쭉 내밀었다가 자라목처럼 다시 오므리고는 "역시 이순신 장군을 흠모하던 해석의 자제다운 생각이야."라며 사람을 소개해주겠다고 했다.

"이름이 민병증이라고 하는데, 비록 바다에 대해 아는 것이 없지만, 민족의식이 투철한 데다가 성격도 화끈하고 추진력이 좋아서 여러 가지로 도움이 될 것이네. 그렇지 않아도 마침 여기로 오기로 했으니 만나보고 가게."

"그것 참 잘되었군요."

윤치창은 마치 자신의 일처럼 좋아했다. 유억겸은 손원일을 향해

"선친을 생각하면 마음이 아파."라고는 사뭇 우수를 띤 표정으로 말을 이었다.

"해석은 비단옷은 있으면 좋고 없어도 그만이지만, 걸레는 하루만 없어도 집안이 엉망이 된다며 스스로 걸레와 같은 삶을 택해 불쌍한 우리 동포들을 도왔지. 아무도 돌보지 않는 안중근 의사가 남긴 가족을 거두어 보살피기도 했고, 고향에 있던 막대한 유산을 모두 처분한 것으로 지린에서 조금 떨어진 어무셴에 3,000일경(日耕)이나 되는 농토를 사서 동포들에게 나눠주어 굶주림을 면하도록 애를 썼건만 정작 자신이 죽었을 때는 묻힐 땅 한 뙈기가 없었다니……."

"그래도 아버님을 따르던 동포들이 장례를 잘 치러준 덕에 편안하게 가셨을 것입니다."

손원일은 손정도를 생각해주는 그 마음이 고맙다고 했다.

"편안하게 가셨다고 볼 수 없지……. 장례비가 없어서 임종하신 지 10개월이 넘도록 길림 동문 밖 봉천인(奉天人)의 의지(義地) 정구실(停柩室)에 임시로 모셔두었다가 배형식 목사님께서 모금한 돈으로 길림성 북문 밖 북산(北山)에 토지를 구입하여 겨우 안장해드렸는데, 어찌 편히 가셨겠는가? 쯧쯧……."

유억겸은 손정도의 장례에 대해 꿰뚫고 있는 것처럼 말한 뒤 혓바닥을 끌끌거리고는 "선친 묘소는 가 보았는가?"라고 물었다.

"개성 감옥에서 풀려난 뒤 길림으로 가서 아버님 무덤 앞에서 기도를 드리고 상해로 갔습니다.”

손원일은 퍽 우울한 음성으로 말했다. 유억겸은 “그랬구만.” 하며 고개를 끄떡이고는 입을 뗐다.

“자네 자당께서도 해석이 상해에서 망명생활을 하면서 임정에 몸을 담고 있을 때 일본 경찰에게 끌려가 커다란 곤욕을 치렀다는 것도 알고 있네, 건강하신가?”

“어머니께서는 많이 좋아졌다고 말씀을 하시지만 아녀자의 몸으로 무수한 매질을 견뎌내셨는데, 속으로 골병이 들어 침을 자주 맞으십니다.”

손원일은 박신일이 앓아누우면 며칠 밤을 식은땀 흘리며 신음을 한다고 했다.

“성한 남자도 못 견디는 고문을 그리 당하셨는데, 왜 아니 그러시겠어?”

유억겸은 안쓰러운 표정을 지으며 말하다가 문을 열고 들어서는 사내를 발견하고는 “어서 오게.”라며 반겼다. 사내는 두 발을 모아 허리를 꾸벅 숙여 유억겸을 향해 인사를 하고는 손원일과 윤치창을 쳐다보았다.

유억겸은 사내를 향해 손짓을 하며 “이쪽으로 와서 인사하게.”라고는 이어 손원일과 윤치창을 향해 “조금 전에 말한 민병증이야.”라고 했다. 손원일과 윤치창은 자리에서 일어나 민병증을 향해 인사를 했다.

"자, 모두 앉지."

유억겸은 세 사람을 향해 점잖은 말투로 말하고는 모두 앉자마자 바쁘게 입을 열어 민병증에게 손원일과 윤치창이 찾아온 까닭을 설명한 뒤 의중을 물었다.

이야기를 듣고 난 민병증은 뜻밖의 일에 마주친 듯 당황한 목소리로 "저는 배를 타본 적이 없는데 해야 할 일이 있겠습니까?"라고 물었다.

"해군이라고 해서 모두 바다에서 생활하는 것이 아닙니다. 행정, 교육, 훈련 등 육지에서도 해야 할 일들이 많습니다."

손원일은 차근한 말투로 설명하고서 힘을 보태달라고 했다. 민병증은 잠시 생각하는 듯 입술을 꽉 깨물고 눈을 감았다가 이내 입을 열어 "그렇다면 영광으로 알고 힘껏 돕겠습니다."라고 했다. 손원일은 밝은 안색으로 고맙다고 했다. 민병증은 손원일을 말끄러미 쳐다보며 "본부는 어디에 있습니까?"라고 물었다. 손원일은 뒤통수에 일격을 당한 것처럼 멍한 표정으로 "본부……?"하며 대답을 하지 못했다.

"보아하니 그런 것도 없는 것 같은데, 그래 가지고서야 사람들이 모이겠습니까?"

민병증은 걱정스러운 표정이 스치는 얼굴로 손원일을 쳐다보며 말했다.

"마음만 앞섰지, 이거 참 드릴 말씀이 없습니다."

손원일은 난처한 일을 당한 것처럼 어눌하고 더듬거리는 말투로 대꾸했다.

"그러면 제가 안국동에 있는 안동교회의 목사님을 잘 아니 부탁하면 지하실을 사용하도록 해주실 것입니다."

민병증은 교회 지하실을 빌려 본부로 사용하자고 했다. 손원일은 마다할 이유가 없고 한편으로는 미안하다는 듯이 "이거 정말……." 이라며 말꼬리를 감아 삼켰다.

"무엇보다도 바다에 대해 잘 아는 사람을 모아야 할 텐데……."

윤치창은 염려가 되는 듯 걱정스러운 어투로 말했다.

"그거야 찾으면 어딘가에 있지 않겠습니까?"

민병증은 강강한 어투로 말하고는 종로 거리에 벽보부터 붙여보자고 했다.

"맞네, 가만히 앉아 기다리는 것보다 그거라도 하는 게 좋겠네."

유억겸은 얼굴에 희색이 스미는 표정을 지으며 말을 거들었다.

"알겠습니다, 우선 그렇게라도 시작을 해보도록 하지요."

손원일은 무언지 알 수 없게 생기가 도는 표정이었다.

"오늘 벽보를 만들어 내일부터 붙입시다. 벽보 만드는 데 붓과 먹, 종이만 있으면 되니 까짓것 당장 만들어서 붙이면 한둘이라도 오지 않겠습니까?"

민병증은 가려운 곳을 긁어주듯 시원스레 말했다.

"이 사람, 화끈한 것은 알아줘야 한다니까. 내일부터 붙이려면 오늘은 밤을 꼬막 새워 벽보를 써야겠군, 허허……."

유억겸은 부러 얄궂은 표정으로 능청을 섞어 말하고는 히죽 웃었다.

"이러고 있을 것이 아니라 당장 안동교회로 가봅시다."

민병증은 왈강왈강 급하게 말하고는 유억겸을 향해 "선생님, 먼저 일어나겠습니다."라고 했다.

"어허, 그 참…… 급하긴."

유억겸은 딱 부릅뜬 눈으로 민병증을 쳐다보고 말하고는 할 수 없다는 듯이 손원일과 윤치창을 향해 일어서라는 손짓을 했다.

"쇠뿔도 단김에 빼라고, 이런 일은 시간을 끌면 안 됩니다."

민병증은 태연하게 말하고는 유억겸을 향해 인사를 했다. 윤치창과 손원일은 덩달아 유억겸에게 인사를 하고는 몰이꾼들에게 쫓긴 토끼처럼 따라나섰다.

3.

　다음 날 아침 손원일과 민병증은 풀통을 들고서 종로 거리로 나섰다. 두 사람이 지나간 골목의 벽 곳곳에 [조국의 광복에 즈음하여 앞으로 이 나라 해양과 국토를 지킬 뜻있는 동지들을 구함.]이라는 벽보가 붙었다.

　한창 벽보를 붙이고 있을 때 손원일처럼 검은 뿔테 안경을 쓴 사내가 다가와 "이것이 다 무엇입니까?"라고 물었다. 손원일은 벽보를 붙이다가 말고 사내를 쳐다보았다. 사내는 안경테를 위로 치키고는 "바다를 지키는 일이오?"라고 물었다. 손원일은 반가운 마음에 큰 소리로 "그렇소."라고 대꾸했다.

　"내 나라의 바다를 지키는 일이라……? 그런데 두 분은 어떤 분들이오?"

　사내는 두 사람을 대충 훑어보며 물었다. 손원일은 "우리는 바다를 지키기 위해 해군을 창설하고자 하는 사람들이오."라고 말했다.

　"그러니까…… 뱃사람들을 모은다는 그런 말이오?"

　사내는 한심한 느낌을 가누지 못하면서도 한편으로는 마음이 끌리는 듯이 호기심에 찬 눈빛으로 쳐다보았다. 손원일은 그렇다고 대답하고는 벽에 붙은 벽보를 읽어보라는 듯이 가리켰다.

"그럼, 그것 좀 내게도 주시오, 나도 함께 붙이겠소."

사내는 손원일을 향해 풀통과 벽보를 나누어 달라고 했다. 손원일은 놀란 듯 동그래진 눈으로 사내를 쳐다보았다.

"아, 내 이름은 김영철이라고 하오. 나는 경남 진해의 고등해원양성소 출신이어서 바다를 조금 아오."

김영철은 자신이 도움이 될 것이라고 했다.

"아! 그러시오? 반갑소. 나는 손원일이고 이쪽은 민병증이라고 하오."

손원일은 그제야 노골적으로 반가운 기색을 드러내고서 악수를 청했다.

"정말 반갑소, 우리 함께 힘을 보태봅시다."

민병증도 덩달아 손을 내밀며 말했다. 김영철은 차례로 악수를 나누고서 손가락으로 하늘을 찌르며 입을 뗐다.

"조금 있으면 해가 쨍쨍할 텐데, 이렇게 몰려다니며 붙일 것이 아니라 덥기 전에 흩어져서 후딱 붙이고 막걸리라도 한잔 나눈 뒤 벽보를 더 만드는 것이 낫지 않겠소?"

민병증은 대뜸 "나도 그것이 좋겠소."라며 김영철의 말에 맞장구를 치고는 풀통과 벽보를 나누었다.

"그럼, 나는 동대문 방향으로 가면서 붙일 테니 두 사람은 종로와

을지로를 맡아주시오."

민병증은 각자 구역을 나누었다. 손원일과 김영철은 알았다는 대구를 하고는 풀통과 벽보를 나누어 들고서 흩어졌다.

서산에 해가 뉘엿거릴 즈음 세 사람은 인사동의 한 주막에 모여 앉았다. 탁자에는 시큼한 김치가 담긴 이 빠진 사기그릇과 찌그러진 양재기 세 개에다가, 폭격을 맞은 듯 얽고 찌그러진 주전자가 놓여 있었다.

"이것 좀 보십시오."

김영철은 낯선 벽보를 내놓으며 펼쳐보였다. [우리의 바다는 우리가 지키자. 조국의 바다를 지켜나갈 충무공의 후예를 모집함.]이라고 쓰인 벽지였다.

"아니? 이것을 어디서 가지고 온 것이오?"

손원일은 벽지를 뚫어져라 쳐다보며 물었다. 김영철은 종로4가 전매청공장 벽에 붙은 것을 떼어 왔다고 했다.

"이런 생각을 가진 사람이 또 있다니, 이거 정말 놀라운 일입니다."

민병증은 놀랍기도 하지만 기대가 된다는 듯 말했다.

"당장 여기로 찾아가봅시다."

손원일은 벽보에 적힌 주소지를 가리키며 말했다.

"갈 때 가더라도 배는 채워야지요."

민병증은 주전자를 들고서 손원일을 향해 양재기를 들라는 시늉을 했다.

"이거 참, 누군지 궁금해서……."

손원일은 양재기를 들어 내밀며 고개를 갸웃거렸다.

"우리처럼 원대한 뜻을 품은 사람들이 어찌 없겠습니까? 그나마 같은 뜻을 품은 사람이 있다는 것이 다행 아닙니까?"

민병증은 손원일의 양재기와 김영철의 양재기에 차례로 막걸리를 채우며 말했다. 김영철은 주전자를 건네받아 민병증의 양재기를 채우며 "그런 사람이 많아야 할 텐데……."라고 했다.

"암요, 많을 것입니다."

민병증은 허둥지둥 맞장구 놓고는 "자, 한잔 쭉 들이켭시다."라며 양재기를 들어 올렸다.

"잠깐만……."

김영철은 손을 앞으로 내밀어 민병증을 향해 기다리라고 하고는 손원일을 쳐다보며 입을 뗐다.

"보아하니…… 저보다 나이가 훨씬 위인 것 같은데, 지금부터는 저한테 말을 놓아서 하시면 좋겠습니다."

손원일을 엉거주춤 잔을 든 채 눈을 반짝대며 두 사람을 번갈아 쳐다보았다.

"아, 그렇군요. 명색이 군대를 창설한다는데 위아래가 구분되지 않아서야 되겠습니까? 저한테도 말씀을 놓으세요."

민병증은 순간적으로 도리를 깨달았다는 듯이 손원일을 말끄러미 쳐다보며 말했다. 손원일은 갑자기 어색해진 듯 양재기를 내려놓으며 "이거……."라며 말꼬리를 둘둘 말았다.

"나중에 제가 더 높은 계급장이 붙을지 모르지만, 그때는 그때고, 지금은 나이 순서대로 합시다."

김영철은 천연스럽게 농이 섞인 어조로 두 사람을 웃겼다. 손원일은 빙긋 웃고는 "좋네, 그렇게 하세."라고는 다시 양재기를 들어올리며 건배를 청했다. 김영철과 민병증은 똑같이 양재기를 쳐들었다. 민병증은 큰 소리로 "해방된 조국의 바다를 수호하는 대한민국 해군창설을 위하여!"라고는 양재기를 앞으로 쑥 내밀었다. 두 사람은 "위하여!"라고 외치며 잔을 부딪쳤다.

"캬~, 시원하다."

민병증은 빈 양재기를 탁자 위에 "탁!" 하는 소리가 나도록 치고는 손바닥으로 입가를 훑어내고서 손원일을 향해 말문을 열었다.

"어제는 묻지 못했는데, 교장선생님과 함께 만났던 그분은 누굽니까?"

손원일은 완약한 어조로 매형이라고 말하고는 민병증의 빈 양재기에 막걸리를 채워주고서 일본 경찰에게 붙잡혀 있을 때 구해준 일이 있다고 했다.

"그럼, 그분도 우리 일에 참여를 하시는 것입니까?"

민병증은 궁금증을 무지르겠다는 듯 물었다. 손원일은 윤치창이 상해의 회사 지점을 정리하여 자금을 지원해줄 거라고 했다.

"아, 그러니까 돈 걱정은 하지 않아도 된다는 말인가요?"

김영철은 반색하는 목소리로 물었다.

"군대를 창설하는 일인데……."

민병증은 김영철에게 돈이 어느 정도 필요한 일인지 아느냐고 물었다.

"맞아, 그만큼 넉넉하지 않아. 하지만 우리가 시작을 하면 뜻이 있는 사람들이 모일 것이고, 그리되면 미군정청을 찾아가 사정을 말하면 해결될 것이라고 생각해."

손원일은 덤덤히 말하고는 양재기를 만지작거렸다. 김영철은 손원일의 표정을 살피며 "미군정청 놈들이 쉽게 해줄 것 같지가 않은데……."라고 중얼거리다가 뭔가 생각이 떠올랐다는 듯 표정을 확 바꾸어 입을 뗐다.

"일본군 놈들이 버린 군함은 없을까요?"

"그놈들이 잘도 버리고 가겠다. 낡은 고깃배라면 몰라도……."

민병증은 어림없는 소리 말라고 했다. 손원일은 같은 생각이라는 듯이 "그렇겠지."라고는 민병증을 쳐다보다가 말머리를 바꾸어 입을 뗐다.

"바다에 대해 아무것도 모른다는 사람이 어째서 흔쾌히 내 제안을 받아들였는가?"

민병증은 선뜻 대답을 하지 않고 양재기를 들어 묵묵히 두어 번 흔들거리고는 단숨에 들이켜고서 "할아버지의 친일 때문입니다."라고 했다.

"할아버지 친일?"

손원일은 눈꼬리를 댕강 들어 올리다가 그만 말꼬리를 끌어다가 목구멍으로 꿀떡 삼켰다. 민병증은 젓가락으로 시큼한 김치 조각을 하나 집어 입으로 넣어 우물거리고는 입을 뗐다.

"제 할아버지의 함자가 영자, 소자, 민영소입니다."

"그럼……? 자네가 민충식 선생님의 자제란 말인가?"

손원일은 놀라는 표정이 완연했다.

"제 부친을 아십니까?"

민병증도 놀라는 표정을 지었다.

"상해에서 대한민국 임시정부가 수립될 때 임시의정원 의원을 지내지 않으셨나?"

손원일은 사정을 훤히 알고 있다는 듯이 물었다.

"그걸 어떻게 아십니까?"

"내 부친께서 임시정부 임시의정원 의장으로 지내셨네."

"네~에?! 그게 정말입니까?"

민병증은 다시 흠칫 놀란 표정으로 묻고는 "그럼 김구 선생님과 의용단을 조직하셨던 분이란 말입니까?"라고 물었다. 손원일은 고개를 끄떡이며 그렇다고 했다.

"아……! 그러시군요."

민병증은 대뜸 자리에서 벌떡 일어나 손원일을 향해 허리를 꾸벅 숙였다.

　"이 사람, 갑자기 왜 이래?"

　손원일은 예상치 못한 일에 당황하여 어리둥절했다.

　"저는 부친께 손정도 선생님에 대한 말씀을 많이 들어서 잘 압니다. 부친께서는 손정도 선생님께서 돌아가셨다는 소식을 들었을 때 며칠 동안 식사도 하지 못하실 만큼 슬퍼하셨습니다. 형님이 그분의 자제분이신 것을 몰랐습니다."

　민병증은 존경심이 다분히 섞인 말투로 말했다.

　"이거, 말씀을 들으니, 두 분의 인연은 오래전부터 예정되기라도 한 듯이 기이합니다."

　이야기를 듣고만 있던 김영철은 끼어들어 어중간하게 말을 보탰다. 손원일은 김영철에게 그런 것 같다고 대꾸하고는 민병증을 향해 "아버님께서는 건강하신가?"라고 물었다.

　"독립운동 하시다가 살아남으신 분들 중에 몸이 성한 분이 몇이나 되겠습니까?"

　민병증은 민충식의 건강이 안 좋다고 했다. 손원일은 손정도와 박신일 그리고 자신까지 일본 경찰에게 당한 고문 후유증을 떠올리며 "그렇겠군."이라고 짧게 말했다.

　"그런데…… 아까 했던 할아버지의 친일 때문이라는 말은 무슨 말이오?"

김영철은 민병증의 속사정이 궁금하다는 듯 물었다.

"마음에 걸려서 그러는 것이지. 오죽했으면 부친께서 귀족 신분을 부끄럽게 생각하여 내팽개치시고 독립운동에 몸을 바치셨을까?"

손원일은 전후 사정을 짐작할 것 같다고 했다.

"맞습니다, 할아버지께서 병조판서에 재직하실 때 김옥균 암살을 지시한 사실은 다 알 것입니다. 부친께서는 바로 그 일 때문에 나라에 속죄하는 심정으로 귀족 신분을 거부하고 독립운동에 투신하셨습니다. 부친께서는 평소 할아버지께서 병조판서를 지내실 때 나라의 국운이 기운 것을 죄스러워하던 차에 해방이 되자 속죄하는 마음으로 군사력을 키우는 일이 시급하다면서, 저에게 그런 일이 있다면 발 벗고 나서서 도우라고 하셨습니다. 그래서 저는 귀국을 하지 못하고 있는 광복군에 대해 도울 방법을 찾으려고 교장선생님을 만나러 갔다가 마침 해군창설에 대한 이야기를 듣게 되어 바다에 대해 경험도 지식도 없지만 무작정 돕겠다고 한 것입니다."

민병증은 유억겸을 만난 자리에서 단숨에 해군창설을 돕겠다고 나섰던 까닭을 들려주었다.

"그런 사연이 있었던 거로군. 어쨌든 고맙네."

손원일은 영광으로 알고 힘껏 돕겠다던 민병증의 말을 떠올리며 말했다. 민병증은 새삼 겸연쩍은지 슬쩍 뒤통수를 긁적이고는 약간 실눈을 지으며 입을 뗐다.

"그런데…… 형님은 무엇 때문에 해군을 창설하겠다는 그런 무모한 생각을 하시게 된 것입니까?"

"형님보다는, 그냥 선장이라고 부르게."

손원일은 형님이라는 소리를 듣기가 낯간지럽다고 했다.

"그래, 그게 좋겠다. 어차피 바다의 사나이들을 끌어모으는 일이니 형님보다는 당분간이라도 선장님이 낫겠다."

김영철은 선장이라는 말의 어감이 어울린다고 하고는 조직이 구성될 때까지라도 그렇게 하자고 했다.

"듣고 보니 그렇군요."

민병증은 수긍이 가는 듯 고개를 끄덕이고는 이내 표정을 고쳐 "선장님께서 해군창설을 꿈꾼 까닭을 알고 싶습니다."라고 물었다. 손원일은 입가에 웃음기를 띠며 이순신 장군 때문이라고 했다.

"이순신 장군이라고요?"

민병증은 토끼처럼 눈알을 도리반도리반 굴리며 물었다. 손원일은 "나중에 차차 말할 때가 있겠지."라고는 젓가락으로 양재기에 담긴 막걸리를 살살 저으며 입을 뗐다.

"여기서 계속 이러고 있을 것이 아니라, 이것 마저 마시고 벽보 주인을 찾아가보지."

"저는 가서 벽보를 만들 테니 두 분만 다녀오세요."

민병증은 콧등에 맺힌 땀을 훔치며 말했다.

"다녀와서 함께 만들지."

손원일은 함께 가자고 했다.

"목사님께 종이를 부탁해둔 것이 있는데, 제가 챙겨야 합니다."

민병증은 양재기에다 막걸리를 탈탈 털어낸 주전자를 내려놓으며 말했다. 손원일은 알았다고 대답하고는 양재기를 들었다. 세 사람은 함께 막걸리를 쭉 들이켜고 일어나 밖으로 나섰다.

손원일을 민병증을 안동교회로 돌려보내고 김영철과 함께 벽보에 적힌 주소지로 찾아갔다.

두 사람이 찾아간 곳은 허름한 창고였다.

"여기가 맞는 것 같은데……?"

김영철은 창고 주위를 살피며 말하다가 조심스럽게 문을 열고서 안을 기웃거렸다.

"누구시오?"

한 사내가 다가오며 묻는 걸쭉한 목소리가 귓등을 때렸다. 김영철은 몸을 곧추세우고서 안으로 한 발자국 들어서며 입을 뗐다.

"실례합니다, 여기가……."

"아니……? 이게 누구야!! 김영철!"

사내는 김영철이 채 말도 맺기 전에 소리쳤다.

"선배님!!"

김영철은 놀라 자빠질 듯이 입을 떡 벌렸다.

"자네……? 여기 어쩐 일이야?"

사내는 단박에 표정이 생기 있게 살아나면서 큰 소리로 물었다.

"벽보를 붙인 사람이 선배님입니까?"

김영철은 흥분된 어조로 물었다.

"벽보? 자네가 그걸 보고 찾아왔단 말인가?"

사내도 밝은 안색으로 물었다.

"선배님이 그런 것을 붙였으리라고는 생각도 못했습니다."

김영철은 감탄조로 말하고는 뒤에 서 있는 손원일을 향해 입을 뗐다.

"인사하시죠, 여긴 저와 같은 진해고등해원양성소 출신 정긍모 선배님이십니다."

손원일은 한 걸음 앞으로 나서서 "반갑습니다, 저는 손원일이라고 합니다."라고는 손을 내밀었다. 정긍모는 악수를 나누고는 안으로 들어가자고 했다. 두 사람은 정긍모를 따라 안으로 들어섰다.

정긍모는 널빤지로 엉성하게 칸막이가 된 사무실로 안내하고는 낡은 나무의자를 내밀어 앉으라고 했다. 두 사람은 하나씩 끌어당겨 앉았다.

"선배님께서 일본 대판고등해원학교(大阪高等海員學校)에 진학하신 뒤로는 통 소식을 몰랐는데, 그동안 어디서 무엇을 하며 지냈습니까?"

김영철은 지난날을 되밟아보듯 물었다.

"뱃놈이 뭐했겠어? 대판고등해원학교를 나온 뒤로 곧장 바다에 뛰어들었다가, 해방될 때까지 여수에서 하카타간으로 오가는 정기기선 슌조마루(春朝丸)에서 기관사로 있었지."

정긍모는 감회가 서리는 얼굴로 말했다. 김영철은 뭔가 안다는 듯이 "슌조마루 호를 탔다는 말이군요?"라고 물었다. 정긍모는 그렇다고 대답하고는 "자네 한갑수 알지?"라고 되물었다. 김영철은 "한갑수……?"라며 고개를 갸웃거렸다. 정긍모는 "진해고등해원양성소 출신인데 몰라?"라며 잘 생각해보라고 했다.

　"그래요? 그렇다면 모를 리가 없는데……?"

　김영철은 손으로 이마를 짚으며 고개를 갸웃거렸다.

　"3년 전에 졸업한 한참 후배라서 모를 수 있겠군……."

　정긍모는 별것 아니라는 듯 무뚝뚝하게 말했다. 김영철은 눈을 번뜩이며 "항해과 출신입니까?"라고 물었다. 정긍모는 턱을 쳐들며 "아……, 기관과 출신이라 모르나?"라고는 말을 이어나갔다.

　"졸업하고 신기슈마루(新義州丸) 1등기관사로 있다가 해방이 되자마자 조선총독부가 설립한 조선우선주식회사에 갔어."

　"그래요?"

　"내가 그 친구에게 우리 일에 함께 동참할 마음이 없느냐고 했는데 말이야, 그런데 이 친구가 한술 더 떠서 우리가 조선우선주식회사를 흡수하는 것이 어떻겠느냐고 하는 거야."

　"뭐라고요?"

　"그 문제로 여기서 만나기로 했으니 이따가 오면 만나봐. 그런데, 자네가 벽보를 들고 온 것을 보니 바다를 지키는 데 관심이 있어서 여기까지 찾아온 모양인데, 맞아?"

"그럼요, 관심만 있다 뿐이겠습니까?"

김영철은 마치 기다렸다는 듯 대답하고는 다른 벽보를 끄집어내 놓았다.

"조국의 광복에 즈음하여 앞으로 이 나라 해양과 국토를 지킬 뜻 있는 동지들을 구한다? 이건 뭔가?"

정긍모는 김영철이 펼쳐놓은 벽보를 읽다가 고개를 들어 똑바로 쳐다보았다. 김영철은 몸을 앞으로 살짝 숙이며 "선배님……."이라고 입을 떼고는 아무런 기탄없이 말을 이었다.

"사실 우리도 해군창설을 준비하는 중입니다. 그러다가 선배님께서 붙인 벽보를 발견하고서 이렇게 단걸음에 달려온 것입니다."

"그으~래……?"

정긍모는 뜻밖의 소리에 놀랐는지 멍하니 김영철을 쳐다보았다.

"선장님, 말씀 좀 해주시죠."

김영철은 손원일을 향해 말문을 열어달라고 했다. 손원일은 입술을 옴죽거리고는 머릿속의 생각들을 정리해 기차에서 최용남에게 들려주었던 이야기를 되새김질하여 차근차근 들려주었다.

이야기를 듣고 난 정긍모는 새삼 놀랐다는 듯이 "선친께서 그런 생각을 하셨단 말입니까?"라고 물었다.

"그렇습니다, 그래서 저는 상해 중앙대학교 항해과를 졸업한 뒤로 중국 초상국 화물선을 조금 탄 후 독일 상선 람세스호 부선장을 하면서 바다를 익혀왔습니다."

손원일은 바다와 인연을 맺게 된 사연을 대강 들려주었다.

"아, 그러시군요? 우리와 같은 생각을 가진 분이 계시다니 정말 뜻밖입니다."

정긍모는 놀라운 일이라고 했다. 그때 한 사내가 문을 열고 들어서다 말고는 멈칫하고서 안을 살폈다.

"뭐해?"

정긍모는 사내를 쳐다보며 들어오라는 손짓을 했다. 사내는 발걸음을 고르는 양 잠시 머뭇거리다가 안으로 들어서며 손원일과 김영철을 번갈아 쳐다보았다.

"인사해, 진해고등해원양성소 항해과 출신 김영철, 자네 선배야."

정긍모는 사내에게 김영철을 가리키며 말했다.

"아…… 그렇습니까? 저는 15회 한갑수입니다."

한갑수는 김영철을 향해 머리를 숙이며 인사를 했다.

"나는 12회 김영철일세."

김영철은 반갑다고 말하고는 손원일을 가리키며 입을 뗐다.

"선장님은 독립운동을 하시다 순국하신 손정도 선생님의 아드님일세."

"아! 그러시군요? 만나서 반갑습니다."

한갑수는 손원일을 향해 공손히 말했다. 손원일은 손을 내밀며 만나서 반갑다고 인사를 했다. 정긍모는 갑자기 준엄한 표정이 되어 김영철을 향해 "지금 손정도 선생님의 자제분이라고 했나?"라고 물었다. 김영철은 얼굴빛을 바루고는 그렇다고 대답했다.

"이 친구, 그것을 왜 이제 말해?"

정긍모는 정색을 하고서 자세를 고쳐 잡고는 손원일을 향해 공손한 태도로 머리를 숙이며 "만나 뵙게 돼서 영광입니다."라고 했다.

"아니…… 갑자기 왜 이럽니까?"

손원일은 갑작스러운 정긍모의 태도에 어찌할 바를 몰라 말투가 어눌했다.

"손정도 목사님께서는 도산 선생님과 이상촌을 건설하시겠다고 전 재산을 다 처분하시어 액목현 지역에 땅을 사서 농민호조사(農民互助社)를 설립하시고 조선에서 떠나 생계를 찾아 떠도는 조선 사람들을 보살펴주지 않으셨습니까?"

정긍모는 한껏 달라진 어투로 말했다. 손원일은 자못 놀란 표정으로 "그 일을 어찌 아시오?"라고 물었다.

"저의 조부께서 길림에 계실 때 목사님의 보살핌으로 어려운 고비를 넘기신 일이 있었습니다."

정긍모는 차분한 음성으로 말하고는 점차 표정이 엄숙해지면서 말을 이어나갔다.

"그렇지 않아도 제가 도산 선생님을 존경해왔었는데, 그분과 함께 신민회라는 항일 비밀결사대에서 활동하신 손정도 목사님의 자제분을 뵙게 될 줄은 정말 몰랐습니다."

"그리 말씀해주시니 정말 고맙습니다, 하지만 저야말로 해군창설을 위해 발 벗고 나서주신 분을 만나서 정말 반갑고 기쁩니다.”

손원일은 아주 조용하고 차근한 음성으로 말했다.

“이것도 인연이라면 큰 인연인데…….”

정긍모는 어딘지 모르게 가슴이 부듯한 어투로 말하다가 언뜻 생각이 떠올랐다는 듯 빙긋이 웃으며 말을 이었다.

“이럴 것이 아니라, 오늘부터 우리들을 이끌어주십시오.”

“네?”

손원일은 뜻밖의 소리에 어떻게 해야 할지 몰라 정긍모를 똑바로 쳐다본 채 입을 떡 벌렸다.

“선장님이야말로 독일 상선에서 부선장을 하셨고, 세계의 바다를 일주하시면서 많은 경험을 쌓으신 분 아닙니까?”

정긍모는 손원일이 해군창설을 이끌어나갈 적임자라고 했다.

“하지만 선원생활 경력을 따지자면 저보다 짧지 않을 텐데?”

손원일은 뭔가 민망하다는 듯 말투가 어눌했다.

“아닙니다. 사실 저는 여수에서 하카타간으로 오가는 뱃길만 다녔고, 더군다나 항해사도 아니고 기관사 출신 아닙니까? 이런 일은 아무래도 항해사 출신이 맡아야 마땅한 일이고, 거기다가 바다에 대해서는 우리들보다도 지식이 많고 무엇보다도 나이도 제일 연장자이시니 그리 해주십시오.”

정긍모는 사정을 가려보면 마땅한 것이라고 했다. 손원일은 잠시 궁리를 세우다가 어딘가 힘이 배인 어조로 입을 뗐다.

"알겠습니다, 힘을 보태준다면 힘껏 해보겠습니다."

"물론입니다, 힘을 보태고말고요."

정긍모는 산중에서 비바람을 피할 오두막을 만난 듯 일이 잘된 양 밝고 힘찬 목소리로 대꾸했다.

"이거, 벽보 임자를 찾아서 왔다가 뜻밖에 동지를 구했으니 일이 잘 풀리려나 봅니다."

김영철은 환하게 웃는 얼굴로 손원일과 정긍모를 번갈아 쳐다보며 말했다. 정긍모는 "그래야지."라고 대꾸하고는 한갑수를 향해 "갔던 일은 어때? 가능성이 좀 있어?"라고 물었다. 한갑수는 불만스러운 표정을 감추려는 듯 어색하게 웃고는 고개를 가로저으며 입을 뗐다.

"해군 창설이야 나라에서 다 알아서 할 일인데 뭣 하러 나서느냐고 핀잔만 줍디다."

"김용주 사장, 그 인간이 사장 자리를 빼앗기기 싫어서 그러는 것이지."

정긍모는 조선우선주식회사의 내부 사정을 잘 아는 듯이 말했다.

"애초 그런 인간한테 말을 꺼낸 것이 잘못입니다."

한갑수는 그만 잊어버리는 것이 좋겠다고 했다.

"자네 말이 맞아. 일본 놈들 밑에서 호의호식하느라 황국신민이 되자고 떠들고, 일본군에 강제 징용되는 조선 청년 부모들에게 반도의 부모라면 자식을 나라의 창조신께 기쁘게 바치는 마음가짐을 가지라고 떠들어댔던 그런 인간에게 애당초 애국심이라는 것이 있을 까닭이 없지. 그래도 혹시나 하고 기대했던 우리가 잘못한 거야, 젠장."

정긍모는 그동안 김용주에 대한 불만이 누적되었다는 듯 퍼질러 놓은 험담 끝에 욕지거리를 매달았다.

"맞습니다, 일본군 놈들 군용기 마련하는 광고에 이름을 올리고 거금 27만 원을 보탠 그런 자가 아닙니까? 그만 잊어버리는 것이 좋겠습니다."

한갑수는 덩달아 분풀이를 하듯 맞장구를 놓았다.

"그래도 해방이 되었으니 나라를 위하는 일에 나서주기를 바랐건만……."

정긍모는 거듭 불만을 늘어놓다가 한갑수를 향해 "자네는 어떻게 하기로 했나?"라고 물었다.

"뭘 어떻게 합니까? 제가 조선우선주식회사에 간 것은 우리 쪽으로 끌어올 생각으로 간 것 아닙니까?"

한갑수는 조선우선주식회사에 더 이상 있을 필요가 없어졌다고 했다.

"그런 친일 놈들은 그만 싹 잊어버리는 게 좋아."

정긍모는 한갑수에게 잘했다고 했다.

"그러면 우리는 내일부터 함께 움직이면 어떨까요? 비록 교회 지하실이지만 이 창고보다는 나을 것입니다."

김영철은 정긍모를 설득하겠다는 듯 온공한 어조로 말했다. 정긍모는 "교회 지하실?"이라며 김영철을 똑바로 쳐다보았다. 김영철은 "안국동에 있는 정동교회 지하실입니다."라고 입을 떼고서 그간의 일과 민병중의 이야기를 들려주었다.

4.

 다음 날 손원일을 비롯한 민병증, 김영철, 정긍모, 한갑수는 정동
교회에 모여 단체의 이름을 '해사대(海事隊)'라고 짓고는 뜻을 이루
자는 결의를 견고하게 다졌다.

 다섯 사람은 정동교회 지하실에서 '해군지원자는 8월 29일까지
정동교회로 모이라'는 벽보를 만들어 밀가루로 쑤어 만든 풀을 들
고 종로와 청계천, 을지로 그리고 충무로까지 매일 돌아다니며 벽
보를 붙였다.

 8월 29일 아침이 되자 지원자 250여 명이 정동교회 마당에 모여
들어 북적거렸다. 손원일은 그저 감개가 무량하기만 한 얼굴로 민
병증을 향해 면접할 준비를 마쳤는지 물었다.

 "목사님께서 고맙게도 교회 의자와 탁자를 주셨습니다."

 민병증은 흥분에 들떠서 어쩔 줄 몰랐다.

 "예상보다 지원자가 많이 몰려들어 선발하는 데 시간이 좀 걸릴
것 같습니다."

 정긍모 역시 흥분된 표정으로 기뻐서 어쩔 줄 모르겠다는 듯 말

하고는 몇 명을 선발할 생각이냐고 물었다.

"바다에 대해 아는 사람이라면 마다하지 않아야지."

손원일은 군이 인원 제한을 두지 않을 것이라고 말하고는 민병증을 향해 의자와 탁자를 배열해달라고 부탁하고서 나머지는 지하 사무실로 들어가자고 했다.

"일단 뽑고 나면 교육을 해야 하는데, 지금으로서는 수용할 곳이 마땅찮으니 그것도 생각해야 하지 않겠습니까?"

한갑수는 사무실 안으로 들어서자마자 뽑기만 하는 것이 능사가 아니라며 걱정을 쏟아냈다.

"저는 처갓집에 다녀올 테니 우선 뽑아 놓으시죠."

정긍모는 손원일에게 처갓집에 부탁하여 지원자들을 수용할 곳을 마련해보겠다고 했다. 손원일은 기대 반 우려 반의 심정으로 가능하겠느냐고 물었다.

"그럼 어쩝니까? 미친놈 소리를 듣더라도 한번 해봐야지요, 그런 걱정은 말고 면접이나 잘 보세요. 저는 아쉬운 소리 하러 나가보겠습니다."

정긍모는 눈을 딱 부릅뜨고 말하고는 돌아서서 나갔다. 정긍모가 나간 문으로 민병증이 들어서며 손원일을 향해 "선장님, 김동준이라는 자를 아십니까?"라고 물었다. 손원일은 표정을 환하게 그리며 어디 있느냐고 물었다. 민병증은 문밖으로 고개를 돌려 "이리로 오세요."라고 소리쳤다. 그러자 김동준이 안으로 들어서며 "지점장님."이라며 반갑게 인사를 했다.

"언제 왔어?"

손원일은 얼굴에 웃음을 가득 싣고 반겼다.

"경성에 도착하자마자 사장님께 가서 상해지점을 정리한 것을 전달해드리고 곧장 이리로 달려왔습니다."

김동준은 윤치창이 정동교회의 위치를 알려줬다고 말하며 가방을 내밀었다. 손원일은 얼떨떨한 눈으로 가방을 쳐다보며 무엇이냐고 물었다.

"상해지점을 정리하고 가져온 자금 중 일부입니다. 사장님께서 지점장님께 가져다 드리면 알 것이라고 하시던데요?"

김동준은 목덜미에 비치는 땀을 훔치며 말했다. 손원일은 숙엄한 표정으로 입을 꾹 다물고 가방을 쳐다보다가 천천히 열어보았다. 가방 속에 든 두둑한 돈다발을 보자 그만 가슴이 뭉클거렸다.

손원일은 감정을 억누르는 듯 지그시 눈을 감은 채 입술을 깨물고는 곧 눈을 뜨며 김동준을 향해 "자네는 앞으로 어쩔 건가?"라고 물었다.

"지점장님 말씀을 듣고 생각을 많이 해보긴 했지만 아직 어찌해야 좋을지 모르겠습니다."

김동준은 봉천역에서 합류해달라고 했던 손원일의 말 때문에 고민이 많다고 했다. 손원일은 퉁명스러운 어조로 "그래……?"라고는 곧 "마당에 모여든 사람들 보았지?"라고 물었다.

"그렇지 않아도 궁금했는데, 뭐하는 사람들입니까?"

김동준은 머리를 한쪽으로 삐딱하게 기울이며 물었다.

"해군이 되기 위해 지원한 사람들이야."

손원일은 김동준의 마음을 움직이게 하려고 부러 위엄이 있는 어조로 말했다. 김동준은 감탄조로 "네……."라고 대답했다.

"오늘이 해사대 지원생들 면접하는 날인데, 마침 자네가 왔으니 면접관이 되어줘."

손원일은 억지로 떠넘겨서라도 김동준의 마음을 돌릴 참이었다.

"네~에?"

김동준은 단박에 화들짝 놀라는 표정이었다.

"왜? 바빠?"

"그게 아니라…… 제가 뭘 안다고 면접관이 된단 말입니까?"

"나하고 함께 그만큼 일을 했는데, 내가 자네를 몰라?"

"아이고, 아무리 그래도……."

"그 정도면 돼, 그러니 여러 소리 하지 말고 좀 도와주고 가. 그 정도는 해줄 수 있지?"

손원일은 강요하듯 떠넘겼다. 김동준은 할 수 없다는 듯 마지못해 알았다고 대답했다. 손원일은 고맙다고 말하고는 주변을 휘둘러보며 "여기 좀 모여!"라고 소리쳤다. 저마다 일을 보던 민병증과 김영철, 한갑수는 손원일 근처로 모여들었다.

손원일은 김동준을 가리키며 동화양행 상해지점에서 함께 일했던 김동준이라고 소개를 하고는 "오늘 면접에서 영어를 담당해줄 거야."라고 했다. 김동준은 엉겁결에 잘 부탁한다는 말로 머리를 꾸벅거렸다.

손원일은 모두를 향해 "자, 그럼 시작하도록 하지."라고는 밖으로 나섰다. 모두 밖으로 나서자 검댕투성이 바지저고리를 입은 자, 일본군 군복을 새까맣게 염색하여 입은 자. 옷고름이 떨어져 나간 옷을 끈으로 동여맨 자, 비둔한 옷차림으로 목달이 가죽구두를 신은 자 등 저마다 기묘하고 남루하고 누추한 행색을 한 자들이 손원일과 일행들을 향해 한꺼번에 시선을 쏟아부었다.

손원일은 지원자들 앞으로 한 걸음 나서서 입을 뗐다.

"여러분들은 해방된 조국의 바다를 수호하는 해군이 되고자 이 자리에 모였습니다. 지금부터 개별적 면담을 통해 간단히 몇 가지를 확인한 후 가부를 결정지을 것입니다. 앞에 있는 면접관이 호출하면 순서대로 면담해주세요."

손원일은 말을 마치고는 뒤에 선 일행들을 향해 민병증이 배열해 둔 탁자 앞으로 가서 각자의 자리에 앉으라고 했다. 김동준은 민병증의 옆자리인 맨 끝자리로 가서 앉았다.

"앞줄에 선 사람부터 한 사람씩 면접관 앞으로 가시오."

손원일의 말이 떨어지자 지원자들은 한 사람씩 차례로 탁자 앞으로 다가가 앞에 놓인 나무의자에 앉았다.

지원자들은 그늘이 없는 교회 마당에서 쨍쨍 내리쬐는 햇볕에 쏘이며 한 사람씩 문답식으로 면접을 해나갔다.

면접이 다 끝나고 뒷정리를 하고 있을 때 정긍모가 돌아와 몇 명을 뽑았는지 물었다. 손원일은 80명이라고 대답하고는 굳은 표정으로 처갓집에 갔던 일은 잘 되었냐고 물었다.

"겨우 80명……? 그것으로 되겠습니까?"

정긍모는 손원일이 묻는 말에는 무어라 대꾸하지 않고 물었다. 손원일은 욕심 같아서는 더 뽑고 싶었지만 수용할 곳이 마련되지 않아 그렇게 하고 말았다고 대꾸하고는 갔던 일이 어떻게 되었는지 재차 물었다. 정긍모는 처갓집 식구들로부터 미친놈 소리를 듣긴 했지만 그래도 소득은 있었다고 했다.

손원일은 단박에 표정이 일변하여 "그래?"라며 반겼다.

"사무실은 관훈동에 있는 표훈전(表勳殿)을 쓰고, 청량리에 있는 전매청공장 창고를 교육장소로 쓸 수 있도록 허락을 받았습니다."

정긍모는 의기양양한 얼굴에 승리의 미소를 띠며 말했다.

"그게 정말이야?"

손원일은 가슴이 반가움으로 출렁대는지 목소리가 커졌다. 정긍모는 그렇다고 대답하고는 조건이 하나 붙었다고 했다. 손원일은 두 눈을 끔벅거리며 무엇이냐고 물었다.

"장인어른께서 그걸 빌려주는 대신 해군을 창설하지 못하면 앞으로 처갓집에 발을 붙이지 말라고 하십니다."

정긍모는 자랑삼아 말하고는 벌쭉 웃었다.

"아이고, 정말 큰일을 해냈어."

손원일은 한껏 고조된 목소리로 소리쳤다.

"이거, 이럴 것이 아니라 신입대원들을 교육시키려면 당장 교육을 담당할 교관을 정해야 하지 않겠습니까?"

김영철은 흥이 잔뜩 묻어나는 목소리로 말했다. 정긍모는 "그래야지." 하고는 교육이 언제부터냐고 물었다. 손원일은 9월 3일부터 시작이라며 그 전에 준비를 마쳐야 한다고 했다.

"나하고 갑수는 기관과 출신이니 기관기술을 담당하고 항해과 출신인 영철이가 항해를 담당하면 되겠네."

정긍모는 깊이 생각할 것이 없다는 듯 쉽게 말했다.

"영어는 매형이 맡아주실 것이라고 했으니……."

손원일은 윤치창이 영어교육을 담당할 것이라고 하다가 김동준을 쳐다보았다. 김동준은 눈치를 챘다는 듯 정색을 하고서 "지점장님, 전 아직……."이라며 꽁무니를 뺐다.

"보다시피 이끌어나갈 사람이 부족해서 나도 항해기술을 담당하는데, 당분간만이라도 해양훈련을 맡아줘."

손원일은 김동준을 향해 사정을 봐달라고 했다.

"그렇게 합시다, 상해에서 함께하신 분이 도와주면 얼마나 든든하시겠습니까?"

김영철은 바람잡이 노릇하듯 걸쭉한 목소리로 말했다. 김동준은 무엇에 놀란 것처럼 대답도 못하고 버벅거렸다.

"잘 결정했어, 고마워."

손원일은 김동준의 어깨를 도닥거리며 딴소리를 못하도록 입을 막았다. 김동준은 이러지도 저러지도 못하고 곤란스러워 하다가 마지못해 알았다고 대답했다. 민병증은 김동준을 향해 잘했다고 말하고는 자신은 바다에 대해 아무것도 모르는 사람이니 사무 일을 보겠다고 했다.

"교육이 시작되면 먹여줘야 할 텐데……."

한갑수는 당장 돈이 필요하다며 걱정했다.

"내가 독립군 군자금으로 보태려고 모아둔 돈 조금하고 매형이 보태준 것이 있으니 당분간은 걱정 안 해도 될 거야."

손원일은 윤치창이 김동준을 통해 보내준 돈을 믿고 말했다.

"앞으로 얼마나 더 모여들지 모르는데, 군복은 고사하더라도 식량을 대주지 못하면 뿔뿔이 떠나버릴 것입니다."

한갑수는 여간한 돈으로는 해결되지 않을 것이니 강구책을 세워야 한다고 했다.

"맞습니다, 군자금을 마련할 방도를 찾아야 합니다."

김영철은 근본적 대책을 세울 필요가 있다고 했다.

"그러면, 건준에다가 부탁을 해보면 어떨까요?"

"건준?"

민병증은 손원일을 향해 건국준비위원회에 찾아가서 도움을 요청하자고 했다.

"그쪽도 코가 석잔데, 몽양 선생이 도와주겠어?"

정긍모는 건국준비위원회의 사정이 안 좋아 여운형이 거들떠보지 않을 것이라고 했다.

"꼭 자금 때문만이 아닙니다. 다음 달 초에 하지(John Hodge) 중장이 이끄는 미국 육군24군단이 인천을 통해 경성에 입성하여 38선 이남지역에 대한 군정을 선포하기로 되어 있답니다. 그런데 문제는 하지가 미군정청 장관에 임명되어 남한 내의 군대조직을 감시할 것이라는 겁니다. 일이 그리되면 우리는 건준이라도 등에 업지 않으면 강제로 해체당할 수도 있습니다. 생각해보십시오, 지금 광복군 출신과 일본군 출신 그리고 만주군 출신들이 끼리끼리 모여서 군사단체를 만드는 데다가 듣지도 보지도 못한 이상한 단체들까지 나서서 군대를 만든다고 야단이지 않습니까? 이런 때에 자금도 자금이지만 든든한 백을 위해서라도 건준이 필요합니다."

민병증은 민충식의 옛 동지들을 통해서 들은 이야기라며 설명을 늘어놓고는 건국준비위원회로 들어가 여운형을 방패막이로 삼자고 했다.

"그 말이 사실이라면 손을 써야 하지 않겠습니까? 더구나 몽양 선생은 선장님의 부친과 함께 독립운동을 하신 분이니 민 동지 말대로 하는 것이 좋겠습니다."

김영철은 손정도까지 거론하면서 민병증의 말대로 하자고 했다.

"내 생각은…… 나라가 해방이 된 지 겨우 보름밖에 안 되어 모든 것이 불확실하고 혼란스러운 이런 시기에 섣불리 어느 단체에 가입하기보다는 신중을 기하는 게 좋겠단 거야."

손원일은 잠시 정세를 관망하는 것이 좋겠다고 했다.

"신중함도 지나치면 화를 부르는 법입니다. 지금 우리 형편에 이것저것 관망할 여유가 어디 있습니까? 우리에게 도움이 될 만하다면 사정이라도 해야지요."

김영철은 극구 주장을 굽히지 않았다.

"그렇습니다, 저도 같은 생각입니다. 꿩을 잡아야 매라는 말도 있잖습니까? 이렇든 저렇든 우리는 해군을 창설할 수 있다면 된다고 봅니다."

한갑수는 김영철의 말을 거들고 나섰다.

"보아하니 모두가 똑같은 생각인 것 같고, 저 역시 옳다고 생각합니다."

정긍모는 손원일에게 여운형을 만나보자고 했다.

"이것저것 가릴 게 뭐 있습니까? 저와 함께 지금 당장 건준으로 가시죠."

민병증은 이런 일은 시간을 끌 것이 아니라 단김에 마무리를 짓는 것이 좋다고 했다. 손원일은 이마를 잔뜩 누비며 "기별도 안 넣고 무작정 간단 말이야?"라고 난색을 비쳤다.

"말씀드리지 않았습니까? 건준에 제 아버님의 옛 동지 분들이 많이 계시기 때문에 몽양 선생님을 뵙는 것은 어렵지 않습니다. 아, 그리고, 더구나 몽양 선생님께서는 선장님 부친과도 임정에서 함께 계셨던 분이잖습니까?"

민병증은 여운형이 손원일을 보면 반가워할 것이라며 당장 가자고 했다.

"맞습니다, 지금 당장 가보세요."

김영철은 몽긋거리는 손원일을 떠밀다시피 말했다. 손원일은 마지못해 몸을 일으켜 가벼운 목소리로 다녀오겠다며 민병증을 앞세웠다.

정동교회를 빠져나온 두 사람은 걸어서 화신백화점 근처를 지나치고 광화문을 거쳐 북촌의 건국준비위원회 현판이 나붙은 2층 양옥건물 앞에 멈추어 섰다.

"이 집은 원래 땅부자 임용상의 집인데, 몽양 선생께 기증한 것이랍니다."

민병증은 건물의 내력을 알고 있다는 듯 말하고는 성큼 안으로 들어섰다. 마당으로 들어서자 마침 방에서 거무숙숙한 대청마루로 나서던 나이가 지긋해 보이는 노신사가 민병증을 발견하고서 무슨 일로 왔느냐고 물었다. 민병증은 허리를 숙여 인사를 하는 여운형을 만나러 왔다고 했다. 노신사는 대청마루에서 그림자처럼 조용히 내려와 민병증과 손원일을 쳐다보았다. 손원일은 코밑에 팔자 콧수염을 기른 노신사의 얼굴을 대면하자 그만 얼굴 근육이 경직되어 마주보기가 거북살스러웠다. 그는 분명히 조동호가 틀림없었다.

조동호는 한때 손정도와 함께 상해에서 대한민국 임시정부 수립에 참여하고서 임시의정원 충청도의원과 국무위원으로 지냈다. 하지만 그 후 고려공산당에 가입했다가 얼마 지나지 않아 박헌영과 함께 이르쿠츠크파 고려공산당 상해지부를 조직했던 자였다.

그 무렵 손원일은 손정도의 권유로 상해 중앙대학교 항해과에 진학 중이었다. 공산주의자를 경계하라는 손정도의 뜻에 따라 직접 조동호를 만난 일은 없었지만 몇 차례 본 적은 있었다. 코밑에 팔자 콧수염이 간잔지런한 그의 얼굴을 보자 그를 본 기억이 되살아난 것이다.

"몽양 선생을 만나러 온 이유가 뭔가?"

조동호는 경계하는 눈빛으로 쳐다보며 물었다. 민병증은 약간 당혹한 얼굴로 조동호의 떠름한 표정을 살피다가 낮은 음성으로 "긴히 상의드릴 일이 있습니다."라고 했다.

"이 집에 드나드는 사람들이 한둘이라던가? 어디서 온 누군지 말해보게."

조동호는 용건을 말하지 않으면 돌려보내겠다고 했다.

"저…… 혹시 유정 선생님이 아니십니까?"

손원일은 마음에 썩 내키지 않는 입을 떼어 조동호가 아니냐고 물었다. 조동호는 의아한 눈빛으로 손원일을 쳐다보며 "누군가?"라고 물었다. 손원일은 태없이 겸손한 모습으로 허리를 숙이며 손정도의 장남이라고 했다. 조동호는 단박에 달라진 눈빛으로 손원일을 쳐다보며 "자네가 해석의 아들인가?"라고 물었다. 손원일은 다시 고개를 숙이며 그렇다고 대답하고는 여운형에게 인사를 하러 왔다고 했다.

"진즉에 그렇다고 말하지 않고……!"

조동호는 달라진 목소리로 조용하게 말하고는 손원일만 따라오라고 했다. 손원일은 잠시 머뭇거리다가 민병증을 남겨두고 조동호를 따라 여운형이 머무는 곳으로 안내되었다.

조동호는 여운형을 향해 손정도의 아들이 인사를 하러 왔다고 했다. 여운형은 반색하며 "해석 동지의 자제를 보다니…… 어서 이리 앉게."라며 손짓을 했다. 손원일은 허리를 숙여 인사를 하고는 여운형 앞으로 다가가 무릎을 꿇고 앉았다.

"해석 동지를 보는 것처럼 반갑구만."

여운형은 실로 오랜만에 반가운 벗을 만난 듯이 말했다.

"바쁘실 텐데, 시간을 내주시니 감사합니다."

손원일은 의례적인 짤막한 인사말로 머리를 조아렸다.

"말씀 나누세요."

조동호는 여운형을 향해 머리를 숙여 말하고는 나가보겠다고 했다. 여운형은 조동호에게 그러라고 말하며 손원일을 향해 "아니야, 아니야……. 그렇지가 않아."라고는 안타깝다는 듯 잠긴 목소리로 말을 이어나갔다.

"해석 동지가 돌아가셨다는 소식을 한참 뒤에 알게 되었네만, 그렇게 가시다니…….."

"저도 바다에 떠다니다가 뒤늦게 소식을 들었습니다만, 장례에도 참석하지 못했습니다."

손원일은 불효를 저지른 것이 두고두고 한이 된다고 했다.

"저런, 그런 일이 있었나? 일본 놈들이 해석 동지의 장례식 때 무슨 사태가 벌어질까 봐 사람들이 모이지 못하게 했다는 소식을 들었어, 나쁜 놈들…….."

여운형은 일본군의 처사에 몹시 분개하듯 말하고는 말끝에 "그래 무슨 일로 왔는가?"라고 물었다.

"저 실은…….."

손원일은 마치 편도선이 부은 것처럼 말을 어렵게 끄집어 들어 올리고는 어물거렸다.

"괜찮아, 말해보시게. 나는 신간회 사람이든, 장안파 사람이든 가리지 않는 사람일세."

여운형은 손원일의 의중을 간파하기라도 했다는 듯이 은근히 좌우익을 다 포용하는 너그러운 사람이라고 자랑했다.

"그럼, 안심하고 말씀드리겠습니다. 실은 제가 우리나라의 바다를 지키는 해군을 창설할 뜻을 품고 해사대를 조직했습니다만, 대원들을 먹이고 입히려니 제가 가진 돈만으로는 부족하여 건준의 도움을 받을 수 있을까 해서 찾아왔습니다."

여운형은 놀란 표정으로 언제 그런 일을 시작했는지 물었다.

"해방이 되던 그날 바로 봉천에서 기차를 타고 달려와 뜻있는 사람들을 만나 시작했습니다. 1차로 80명을 선발했지만, 조만간에 대원을 많이 늘려야 하고 그에 따라 먹고 자는 문제가 준비되어야 하는데, 그렇게 하려면 아무래도 몽양 선생님의 손길이 필요할 것 같습니다."

손원일은 향후의 계획을 들려주고서 도와달라고 했다.

"아무나 할 수 있는 일이 아닌 이런 일을 시작하다니…… 역시 해석 동지의 자제로군."

여운형은 손정도의 투철한 국가관을 칭송하는 말로 애도하고는 해사대 대원들을 이끌고 건국준비위원회로 들어와 해사과를 만들면 어떻겠는지 물었다. 손원일은 침착한 어조로 건국준비위원회에 합류하라는 것이냐고 물었다.

"마침 우리도 세력을 확장하기 위해 해사과를 설치할 참이었는데, 그리만 해주면 대원들 먹고 입는 문제는 걱정 안 해도 될 뿐더러, 자네 원대로 되지 않겠는가?"

여운형은 장차 바다를 지킬 수 있는 힘을 기르기를 원한다면 건국준비위원회로 들어오라고 했다.

"정말로 그렇게 되겠습니까?"

손원일은 여운형의 말에 혹하여 떨리는 목소리로 물었다.

"그렇고말고. 며칠 후 미군정청이 들어서면 일본 놈이 가진 경찰

권을 회수한다는 소문에 지금 일본군 놈들 밑에서 앞잡이 노릇하던 놈들이 경찰조직과 군대조직을 만들겠다고 야단들이잖아? 미군정청이 이를 가만두지 않을 것은 불 보듯 빤한데……. 만약 해사대가 건준으로 들어오지 않는다면 보호받기가 힘들게 될지도 모르니 망설이지 말고 당장 들어오게."

여운형은 뒤숭숭하고 어수선한 시국의 추이를 여러 각도에서 관찰해볼 때 건국준비위원회의 보호가 필요할 것이라고 했다. 손원일은 여운형의 뜻을 따르겠다고 대답했다.

"허허, 해석 동지의 자제가 해사대를 꾸려 건준에 합류하게 될 줄이야? 이거…… 건준이 융성하려니까 하늘이 돕는군."

여운형은 손원일을 향해 잘한 일이라며 칭찬을 아끼지 않았다.

5.

　손원일은 여운형의 말만 믿고 해사대를 이끌고 건국준비위원회로 들어갔다. 하지만 그 뒤 여운형은 민족주의를 표방하는 안재홍이 이끄는 신간회와 조선공산당을 계승하려는 정백이 이끄는 장안파 사이에서 그네 타는 일에 정신이 팔려 해사대 지원은 뒷전이었다. 거기다가 경성에 도착한 미군정청 선발대는 일본이 건국준비위원회에 이양했던 행정권 이양을 취소하고 경찰서와 신문사, 학교 등을 접수했다. 그러자 건국준비위원회는 행정권을 비롯한 모든 권한을 박탈당한 허울뿐임에도 불구하고 조선인민공화국 임시조직법을 통과시킨 뒤 조선인민공화국 수립을 발표했다.

　조선인민공화국은 아직 귀국하지 않은 이승만을 주석으로, 여운형을 부주석으로 추대하고 내각을 결성하면서 정부의 부서와 정강, 시정 방침 등을 발표했다. 그러자 해사대는 이것도 저것도 아닌 천덕꾸러기로 전락하고 말았다. 그런 와중에 미군정청은 조선인민공화국을 부인하는 성명을 발표했고, 그로부터 일주일 뒤 귀국한 이승만은 조선인민공화국 주석 취임을 거부하면서 공산당에 대한 비난을 쏟아내고는 우익 사회단체들을 결성하여 독립촉성중앙협의회를 발족시켰다.

손원일은 공산주의 암살단체 적기단(赤旗團) 비밀단원인 박상실이 김좌진을 암살할 때 김성주가 박상실의 끄나풀 노릇을 했다는 사실을 알고서 배신감으로 크게 상심하여, 일본 경찰에게 받은 고문으로 얻은 병이 도져 누웠다가 숨을 거둔 손정도 때문에 공산주의를 못마땅하게 여기던 터였다. 그런 손원일로서는 건국준비위원회 선전부장을 맡은 조동호가 이승만에 맞서서 조선공산당 창당을 서두르는 것을 알고는 소신에 따라 처신하기가 어려웠다. 그러던 중 건국준비위원회가 지나치게 공산주의로 변질되어가자 더 이상 머물 수 없다는 판단을 하고서 해사대를 이끌고 빠져나왔다.

"빨갱이집단이 되어버린 건준에서 빠져나온 것은 잘 한 것이지만, 앞으로 어떻게 해야 할지 그게 걱정입니다."

김영철은 건국준비위원회로 가자고 했던 일이 새삼 미안했는지 애써 벌겋게 달아오른 얼굴로 말하면서도 한편으로는 걱정을 놓지 못했다.

"석은태 씨를 만나면 방법이 있을지 몰라."

손원일은 윤치창의 소개로 약속을 잡아두었다고 했다.

"아무리 그래도 조선해사보국단(朝鮮海事報國團)은 좀…… 그렇지 않습니까?"

김영철은 어딘가 꺼림칙하다고 했다. 정긍모는 한 걸음 앞으로 나서며 "꺼림칙해? 뭐가?"라고 물었다.

"친일단체들이 황민화운동의 사상통일을 강화하고 군수자재 헌납운동을 할 목적으로 만든 임전대책협의회와 흥아보국단(興亞報國團) 준비위원회가 연합해서 조선임전보국단이라고 설립한 것을 미군정청이 교통국 해사과로 편입한 것 아닙니까?"

김영철은 자칫하다가는 친일파라는 소리라도 듣지 않을까 걱정된다고 했다.

"무슨 소리야? 태평양전쟁 때 친일파들이 일본군 놈들에게 협조하느라 설립했다고 해서, 해방이 된 지금 이 마당에 우리가 꺼려야할 게 뭐 있는데?"

정긍모는 설익은 소리 하지 말라고 했다.

"그건 정긍모 대원 말이 옳아, 비록 태생이 친일파들 손에서 시작되었다고는 하나 지금은 어엿하게 독립된 나라의 단체인데 문제될 것이 뭐 있어?"

손원일은 논란을 잠재우고는 다녀오겠다고 했다.

"회현동까지는 가까운 거리도 아닌데, 저라도 따라갈까요?"

민병증은 선뜻 따라나서며 말했다. 손원일은 혼자 가서 조용히 이야기하는 것이 좋을 것 같다고 했다.

"그러지 말고 함께 가세요. 요새 하도 시끄러워서 혼자 가다가 무슨 일을 당할지 누가 알겠습니까?"

정긍모는 문 앞까지만 함께 가라고 했다. 손원일은 민병증을 힐끗 쳐다보다가 "같이 가."라고 했다. 민병증은 손원일을 따라 밖으로 나섰다.

거리로 나서자 [WELCOME THE ALLIED FORCES!]라고 적힌 현수막이 춤을 추듯 바람에 펄럭이는 것이 눈에 들어왔다.

"미군들이 총독부 일본 관료들에게 브리핑을 받으면서 한국인을 착취한 정책에 대해 따졌다지만 그게 다 무슨 소용이겠습니까?"

민병증은 한낮의 햇살을 튕기며 펄럭거리는 현수막을 쳐다보며 말했다.

"그나마 비록 잠시였지만, 아베 노부유키가 몽양 선생에게 치안 유지권을 넘겨준 덕에 일본 놈들 재산을 몰수할 수 있어서 다행이지."

"그래도 아베 노부유키는 마누라와 식구들과 재산을 몽땅 일본으로 빼돌리려고 배에다 싣고 건너가려고 하지 않았습니까? 다행히 폭풍이 불어 재산을 바다에 몽땅 버리고 겨우 사람만 살아서 부산으로 되돌아왔지만, 천벌을 받은 것이지요."

"그런 거야 어찌 되었든, 일본군이 사용하던 군수물자라도 우리가 사용할 수 있다면 큰 힘이 될 텐데."

"제 말이 그 말입니다. 몰수한 일본 놈들 재산을 조금이나마 우리에게 준다면 얼마나 좋겠습니까?"

"아직 정부가 수립되지 않았으니 그런 것을 기대할 순 없겠지……."

손원일은 착 가라앉은 목소리로 말하다 말고 다리를 휘청거리다가 전봇대에 손을 짚었다.

"어디가 아프십니까?"

민병증은 깜짝 놀라 소리치며 손원일을 부축했다. 손원일은 괜찮다고 하고는 손을 전봇대에 짚은 채 가만있었다.

"아니…… 병원으로 가야겠습니다."

"괜찮아, 왜놈들한테 고문 받았던 것 때문에 가끔 이러지만 곧 나아져."

"해사보국단에는 나중에 가는 것이 어떻겠습니까?"

"무슨 소리? 이제 괜찮아."

손원일은 힘겹게 말하고는 가자고 했다. 민병증은 놀라움이 가시지 않았다는 듯 몸을 도사리며 손원일을 쳐다보다가 이내 뒤를 따라붙었다.

종로 거리에는 번잡스러운 장터처럼 행인들이 소란스럽게 오갔다. 길가에 쭉 늘어선 플라타너스 가로수는 널따란 잎사귀를 팔랑거리며 마구 쏟아져 내리는 햇볕을 쫓아내고, 삐딱하게 기울어진 늙은 전봇대는 우마차를 끄는 소처럼 지쳐 보였다. 가지런히 뻗은 선로 위로 땡땡 종을 울리며 지나는 전차는 공중에 그물처럼 얼기설기 엮인 전차용 전깃줄을 긁어댔다.

"회현동 쪽이면 전차를 타고 가는 건데……."

민병증은 전차가 지나간 선로 위로 달캉거리며 밀물처럼 몰려드는 우마차와 손수레를 쳐다보고는 손원일이 들으라는 듯 부러 큰 소리로 말했다.

"내 핑계 대지 말고 어서 따라와."

손원일은 핀잔주듯 말하며 걸음을 재촉했다. 민병증은 퉁명한 목소리로 "진짠데."라고는 뒤를 따라붙었다.

생사(生絲)상회가 즐비하게 늘어선 골목길을 지나 사기그릇, 고무신, 인조견, 어물, 채소 등을 차려놓은 난전이 벌어진 곳을 지날 무렵 여러 무리로 나누어 다가오는 사람들이 보였다. 사람들은 저마다 국민회(國民會), 우국동지회(憂國同志會), 조선건국청년회(朝鮮建國靑年會), 대한독립촉성전국청년총연맹, 조선민족청년단(朝鮮民族靑年團)이라는 팻말을 들고서 행진 중이었다.

"해방된 지 얼마나 됐다고, 좌익, 우익으로 편을 갈라서 저렇게 난리법석이랍니까?"

민병증은 앞을 지나치는 사람들을 바라보며 볼멘소리를 뱉었다.

"흠…… 모든 게…… 등은 가졌지만 기름을 준비하지 못했기 때문에 벌어지는 일이겠지."

"기름을 준비하지 못하다니, 무슨……?"

손원일은 한숨 섞인 소리로 예수가 말한 열 처녀 이야기를 입에 담고는 맥없는 소리로 말을 이었다.

"아무것도 준비되지 못한 우리에게 해방이 가져다준 흥분과 설렘은 어린아이에게 어른 옷을 입혀놓은 꼴이 되고 말았어. 우왕좌

왕 갈피를 못 잡는 혼란과 무질서, 거기다가 좌우이념의 충돌과 사상대립만 난무할 뿐, 좌익이든 우익이든 어느 쪽도 수준과 역량이 모자라서 자신들이 무엇을 하는지조차도 깨닫지 못한 채 맹목적인 모방에만 빠져 분별을 잃었으니, 정치적 이념이 뭔지도 모른 채 들고일어나는 무리들이 우후죽순처럼 생겨나는 것이지."

"이러다가는 정말 나라가 또 어찌될까 불안합니다."

민병증은 앞날이 근심스럽다며 한숨을 지었다.

"그러니까 우리라도 하루빨리 바다를 지켜낼 수 있는 힘을 길러야지, 어서 가."

손원일은 서두르자며 발걸음을 뗐다. 민병증은 냉랭한 표정으로 무리의 꽁무니를 쳐다보고서 쯧쯧 소리를 내며 혀를 차고는 손원일을 뒤따라 붙었다.

두 사람은 판잣집들이 다닥다닥 밀집해 있는 청계천을 건넜다. 청계천 길거리는 온갖 중고서적과 옷가지들을 내다팔려는 상인들이 흥정을 하느라 옥작복작 떠들고, 곳곳의 노천 염색소에는 빨래처럼 가득 내걸린 검게 물들인 군복들이 펄럭거렸다.

두 사람은 전투용 식량, 생필품, 군복, 군화 심지어 군표까지 진열해놓아 마치 미군군수부대를 옮겨놓은 듯 착각이 드는 남대문시장을 지나쳐 '조선해사보국단'이라는 현판이 붙은 허름한 건물로 들어섰다.

사무실 안으로 들어서자 석은태는 기다렸다는 듯이 반겼다. 손원일은 인사를 나눈 후 민병증을 가리키며 해사대 대원이라고 소개했다. 민병증은 이름을 밝히고는 허리를 숙여 인사를 했다. 석은태는 민병증과 인사를 교환한 뒤 두 사람을 향해 자리를 권했다. 손원일은 자리에 앉자마자 입을 떼어 "매형께서 힘이 되어주실 분이라고 해서 염치 불고하고 찾아왔습니다."라고 했다. 석은태는 당치가 않다고 운을 떼고는 말꼬리를 이었다.

"선배님께 자세한 이야기를 전해 들었습니다. 해방된 나라의 바다를 지킬 힘을 기르시기로 하셨다니 정말 장하십니다."

"그렇게 보아주시니 고맙습니다만…… 객기를 부리는 무모한 짓을 하는 게 아닌지 후회가 될 때도 있습니다."

석은태는 "아무렴요, 그런 생각도 들겠지요."라며 위로 비슷이 말하고는 건국준비위원회에서 아주 탈퇴했는지 물었다.

"건준이 좌익으로 변질되어 가는 것을 보고도 눌러앉을 수는 없지 않습니까?"

민병증은 조심스레 말을 거들었다.

"그건 잘한 일입니다. 몽양 선생도 건준을 떠나기로 했답니다."

석은태는 여운형이 건국준비위원회를 버리고 따로 근로인민당을 결성한다는 소리를 들었다고 했다. 손원일은 이미 예상하고 있었다는 듯 건성으로 "그렇습니까?"라고 물었다.

"그렇습니다. 그건 그거고, 제가 윤 선배님께 말씀을 듣고서 생각을 많이 해봤습니다."

석은태는 윤치창에게 이야기를 들은 후 고민 끝에 조선해사보국단 자치위원회 위원장 자리를 내놓기로 했다고 털어놓았다. 하지만 어쩐지 구차스럽게 갖다 붙이는 변명 같아서 살짝 상을 찡그리며 잠시 뜸을 들인 후 천천히 말을 이었다.

"제가 어찌하다 보니 위원장 자리를 맡게 되었지만, 바다에 대해 아는 것이 없습니다. 그렇지만 조국의 바다를 위해서 뜻있는 일을 하려는 선장님이 이끌어나가도록 도울 준비는 되었습니다. 그래서 말인데, 해사보국단과 해사대를 합치면 어떻겠습니까?"

손원일은 뜻하지 않은 소리에 몹시 놀란 나머지 입을 다물지 못했다.

"그것이 해사보국단을 살리는 길이기도 하고 이 나라의 앞날을 위해서도 바람직한 일이라고 생각했습니다. 두 단체를 합쳐서 조선해사협회(海事協會)라고 이름을 짓고 선장님께서 이끌어주시면 좋겠습니다."

석은태는 이미 마음의 결심이 서 있는 것처럼 말했다. 손원일은 엉덩이를 들썩거리며 "그게…… 무슨 말씀입니까?"라고서 석은태를 쳐다보았다. 석은태는 살짝 웃고는 "이름이 맘에 안 드십니까?"라고 천연스럽게 농이 섞인 어조로 물었다.

"그런 것이 아니라, 이런 결정이 쉽지 않았을 텐데……."

손원일은 내심으로는 여간 좋지가 않으면서도 석은태의 마음 밑바닥에 깔려 있는 속내가 몹시 궁금했다. 석은태는 짐짓 숙연한 모습으로 모든 것을 초월한 허탈감이 가득 찬 표정을 지으며 입을 뗐다.

"지난 8월 24일 오후 5시 20분쯤에 일본 교토 북쪽 마이즈루(舞鶴) 만에 있는 작은 군항 시모사바가(下佐波賀) 앞바다에서 귀국동포를 가득 실은 수송선 우키시마 호가 침몰했습니다. 이 사고로 감개무량함을 가슴에 안고 귀국선을 탔던 7,000명이 넘는 동포들이 깊은 바닷물 속으로 가라앉고 말았습니다."

"아…… 그런 일이…….."

손원일은 안타까운 심정을 자아내는 듯이 우울한 표정이 드러나는 표정을 지으며 괴로워했다. 석은태는 안개가 짙게 낀 밤처럼 침울한 얼굴빛으로 입을 떼어 우키시마 호는 일본군이 고의로 폭침시킨 것 같다고 했다.

"그것이 무슨, 아무리 악독하기로 이름난 일본군 놈들이라지만 어떻게 그런 짓을……?"

손원일은 팔뚝이 불에 덴 것처럼 화들짝 놀라며 말꼬리를 돌돌 말아 삼켰다. 석은태는 땅이 꺼질 듯이 한숨을 내쉬고는 다분히 저주가 담긴 어조로 천천히 말을 이어나갔다.

"우키시마 호가 침몰된 곳에서 불과 500미터도 안 되는 곳에 일본 해군기지가 있습니다. 그런데도 일본 해군은 구조할 생각도 않고 강 건너 불구경하듯 가만있었습니다. 이것이 무엇을 말하는 것이겠습니까? 정말, 이래도 되는 것입니까?"

손원일은 믿기지 않는 표정으로 "아니! 어떻게 그럴 수가?"라고는 힘없는 나라가 원망스럽고 원망스럽다는 듯이 괴로워했다.

"일본군이 또 그런 일을 저지르지 말라는 법이 어디 있겠습니까? 그래서 우리 힘으로 귀국동포들을 데려오고자 했지만, 아시다시피 우리는 배를 움직일 만한 사람도 없거니와 그럴 만한 능력도 못 됩니다. 해서, 조선해사보국단과 해사대를 통합하여 조선해사협회라고 하고 선장님께서 위원장직을 맡으시고 이끌어달라는 것입니다."

석은태는 그런 결정을 할 수밖에 없었던 저간의 사정을 들려주고는, 자신은 부위원장직을 맡아 자금조달에 힘을 쏟겠다고 했다. 손원일은 걱정을 해야 하는 일인지 감사를 해야 하는 일인지 종잡지 못하고서 우두커니 있다가, 고개를 살짝 숙이며 고맙다고 했다. 석은태는 손을 들어 보이며 그렇지가 않다고 대꾸하고는 말을 이었다.

"그리고 관훈동의 해사대 사무실이 비좁다고 들었습니다. 이참에 사무실도 이곳으로 옮기고 간판도 바꿔 달도록 하시지요."

손원일은 연달아 놀라게 하는 석은태의 말에 대꾸할 말을 찾지 못하고 두 눈을 가늘게 오므린 채 석은태를 쳐다보았다.

"이렇게까지 하실 줄은 몰랐습니다, 정말 감사합니다. 이 은혜를 갚기 위해서라도 꼭 이 나라의 해군을 창설하겠습니다."

민병증은 자리에서 일어나 석은태를 향해 허리를 숙여 인사를 했다. 손원일은 덩달아 일어서며 석은태를 향해 허리를 숙이며 고맙다고 했다. 석은태는 벌떡 일어나 맞인사를 하고서 "함께 잘 해봅시다." 하며 손을 내밀었다. 손원일과 민병증은 손을 내밀어 석은태의 손에 포갰다. 세 사람은 결의를 다지듯 손을 굳게 잡고 흔들었다.

석은태는 활짝 웃으며 "일이 이렇게 되었으니 하루라도 빨리 사무실을 옮기는 것이 좋지 않겠습니까?"라고 했다. 손원일은 서둘러 이사를 하겠다고 했다.

"자, 그럼. 바쁘실 텐데 그만 가보시죠."

석은태는 이사를 하려면 만만찮게 준비해야 할 것이 많을 것이라며 말했다. 손원일은 고개를 숙여 고맙다는 말을 남기고 민병증과 함께 밖으로 나섰다.

밖으로 나오자 손원일은 태산처럼 무겁게 가슴을 짓누르던 짐을 벗어버린 듯 홀가분하면서도 한편으로는 마음이 허허로웠다.

"하늘이 참 맑고 높아, 어느새 가을이 깊숙이 들어앉았어."

손원일은 걸음을 멈추고 싱싱하게 푸른 하늘을 쳐다보며 심호흡을 했다. 민병증은 손원일을 쳐다보며 "그렇게 좋으십니까?"라고 물었다.

"저기 유유자적하게 떠 있는 구름 좀 보아, 꼭 배 같아."

손원일은 동문서답하면서 딴청을 피웠다.

"그런데…… 안색이 안 좋아 보입니다."

손원일을 쳐다보는 민병증은 눈가에 언뜻 걱정스러운 표정이 스쳤다. 손원일은 개의치 않는다는 듯 하늘을 가리키며 "파란 것이 꼭 바다 같지 않아?"라고는 금세 스르르 주저앉았다.

"선장님!"

민병증은 바스러지는 소리를 지르며 손원일을 부축했다. 손원일은 어깨가 축 처진 채 일어날 줄 몰랐다.

6.

"평양에서 네놈에 대한 체포령이 떨어졌다. 너 같은 악질이 경성에 침입했다는 걸 평양에서는 알고 있는데, 경성에 있는 우리가 사전에 알지 못했다는 것이 창피하다."

일본형사는 악다구니를 퍼부으며 접선할 독립군이 어디에 있는지 불라고 다그쳤다.

"몇 번을 말해야 알아듣겠소? 나는 사업 때문에 경성에 들렀던 것뿐이오."

손원일은 일본형사가 무슨 말을 하는지 모르겠다고 했다.

"이놈이 일주일을 버티고도 모자라서 여전히 그따위 소리를 지껄여?"

일본형사는 악다구니를 쳐대고는 곁에 선 일본순사를 향해 옷을 벗기라고 소리쳤다. 일본순사는 손원일을 향해 다가가 마구잡이로 옷을 벗겼다.

"얼마나 맛을 봐야 주둥이를 여는지 어디 보자."

일본형사는 긴 가죽 채찍을 흔들어대고는 후려쳤다. 손원일은 가죽 채찍이 뱀같이 전신을 휘감을 때마다 몸을 꿈틀거리며 비명을 질렀다. "착! 착!" 손원일의 살갗을 파먹는 가죽 채찍 소리가 침침한 고문실 안을 유령처럼 떠돌아다니고 손원일은 진저리를 쳐대며 입술을 깨물었다.

"지독한 놈, 이놈을 매달아!"

일본형사는 가죽채찍을 내팽개치며 일본순사를 향해 고함을 질렀다. 일본순사는 손원일을 끌어다가 천장을 가로질러 걸쳐져 있는 나무에 거꾸로 매달았다.

"얼마나 견디나 두고 보자."

일본형사는 오리처럼 넙적한 주둥이로 씨부렁대고는 손원일의 머리채를 휘감아 쥐고서 머리카락을 뽑기 시작했다. 손원일은 온몸의 피가 머리로 몰려들어 이마에 굵은 핏줄이 부풀어 오르고 얼굴이 점차 퉁퉁 부어올랐다. 일본형사는 고통을 꼭꼭 견디어내는 손원일을 비웃기라도 하듯 머리카락 뽑기를 멈추지 않았다.

유희를 즐기듯 머리카락을 거의 다 뽑고도 성이 안 풀린다는 듯 몽둥이를 집어 들고는 "어디 네놈이 이기나 몽둥이가 이기나 보자."라고는 사정없이 내리쳤다. 손원일의 살갗에 몽둥이가 부딪힐 때마다 '팍, 팍', '퍽, 퍽' 하는 육중하고도 둔탁한 소리가 터져 나오고, 입을 깨물고 참던 손원일은 기어코 정신을 잃고 말았다.

"꼴에 독립군 놈 아들이라고, 지독한 놈이군."

일본형사는 씩씩거리며 씨부렁대고는 일본순사를 향해 "이놈 대가리를 물통에 처박아!"라고 소리쳤다. 일본순사는 "하이!"라고 대답하고는 시체처럼 축 늘어진 손원일을 풀어내려 물이 잔뜩 고인 물통에 머리를 밀어 넣었다.

물통에서 뽀글뽀글 거품이 괴는 소리가 나더니, 손원일은 이내 물을 벌컥벌컥 들이켜며 가물치 꼬리처럼 파닥거렸고 물통에서는 물방울이 솟아올랐다.

"비켜!"

일본형사는 버럭 소리를 지르고는 달려들어 손원일의 옆구리를 걷어찼다. 손원일은 물통과 함께 옆으로 나뒹굴었다. 일본형사는 일본순사를 향해 "이놈 주둥이에 물을 쏟아부어!"라고 소리쳤다. 일본순사는 손원일의 목을 뒤로 젖히고는 입을 벌려 재갈을 물린 다음 커다란 물주전자 주둥이를 들이대고서 물을 쏟았다.

"컥, 컥……."

손원일의 입으로 물이 꿀럭꿀럭 쏟아져 들어갔다. 주전자가 비워지자 형사는 손원일의 배를 딛고 올라서서 발에 힘을 주어 눌렀다. 그러자 손원일의 배 속에 들었던 물이 퀄퀄 쏟아져 나왔다. 일본형사는 "다시 먹여!"라고 소리쳤다. 손원일의 입에는 다시 주전자 주둥이가 물리고 물이 들어갔다.

손원일은 같은 일이 반복되도록 고문을 당하면서 여러 차례 기절했지만 입을 열지 않았다.

"지독한 놈, 종로경찰서에서 이런 악질 놈은 처음이야."

일본형사는 손원일을 내려다보며 씨부렁대고는 발갛게 단 쇠 집
게로 집어 들면서 "네놈 발톱을 모조리 뽑아주마."라고는 손원일의
발톱을 후벼 팠다.

"아…… 악!!"

"여보?"

홍은혜는 손원일의 비명 소리에 정신이 번쩍 들어 퍼뜩 고개를
들었다.

"여……, 여기가 어디야……?"

악몽에서 깨어난 손원일은 떨리는 손을 허우적거렸다.

"여보, 왜 그래요?"

홍은혜는 걱정스러운 얼굴로 손원일의 손을 부여잡았다. 손원일
은 손을 뿌리치며 침대 귀퉁이로 가서 몸을 웅크렸다.

"당신, 왜 이래요?"

홍은혜는 사색이 깃든 얼굴로 안절부절 어쩔 줄 몰랐다.

"일본 놈들이 시뻘겋게 달군 쇠꼬챙이로 내 몸을 지져, 너무……
너무 뜨거워."

손원일은 두 팔로 얼굴과 가슴을 감싸며 고통에 찬 신음을 질렀다.

"여보!"

홍은혜는 얼굴이 흙빛같이 질리면서 바르르 떠는 입술을 손으로
포개어 가리고 눈물을 글썽거렸다.

"뜨거, 뜨거워. 불에 달군 쇠젓가락으로 자꾸 쑤셔대."

손원일은 악몽에서 깨어나지 못한 듯 헛소리를 해댔다.

"여보, 명원이 아버지⋯⋯이."

홍은혜는 손원일을 덥석 끌어안으며 울부짖었다. 손원일의 몸은 온통 땀으로 흥건했다.

"명원이 아버지, 정신 차려요."

홍은혜는 손원일을 부둥켜안은 채 울먹거렸다. 그때 밖에 있던 민병증이 홍은혜의 울음소리를 듣고 뛰어들다가 발걸음을 주춤거리고는 "선장님, 깨어나셨군요?"라고는 손원일을 빤히 쳐다보았다. 손원일은 홍은혜의 어깨 너머로 민병증과 눈이 마주치자 정신이 든 듯이 "자네⋯⋯? 자네가⋯⋯?"라고는 두리번거리다가 여기가 어디냐고 물었다.

"기억 안 나세요?"

민병증은 약간 당황한 얼굴이지만 한쪽으로는 반겨하면서 물었다. 손원일은 두 손으로 얼굴을 쓸어내리고는 "병원이야⋯⋯?"라고 물었다.

"하늘이 바다 같다고 하시고는 쓰러지셨잖아요?"

민병증은 쓰러진 손원일을 업어 병원으로 데리고 왔다고 했다. 손원일은 그제야 기억이 난다는 듯이 "아⋯⋯." 하고는 홍은혜를 쳐다보았다. 홍은혜는 근심스러운 눈빛으로 마주보며 "벌써 닷새째 누워계셨어요."라고 했다.

"뭐요⋯⋯?"

손원일은 화들짝 놀라며 큰 낭패를 당한 듯 표정이 이지러졌다.

"대원들도 걱정이 되었는지 여러 번 다녀갔어요."

홍은혜는 정긍모는 매일 다녀갔다면서 곧 올 때가 되었다고 했다. 손원일은 정긍모가 매일 왔다는 소리가 마음에 걸렸는지 민병증을 향해 무슨 일이 있는지 물었다. 민병증은 기쁜 소식을 전하려는 듯 흔연하게 웃는 얼굴로 입을 뗐다.

"귀환동포 수송을 하면 돈벌이를 할 수 있다면서 선장님이 깨어나시면 상의해야 한다고 했습니다."

"귀환동포 수송? 우리와 무슨 상관이라고 돈을 번다는 거야?"

손원일은 돈벌이라는 말이 반가운 만큼 어떤 일인지 궁금했다. 민병증은 입가에 안안한 웃음을 띠며 "올 때가 되었으니 이따가 직접 물어보세요."라고 했다. 손원일은 미안해하는 기색을 드러내며 혼잣말처럼 "내가 여러 사람들 고생을 시키는군."이라고는 이사는 어찌 되었는지 물었다.

"걱정하지 마세요. 사무실 이사도 다 했고, 조선해사협회라는 간판도 떡 하니 걸었습니다. 이제부터 선장님은 위원장님이 되신 거고요, 이젠 위원장님만 일어나시면 됩니다."

민병증은 자랑거리라도 생긴 듯이 들뜬 마음을 가라앉히지 못했다. 손원일은 미안하고 고마운 마음에 고개만 끄떡일 뿐 고맙다는 말조차 끄집어내지 못했다.

"대원들 교육도 각자 맡은 대로 잘하고 있으니 걱정 마세요. 김동

준 대원은 해양훈련을 얼마나 열정적으로 잘 가르치는지 우리 대원
들이 다 놀랐습니다."

민병중은 그간에 있었던 일들을 자랑하듯 말했다.

"그 친구는 상해에 있을 때 선박에 관련된 일들을 처리했으니 그
러고 남을 거야."

손원일은 굳이 김동준에게 해양훈련을 맡겼던 까닭을 말했다. 그
때 정긍모가 들어서며 반가운 표정으로 "위원장님, 괜찮으십니까?"
라고 묻고는 홍은혜를 향해 목례를 했다. 홍은혜는 아이처럼 다소
곳이 고개를 숙여 인사를 했다. 손원일은 정긍모에게 나 하나 때문
에 여러 사람 마음 고생시켜서 미안하다며 반겼다.

"우리가 무슨 고생을 했다고 그러십니까? 괜한 데 마음 쓰지 마
시고 어서 벌떡 일어나십시오. 할 일이 많습니다."

정긍모는 억양과 어투에 위엄 같은 것을 번뜩거리며 말하고는 손
에 쥔 신문을 펼쳐 보이며 보라고 했다. 손원일은 신문을 내려다보
다가 "아니 이건……?"이라며 시선을 한곳에 고정시켰다.

"귀환동포구제회에서 선박기술자를 모집한다는 공고가 아닙니
까? 배는 있는데 사람이 없다는 뜻이니 잘만 하면 뭔가 숨통이 트일
것 같지 않습니까?"

정긍모는 배를 가질 수 있는 희망이 보인다고 했다. 손원일은 신
문에서 눈을 떼지 못하며 "우리 대원들을 여기로 보내겠다는 것인
가?"라고 물었다. 정긍모는 잔뜩 힘이 든 목소리로 말해서 무엇 하

느냐고 대꾸하고는 입을 뗐다.

"배는 고쳐서 사용하면 되고, 일본으로 가서 귀환동포를 한 번 싣고 올 때마다 받는 그 돈이면 우리 대원들 먹을 것은 당분간 걱정하지 않아도 됩니다."

"그게 정말이란 말이지?"

손원일은 아픈 기운이 확 달아난 듯 금세 밝은 표정으로 유별난 관심을 드러냈다.

"그렇습니다. 부위원장님이 혼자 자금을 마련하시겠다고 나서지만 그게 어디 쉬운 일입니까? 그러니 이거야말로 하늘이 우리에게 준 기회입니다."

정긍모는 귀환동포구제회의 일거리는 절호의 기회라고 했다.

"하지만 그 일이 우리에게 떨어진다는 보장도 없지 않은가?"

손원일은 은근한 말투로 혹여 잘못될까 걱정했다.

"없다니요……? 지금 이 나라에 우리만큼 해양기술을 가진 자가 얼마나 있다고 그러십니까?"

정긍모는 자신들이 딱 적임자라고 했다.

"귀환동포구제회에서 우리를 알아줄지가 의문이라는 것이지."

"몸이 아프시니 마음까지도 허약해지신 것 같습니다."

정긍모는 걱정하지 말라는 말투로 손원일을 안심시키고서 확신에 찬 어투로 말을 이었다.

"이미 알아볼 것 다 알아봤는데, 거기 회장이 유억겸 회장이라고 합니다. 언젠가 위원장님의 매형과 유억겸 회장이 아는 사이라고 말씀하시지 않았습니까?"

손원일은 옆에 서 있는 민병증을 쳐다보며 "연희전문학교 교장인데⋯⋯?"라고는 고개를 갸웃거렸다. 민병증은 정긍모를 말끄러미 쳐다보며 유억겸이 관여된 것이 사실이냐고 물었다. 정긍모는 언뜻 기대감이 감도는 얼굴로 민병증을 쳐다보며 유억겸을 아느냐고 되물었다. 민병증은 자신의 아버지인 민충식이 학생이던 시절에 유각경과 가깝게 지냈는데, 그때 유각경이 그녀의 사촌인 유억겸을 소개해주었고 그 뒤로 오랜 지기로 이어져 왔다고 했다.

"그래? 그것 잘 되었군. 민 동지 선친께서 귀환동포구제회 회장과 오랜 지기라면 차려놓은 밥상이나 다름없어."

정긍모는 들뜬 마음을 가라앉히지 못하겠다는 듯 잔뜩 상기된 표정으로 떠들고는 손원일을 향해 당장 가야 한다고 했다. 손원일은 침대에서 엉거주춤 내려서며 "그곳이 어딘가?"라고 물었다. 정긍모는 화신백화점에 있다고 대답했다.

"이 몸으로 어디를 가신다고 그러세요?"

홍은혜는 손원일의 옷자락을 잡으며 불안한 눈빛으로 쳐다보았다.

"한가하게 누워 있을 때가 아닌 것 같소. 움직일 만하니 걱정 마시오."

손원일은 홍은혜를 안심시키려 빙긋 웃음까지 지어 보였다.

"아무리 그래도 몸부터 추슬러야지요, 이대로는 무리예요."

홍은혜는 옷자락을 놓지 못하고 말렸다.

"너무 걱정 마십시오. 이제부터 위원장님께서는 걸어 다니시지 않아도 됩니다."

정긍모는 석은태가 손원일을 위해 자동차를 준비해주었다며 홍은혜를 안심시켰다. 손원일은 놀라는 표정으로 정긍모를 쳐다보았다. 정긍모는 손원일이 쓰러진 후 석은태가 걱정을 하다가 그리했다고 말했다. 손원일은 사뭇 엄숙한 표정으로 "정말 고마운 일이야."라고는 홍은혜를 향해 걱정하지 말라며 달랬다. 정긍모는 덩달아 홍은혜를 안심시키고는 자신이 운전하겠다며 손원일을 향해 가자고 했다.

"언제 자동차 운전까지 배웠나요?"

민병증은 부러 놀라는 시늉을 하며 농기 어린 목소리로 물었다. 정긍모는 민병증에게 "내가 1등기관사라는 걸 잊었나보군."이라며 엄병하게 웃고는 시동 걸어놓겠다며 손원일과 함께 나오라고 했다. 민병증은 알았다고 대답하고는 홍은혜를 향해 "잘 모시고 다녀오겠습니다."라고 했다. 홍은혜는 할 수 없다는 듯 작은 목소리로 알았다는 대답을 하고서 손원일의 옷가지를 주섬주섬 챙기며, 걱정을 하는 것인지 나무라는 것인지 애매한 말투로 "의사 선생님이 뭐라고 하지 않겠어요?"라고 했다.

"내 몸은 의사보다 내가 더 잘 알아요."

손원일은 홍은혜의 도움으로 옷을 갈아입으며 말했다.

"어머니께는 뭐라고 말씀드려요?"

"걱정 끼쳐 드리지 않게 당신이 잘 말씀드려줘요."

손원일은 홍은혜의 손을 잡은 채 어깨를 도닥거리며 말하고는 민병증을 향해 가자고 했다. 민병증은 손원일 곁으로 다가가 어깨를 부축했다.

"괜찮아, 그냥 가."

손원일은 민병증의 팔을 도닥거리며 괜찮다고는 앞장서라는 손짓을 했다. 민병증은 불안한 듯 엉거주춤하다가 손원일이 재차 손짓하자 앞장서서 밖으로 나섰다. 손원일은 홍은혜의 도움을 받아 조심스러운 걸음을 떼다가 이내 거분거분한 발걸음으로 민병증을 뒤따랐다.

병원 밖으로 나서자 민병증은 대기 중인 승용차 뒷문을 열고서 타라고 했다. 손원일은 홍은혜를 향해 "끝나는 대로 바로 갈 테니 걱정하지 말고 집에 가서 기다려요." 하고는 승용차에 올라탔다. 민병증은 홍은혜를 향해 허리를 숙이며 잘 다녀오겠다고 말하고는 조수석에 올라탔다. 정긍모는 곧 가속페달을 밟고 출발했다.

홍은혜는 자동차가 큰길로 나서서 오른쪽으로 꺾어져 보이지 않는데도 자리를 뜨지 못한 채 우두커니 서 있었다.

자동차가 화신백화점 앞에 도착하자 손원일은 민병증만 데리고 안으로 들어갔다. 곧 엘리베이터를 타고 6층에 당도하여 내렸다. 복도 왼쪽을 따라 조금 가서 나무현판이 세로로 세워진 사무실이 나타나자 민병증은 손원일을 향해 "여깁니다."라고 했다. 손원일은 우물각으로 새겨진 '귀환동포구제회'라는 글씨를 쳐다보고는 문을 열고 안으로 들어섰다.

민병증은 손원일을 한발 앞질러 비서로 보이는 여자에게 다가가 유억겸을 만나러 왔다며 어디서 온 누군지를 알렸다. 비서는 알았다고 대답하며 회장실이라고 적힌 방으로 들어갔다가 곧 나와서 안으로 들라고 했다.

민병증은 고맙다는 말을 하고서 손원일을 안으로 안내했다. 유억겸은 두 사람을 보자마자 밝은 표정을 지었다.

"여기는 어쩐 일들인가?"

"긴히 상의할 일이 있어서요."

유억겸은 창백한 손원일의 안색을 대하자 금세 굳은 표정으로 "대체 무슨 일인데 이렇게……."라며 말꼬리를 도사렸다.

"사실 위원장님께서는 병원에 입원 중이었는데도 불구하고 급히 왔습니다."

민병증은 대신 나서서 긴한 용무가 있는 것처럼 대꾸했다.

"왜? 어디가 어때서 입원까지 했다는 건가?"

유억겸은 어찌된 까닭인지 묻고는 손원일을 위아래로 살폈다.

"왜놈들한테 고문당했던 것이 도져서 쓰러졌다가 5일 만에 깨어났습니다."

민병증은 손원일이 쓰러졌던 까닭과 조선해사협회가 발족한 저간에 있었던 일들을 들려주었다. 유억겸은 눈을 크게 뜨고서 "그래?"라며 축하한다는 말을 건네고는 곧 손원일을 향해 몸은 괜찮은지 물었다. 손원일은 낮게 가라앉은 목소리로 "보시다시피 괜찮습니다."라고 대꾸했다. 그때 비서가 차를 들고 들어왔다.

"아참, 내 정신 좀 봐……, 어서들 앉게."

유억겸은 무슨 실수라도 저지른 듯 무안한 기색으로 서둘러 앉기를 권했다.

비서는 세 사람이 앉기를 기다렸다가 차를 내려놓고는 고개를 꾸벅 숙여 인사를 하고서 밖으로 나섰다.

유억겸은 차를 들라는 손짓을 하고서 입을 뗐다.

"그래, 그럼. 내게 찾아온 용건을 말해보게."

"귀환동포구제회에서 낸 광고를 봤습니다. 우리 해사협회 대원들에게 그 일을 주셨으면 해서 찾아뵈었습니다."

손원일은 배를 띄우는 일이라면 걱정하지 말고 맡겨달라고 했다. 유억겸은 엄숙한 어조로 "그 일 때문에 왔단 말인가?"라고 묻고는 난감한 기색을 띠었다. 손원일은 유억겸의 눈치를 살피며 무슨 문제가 있는 것이냐고 물었다.

"실은…… 배가 있다고는 하지만 일본군이 버리고 간 배라서 고쳐야 할 게 너무 많아 신문에 공고를 내기는 했지만, 우리도 어찌해야 될지 난감해서 그러네."

"대체 배가 어떤 지경이기에 그러십니까?"

"일본군이 버리고 간 배니 오죽하겠나? 지금 부산에 스무 척이 있긴 한데 낡아도 너무 낡았어."

"일본군 놈들이 버리고 간 배라면 보나 마나 빤하겠지요. 하지만 제아무리 낡았다 해도 이 배 저 배에서 부속을 뜯어다가 고치면 대여섯 척은 움직이게 할 수 있을 것입니다."

"정말 그렇게 할 수 있겠나?"

"우리 대원들 중에는 1등기관사도 있고 선박기술이 뛰어난 진해 고등해원양성소 출신들이 많이 있습니다. 선박수리는 물론이고 항해하는 데도 문제가 없습니다. 맡겨만 주십시오."

"왜놈들이 배를 내주지 않아 일본에서 귀국선을 타지 못해 오도 가도 못하는 동포가 수만 명이 넘는데…… 해사협회에서 그 일을 해줄 수만 있다면 우리가 고마워해야 할 일이지."

"그럼, 맡겨주시겠단 말씀입니까?"

"그야 이를 말인가? 우리가 발부한 서류를 가지고 부산으로 내려가면 미군정청 부산사무소에서 필요한 부속을 지원해줄 것이네. 한 척이 되었든 다섯 척이 되었든 움직일 수 있도록 해주게."

유억겸은 일본에서 귀국하지 못하고 있는 동포들을 귀국시켜달라는 부탁의 말까지 곁들였다. 손원일은 꼭 그리하겠다고 말하고는 비용은 얼마나 받을 수 있겠는지 물었다. 유억겸은 잠시 무슨 말을 할까 망설이다가 고즈넉한 목소리로 입을 뗐다.

"나도 손 선장이 해군을 창설하려고 동분서주한다는 것을 알고 있지 않나? 하지만 미군정청에서 내려오는 예산 안에서 움직여야 하니 지금으로서는 딱 부러지게 답을 할 수가 없네. 그렇지만 최대한 많이 타내도록 힘써보겠네."

"미군정청에서 그런 청을 들어주겠습니까?"

손원일은 부러 눅지근한 인상으로 미소를 머금으며 물었다.

"미군정청 하지 중장의 특별보좌관으로 있는 이묘묵이라고, 연희전문학교를 다닌 자여서 친분이 좀 있는데, 그자를 통해서 부탁을 하면 될 듯도 싶네."

유억겸은 때가 되면 이묘묵을 소개해주겠다고 했다. 손원일은 고맙다는 말을 하고는 말밑천이 없는 것처럼 머뭇거리다 용기를 내어 무거운 목소리로 입을 뗐다.

"이건 다른 말씀인데…… 동포 귀환사업을 마치고 나면 그 배를 우리가 가지면 안 되겠습니까?"

유억겸은 뜻밖의 소리에 잠시 뭉그적거리다가 "그 배 전부를 말인가?"라고 물었다. 손원일은 목소리를 가다듬어 그렇다고 대답하면서 배를 갖고 싶은 욕심을 굳이 감추지 않았다.

"일본 해군이 버리고 간 것이어서 거절할 것 같지는 않지만, 그래도 허락을 받아야 하는 것이니……."

유억겸은 미군정청에 물어보고 알려주겠다고 하고는 말을 이어나갔다.

"그리고 부산으로 내려가기 전에 미군정청에서 MG(군정경찰) 완장을 받아다가 챙겨줄 테니 가져가도록 하게."

"MG완장은 왜요?"

듣고 있던 민병증은 이상하다는 듯 눈을 껌벅이며 물었다.

"일하다가 귀찮은 일이 생기면 되겠는가? 그것만 있으면 경찰도 함부로 하지 못하니 유용할 거야. 얼마 전에 조병옥 박사가 경무국 장으로 임명된 뒤로 경찰들 득세가 심해진 것 알지 않나?"

유억겸은 경찰과의 마찰을 피하기 위해서라고 했다.

"그렇다면 대원들 숙소도 미군정청에서 마련해주겠군요?"

민병증은 내친김이다 싶어 연달아 요구조건을 내걸었다. 유억겸 은 그렇다며 싱긋 웃고는 말을 이었다.

"부산 용두산 수원지 밑에 가면 일본군이 사용하던 병원 건물이 있네. 부산역에 내리면 미군정청 부산사무소에서 사람들이 나와 거기까지 태워줄 것이네."

민병증은 고개를 끄떡이고는 언제 출발하면 되는지 물었다. 유억 겸은 언제 출발할 수 있는지 되물었다. 손원일은 속으로 셈을 하듯 입을 오물거리고는 사흘 이내에 40명을 준비해두겠다고 했다. 유억 겸은 반기는 목소리로 나흘 후에 사람들을 태워 내려 갈 기차를 준 비해두겠다고 했다.

손원일은 감격스러운 목소리로 "감사합니다, 선생님." 하고는 그 만 일어서야겠다며 몸을 일으켰다. 유억겸은 자리에서 일어나 갑자 기 미안한 듯이 멀거니 손원일을 쳐다보며 입을 뗐다.

"나는 비록 왜놈들의 고문을 이기지 못하여 전향성명서를 발표하고 가출옥한 수치를 남겼지만, 왜놈들의 고문질이 얼마나 악랄한 것인지 잘 아네. 미군정청의 일은 내가 할 수 있는 한 애를 써볼 테니 손 선장은 왜놈들한테 상한 몸이 나빠지지 않도록 조리 잘하게."

손원일은 머리를 조아리며 고맙다는 말을 남기고 민병증과 밖으로 나섰다.

화신백화점 밖으로 나서자 정긍모가 다가서며 일이 잘 되었는지 물었다.

"아무래도 자네가 대원들을 이끌고 부산으로 내려가서 수고를 해줘야겠어."

손원일은 정긍모와 나란히 걸으며 나흘 후에 출발한다고 했다. 정긍모는 마치 기다리기라도 했다는 듯 옹골찬 목소리로 걱정하지 말라고 했다. 민병증은 한발 앞서 승용차로 다가가 손원일이 편하게 오를 수 있도록 문을 열었다. 손원일이 승용차에 오르자 민병증은 조수석에 올라앉으며 정긍모를 향해 미군정청의 일은 자신이 챙기겠으니 대원들 선발에만 신경 써달라고 말한 뒤 가자고 했다.

정긍모는 자동차 시동을 걸고서 손원일에게 "혜화동으로 가겠습니다."라고 말하며 가속페달을 밟았다. 자동차는 종로4가에서 북쪽으로 방향을 틀어 혜화동로터리를 거쳐 손원일의 집으로 갔다.

7.

    손원일은 정긍모가 대원들을 이끌고 부산으로 내려간 뒤로 다시 병원에 입원했다가 일주일 만에 퇴원한 뒤 집에서 휴식을 취했다. 그리고 사나흘 휴식을 취한 후 유억겸의 주선으로 이묘묵을 만났다. 다행히 이묘묵은 미국 유학 중일 때 윤치창과 가깝게 지낸 사이여서 쉽게 친해졌다.

    이묘묵은 손원일에게 하지 중장과의 만남을 주선해주었고, 손원일은 하지 중장에게 한국 연안을 경계해야 하는 필요성을 설명했다. 하지는 이묘묵에게 손원일이 하고자 하는 일이 타당한 것인지 미군정청 운수부와 협의하라고 지시를 했고, 이묘묵은 미군정청 운수부의 해사국장 카스텐(Carsten) 소령을 만나 협조해줄 것을 부탁했다.

    카스텐은 운수부 해사국 소속의 해안경비대를 창설하라고 했지만 손원일은 해군창설이 목표라며 도와달라고 간청했다. 카스텐은 대한민국 정부가 수립되면 해군으로 전환시켜 주겠다는 약속을 하면서 해안경비대를 창설하면 일본군이 사용했던 진해 해군기지에서 활동하도록 허가해줄 것이라고 했다.

손원일은 해사협회 대원들을 소집하여 카스텐과 협의했던 내용들을 들려주고서 뜻을 물었다. 석은태를 비롯한 모든 대원들은 카스텐의 뜻대로 하자고 의견을 모았다.

며칠 후 손원일은 해사협회를 해방병단(海防兵團)으로 이름을 바꾸고서 조직을 편성하여 카스텐에게 전달했다. 카스텐은 일주일 만에 미군정청 운수부의 허락을 받아주었다.

마침내 해방병단 창설을 하루 앞둔 손원일은 기쁘고 감개무량한 나머지 잠을 설쳤다. 머리에서 가슴으로 혹은 가슴에서 머리로 딩구는 꿈을 안고 객지에 헤매는 나그네처럼 쓸쓸한 외로움을 견뎌내고 보니, 아무짝에도 소용없이 분분히 떨어지는 낙엽 같게 느껴지기만 했던 그 꿈의 결실이 눈앞에 와 있는 것 같아 좀처럼 잠을 이룰 수 없었다. 빛바랜 흑백사진 속에 갇힌 것 같은 생각들을 끄집어내어 이리저리 살펴보다가 겨우 잠이 들었지만 아직도 하늘이 침침한 새벽에 눈을 뜨고 말았다.

슬그머니 고개를 돌려 옆자리를 보니 이부자리 한 채가 가지런하게 포개져 있을 뿐 홍은혜는 보이지 않았다.

"이 사람이 벌써 일어났나……?"

손원일은 구부정한 잠을 느슨하게 밀어내고서 이부자리에서 일어나 앉았다.

"이제 시작인데…… 내가 과연 이 일을 끝까지 해낼 수 있을까?"

손원일은 삐뚜름하게 누운 어둠을 개켜 올리며 무거운 짐을 짊어진 듯 우묵한 늙은이의 눈에 괴인 눈물처럼 침침한 중얼거림으로 어스름한 미명을 건드렸다.

또다시 지난날의 기억을 뒤적거려 새삼스럽게 이 무모한 짓을 왜 시작했을까 생각하고 있을 때, 홍은혜가 약사발을 쟁반에 받쳐 들고 들어서면서 "일어나셨어요?"라고는 곁으로 다가와 다소곳이 앉았다. 손원일은 약사발을 쳐다보며 무엇이냐고 물었다.

"통 못 주무시고 뒤척거리시던데, 그렇게도 기쁘세요?"

홍은혜는 손원일에게 약사발을 건네며 마시라고 했다.

"이게 무슨 약이요?"

"당신 요즘 너무 기가 허해진 것 같아서 다렸어요."

"무슨 돈으로 이런 약을 구했느냐 이 말이오."

손원일은 먹을 것도 변변치 않은 살림살이에 비싼 한약을 구한 것을 책망하듯이 말했다.

"집에만 있는 여자라고 해서 당신이 하는 일이 얼마나 중하고 뜻 있는 일이라는 것을 왜 모르겠어요? 그런데도 당신의 몸이 이 지경인데 챙겨드리지 못하는 것이 얼마나 가슴이 아픈지 아세요?"

홍은혜는 못내 서운한 듯 잠긴 목소리로 말했다.

"내 몸이 어때서요? 나는 아직 비싼 한약을 먹을 만큼 몸이 부실하지 않아요."

손원일은 가족을 고생시키는 미안한 마음을 감추려는 듯 부러 호기롭게 말했다.

"알았어요. 다시는 안 그럴 테니 이것만이라도 드세요."

홍은혜는 약사발을 살짝 들어 올리며 말했다. 손원일은 무안할 정도로 홍은혜를 빤히 쳐다보다가 나직한 목소리로 "당신을 고생시켜서 미안하오."라고 했다.

"고생을 하기로 말하자면 당신만 하겠어요?"

홍은혜는 은근한 진정이 품겨 있는 말투로 말하고는 "어서 드세요."라고 했다. 손원일은 약사발을 움켜쥐고 훅 들이켜고는 홍은혜가 건네는 수건으로 입가를 훔치고서 고맙다고 했다.

"그렇게 드시고서 고맙다고 말씀해주시니 얼마나 좋아요?"

"당신이 나와 결혼한 뒤로 고생이 많았는데, 해방이 되었는데도 또 이렇게 고생을 시켜서 정말 미안하오."

"제발 미안하다는 말씀은 하지 마세요. 저는 고생이라고 생각해본 적이 한 번도 없어요. 해방된 나라의 바다를 수호하기 위해 이렇게 애를 쓰시는 당신이 자랑스러운걸요."

"백성은 임금을 잘 만나야 하고 여자는 남자를 잘 만나야 한다는데, 당신은……."

손원일은 말하던 도중에 은근히 아파오는 마음을 위장하기 위해 말꼬리를 흐리며 홍은혜의 손을 잡았다.

"그런 말씀 마시고 하시고자 하는 뜻을 꼭 이루도록 하세요. 그래야 하늘에 계시는 아버님께서도 좋아하시지 않겠어요?"

홍은혜는 손정도가 손수 호를 해석으로 지으면서까지 손원일이 항해과로 진학하도록 원했던 뜻을 잊지 말아달라고 했다.

"하지만…… 앞으로의 일은, 지금까지 했던 고생은 아무것도 아닐지도 몰라요."

"일본 때문에 지금까지 온갖 고통을 다 겪었는데, 아무리 힘 든다고 한들 그보다 더 힘들기야 하겠어요?"

"여리게만 보았던 당신에게 이런 강인함이 숨어 있었다니, 당신은 참 대단한 여자요."

손원일은 새삼 깨달았다는 듯이 말했다. 홍은혜는 빨개진 두 귀 뿌리를 감추기라도 하듯 곧장 말머리를 돌려세워 "창설식이 끝나는 대로 진해로 내려간다고 하셨죠?"라고 물었다. 손원일은 그렇다고 대꾸하고서 눈을 슴벅거리며 입을 뗐다.

"미군정청에서 특별열차를 마련해주었소. 오늘 창설식에 참석한 대원들과 함께 내려갈 것이오."

"알았어요, 짐과 옷은 다 챙겨두었으니 이따가 자동차가 오면 실을게요."

"오늘따라…… 당신을 처음 보았던 그 모습이 자꾸 생각나는지 모르겠소."

손원일은 갑자기 그윽한 눈길로 쳐다보며 말했다. 홍은혜는 은근한 기대감을 드러내며 "어떤 모습이었는데요?"라고 물었다. 손원일은 교회 성가대에서 찬송을 부르던 모습이 꼭 천사와 같았다고 했다.

"저보고 어쩌라고 앞에 두고서 노골적으로 놀리십니까?"

홍은혜는 입으로는 안 그런 체하면서도 싫지 않은 눈치였다.

"아니오. 옥을 굴리는 듯이 고운 소프라노 음색과 복사꽃같이 발그스레한 뺨과 흑진주처럼 빛나는 맑은 눈동자를 보고서 내가 얼마나 가슴이 설렜는지 모르오."

손원일은 손인실의 소개로 홍은혜를 처음 보았던 때를 떠올리며 말했다.

"당신도 그런 말씀을 하실 줄 아나요?"

홍은혜는 저녁 하늘처럼 발그레 달아오른 볼을 손바닥으로 감싸쥐며 말했다.

"내가 뭐, 없는 말을 하는 것도 아니고……."

손원일은 짓궂게 빙글빙글 웃으며 홍은혜를 놀리다가 이내 웃음기를 거두고서 벽시계를 쳐다보며 지금쯤 정긍모가 경성역에 도착했을 것이라고 했다. 홍은혜는 배 고치는 일은 어떻게 하고 올라오는지 물었다.

손원일은 수리를 거의 다 마쳐가니 잠시 자리를 비워도 괜찮다고 했다.

"그게 아니라, 대원들이 치안대와 시비가 붙어서 부산 시내가 발칵 뒤집혔다면서요?"

홍은혜는 걱정기가 다분한 목소리로 물었다. 손원일은 놀라는 시늉을 하며 어떻게 알았느냐고 물었다. 홍은혜는 민병증에게 들었다며 그 후로 어떻게 되었는지 궁금했지만 걱정을 할까 봐 묻지 못했다고 했다. 손원일은 괜찮아졌으니 걱정하지 말라고 안심시키고서 입을 뗐다.

"치안대와 오해가 있어서 그리되었는데…… 미군정청 부산사무소에서 현장에 나가 조사를 했고, 카스텐 소령이 직접 부산으로 내려가 수습을 했소."

홍은혜는 다행이라면서 창설식에 카스텐 소령이 참석한다고 들었다고 했다. 손원일은 카스텐 소령 부부와 이묘묵을 초청했다고 했다. 홍은혜는 잘했다고 대꾸하고서 창설식을 오늘로 정한 까닭을 들었다며 그렇게까지 할 필요가 있느냐고 했다.

"바다의 사나이는 무엇보다도 신사도 정신이 깃들어야 하는데 그 뜻을 새기고자 오늘로 잡은 것이오."

손원일은 심오한 뜻이 담겨 있다고 말문을 열고는 손바닥에 글씨를 써가며 부연하여 설명을 이어나갔다.

"11자를 한자로 쓰면 열십(十)자와 한일(一)자인데, 이 둘을 아래위로 합치면 선비사(士)자가 되지 않소? 그래서 선비사(士)자 세 개가 겹쳐진 11월 11일 11시를 택한 것이오."

조리가 정연한 설명을 듣고 난 홍은혜는 손원일을 쳐다보며 작명가로 나서도 되겠다며 방긋 웃었다. 손원일은 덩달아 히쭉 웃다가 창을 쳐다보고는 "해가 비치는 걸 보니 나갈 준비를 해야겠소."라고 했다.

"미군정청으로 가시나요?"

"그렇소, 거기서 하지 중장 특별보좌관과 카스텐 소령 부부와 함께 표훈원(表勳院)으로 향할 것이오."

"카스텐 소령이 여러 가지로 많이 도와주어서 참 다행이에요."

"그렇소, 창설식을 마치고 대원들이 경성역으로 타고 갈 트럭도 준비해주니 여간 고마운 것이 아니오."

"그럼, 제가 나가서 식사를 준비해드릴 테니 든든하게 드시고 나가세요. 바깥 날씨가 쌀쌀하니 옷도 든든하게 입으시고요."

홍은혜는 담요처럼 부드럽고 포근한 억양으로 말하고는 쟁반을 챙겨 자리에서 일어났다.

그 시각 경성역에 도착한 정긍모는 관훈동으로 향했다. 한때 표훈원으로 사용했던 가옥 앞에 도착하자 대원들과 함께 창설식 준비를 하던 민병증이 알아보고서 반갑게 맞이했다. 정긍모는 가슴속에 감회가 뭉클하게 솟아오르는 듯 '드디어 이런 날이 오는군.'이라며 잔뜩 상기된 표정으로 주위를 휘둘러보았다.

"부산에서 고생들이 많다는 소리를 듣고도 내려가 보지 못해서 미안합니다."

민병증은 의례적인 인사말을 한 뒤에 피곤하지 않느냐고 물었다. 정긍모는 뛰어 온 것도 아니고 기차를 타고 왔는데 뭐가 피곤하냐며 이렇게 번듯한 해방병단 창설을 위해 경성에 있는 대원들이 더 고생했다는 소리를 들었다고 했다.

"우리야 편안하게 일했지만, 부산에서는 치안대와 시비가 붙어서 난리가 났다면서요?"

민병증은 인사닦음으로 묻는 말과는 달리 표정은 심각했다.

"아~, 그거……. 어느 날 치안대 놈들이 들이닥쳐서 무슨 단체이기에 배를 손대느냐고 따지기에, 팔뚝에 찬 MG완장을 보고도 모르냐고 했는데도 조사를 해봐야 한다나 어쩐다나…… 그러면서 우리대원 둘을 잡아갔지 뭐야. 그래서 대원들을 이끌고 치안본대를 습격해버렸지. 3,000명이 넘는 치안대 놈들과 싸움을 벌렸으니 부산시내가 발칵 뒤집힐 수밖에."

"그 일 때문에 위원장님께서 미군정청에 불려가 얼마나 곤혹을 치르셨다고요? 카스텐 소령이 아니었으면 오늘 이 행사도 못 가질 뻔했지 뭡니까?"

"조병옥 박사가 경무국장이 되고 난 뒤로 치안대 놈들이 얼마나 설쳐대는지, 내 참 눈꼴이 시어서……. 그런데, 위원장님께서 뭐라고 하시지 않았어?"

"뭐라고 하시긴요? 힘쓰는 대원을 더 차출해서 가겠다고 하던 까닭을 알겠다며 웃으시던데요."

민병증은 아무 일 없었다고 말하고서 "이달 25일에 출항하여 시모노세키로 간다면서요?"라고 물었다.

"그렇네. 오늘 창설식을 마치고 나면 배를 몰고 갈 대원들을 차출해서 항해기술을 가르쳐야 해. 올라온 것도 그 때문이고."

　정긍모는 김동준이 해양훈련을 가르친 대원들 중에 승선시킬 자들을 차출해 가기 위해 겸사겸사 올라왔다고 했다. 그때 가옥 앞으로 승용차 두 대와 그 뒤로 트럭 한 대가 다가왔다. 승용차 두 대가 연이어 정차하고 앞 차의 문이 열리면서 카스텐 부부가 내렸다. 그 뒤의 승용차에서는 이묘묵과 손원일이 내렸다.

　정긍모는 손원일 앞으로 다가가 인사를 했다. 손원일은 정긍모와 악수를 나누고는 감격스러운 목소리로 입을 뗐다.

　"이제 우리들의 꿈이 시작되고, 이 나라의 바다를 지키고자 하는 바다의 용사들이 모일 수 있는 울타리가 마련된 것이야."

　"그렇습니다. 참으로 역사적이고 기쁜 날입니다."

　정긍모는 오달진 마음에 어깨춤이라도 추고 싶다는 듯 목소리에 감칠맛이 돌았다.

　"바다를 지켜야 강토가 있고, 강토가 있어야 조국이 있으니, 바다의 용사들은 죽어도 또 죽어도 오직 겨레와 나라를 위하는 마음으로 똘똘 뭉쳐야 할 것이야."

　"그렇습니다. 바다는 우리의 고향이니 가슴속에 끓어오르는 피를 고이 바칠 자세로 뭉치도록 하겠습니다."

　"그러세. 살아도 또 살아도 정의와 자유를 위해서 우리 바다를 지켜나가세."

　손원일은 강한 각오와 투지를 다지듯이 말하고는 정긍모를 향해 이묘묵을 가리키며 인사하라고 했다. 정긍모는 이묘묵에게 허리를 구부려 인사를 했다.

"이 사람이 아니었으면 오늘과 같은 이런 자리를 마련하지 못했을 것입니다."

손원일은 이묘묵에게 정긍모의 자랑을 늘어놓았다. 정긍모는 듣기가 민망하다는 듯이 짐짓 놀라는 표정을 지었다.

"이런 분들이 계셔서 이렇게 창설식을 하는 것이로군요?"

이묘묵은 정긍모가 여간 믿음직스럽지 않다는 듯 엄숙한 어조로 말했다.

"미군정청에서 도와주지 않았으면 엄두도 못 낼 일이었습니다."

손원일은 공로를 이묘묵에게 돌리고는 "제가 앞으로 보좌관님을 얼마나 더 귀찮게 할지 모르겠지만 내치지 말아주십시오."라는 말을 덧붙이고서 웃었다. 이묘묵은 "축하하러 온 사람한테 겁부터 주는 사람이 어디 있소?"라고는 덩달아 웃었다. 그때 민병증이 다가와 손원일을 향해 목례를 하고는 식을 시작할 시간이라고 했다.

손원일은 이묘묵과 카스텐 부부를 안내하여 민병증을 따라 '조선해방병단창설식'이라는 글씨가 적힌 현수막 아래에 나란히 놓인 의자로 향했다.

손원일은 좌우로 태극기와 성조기가 걸린 단상을 바라보는 앞줄의 의자에 이묘묵과 카스텐 부부를 앉히고서 그 옆에 앉았다.

"지금부터 대한민국 해방병단 창설식을 거행하도록 하겠습니다."

사회를 맡은 김영철은 개식사를 알리고 애국가를 부르겠다고 했다. 대원들과 참석자들은 일제히 일어나 태극기를 보며 애국가를 불렀다.

김영철은 이어 이묘묵과 카스텐을 비롯한 귀빈들을 소개하고는 "해방병단 병단장님께서 취임사를 하시겠습니다."라고 했다.

손원일은 단상으로 나가 대원들의 사기를 북돋아주겠다는 듯 쩡쩡한 어조로 입을 뗐다.

"우리는 일본제국주의의 억압으로부터 벗어난 조국의 해양수호를 위한다는 한 가지 뜻으로 이 자리에 모였습니다. 그러기 위해서는 국가와 민족을 위하여 삼가 이 몸을 바친다는 굳은 결의를 가지고 보국위민, 해양사상, 유비무환의 정신과 창의개척, 신사도정신, 군인정신을 두루 갖추어야 할 것입니다. 또한 우리는 충무공의 후예임을 잊어서는 안 될 것입니다. 그러므로 충무공의 숭고한 애국정신을 본받아 충무공 정신에 살고 충무공 정신에 죽을 각오를 다져야 합니다."

손원일은 간단한 취임사를 마친 뒤 머리를 숙여 인사를 하고서 자리로 돌아갔다.

김영철은 단상으로 나와 목청을 가다듬고 입을 뗐다.

"이것으로 우리는 대한민국 해방병단이 되었습니다. 이제부터 위원장님께서는 단장님으로 호칭이 바뀌고, 우리도 대원에서 단원으로 바뀌었습니다. 해방병단 창설을 축하해주시려고 참석하신 귀빈과 우리의 새 출발을 알리는 오늘을 기억하기 위해 다함께 기념사진을 찍도록 하겠습니다."

폐식을 알리는 김영철의 말이 끝나자 단원들은 바삐 움직여 대청마루 앞의 마당에 의자 15개를 가져다가 한 줄로 놓았다.

"귀빈들께서는 의자에 앉으시고 단원들은 뒤에 줄을 맞추어 서 주기 바랍니다."

김영철은 생기가 넘치는 목소리로 말했다. 참석자들은 대청마루 앞으로 자리를 옮겨 앞줄에는 손원일을 비롯한 이묘묵과 카스텐 부부 등이 앉고 뒷줄의 계단에 올라선 단원들은 태극기와 성조기를 가슴에 펴들고 섰고, 다른 단원들은 그 뒤의 세 번째와 네 번째 계단에 올라서서 줄을 맞추었다.

사진사는 한 손을 들어 올려 시선을 집중시키고는 곧 펑 소리를 내며 사진을 찍었다.

모두들 한꺼번에 흩어지며 웅성거리기 시작할 때 이묘묵이 손원일을 향해 "오늘 중으로 진해로 출발한다고요?"라고 물었다. 손원일은 고개를 끄떡이며 그렇다고 했다. 이묘묵은 사무적인 말투로 바쁘겠다고 말하고는 단원 한 사람을 미군정청에 남겨두는 것이 좋겠다고 했다. 손원일은 의아한 눈으로 이묘묵을 빤히 건너다보았다.

"아까 도와달라고 하지 않았소?"

이묘묵은 앞으로 얼마나 더 귀찮게 할지 모르겠지만 내치지 말아달라고 하지 않았느냐고 물었다. 손원일은 표정이 단박에 환하게 펴지더니 "아! 네."라고는 누구를 남겼으면 좋겠는지 물었다.

"무슨 일이 있을 때마다 해방병단과 바로바로 연락을 취할 수 있도록 미군정청에 상주시키려고 그러니 알맞은 사람을 내게 붙여주시오."

이묘묵은 하지 중장에게 허락을 받아 사무실에 둘 만한 사람을 소개해달라고 했다. 손원일은 고맙다고 말하고는 윤승선을 추천했다. 이묘묵은 고개를 끄떡이고는 어떤 사람인지 물었다. 손원일은 고개를 돌려 한곳에 모인 무리를 향해 자신보다 다섯 살 많은 윤승선을 불렀다. 윤승선은 단원들과 나누던 이야기를 접고 다가와 찾았는지 물었다.

"동암(東菴) 선생님의 아드님입니다."

손원일은 이묘묵에게 윤승선을 가리켜 윤치오의 아들이라고 했다. 이묘묵은 반갑다며 악수를 청하고는 "나중에 나를 찾아오시오."라고 말했다. 윤승선은 영문을 몰라 이묘묵과 손원일을 번갈아 쳐다보았다.

"이따가 설명해주겠습니다."

손원일은 윤승선을 향해 무슨 비밀을 간직한 것처럼 말하고는 나중에 보자고 했다. 그때 카스텐이 다가서며 손원일에게 봉투를 건네며 입을 뗐다.

"에드워드 대위에게 이 서신을 보여주면 진해 해군기지를 사용하도록 해줄 것이오."

손원일은 고맙다는 말과 함께 봉투를 받아 쥐었다.

"지금 바로 경성역으로 가야 할 것이오."

카스텐은 기차가 기다린다고 말하고는 잘 다녀오라고 했다.

"이렇듯 여러 가지로 도와주셔서 감사합니다."

손원일은 손을 내밀어 악수를 청하며 말했다. 이묘묵도 손원일을 향해 악수를 청하며 "자, 그럼 고생하시오."라고는 가보겠다고 했다.

손원일은 이묘묵 부부와 카스텐 부부를 자동차까지 바래다주고 윤승선을 불러 군정청에 남아야 하는 까닭을 들려주었다. 윤승선은 알아들었다며 그렇게 하겠다고 했다.

손원일은 이어서 정긍모에게 함께 진해로 갈 준비를 하라고 했다.

"저는 25일에 시모노세키로 배를 몰고 갈 단원들 데려가려고 온 것 아닙니까?"

정긍모는 진해로 가야 하는 까닭을 물었다.

"단원들 모두 지금 진해로 가. 거기서 며칠 더 교육을 시켜서 가장 우수한 단원들로 차출해서 부산으로 보내줄 테니, 함께 기차를 타."

손원일은 진해까지 함께 내려갔다가 거기서 부산으로 가라고 했다. 정긍모는 그러겠다고 대답하고는 교육 담당이 바뀌었는지 물었다. 손원일은 변동이 조금 있다며 항해교육은 김영철, 군사훈련은 변택주와 김정주, 회계는 석은태, 행정은 민병증이 맡았다고 했다.

"알겠습니다, 그러면 진해고등해원양성소에 다니던 시절에 알고 지냈던 여관이 있는데 태화여관이라고, 진해에서는 유명한 곳입니다. 제가 단원들 숙소를 그곳에 잡아주겠습니다."

정긍모는 자랑거리를 늘어놓듯 말하고는 진해에 도착한 다음 날 버스를 타고 부산으로 넘어가겠다고 했다.

"덕분에 숙소 잡을 걱정은 하지 않아도 되겠군."

손원일은 잘되었다고 말하며 김영철에게 경성역으로 출발하자고 했다. 김영철은 알았다는 대답을 하고서 단원들을 인솔하여 트럭에 태웠다.

8.

　단원들은 곧장 경성역으로 향하여 객차가 달랑 두 개만 붙은 기차에 나누어 탔다. 기적을 울리며 털커덩털커덩 움직이기 시작한 기차가 경성역을 빠져나가 수원을 지났을 무렵 어둠이 내려앉았고, 부푼 기대를 한가슴에 안은 채 수다스럽게 이야기를 나누던 단원들은 하나둘 잠을 청해 눈을 붙였다.

　기차는 밤새껏 달려 아침 해가 장복산 위에 걸터앉아 기지개를 켤 무렵 진해역에 도착했다. 단원들은 낯선 진해 땅에 발을 디디고는 정긍모가 정한 태화여관에 숙소를 정하고 짐을 풀었다.

　손원일은 짐을 풀자마자 에드워드를 만나러 가야겠다며 정긍모에게 단원들을 챙겨달라고 했다.

　"어딘 줄 알고 그러십니까? 잠깐만 기다려보시죠."

　정긍모는 문밖으로 나서는 손원일을 말리고는 여관주인에게 미군정청 사무소를 찾아가려면 어디로 가야 하는지 물었다. 여관주인은 걸어서 가기는 먼 거리라고 말한 뒤 자전거를 빌려줄 테니 타고 가라며, 일본 해군이 사용했던 건물이 있는 장소를 찾아가는 방법을 알려주었다.

　정긍모는 손원일에게 자신이 태워서 갈 테니 뒤에 타라고 했다. 손원일은 혼자 다녀올 테니 단원들을 챙겨달라고 말한 뒤 자전거에 올라타 쩔거덕쩔거덕 소리가 나는 페달을 밟아가며 탁 트인 길을 짓달렸다.

　북원로터리를 지나 서쪽으로 얼마 가지 않아 정문을 지키는 미군 헌병에게 카스텐이 준 편지를 보이며 에드워드를 만나러 왔다고 했다. 헌병은 초소로 들어가 전화를 하고서 나와 손원일을 향해 자전거는 맡겨두고 지프를 타고 가라고 했다.

　손원일은 헌병이 내어준 지프를 타고 꽤 먼 거리를 달려 일본 해군이 사용했던 진해방비대사령부 건물 앞에서 내렸다. 지은 지 30여 년 정도로 보이는 건물은 르네상스 양식의 붉은 벽돌로 지은 3층이었다. 헌병은 손원일에게 따라오라고 말하고는 앞장서서 건물 안으로 향했다. 손원일은 헌병을 따라 에드워드의 집무실로 갔다.

　에드워드는 찬찬히 손원일의 아래위를 훑어보더니 의자에서 일어나 다가서며 손을 내밀었다. 손원일은 악수를 교환하고 나서 용건을 말하며 카스텐이 준 서신을 보여주었다. 에드워드는 내용을 읽어본 뒤 "이젠 이것이 필요 없게 되었소."라고 했다.

　"필요 없다니, 무슨 소리요?"

　손원일은 난데없는 소리에 그만 놀라서 눈이 둥그레졌다.

　"단도직입적으로 말하겠소, 당신이 이끌고 내려온 사람들 모두 해산시키고 돌아가시오."

"뭐요? 해산시키고 돌아가라……고요?"

"밤중에 내려오느라 소식을 못 들은 모양인데, 오늘 미군정청에서 군정법령을 공포했소. 나는 내일부터 적용되는 이 법령을 근거로 해서 말하는 것이오."

"뭐요? 군정법령이 뭐가 어떻다고요?"

"이것이 바로 아놀드 장군께서 발표한 법령이오."

에드워드는 서류 하나를 집어 건네며 말했다. 손원일은 냉큼 서류를 받아 들고서 훑었다.

법령 제28호 제1조 국방사령부의 설치, 제2조 군무국 창설 육해군부의 설치, 제3조 경찰군사기관의 금지 등으로 시작된 문서에는 몇몇 동사나 명사 같은 알맹이를 휘저어놓은 수식어로 치장을 했지만, 여하한 군대조직과 경찰조직을 불허할 뿐더러 일체의 행동을 하지 못하게 하고 이를 어겼을 경우 군정재판에 회부하여 처벌한다는 내용이었다.

"우리는 미군정청 운수부 해사국의 허락을 받고 어제 창설한 해방병단이란 말이오."

손원일은 서류에 적힌 내용을 받아들이지 못하겠다는 자세를 보였다.

"그때는 해사국장님께서도 이 법령이 공표된 것을 몰랐을 때요. 알았으면 허락을 했겠소?"

에드워드는 무성의한 말투로 카스텐이 실수했을 뿐이라고 했다.

"경위야 어찌 되었던 우리는 이미 창설 허락을 받았으니 이 법령과는 상관이 없지 않소?"

"그건 당신 사정이고, 나는 법령 28호를 따를 수밖에 없소."

"이보시오, 이건 뭔가 잘못된 것이오. 미군정청에 전화를 해서 다시 확인해보시오."

손원일은 부당한 처사라고 항변했다. 하지만 에드워드는 듣는 둥 마는 둥 하고는 헌병을 향해 고갯짓으로 데리고 나가라고 했다. 헌병은 에드워드를 향해 경례를 한 뒤 손원일을 데리고 밖으로 나섰다.

손원일은 반 강제로 지프를 타고 정문으로 향하는 동안 뭔가 단단히 잘못된 것 같아 걱정이 이만저만 아니었다.

상심이 너무 큰 탓에 마음의 균형이 완전히 무너진 듯 정문에서 건네받은 자전거를 타지도 못하고 허탈 상태로 끌고서 태화여관에 도착했다.

"무슨 일입니까?"

정긍모는 의기소침하고 초췌한 손원일의 몰골에 놀라서 눈치를 살피며 물었다. 손원일은 정긍모를 향해 개개풀린 퀭한 눈으로 쳐다보며 부산으로 가지 말고 당분간 진해에 남아 단원들을 돌봐달라고 했다.

"아니? 무슨 일 때문에 그럽니까?"

정긍모는 적이 당황한 눈초리로 쳐다보며 물었다. 손원일은 가만한 한숨을 푸 내쉬고는 입을 열어 에드워드와 만났던 일을 들려주었다.

"뭐라고요? 이런 미친놈을 다 봤나? 미군정청 해사국에서 허락을 한 일인데 제깐 놈이 뭐라고?"

정긍모는 볼끈 화를 내며 어쩔 줄을 몰랐다.

"아무래도 미군정청에 가서 자초지종을 알아보는 게 좋겠어."

손원일은 비장한 각오를 한 듯 단연한 표정으로 경성으로 올라가 봐야 한다고 했다.

"알겠습니다, 여기 있는 단원들은 제가 어떻게 해서라도 돌보고 있을 테니 어서 올라가세요. 제가 이따가 우체국에 가서 단장님 경성으로 올라가신다고 경성사무소에 전보를 쳐놓겠습니다."

정긍모는 손원일을 안심시키기 위해 치받는 화를 삭이려고 심호흡을 했다.

손원일은 어딘가 미안스러운 듯 우물거리다가 다녀오겠다고 말하고 진해역으로 향했다. 정긍모는 손원일을 따라 진해역으로 가서 표를 끊어 기차를 태워 보내고는 태화여관으로 돌아갔다.

진해역을 떠난 손원일은 삼랑진에서 기차를 갈아타고 밤새도록 달려 경성에 도착하자마자 급히 미군정청으로 향하여 윤승선을 찾아갔다.

윤승선은 손원일을 보자마자 어두운 표정으로 자칫하다간 법령 28호 때문에 해방병단이 와해될지도 모르겠다고 했다. 손원일은 너무 놀란 나머지 넋 잃은 사람처럼 뻥히 선 채 가만있다가 간신히 정신을 수습하고서 무슨 일이 벌어진 것인지 말해보라고 했다. 윤승선은 천천히 입을 열어 철수하지 못하고 남은 일본군 때문에 벌어진 일 같다고 했다.

"일본군……? 그 망할 놈의 일본군이 왜요?"

손원일은 대뜸 불과 같은 분노가 끓어올랐다.

"하지 중장이 이끄는 미군 병력은 고작 7만 정도가 아닙니까? 아직 철수하지 못한 일본군은 무려 34만에 가깝다 보니까 그런 조치를 취한 것 같답니다."

윤승선은 일이 벌어진 전말이 대략 이렇게 시작된 것이라고 설명했다.

"무장해제 당한 일본군이 무서워 그런다니, 이게 말이 됩니까?"

"그래서 제가 좀 알아봤는데…… 사실 지금 38선 북쪽에서는 보안대라는 군대조직을 창설한답니다. 그래서 우리도 덩달아 군대조직을 만들면 소련이 자극받을까 봐 눈치를 보느라 그런다는 소문이 도는데, 아무래도 그게 맞는 말 같습니다."

"그게 사실이라면, 더욱 서둘러 해야 할 일이 바로 이 일인데 대체 무슨 생각들을 가지고 있는 거랍니까?"

"그건 하지 중장의 뜻이 아니라 맥아더의 지시라고 합니다."

"구더기가 무서워 장을 못 담근다는 꼴이니 이거야 원……."

"하지만 하지 중장이 치안을 담당하는 로런스 시크 준장에게 뱀부계획(Bamboo Plan)을 마련하라고 지시했다고 하니 곧 무슨 발표가 있을 것 같습니다."

"뱀부계획? 그건 뭔가요?"

"통위부를 발족하여 남한 내 군대조직 편성을 위한 기본계획이라고 하는데, 38선 이남의 팔도에 각각 1개 연대씩 창설하게 하여 내년 1월부터 도별로 병력모집에 착수하되, 우선 1개 중대씩을 창설한 후 이를 단시일 내에 연대규모로 확대하기로 한다는 것입니다."

윤승원은 그간 이묘묵을 통해 알게 된 미군정청의 돌아가는 사정을 들려주었다. 설명을 듣고 난 손원일은 낯빛을 흐리며 "해군은 어쩌고……?"라고 물었다.

"보좌관님께 전해 들은 말씀으로는 미군정청에서 거기까지 생각할 여력이 없는지 아예 거론도 하지 않는답니다."

윤승원은 이묘묵에게서 직접 들은 말이라서 틀림없다고 했다.

"이대로 있을 수 없어, 카스텐 소령을 만나서 경위를 따져봐야겠어."

손원일은 표정이 얄궂게 일그러지며 원망을 품은 듯이 말했다.

"그렇지 않아도 카스텐 소령은 단장님께서 올라오실 것이라며 오시는 대로 보자고 했습니다."

윤승원은 카스텐이 에드워드의 전화를 받고서 기다리는 중이라며 함께 가자고 했다. 손원일은 윤승원의 안내로 카스텐을 찾아갔다.

카스텐은 문으로 들어서는 손원일을 발견하고는 자리에서 일어나며 기다리고 있었다고 했다. 손원일은 다짜고짜 격앙된 목소리로 에드워드가 무슨 일로 해방병단을 해산하라는 소리까지 떠들었는지 따져 물었다.

"법령 28호가 발표되었을 때는 기차가 이미 대구를 지나고 있을 때였소."

카스텐은 손원일이 경성역에서 떠나고 난 뒤로 알려줄 방법이 없었다고 했다.

"그럼, 이제 와서 우리더러 뭘 어쩌라는 것이오?"

손원일은 애써 격한 감정을 억눌렀지만 낭패감과 분노가 착잡하게 얽힌 표정은 감출 수 없었다.

"내가 통위부사령관에게 해방병단이 창설식을 가졌다고 보고를 드렸더니 손 단장이 올라오는 대로 보자고 합니다. 지금 나하고 함께 갑시다."

카스텐은 로런스 시크 준장을 만나면 방법이 있을 것이라며 손원일을 달래고서 함께 통위부로 가자고 했다. 손원일은 마음을 추스르며 윤승원을 향해 다녀오겠다고 하고는 카스텐을 따라나섰다. 카스텐은 손원일을 같은 건물에 있는 미군정청 치안국장실로 안내했다.

로런스 시크는 카스텐의 설명을 전해 듣고서 고개를 끄떡이고는 손원일을 향해 익히 들어서 알고 있다며 손을 내밀었다. 손원일은

악수를 하는 둥 마는 둥 하고는 다짜고짜 법령 28호 때문에 해방병
단이 와해될 처지라면서 대책을 세워달라고 했다.

"해방병단이 창설되었다는 보고를 받고서 검토를 해보았지만 군
정법령을 무시하면서까지 받아들일 수는 없소."

로런스 시크는 규정을 위반하면서까지 해방병단을 보호할 수 없
다고 했다.

"그 법령을 공표한 것도 궁극적으로 미군정청에서 조속히 이 나
라의 국방력을 키우기 위하고자 하는 것이 아닙니까? 그렇다면 우
리 해방병단을 살려야지, 법령을 내세워 해산시킨다는 것이 말이나
될 법한 일입니까?"

손원일은 애원조로 입을 열었지만 반은 협박에 가까웠다.

"내가 그 마음을 모르는 것이 아니오. 하지만 이건 미군정청에서
독단적으로 처리하는 것이 아니라 극동사령부의 지시에 따라 하는
것이니 우리도 어쩔 수가 없소."

로런스 시크는 맥아더의 지시를 무시할 수 없다고 했다.

"무조건 안 된다고만 할 것이 아니라 방법을 찾아봐달라는 겁니
다."

손원일은 일본에서 한국의 사정을 일일이 챙길 수 없는 맥아더
가 이런 사실을 알게 되었을 때 과연 무조건 해체하라고 했겠느냐
고 따졌다. 로런스 시크는 손원일의 말을 곰곰이 꼽아보다가 천천
히 입을 뗐다.

"우리가 뱀부계획을 미국 합동참모본부의 승인을 받기까지는 두 달 정도 걸릴 것이오. 하니 그때까지라도 기다려보시오."

손원일은 그 말은 해방병단의 활동을 막지 않겠다는 뜻이냐고 물었다. 그러자 로런스 시크는 대답 대신 고개를 끄떡거렸다.

"뱀부계획의 내용에는 해군에 대해서는 거론하지 않았다고 들었습니다. 그런데 미국 합동참모본부의 승인이 난다 한들 뭐가 달라진답니까?"

손원일은 윤승원에게 전해 들은 말을 머릿속으로 돌리며 말했다.

"하지만 법령 28호 2조에는 군무국을 창설하여 육군과 해군을 설치한다는 조항이 있으니 그건 문제가 되지 않소. 그러니 합동참모부의 승인이 떨어질 때까지 기다리는 동안 해방병단이 인력을 육성하는 것은 묵인하겠다는 것이오."

로런스 시크는 자신의 재량권을 행사하여 해방병단이 암암리에 활동하는 것을 모른 체하겠다고 했다. 손원일은 얼굴빛을 가다듬으며 정말로 그리해주겠느냐고 물었다.

"그렇소, 해군사관생도를 뽑아 앞으로 이 나라의 해군을 이끌어 나갈 인재를 키워보시오. 어차피 뱀부계획이 승인되고 나면 필요한 인력이니 도움이 될 것 같소."

"그렇게까지 생각을 하신다면 굳이 암중공작하듯 감추어서 할 것이 아니라 미군정청이 나서서 공식으로 활동할 수 있도록 해주면 쉽고 빠르지 않습니까?"

손원일은 얼굴에 살짝 스치는 미군정청으로부터 해방병단의 존재를 확인받을 길이 열릴 것 같은 반가운 기색을 감추고 말했다.

"우리는 승인 받지 않은 일을 공개적으로 활동하도록 할 수는 없소, 하지만 미국 합동참모본부에서 뱀부계획의 승인이 떨어지면 그 땐 당신들이 정상적으로 활동할 수 있는 길을 열어주겠소."

로런스 시크는 해방병단을 미군정청 통위부 예하로 편입할 수 있도록 해주겠다고 했다.

"고마운 말씀이지만, 우리는 지금 당장 오도 가도 못하고 길바닥에 주저앉게 되었으니 이것부터 해결을 해주셔야겠습니다."

손원일은 발등의 불부터 끌 셈으로 어떠한 조치를 취해달라고 했다. 로런스 시크는 의아스러운 얼굴로 손원일을 쳐다보며 무슨 소리를 하는지 모르겠다고 했다. 가만히 두 사람의 이야기를 듣고 있던 카스텐은 꼴깍 소리가 나게 생침을 삼키고서 입을 뗐다.

"해방병단 단원들은 창설식을 마치자마자 미군정청 운수국에서 마련해준 특별열차로 진해에 내려갔습니다. 하지만 에드워드 대위가 받아주지 않아 지금 여관 신세를 지고 있습니다. 일본 해군이 사용하던 진해방비대사령부에는 빈 건물로 방치된 건물도 많은데, 제 생각에는 그런 건물들을 놀리는 것보다 해방병단 단원들에게 제공하면 건물 관리도 걱정 없을 것 같고, 해방병단 단원들이 훈련과 교육을 받을 수 있으니 뱀부계획이 승인될 때까지 만이라도 머물 수 있도록 제공해주는 것이 좋지 않을까 싶습니다."

이야기를 듣고 난 로런스 시크는 입술을 우므리고 씰룩대다가 고개를 끄떡거리고는 손원일을 향해 "그렇게 하라고 진해에 연락을 해놓겠소."라고는 손을 내밀어 악수를 청하며 걱정하지 말고 돌아가서 기다리라고 했다. 손원일은 그제야 굳었던 마음이 다소 녹는 듯 밝은 표정으로 악수를 나누며 고맙다고 했다. 카스텐은 로런스 시크를 향해 거수경례를 올려붙이고서 손원일과 함께 밖으로 나섰다.

손원일은 밖으로 나서자마자 카스텐을 향해 악수를 청하며 감사의 마음을 전했다. 카스텐은 빙긋 웃는 얼굴로 자신의 사무실로 가서 차를 나누자고 했다. 하지만 손원일은 해방병단 경성사무소에 가봐야 한다며 나중에 다시 찾아오겠다고 했다. 카스텐은 그러자고 말하고는 걸어가지 말라며 지프를 내주겠다고 했다. 손원일은 얼굴빛을 밝게 가다듬으며 고맙다고 하고 돌아섰다.

카스텐이 마련해준 지프를 타고 해방병단 경성사무소로 돌아온 손원일은 사무실로 들어서자 누군가가 일어나 인사를 하는 통에 민병증과 인사를 나눌 틈이 없었다.

"아니, 이게 누군가? 기차에서 보았던 그……?"

"맞습니다, 최용남입니다. 그동안 잘 지내셨습니까?"

최용남은 깍듯한 경어로 인사를 했다.

"어제 저녁에도 오셨는데, 단장님께서 안 계셔서 오늘은 아침부터 기다리고 있었습니다."

민병증이 다가와 손원일을 향해 눈인사를 하고는 정긍모로부터

손원일이 경성으로 올라갔다는 전보를 받고서 오늘 다시 오라 했다
고 설명했다. 손원일은 고개를 끄떡이며 최용남을 향해 자리에 앉
으라고 하고는 "경성에는 어쩐 일로?"라고 물었다. 최용남은 잠시
쭈뼛거리다가 "월남했습니다."라고 대답했다.

"38선을 넘었다고……? 아주 남쪽으로 왔단 말인가?"

손원일은 좀 뜻밖이라는 표정을 지으며 물었다. 최용남은 그렇다
고 대답하고는 갈 곳이 마땅치 않아 연희전문학교에 갔다가 유억겸
을 만나보았다고 했다.

"교장선생님을?"

"제가 연희전문학교에 입학했을 때 서무부장으로 계셨던 분이었
습니다."

"아……?! 징용을 피하려고 연희전문학교에 다녔다고 했었지."

손원일은 봉천에서 기차를 타고 경성으로 올 때 최용남과 나누었
던 이야기를 생각해내며 말했다. 최용남은 그렇다며 고개를 끄떡거
렸다.

"유억겸 선생님과는 그런 인연이 있었군. 그런데 내가 여기 있다
는 것을 어떻게 알고……?"

"교장선생님께서 말씀해주시면서 해방병단을 창설했다는 신문
기사를 보여주셨습니다."

"아, 그랬군. 그런데 왜 월남했나?"

"고향으로 갔더니, 아버님은 일본인 광산업자 사장에게 꾸어다

먹은 보리쌀을 갚지 못해서 광산업자 사장이 사는 관사 지붕 고치는 일에 노역으로 동원되었다가 그만 지붕에서 떨어져 돌아가시고, 어머니는 그 일로 몸져누우셨다가 세상을 떠난 뒤였습니다. 그래서 저는 두 분의 산소에 찾아가 제사를 드린 후 가을에 평양으로 갔는데, 분위기가 너무 이상하고 험악해서 월남하기로 마음먹었습니다."

"저런……."

손원일은 최용남의 가슴 아픈 불운이 안타깝다는 듯 말문을 틔우지 못하고 우울한 표정을 지었다. 그러다가 한편으로는 고향에 대한 그리움이 왈칵 치솟는 통에 감기를 앓는 것처럼 갈라진 목소리로 "평양 분위기는 어떻던가?"라고 물었다. 최용남은 더할 수 없이 착 가라앉은 목소리로 "북쪽에 소련군이 들어온 건 알지요?"라고 묻고는 차근히 말을 이어나갔다.

"소련군 25군 군단장 이반 치스타코프는 해방군이라고 끌고 들어온 소련군을 북한지역에 사냥개처럼 풀어놓고 장악하여 군정을 하면서 왕노릇을 하고 있습니다. 소련군은 미처 도망치지 못한 일본 여자들을 눈에 보이는 대로 끌고 가 강간하고 일본인의 재산을 모조리 빼앗습니다. 심지어 조선 사람들이 찬 시계도 닥치는 대로 빼앗고 그것도 모자라 조선 여자들도 강간을 합니다. 북쪽은 더 이상 조선 땅이 아니라 소련 땅이 되어버렸습니다."

"그 정도란 말인가?"

손원일은 소문을 직접 들으면서도 도무지 믿기지 않았다.

"그뿐이 아닙니다, 지난 10월에……."

최용남은 말하다가 갑자기 목소리를 낮추어 "모란봉 뒤의 기자림 밑에 있는 평양공설운동장 아시죠?"라고 물었다.

"내가 거기를 모를 리가 있나?"

"거기서 김일성 장군 환영 군중대회가 열렸습니다."

"김일성 장군? 아니……? 몇 년 전 보천보전투 후에 일본군에게 추적당하다가 그해 겨울에 돌아가신 분이 아닌가?"

손원일은 죽은 자가 살아 돌아올 리가 만무하지 않느냐고 했다.

"그러니까 이게 웃기는 일이라는 것입니다."

최용남은 소련군이 터무니없는 억지를 부린다고 말하고는 기가 찬다는 듯 입을 꾸물꾸물 이죽거리다가 말을 이었다.

"소련군 로마넨코 소장이라는 자가 서른 조금 넘은 새파란 놈을 내세워 항일투쟁의 영웅이라면서 우리 민족의 민족적 지도자로 떠받들라고 난리를 떠는데 이걸 누가 믿겠습니까?"

"소련군이 왜 그런 짓을 한단 말인가?"

"그자를 내세워 소련이야말로 진정한 해방군이며 스탈린과 레닌은 우리 민족의 우상이라고 인민들을 선동할 심산인 것이지요. 아무튼 김일성이라고 내세운 그자의 환영식에 조만식 선생까지 불려 나오신 것입니다."

"조만식 선생께서……?"

손원일은 불현듯 손정도가 숭실중학교를 다닐 때 찍은 사진 속의 조만식이 떠올랐다.

"끌려 나오다시피 하신 조만식 선생께서, 소련군의 강압에 못 이겨 할 수 없이 따르기는 하지만 사람의 마음까지 정복할 수는 없다는 연설을 하셨는데, 그 때문에 나중에 소련군에게 끌려가 죽임을 당하셨습니다."

"뭐? 조만식 선생께서 죽임을 당하셨다고……?"

손원일은 화들짝 놀라 관자놀이에 힘줄이 일어섰다.

"그뿐이 아니라 소련군은 그들이 내세운 김일성을 북조선 공산당 책임비서에 임명하여 꼭두각시 놀음을 시키면서 건물과 광장, 역 할 것 없이 레닌과 스탈린, 김일성의 대형사진을 걸어두고 복종하라고 난립니다."

"그 지경인데도 아무도 나서지 않는다는 말이야?"

"나섰다가는 쥐도 새도 모르게 끌려가 죽을 판인데 나서는 게 다 뭡니까?"

"아무리 그래도 그렇지……."

"남쪽에서는 북쪽이 어떤 상황인지 잘 모릅니다, 지금 북쪽은 소련군 천국이고 소련군을 등에 업은 꼭두각시 김일성은 마치 마적단처럼 자기 세상으로 만들려고 혈안이 되어 있습니다. 그러면서 천지분간을 제대로 못하는 노동자들에게 이런저런 감투를 막 씌워주고는 사람들을 감시하게 하고 있습니다. 그러다 보니 어른, 아이, 젊은 놈, 늙은이, 나이도 위아래도 없고 아무에게나 동무라고 부르며 반말을 해대는 꼴입니다."

"그런데도 사람들이 가만있다는 것이 믿기지 않는군."

"사람들은 자기 목숨을 부지하기 위해서 타협을 했든지 그것도 아니면 체념한 상태입니다. 아니라고 떠들어봤자 끌려가 죽을 게 빤한데 무모하게 나서지 않겠다는 것이지요. 그래서 저처럼 그런 꼴을 보기 싫은 사람들이 계속 월남을 하는 것입니다."

최용남은 더는 소련군의 공산혁명을 참고 넘기기 어려운 사람들이 월남을 서두르고 있다고 했다. 38선 북쪽에서 뭔가 심상치 않은 기운이 감도는 것을 느낀 손원일은 불편해진 마음을 가라앉히고서 최용남이 어떻게 38선을 넘었는지 물었다.

"사리원까지 기차를 타고 왔지만 거기서부터는 통행증 없이 기차 타기가 어려워서 할 수 없이 걷기도 하고 달구지도 얻어 타면서 38선 가까운 연안군의 한 어촌에 도착했는데, 마침 38선을 넘으려는 일본인들을 만나 함께 산을 넘어 야산자락에 숨었다가 해가 질 때까지 기다린 후 일본인이 소련군 경비병들에게 금붙이와 시계를 뇌물로 주고 거기다가 술까지 주어 구워삶은 후 넘어왔습니다."

최용남은 평양을 떠나 38선을 넘게 된 경위를 털어놓았다. 손원일은 동시에 동정과 안쓰러움을 느끼면서 "고생이 말이 아니었군." 하고는 갈 곳이 있는지 물었다.

"다시 유억겸 선생님께 가볼 생각입니다."

최용남은 갈 곳이 마땅찮다는 소리를 우회적으로 말했다.

"교장선생님께 해방병단 창설에 대한 이야기를 들었다고 하니, 내 단도직입적으로 말하겠네. 우리 해방병단에 들어와주게."

손원일은 그렇지 않아도 사람이 많이 필요하던 차에 잘 됐다고 했다. 최용남은 짓부릅뜬 눈으로 쳐다보며 손가락으로 자신의 가슴을 가리켜 "제가 말입니까?"라고 물었다.

"연희전문학교까지 마쳤고, 포병장교까지 해본 경험이 있는 인재를 찾기가 그리 쉽겠는가?"

손원일은 해방병단 단원들 훈련을 담당할 교관을 맡아달라고 했다. 최용남은 두 손을 모아 입을 가리고서 잠시 감격스러운 얼굴로 손원일을 쳐다보다가 착 가라앉은 목소리로 입을 열었다.

"해방된 조국의 바다를 지키는 해군을 육성하는 것이 꿈이라고 하셨을 때 사실 반신반의했습니다만, 이렇게 보고 나니 제가 다시 한 번 부끄러움을 느낍니다."

"내 청을 받아들인다는 소리야, 뭐야?"

손원일은 장난기를 담은 어조로 나무라듯 물었다.

"제가 자격이 있는지 모르겠지만, 실망시키지 않도록 최선을 다하겠습니다."

최용남은 갑자기 비장한 각오가 넘쳐흐르는 표정을 지으며 말했다. 손원일은 고맙다는 말과 함께 힘을 모아 해군을 건설하자는 말을 하고는 펜을 들어 편지를 썼다.

편지를 다 쓴 후 봉하고서 돈과 함께 건넸다. 최용남은 되록되록 눈알을 굴리며 무슨 돈이냐고 물었다.

"여비야, 내일 진해로 내려가게."

손원일은 진해에 도착해서 정긍모를 찾아 편지를 보여주면 따뜻하게 맞이해줄 거라고 했다. 최용남은 고개를 숙여 "감사합니다."라고 인사를 하고는 저녁 시간이 어떻게 되는지 물었다. 손원일은 똑바로 쳐다보며 왜냐고 물었다. 최용남은 머쓱한 표정으로 "탁주 한잔 사드리고 싶습니다."라고 대꾸했다.

"아~! 고맙지만 그럴 시간이 안 될 것 같으니, 우리 진해에서 만나면 그때 한잔해."

손원일은 거부하려는 기색을 찾아볼 수 없이 부탁하듯 말했다. 그때 윤치창이 들어서다가 "어, 손님이 계셨군."이라고는 돌아서려 했다. 손원일은 자리에서 일어나며 다 끝났으니 괜찮다고 했다. 최용남은 다시 들어서는 윤치창을 향해 꾸벅 인사를 했다.

"인사하시죠, 앞으로 우리 해방병단 단원들 훈련을 책임질 최용남입니다."

손원일은 윤치창을 향해 최용남을 인사시켰다.

"아, 그러시오? 나는 윤치창이라고 합니다."

윤치창은 최용남을 향해 반갑게 손을 내밀었다. 최용남은 허리를 반쯤 숙여 두 손으로 악수를 하고는 손원일에게 가보겠다고 했다. 손원일은 문밖까지 따라나서 최용남을 보낸 뒤 사무실로 돌아왔다. 윤치창은 손원일이 자리에 앉기도 전에 미군정청에 들렀다가 소식을 듣고 왔다고 말하고는 "진해에서 안 좋은 일이 있었다며?"라고 물었다. 손원일은 그렇다고 대답하고는 의자에 앉으며 그 일 때문에 왔는지 물었다.

"미군정청에서 이묘묵이 그 친구한테서 들었는데…… 북쪽은 소련군정청이 보안대를 창설하여 모든 사설 무장단체를 강제 해산시켜서 보안대로 통합했다고 하네. 미군정청에서도 북쪽처럼 60여 개가 난립하는 사설 단체를 정리하여 재편성하려고 그러는 모양이야, 아무리 애국적으로 하는 일이라고는 하지만 미군정청 입장으로는 그대로 두었다가는 무질서하고 혼란만 가중될 것이라고 보는 거겠지. 하지만 통위부사령관을 맡은 로런스 시크 준장이 모든 군사단체를 해체하여 경무국과 육군부와 해군부로 편성할 것이라고 하니, 해군부는 해방병단 말고는 없지 않은가?"

윤치창은 손원일의 마음을 위로하고자 군사설 같게 느껴지는 긴 설명을 마다하지 않았다.

"그 일은 로런스 시크 준장이 미국 합동참모본부의 승인이 떨어지는 대로 해방병단을 미군정청 통위부로 편입시켜 주겠다고 해서 기다리기로 했습니다."

손원일은 한시름 놓았다는 듯 안도감이 묻어나는 어감으로 말했다. 윤치창은 밝아진 목소리로 "그렇게 되었다니 정말 다행이로군."이라 말했고 불쑥 김일성을 입에 담으며 말머리를 돌렸다.

"김일성이 누군지 아는가? 소련군정청이 창설한 보안대 우두머리라는데?"

손원일은 "김일성?" 하고는 눈빛을 반짝이며 말을 이었다.

"저도 방금 나간 그 친구에게서 들은 이야기가 있습니다만……."

"그렇다면 그자가 김성주라는 것도 알아?"

윤치창은 손원일의 표정을 살피며 물었다. 손원일은 눈알을 굴리며 "김성주라니요?"라고는 뭔가 이상하다는 듯 고개를 갸웃거렸다. 윤치창은 예상했다는 듯 "역시 모르는 모양이군." 하고는 손원일이 길림에 있을 때 손원일의 동생인 손원태와 곧잘 어울려 다녔고 손인실을 좋아했던 김성주가 김일성이라고 했다.

"네~에? 매형, 그게 무슨 소리입니까?"

손원일은 깜짝 놀라 큰 소리로 물으며 벌떡 일어났다. 윤치창은 손정도가 친자식처럼 아끼고 돌봐주었던 김성주가 김일성이라는 가명을 쓰고서 소련의 꼭두각시 노릇을 한다고 했다.

"그…… 그럴 리가요?"

손원일은 도무지 믿기지 않아 허벅다리 살이라도 꼬집을 지경이었다. 윤치창은 사실이라 말하고는 안우생이 누군지 알겠느냐고 물었다. 손원일은 고개를 흔들며 모른다고 했다.

"그럼, 안공근 선생은 기억해?"

"안공근 선생?"

"안중근 선생의 동생인데 모르겠어?"

손원일은 비로소 "아!"라고 탄성을 지르며 입을 뗐다.

"안중근 선생님께서 이토 히로부미를 처단하고 순국하신 후 아버님께서 그분의 가족들을 보살펴드릴 때 뵈었던 것 같습니다. 그런데 그분이 왜요?"

"안우생이 바로 안공근 선생의 자제인데 지금 임정 선전부 비서야. 그런데 그 사람이 그랬어. 김일성이 5년 동안 소련군 88여단에서 개노릇을 했던 김성주라고 말이지."

윤치창은 안우생이 경교정(京橋町) 임시정부 숙사(宿舍)에서 기자회견을 열어 김일성의 실체를 밝혔다고 했다.

"성주가 김일성이라니…… 대체 뭐가 어찌 된 겁니까?"

손원일은 너무 황당한 일이라 사실로 믿기지 않았다.

"소련군이 듣지도 보지도 못했던 자를 데리고 와 김일성 장군이라고 떠들어대니까 임정에서 안우생에게 알아보라고 했던 모양이야. 그래서 안우생이 평양에 가서 알아보았다더군."

윤치창은 안우생이 기자회견을 하게 된 자초지종을 들려주고서 그 모든 것들이 사실이라고 덧붙였다.

"배은망덕을 저지르고서 자취를 감추었던 그놈이 김일성이 되어 나타나 소련의 꼭두각시라니…… 어떻게 이런 일이 일어날 수 있단 말입니까?"

손원일은 분하고 원통한 마음이 왈칵 솟구쳤다.

"성주 어머니가 성주를 데리고 장인어른께 찾아와서 성주 아버지가 죽기 전에 성주를 돌봐달라는 부탁을 했었지. 장인어른께서 작은 처남과 같은 반에 넣어 공부를 시킨 이야기는 집사람한테 들었네. 그런데 어쩌다가 장인어른께서 김성주 때문에 병이 도져서 돌아가셨단 말인가?"

윤치창은 어떻게 된 일인지 자신의 머리로는 도무지 이해가 안 간다고 했다.

"아버님께서는 성주 그놈이 김좌진 장군 암살에 개입이 되었다는 소릴 들으신 후로 일본 경찰에게 받은 고문이 도져 병이 깊어졌던 것입니다."

손원일은 말하는 것조차도 고통스러운 듯 가라앉은 소리로 힘겹게 대꾸했다. 윤치창은 몸을 움칠거리도록 깜짝 놀란 표정으로 "김좌진 장군 암살에 김성주가 개입했다고……?"라고 했다.

"제가 상해 중앙대학교로 진학한 뒤 길림에 없는 사이에 벌어진 일입니다."

손원일은 지난날 기억을 풀어내려는 듯 잠시 뜸을 들인 후 헛기침을 하고서 말을 이었다.

"그때 성주는 조선혁명군 이종락의 졸개가 되어 조선공산청년회라는 조직에 가입했다가 중국국민당에 체포되었습니다. 하지만 아버님께서 상해임시정부에 계실 때 안면이 있던 중국국민당 쪽 사람에게 사정 이야기를 하고서 성주를 풀어내 다른 곳으로 피신시켰습니다. 성주는 그길로 간도로 가서는 아예 중국공산당에 가입했고 소사라는 곳에서 순시원 생활을 했다는데, 그곳에서 김봉환을 만나 코민테른(Communist International)에 대해 공부하다가 공산주의에 심취하여 무산자동맹회에 들어갔습니다. 그러다가 김봉환이 공산주의를 싫어하는 김좌진 장군을 제거하기 위해 박상실을 사주하고는 성주에게 박상실을 도우라고 했습니다. 결국 김좌진 장군은 박상실의 손에 암살당했고 그 때문에 일본군은 길림을 손아귀에 넣고서 만주를 본격적으로 침략했습니다. 그러면서 독립운동 지사들이 대거 체포되었는데, 아버님께서는 나중에 그 모든 것이 당신께서 김성주를 구해주었기 때문에 벌어진 일이라고 자책을 하시다가 일본 경찰에게 당했던 고문 후유증이 도져서 돌아가신 것입니다."

손정도의 죽음에 대해 자초지종을 듣고 난 윤치창은 우울한 표정이 드러나는 얼굴로 "소련군이 그런 망나니 같은 놈을 민족의 영웅이라고 내세우고 있으니 앞으로가 걱정이야."라고 말하며 한숨을 지었다.

"저도 조금 전에 들은 이야기입니다만…… 소련군이 김성주를 김일성으로 둔갑시키기 위해 조만식 선생까지 죽였다고 하던데, 들어보았습니까?"

손원일은 사정을 알고 있다면 말해달라고 했다.

"나도 조만식 선생께서 소련군에게 끌려갔다는 소리를 듣긴 했지만 죽였다는 소린 못 들었어."

"그렇군요. 어쨌든 매형 말씀대로 소련군이 보안대를 창설하여 우두머리로 김성주 그놈을 앉혔다면 뭔가 심상치가 않습니다."

"그거야 더 두고 봐야지. 38선 북쪽도 남쪽만큼 어수선하니까 뭐가 어떻게 변할지 장담할 수 있는 것은 아무것도 없어."

"임정 요원들이 모두 하루빨리 귀국해야 나라가 좀 안정이 될 텐데, 그렇지 않습니까?"

"그건 힘들게 생겼어……. 미군정청과 맥아더는 이승만에게 기대를 걸고 있기 때문에 몽양 선생의 건국준비위원회도 인정하지 않았듯이 임시정부도 마찬가지라서 아직도 상해에서 발이 묶여 있는데 무슨 힘을 쓸 수 있겠어?"

"해방이 되었는데, 누구 눈치를 보느라 입국하지 않고 상해에서 왜 그러고 있답니까?"

"광복군 정진대가 비행기로 경성비행장에 착륙했다가 일본군 사령관에게 입국을 저지당하고 중국으로 쫓겨 간 거 잊었어?"

"그렇다고 언제까지 상해에 주저앉아 있을 수 없지 않습니까?"

"그래서 임정 인사들이 개별적으로 입국을 하는 것이지."

"그렇게 되면 임시정부의 내각과 정책이 계승될 방법이 없는 거 아닙니까?"

"처남은 그런 거 신경 쓰지 말고 처남 말대로 바다를 지켜내야 하는 힘을 기르는 데나 신경 써."

윤치창은 고런조런 일까지 신경 쓸 필요는 없다며 딴소리가 나오지 않도록 꾹 눌러놓겠다는 듯이 "진해는 언제 내려갈 건가?"라고 물었다.

"로런스 시크 준장이 진해방비대사령부의 빈 건물을 해방병단 단원들에게 제공해주기로 했으니 당장 여관 신세를 면하여 우선은 한시름 놓았습니다. 그러니 저는 결과에 따라 해방병단의 존립이 위협받을 수 있는 뱀부계획을 발표하기 전까지는 수시로 미군정청에 드나들며 상황이 어떻게 돌아가는지 알아야겠습니다."

손원일은 당분간 경성에 머물러야 마음이 놓이겠다고 했다. 윤치창은 이해가 된다면서 자신도 여러 경로를 통해서 알아봐주겠다고 했다.

9.

한편 진해에 머무는 정긍모는 에드워드를 만나 일본 해군이 사용하던 항무부 건물을 사용하라는 허락을 받았다. 하지만 기대를 안고 찾아간 건물 앞에서 모두 낙심하고 말았다. 창문마다 온전한 유리가 없어 한겨울의 바닷바람이 멋대로 들락거렸고, 난로조차 없는 마룻바닥은 그야말로 얼음장같이 차가웠다.

단원들은 잠잘 땐 담요를 둘둘 말고 추위를 견뎠다. 하지만 제대로 된 군복도 없는 데다가 수제비와 콩죽으로 연명하다 보니 배를 곯기가 일쑤였고, 간장과 고춧가루에 물을 타서 먹는 날도 허다했다. 그러다 보니 며칠 지나지 않아 집으로 돌아가겠다는 단원들이 속출하기 시작했다.

정긍모는 독립군과 같은 희생정신으로 견디자고 호소했지만 17명은 뜻을 꺾지 않고 집으로 돌아가겠다고 했다. 정긍모는 할 수 없이 여관 주인에게 돈을 빌려 그들의 귀향 여비를 마련해주었다.

손원일은 그 같은 내용이 적힌 정긍모의 편지를 받고는 윤치창과 석은태에게 도움을 요청하여 돈을 마련해 내려보냈다. 그러면서 정긍모에게 쓸 만한 단원들을 차출하여 부산으로 가서 그곳에 있는 한갑수를 비롯한 단원들을 이끌고 수리한 배 4척을 움직여 귀환동포를 실으러 시모노세키로 가라고 지시를 했다. 그리고 진해에 남은 단원들의 지휘는 최용남에게 맡기라고 했다.

손원일은 머릿속에 온통 진해에 내려간 단원들 생각으로 그득 차 있지만 내려가지 못하고 계속 경성에 남아 민병증과 함께 미군정청으로 들락거렸다. 때로는 이묘묵과 윤승원을 만나고 때로는 카스텐을 만나기도 했다가 마음이 답답할 때는 직접 로런스 시크를 찾아다니며 뱀부계획이 어찌 돌아가고 있는지 알아내려 했지만 알 길이 없었다. 그렇게 무거운 마음으로 해방병단의 존립이 걸린 뱀부계획의 결과를 기다리다가 해가 바뀌는 것조차도 몰랐다.

새해를 맞이한 지 일주일 조금 넘었을 때 카스텐으로부터 미국 합동참모본부가 뱀부계획을 승인했다는 소식을 들었다. 하지만 해방병단에게 반가운 소식은 그 무엇도 들려오지 않다가, 그로부터 닷새 뒤 손원일이 그토록 애타게 기다리던 소식이 날아들었다.

미군정청은 사설 군사단체를 해산시키고 남조선경비대를 창설한다는 군정법령 42호를 공표했고, 로런스 시크는 손원일에게 했던 약속대로 해방병단을 인정하여 남조선경비대에 예속시켰다.

손원일은 다음 날로 해방병단총사령부를 설치하고 군번 80001번을 부여받아 소령 계급장을 달고서 해방병단총사령관으로 취임했다.

손원일은 계급을 영관급 소령, 중령, 대령, 위관급 이등준위, 일등준위, 소위, 중위, 대위, 하사관 이등병조, 일등병조, 상등병조, 병조장, 병 견습수병, 이등수병, 일등수병 등으로 정비해 단원들에게 계급장을 부여할 준비도 착수했다. 거기다가 곧 해방병단총사령부 앞으로 예산이 책정되어 내려올 것이라는 소식까지 듣고는 병력을 보충하기 위해 지원자 모집공고까지 냈다.

해방병단이 정식 군사단체가 되었다는 소식이 전해지면서 해군 지원자와 해군사관생도 지원자가 천여 명 가까이 몰려들었다. 손원일은 먼저 해군사관생도 1기생 113명을 선발하여 진해로 내려보냈다.

그러고 난 며칠 뒤 손원일은 마음을 조아리며 기다리고 있던 해방병단총사령부 앞으로 책정된 예산이 내려왔다는 소식에 기쁨을 감추지 못했지만 그것도 잠시였다. 조병옥의 요청으로 하지가 경무부로 넘겼다는 소식을 듣고는 낙담이 이만저만이 아니었다.

손원일은 로런스 시크를 찾아가 부당함을 따지고 경무부로 넘긴 예산을 해방병단으로 돌려달라고 했다. 로런스 시크는 곧 군정법령 63호가 공표되면 남조선경비대가 국방부로 개칭되어 한국군 창군 준비를 할 수 있는 법이 마련되어 장비와 예산이 지원될 것이며, 식량과 군복은 물론 단원들 월급도 지급될 것이니 조금만 참으라고 달랬다.

손원일은 기다리는 대가로 군함을 지원해달라고 요구했다. 로런스 시크는 맥아더 사령부의 허가를 받아보겠다며 그 역시 기다려달라고 했다. 손원일은 반신반의하면서도 달리 방도가 없는지라 로런스 시크만 믿겠다고 하고는 물러났다.

그런 일이 있은 얼마 후 해방병단 단원은 어느덧 천여 명으로 불어났고 6월이 되면서 해방병단의 명칭이 조선해안경비대로 바뀌었다. 손원일은 조선해안경비대 총사령관으로 취임했고 단원들은 다시 대원이라는 호칭을 썼다.

한편 진해로 내려간 최용남은 정긍모가 떠난 뒤로 진해에 남은 대원들을 이끌어오다가 소위로 임관하여 진해기지교육대 교관으로 보임되었다.

최용남은 훌륭한 해군을 만들어내기 위해 신명을 바쳐 신병들을 훈련시키는 한편 조함창을 창설하여 일본군이 건조하다가 버리고 간 소해정(艇)과 경비정 등을 추슬러 사용하려고 애를 썼지만 선박 기술도 없는 데다가 부속마저 구할 길이 없어 번번이 실패했다.

어느덧 여름이 되면서 광복 1주년을 맞았다. 손원일은 중령으로 진급했고, 경성이 서울시로 이름이 바뀐 지 얼마 지나지 않아 로런스 시크로부터 부산에 정박해둔 500톤급 상륙주정(LCI) 2척을 미군에게 인수받으라는 통보를 받았다. 하지만 손원일은 무기가 장착되지 않은 상륙주정은 흥미가 없다며 소형이라도 무기가 장착된 군함을 달라고 했다. 로런스 시크는 미국의 무기판매와 무기이양 반대

정책 때문에 요구를 들어줄 수 없다고 잘라 말했다.

손원일은 할 수 없이 상륙주정 2척으로 만족해야 했지만 조함을 할 수 있는 대원은 모두 귀환동포를 수송하기 위해 부산과 시모노세키를 오가고 있다며 미군이 진해로 옮겨달라고 했다.

사정을 듣고 난 로런스 시크는 한 번은 해주겠지만 다음에는 조선해안경비대가 자체적으로 해결해야 한다고 했다.

그 일로 다급해진 손원일은 유억겸을 찾아가 항해술을 교육할 수 있는 사람이 있는지 찾아봐달라고 부탁했다. 유억겸은 일본 간사이대학(關西大學) 전문부를 졸업했고 갑종 선장면허를 가진 사람이라며 박옥규를 소개했다.

"해방이 되고 조선선박운항통제주식회사의 선박감독관이 되면서 조선선박운항주식회사 사장이 되었다가, 지금은 부산항에서 도선사(導船士)로 있는데 항해술이라면 일본인도 감히 따라가지 못할 정도요. 하지만 손 중령보다 일곱 살이나 많은데 괜찮겠소?"

손원일은 나이가 무슨 상관이냐며 당장 만나게 해달라고 했다. 유억겸은 연락을 해놓을 테니 부산으로 내려가서 만나보라고 했다.

손원일은 모든 일정을 뒤로 미룬 채 그길로 부산으로 내려가 박옥규를 만나 해군건설에 참여해달라고 부탁했다. 하지만 박옥규는 자신은 부산하역주식회사 사장 취임을 앞두고 있어서 할 수 없다며 거절했다.

손원일은 이에 굴하지 않고 부산에 머물면서 수시로 박옥규를 찾아갔다. 박옥규가 만나주지 않거나 자리를 비웠을 때는 진해로 갔다. 최용남과 함께 조함창에서 수리 중인 소해정을 살펴보다가 작업복을 입고 일을 돕기도 했다. 그렇게 수리를 마친 소해정을 충무공정(艇)이라고 명명하고는 첫 항해를 한산도로 나갔다가 돌아왔다.

손원일은 충무공정을 승선해본 뒤로 노련한 항해술을 가진 자가 절실하게 필요함을 느끼고서 다시 부산으로 갔다. 그 뒤로 수차례나 박옥규에게 마음을 돌려달라고 간청했지만 늘 같은 소리만 들었다. 그러다가 조선해안경비대 총사령부를 통위부 부속건물이던 남산동 퍼시픽호텔로 옮기는 일 때문에 다시 서울로 올라왔다.

"하지 중장 특별보좌관님께서 제게 알려주셨는데, 이번에 미군정청에서 상륙정 5척과 소해정 18척을 우리 조선해안경비대로 넘겨줄 계획이랍니다."

윤승원은 이묘묵에게서 들은 이야기라며 인수준비를 해두는 것이 좋겠다고 했다.

"그게 사실입니까?"

손원일은 주먹 덩이 같은 것이 뭉쳤던 가슴이 단박에 씻겨 내려가는 것처럼 앙가슴이 후련하도록 시원스럽게 말하고는, 갑자기 왜 그런 결정을 했는지 아느냐고 물었다.

"미군정청에서는 선심 쓰는 것처럼 주는 것이라고 하지만 실은 북쪽의 움직임이 심상치 않아서 그렇다는 소리가 나돕니다."

"북쪽이 왜요?"

"얼마 전에 소련군이 창설한 보안대의 병력을 대폭 늘려 조선인민군으로 창설하고, 평양 중앙광장에서는 그동안 사용해왔던 태극기를 불태우고 인공기로 교체하는 의식도 가졌답니다."

"국기를 인공기로 바꾸었다면 남쪽과 완전히 갈라서겠다는 뜻인데, 그렇다면 미국은 소련을 의식해서 낡은 배라도 준다는 것 아닙니까? 울며 겨자를 씹는다더니……."

"물론 그것도 그거지만, 지난번에 서울운동장에 수많은 사람들이 모여서 유엔한국임시위원단 환영대회를 가지지 않았습니까?"

"그것도 무슨 연관이 있다는 겁니까?"

"그 일로 소련의 유엔 대표 안드레이 그로미코가 유엔한국임시위원단이 북쪽에 들어오는 것을 거부한다는 성명을 발표했는데, 이것저것 여러 가지가 맞물려서 그렇다는 소리가 나돕니다."

"경위야 어찌 되었든 이왕 군함을 주기로 결정했다면 전투함도 끼워줄 일이지, 고기잡이 같은 배들만 줘서 뭐 어쩌자는 건지 원……."

"물론 그런 생각을 안 한 것이 아니지만 무기판매와 무기이양 반대정책 때문에 어쩔 수 없다는 것입니다."

"하지만 미군정청에서 극동사령부에 조금만 더 강하게 밀어붙인다면 낡은 전투함 한 척이라도 줄 수 있을 텐데……. 하기는, 하지나 로렌스 시크나 다들 자기 일이 아니라고 이리저리로 에돌기만 하니 답답한 건 우립니다."

손원일은 전투함을 갖지 못하는 신세가 되자 태도를 바꾸어 미군정청을 향한 불만을 드러냈다. 윤승원은 그나마 상륙정 5척과 소해정 18척이라도 생겼으니 그게 어디냐며 손원일의 마음을 닦아주고는 슬그머니 말머리를 돌렸다.

"며칠 전 제주도에서 새벽에 한라산 중턱에 있는 오름마다 봉화가 타오르고 남로당 제주도당이 무장봉기를 일으켜 경찰지서와 우익단체 요인들의 집을 습격했답니다. 그 때문에 미군정청에서 1개 연대를 파견했다는데, 아무래도 사태가 쉽게 수습이 안 될 것 같습니다."

"그래요……?"

손원일은 군함 이야기를 하는 이 마당에 그 이야기가 왜 나오느냐는 듯이 어리뜩한 표정으로 물었다.

"그러니까, 어수선한 이런 때에 머뭇거리다가는 그나마 준다는 배마저 넘겨받지 못할까 봐 좀 신경이 쓰입니다."

윤승원은 미군정청의 마음이 변하기 전에 받아놓고 보자고 했다. 손원일은 갑자기 무슨 생각이 났는지 눈을 반짝거리며 다시 부산으로 내려가야겠고 했다. 윤승원은 단박에 박옥규 때문이냐고 물었다.

"그 배들을 받아두더라도 부두에 묶어둘 수만 없으니, 그분을 모셔 와서 대원들에게 가르쳐야 할 것 아닙니까?"

손원일은 박옥규를 만나 결판을 지어야겠다고 했다.

"그렇게 하셔야지요. 이번에 내려가시면 정 소령님도 만날 수 있겠네요."

윤승원은 정긍모가 이끄는 귀환동포 수송선이 부산으로 들어올 때가 되었다고 하고는 대안을 제안하듯이 조심스레 말을 이었다.

"그분이 허락을 안 하시면 정 소령님 일행 중에서 몇몇을 뽑아 항해술을 가르치도록 하면 어떨까요? 시간이 별로 없잖습니까?"

"정 소령을 인천기지사령부 사령관으로 발령 낼 참인데, 그래도 괜찮을지 모르겠습니다."

"왜요? 인천기지사령부에 무슨 일이 있습니까?"

"사령관인 백진환 대위를 목포로 내려보내야 할 사정이 있는데, 인천은 38선을 가까이 둔 지역이라서 정 소령이 맡아야 할 것 같습니다."

손원일은 정긍모가 인천기지사령부 사령관으로 적임자라고 설명하다가 갑자기 마음이 급하고 뒤숭숭한지 당장 내려가겠다며 서울역으로 데려다줄 수 있는지 물었다.

"댁에도 안 들리고 바로 내려가시게요? 급행열차 조선해방자(朝鮮解放者)호를 타도 열 시간 정도 걸리니까, 저녁이 되는데요?"

윤승원은 집에 들렀다가 다음 날 떠나는 것이 어떠냐고 했다.

"저녁이면 어떻고 밤이면 어떻습니까?"

손원일은 당장 떠나고 싶다며 서울역으로 데려다 달라고 재촉했다.

"알겠습니다. 그럼 나가시죠."

윤승원은 알았다며 일어나 손원일을 자동차로 안내했다.

부산역에 도착하자 늦은 저녁이었지만 손원일은 개의치 않고 곧장 박옥규를 만나러 부산하역주식회사로 갔다. 그런데 뜻하지 않게 입구에서 정긍모를 만났다. 정긍모는 놀랍고 반가운 기색으로 "총사령관님, 여기는 어쩐 일이십니까?"라며 호들갑을 부렸다. 손원일도 똑같은 마음으로 "정 소령이야말로 여기 어쩐 일이야?"라고 했다. 정긍모는 눈앞의 건물을 가리키며 외삼촌을 만나러 왔다고 했다.

　　"외삼촌께서 이곳에 근무하시나?"

　　손원일은 건물을 쳐다보며 물었다. 정긍모는 남의 말 하듯 건성으로 그렇다고 대답했다. 손원일은 고개를 끄떡이고는 귀환동포 수송은 문제가 없으며, 대원들과 배도 괜찮은지 여럿을 몰아서 물었다.

　　"이상이 있을 게 뭐 있습니까?"

　　정긍모는 자신감 넘치는 목소리로 뽐내며 말하고는 걱정하지 말라고 했다.

　　"다들 정 소령이 우리 위신을 세웠다며 고맙게 생각하고 있어."

　　손원일은 정긍모의 공로를 치하하고는 다음 출항 때는 항해술 교육요원을 차출해야 하기 때문에 귀국선 한 척을 쉬게 해야 할지 모르겠다고 했다. 정긍모는 눈을 동그랗게 뜨고 반색하며 그만큼 대원들이 많아졌기 때문이냐고 물었다.

　　"자세한 것은 이따가 이야기하기로 하고, 귀국동포 수송은 언제쯤 끝날 것 같나?"

　　"서너 차례 더 다녀오면 얼추 끝날 것 같습니다."

"이제 그건 다른 사람에게 맡길 테니, 정 소령은 인천기지 사령관을 맡아줘야겠어."

"제가요?"

정긍모는 의외로 놀라거나 당황해하는 빛이 전혀 없이 묻고는 언제 부임하느냐고 물었다. 손원일은 닷새 안으로 현지에 부임할 수 있도록 준비하라고 했다. 정긍모는 군말 없이 "급한가 보군요."라고는 그러겠다고 대답했다. 손원일은 급한 말은 다했다는 듯이 안색을 달리하고는 "여기까지 왔으니 외삼촌은 나중에 만나고 나하고 함께 가지 않겠어?"라고 했다. 정긍모는 호기심이 동하는지 한 걸음 다가서며 소리를 죽여 "어디 가시는데요?"라고 물었다.

"여기 계시는 분을 만날 건데, 정 소령도 알고 지내면 좋을 거야."

손원일은 건물을 가리키며 안으로 들어가자고 했다. 정긍모는 갑자기 어떤 느낌이 살짝 떠오르기라도 한 듯 표정이 살며시 변하면서 "만나시는 분이 부산하역주식회사 사장님이십니까?"라고 물었다.

"아는 사람이야?"

손원일은 뭘 훔치려다가 들킨 아이처럼 흠칫 놀라며 물었다.

"역시, 그렇군요? 제가 만나러 온 분이 바로 그분입니다."

정긍모는 부러 노래하듯 짜랑한 목소리로 박옥규가 자신의 외삼촌이라고 했다. 손원일은 연거푸 놀라며 "그게 정말이란 말이지?"라며 소리쳤다.

"네에……. 곧 부산운수국 부국장 겸 부산항만청장으로 자리를 옮긴다고 하시기에 축하해주러 왔습니다만……."

정긍모는 자신이 찾아온 까닭을 들려주고서 손원일은 무슨 일로 왔느냐고 물었다.

"이런, 이런. 이런 기막힌 우연히 있단 말인가?"

손원일은 조금 긴장했던 얼굴에 한 점 화색이 돌면서 말하고는 박옥규를 만나러 온 사연을 들려주었다.

"아, 그런 일이 있었군요? 이러지 마시고 어서 들어가시지요."

정긍모는 마치 자기 집으로 찾아온 사람 대하듯 주저 없이 말하고는 건물 안으로 들어섰다. 2층 복도로 올라가 커다란 풍경화가 걸린 벽을 마주한 문 앞에서 정긍모가 노크를 했다. 들어오라는 대답이 문밖으로 흘러나오자 정긍모는 문을 활짝 열어젖혀 들어서며 "외삼촌, 이번에 또 영전하신다기에 축하드리려고 왔습니다."라고 너스레를 놓았다.

박옥규는 형형한 눈빛으로 반기다가 정긍모 뒤를 따라서는 손원일을 발견하고는 표정이 달라지면서 "아니, 두 사람이 어째 함께……?"라고는 어리둥절히 쳐다보았다.

"아, 글쎄! 알고 보니 우리 총사령관님께서 외삼촌한테 삼고초려 중이라면서요?"

정긍모는 손원일의 애를 태우는 사람이 박옥규인 줄은 몰랐다고 했다.

"네가 손 중령님과 함께 일을 한단 말이야?"

박옥규는 미처 몰랐다는 듯 얼떨떨한 얼굴로 쳐다보았다.

"실은 해방이 되자마자 해군을 창설하려고 의기투합했습니다."

정긍모는 손원일과 박옥규를 번갈아 찬찬히 쳐다보면서 조용히 입을 열어 지금까지 겪어온 그간의 일들을 개괄하여 들려주었다.

이야기를 듣고 난 박옥규는 숙연한 눈빛으로 손원일을 쳐다보며 "내가 무슨 도움이 된다고 자꾸 이러시오?"라고 물었다.

"우리나라에서 만 톤급 상선을 몰고 태평양을 여러 번 건너본 경험이 있는 항해사는 선장님뿐이지 않습니까? 누구도 넘볼 수 없는 노련한 항해술을 가진 분이 합류하여 주신다면 역사와 경험이 일천한 우리 해군으로서는 그야말로 하루하루 몰라보게 성장할 수 있을 것입니다."

손원일은 해군발전에 기여해주면 은혜를 잊지 않겠다고 했다.

"조카 말을 들어보니 해군을 창설하겠다고 풀통을 들고 벽보를 붙여가면서, 없는 돈 빡빡 긁어모아 대원들 입히고 먹여 가며 여기까지 이끌어오느라 온갖 고생을 다 한 것 같은데…… 무슨 부귀영화를 누리겠다고 나라에서 해야 할 일을 그처럼 무모하게 나섰단 말입니까?"

박옥규는 죽었다가 깨어나도 납득이 안 되는 일이라고 했다. 손원일은 결전장에 나서서 죽음에 맞서 싸울 태세를 갖춘 용사처럼 비장한 결의가 묻어나는 어조로 "충무공 때문입니다."라고 대답했다. 박옥규는 갑자기 비감스러운 느낌이 드는지 애잔함이 눌어붙은 목소리로 "이순신 장군 때문이라니요?"라고 물었다.

"저는 부친의 뜻을 좇아 상해 중앙대학교 항해과에 진학했습니다."

손원일은 손정도의 이야기를 앞세워 입을 떼고는 바다와 인연을 맺게 된 사연을 털어놓기 시작했다.

"이미 지나간 일을 다시 입에 올려 뭣하겠습니까만…… 만약 우리나라에 이순신 장군 같은 분이 계셨더라면 일본군이 나라를 짓밟도록 가만있지 않았을 것입니다. 우리가 일본군에 짓밟히고 만 것도 결국 우리 힘으로 바다를 지켜내지 못했기 때문입니다. 저는 이 땅이 외세의 침략에 다시는 무릎을 꿇지 않게 하려면 해군력이 강해야 한다고 생각했습니다. 그래서 충무공 정신에 살고 충무공 정신에 죽고자 이 일을 시작했고, 일본 해군이 버리고 간 소해정을 진해 조함창에서 수리하여 충무공정이라고 명명하고서 첫 항해를 한산도로 정했습니다. 대원들을 한산도에 상륙시켜 충렬사에 있는 충무공의 영정 앞에서 해방된 이 나라의 해군이 찾아뵈었다고 신고식을 할 때 우리 대원들은 모두 울었습니다."

손원일은 말을 마치고는 감정이 받치는지 큼큼 헛기침으로 목을 다듬었다. 사연을 듣고 난 박옥규는 사뭇 콧등이 찡했지만 내색하지 않고 오히려 심드렁하게 입을 열었다.

"그 마음은 알겠습니다만, 한 나라의 해군력이라는 것이 쉽게 이루어지는 것이 아니잖습니까? 더구나 나라에서도 아무것도 지원해 줄 수 없는 이런 마당에 무슨 수로 그 막중한 일을 해내겠다는 것입니까?"

"충무공께서는 그리하시지 않았습니까?"

손원일은 연사처럼 믿음에 찬 어조로 말했다. 박옥규는 너무나 당돌한 소리를 들었다는 듯이 손원일의 얼굴을 곧바로 쳐다볼 뿐 입을 떼지 못했다. 손원일은 낮고 차분하게 가라앉은 목소리로 "제가 감히 충무공 흉내를 내겠다는 것이 아니라……."라고 운을 떼고는 점잖게 말을 이어나갔다.

"오천 명도 안 되는 허약한 조선 수군과 50척도 안 되는 군함으로 40만의 왜군과 1,300척의 일본군 함대와 맞싸워서 단 한 번의 패배도 없는 완벽한 승리를 이끄신 분을 제가 어찌 감히 흉내를 낼 수 있겠습니까? 하지만 그분은 조정의 지원은커녕 임금의 의심과 조정 관료들의 시기에 시달리는 가운데에서도, 허약한 수군을 이끌고 농사를 지어 스스로 군량미를 비축했을 뿐만 아니라, 조정에서 쓰라고 군량미를 올려 보내기까지 하셨습니다. 더구나 옥살이를 한 뒤 다시 부임했을 때는 자식처럼 길러났던 수군을 다 잃고 군함도 달랑 12척밖에 남지 않았습니다. 그런 열악한 가운데에서도 133척이나 되는 일본군 함대를 격파했습니다."

"그 이야기를 새삼스럽게 내게 하는 이유가 뭡니까?"

박옥규는 손원일의 확연한 의지가 농후한 말을 계속 듣기보다는 먼저 의중이 무엇인지를 파악하고 싶었다. 손원일은 약간 망설이는 가락을 띤 정중한 어조로 "미안하지만 조금만 더 들어주시면 좋겠습니다."라고는 하던 말을 계속 이어나갔다.

"영국의 넬슨은 국왕과 국민의 전폭적인 지지와 성원에 힘입어 잘 훈련된 해군과 뛰어난 지휘관 그리고 잘 만들어진 군함을 가지고 해전에 임했습니다. 하지만 충무공께서는 임금마저도 당신의 목숨을 노리는 최악의 조건에서도 위대한 업적을 이루어냈다는 것을 말하고 싶은 것입니다. 말씀하신 것처럼 우리는 지금 나라에서 해주는 것이 아무것도 없습니다. 그렇다고 우리가 아무것도 할 수 없다는 것은 아니지 않습니까? 지금은 비록 보잘것없지만, 저는 지금 우리가 흘리는 땀과 불같은 열정이 밑거름되어 이 나라의 바다를 수호하는 해군으로 우뚝 설 수 있는 기틀을 잡을 것이라는 믿음을 말씀드리고 싶은 것입니다."

박옥규는 정열과 투지 같은 것을 부걱부걱 끌어 오르게 하는 말에 마음이 끌렸는지 눈을 감고는 머릿속으로 생각을 정리하다가 "이순신 장군을 대하는 마음이 남다른 것 같습니다."라고 대꾸했다. 손원일은 깊고 명쾌한 논조로 "그렇게 보입니까?"라고는 웃는 듯 마는 듯 입을 벙긋거리고서, 손정도가 바다를 지키는 주춧돌이라도 되기를 바라는 마음으로 해석(海石)으로 지은 것과 이순신에 관한 책 두 권을 어렵게 구해준 사연을 들려주었다.

이야기를 듣고 난 박옥규는 한껏 숙연한 얼굴에 침중한 분위기마

저 감돌았다. 손원일은 조심스러운 시선으로 박옥규의 표정을 살피고는 낮고 잔잔한 목소리로 말을 이었다.

"제 부친께서 목회를 하셔서 그런지 저도 하나님을 믿는 마음이 남달라 집에 십자가에 못 박히신 예수님을 걸어두고 있습니다. 어느 날 제가 십자가에 못이 박힌 채 고개를 숙인 예수님을 가만히 바라보다가 문득 충무공이 떠올랐습니다. 조선을 위하여 피를 흘려야 하는 죽음의 십자가를 짊어지시고 떠나신 그런 분 말입니다."

"외삼촌. 말씀을 들어보셔서 아시겠지만, 총사령관님께서 개인의 영달을 위해 이러시는 것이 아닙니다. 그러니 외삼촌의 항해술을 우리나라 해군을 육성하는 데 보태주세요."

정긍모는 손원일의 말에 새로운 감동을 느꼈다는 듯이 말했다.

"이것이 어디 마음먹은 대로 되는 일이라던가?"

박옥규는 정긍모에게 짐짓 꾸짖듯이 말하고는 손원일을 향해 약간 어색한 말투로 입을 뗐다.

"쓸 만한 갑판병사를 양성하는 데 최소 6개월 걸리고, 제대로 된 기술병사를 양성하려면 족히 2년 이상이 걸리는 일이오. 그런 계획도 없고 준비 없이 시작했단 말입니까?"

"외삼촌, 이것저것 다 갖추어서 시작했으면 우리가 지금 여기까지 올 수 있었겠습니까? 하나하나 풀어나가면서 오다 보니 지금에 와서야 외삼촌처럼 노련한 항해술을 가진 분이 필요하게 된 것 아닙니까? 외삼촌께서도 나라를 위하는 일이라면 누구 못지않은 분이

시니 외면하지만 마시고 힘을 보태주세요."

정긍모는 손원일을 대신하여 사정조로 간청했다. 박옥규는 정긍모에게 가만있으라는 손짓을 하고는 손원일에게 전투함이 있느냐고 물었다. 손원일은 말을 끄집어내기가 퍽 난감하다는 듯 미안쩍은 어조로 없다고 했다. 박옥규는 전투함도 없는 해군이 무엇을 할 수 있겠느냐고 물었다.

"외삼촌. 첫술에 배가 부를 수 없듯이 우리도 언젠가는 전투함을 가지는 날이 오지 안 오겠어요?"

정긍모는 불만 많은 아이처럼 불퉁거리는 말투로 퉁겨댔다.

"그렇습니다, 그런 날을 대비하기 위해서라도 선장님 같은 분이 나서주셔야 하지 않겠습니까?"

손원일은 기운 없는 목소리로 달래듯, 사정하듯 말했다. 박옥규는 9시가 다 되어가는 벽시계를 힐끗 쳐다보고는 손원일을 향해 "술 잘합니까?"라고 물었다. 손원일은 뜻밖의 소리에 대답을 못하고 어리둥절히 쳐다보았다.

"총사령관님께서는 왜놈들에게 고문 받은 후유증 때문에 술을 많이는 못 드십니다."

정긍모는 선뜻 나서서 손원일에 대해 잘 아는 것처럼 말했다.

"뎁 챠지(Depth Charge)라고 못 들어본 모양이군."

박옥규는 정긍모를 향해 고개를 갸웃이 돌려 말했다. 정긍모는 인상을 찌푸린 채 "뎁 챠지……?"라며 박옥규를 쳐다보았다.

"영국 해군의 전통 폭뢰주를 모르다니……, 이래서야 해군을 창설한다고 말을 할 수 있나?"

박옥규는 시들한 어투로 말했지만 어딘가 애정이 듬뿍 느껴지는 말본새였다.

"원하시면 마다하지 않겠습니다."

손원일은 박옥규의 말속에 무슨 꿍꿍이가 있음을 간파하고는 마음을 놓지 않았다. 박옥규는 목에 힘을 주어 "좋습니다, 지금 나갑시다."라고 호기롭게 말하며 벌떡 일어났다. 손원일은 정긍모와 함께 일어나 박옥규를 따라 밖으로 나섰다.

거리는 어느새 어둠이 짙어졌고 '국부 이승만 박사 환영'이라는 글씨가 적힌 현수막이 바람에 팔랑거렸다. 벽에는 '토지는 밭갈이 하는 농민에게, 의무교육제 실시, 남녀평등 실시, 8시간 노동제', '시위, 집회, 결사, 신앙의 자유' 등의 구호들이 적힌 포스터, 화보 같은 것이 몇 장 나붙어 눈길을 끌었다.

"남로당 놈들이 여기도 붙여두었군."

박옥규는 너덜거리는 포스터를 보면서 혼잣말처럼 뱉었다.

"야단입니다, 해방된 지 얼마나 되었다고 저 야단들인지."

정긍모는 엇나가는 남로당이 걱정된다고 했다.

"말도 마. 금년 들어서 부산에서 미군정청에 대항하는 빈도가 부쩍 늘어나더니, 곳곳에서 선거 반대 투쟁이 일어나고 단독선거 등록소를 습격하지 않나, 그러자 다른 한쪽에서는 좌익의 파괴 공작에 즉시 방어태세를 취하라는 성명을 발표하고 들고일어나 양쪽이 싸움질하느라 심각해. 제헌국회의원 선거를 앞두고 부산 바닥이 너무 혼란스러워서 사람들이 갈팡질팡해."

박옥규는 작금의 사태가 서글프기 그지없다고 했다.

"제주도는 선거를 반대하는 시위가 심각하여 미군정청 제주비상경비사령관이 무장대를 소탕한다는 포고문까지 발표했다는데, 나라가 갈수록 안정이 되기는커녕 점점 더 어수선해서 큰일입니다."

손원일은 하루빨리 시국이 안정되어 걱정 없이 사는 세상이 오기를 바란다고 했다.

"그게 다 남로당 놈들 때문에 벌어진 일 아닙니까? 부산에서 활동하는 남로당 비밀당원들은 서로 연락망을 구축해놓고, 당간부들을 호위하는 훈련과 테러와 습격훈련을 하기도 하고 우익의 정보를 빼내고 또 우익인사들을 포섭하기 위해 경찰, 소방서 심지어 군대까지 입대를 한다는데, 거긴 어떻습니까?"

박옥규는 조선해안경비대에는 남로당 인사들이 없는지 물었다. 손원일은 경계를 하고는 있지만 가려내기가 쉽지 않다고 했다.

"그렇겠지요, 작심하고서 위장 침투하겠다는데 쉽게 가려지겠습니까? 하지만 무슨 일을 어떻게 저지를지 모르는 인사들이니 주의해야 할 것입니다."

박옥규는 은근한 목소리로 염려하는 마음을 드러내놓다가 불이 켜진 허름한 국밥 집을 가리키며 "들어갑시다."라고는 드르륵 문을 열고서 안으로 쑥 들어섰다. 안에는 장터의 주막처럼 여러 패가 모여서 선거 이야기, 이승만과 김구 이야기, 남로당 이야기, 미군정청 이야기를 풀어놓느라 떠들썩했다. 셈을 하던 곱상한 주모는 박옥규를 보자 친근한 티를 내며 인사를 하고는 판자로 만든 허름한 탁자가 놓인 자리를 마련해주었다.

"외삼촌. 이 집 단골인가 봐요?"

정긍모는 끈적끈적하게 달라붙을 것 같은 눈빛으로 주모를 찬찬하게 훑어보며 말했다. 박옥규는 정긍모의 어깨를 툭 치며 "눈을 어디에다 둬?"라며 불온한 생각을 나무라고는 주모를 향해 텁텁한 목소리로 입을 뗐다.

"국밥에 막걸리나 한 사발 걸치려고 왔으니, 먼저 목을 축이게 막걸리부터 준비해주시오."

주모는 몸에 와 감기듯 정겹고 간드러진 목소리로 알았다고 대답하고는 돌아섰다.

"불그족족한 볼과 요란스럽게 흔들거리는 실팍한 엉덩이가 여러 사내놈들 애간장을 말렸겠다."

정긍모는 주모의 뒤꽁무니를 쳐다보며 목마른 놈처럼 꼴깍 군침을 삼켰다.

"아서라, 아이를 셋이나 둔 아낙이다. 동태눈도 아니고 어디다가 한눈을 팔아?"

박옥규는 듣기가 거북하다는 듯이 가자미눈으로 정긍모를 노려보며 핀잔을 주고는 "누님과 매형은 잘 계시냐?"라고 화제를 집안으로 돌려놓았다. 정긍모는 머리를 한 손으로 긁으며 씩 멋쩍게 웃고는 "예산에 가본 지가 오래되네요."라고 대답했다.

"뭐가 그리 바빠? 아무리 그래도 자주 찾아가서 인사도 하고 그래야지."

박옥규는 웃어른 티를 내겠다는 듯이 사뭇 근엄한 어조로 가르치듯 말했다. 정긍모는 이내 난감한 표정으로 돌아가 알겠다고 대답했다. 그때 주모가 주전자와 안주를 담은 큼직한 쟁반을 가져와 탁자 위에 올려놓고는 추파를 던지듯 살살 웃으며 돌아섰다.

"자, 받으시오. 이 술은 내가 해군이 되고자 하는 신고주요."

박옥규는 주전자를 들어 손원일에게 술을 권하면서 말했다.

"정말입니까? 허락하신다는 말씀인가요?"

손원일은 검은 테의 동그란 안경을 슬쩍 들어 올리면서 눈을 부릅뜨며 물었다.

"외삼촌 참 잘 생각했습니다."

정긍모는 실점을 만회하려고 추격의 고삐를 당기기 시작한 선수처럼 재빠르게 말을 거들었다.

"그러니까 받으시오."

박옥규는 손원일에게 재차 잔을 권하며 말했다. 손원일은 흥분 때문에 고조된 목소리로 고맙다며 술잔을 내밀었다. 박옥규는 술잔을 채우고서 주전자를 내려놓으며 입을 뗐다.

"이것으로 이제부터 나도 총사령관님의 부하가 된 것이오."

"부하라니요? 당치 않습니다. 제가 형님으로 생각하고 모시겠습니다."

손원일의 얼굴에는 기뻐 어쩔 줄 모르는 기색이 내발렸다.

"군대에서 하급자가 상급자의 형님이라니 말이나 됩니까?"

박옥규는 빙긋 웃으며 말하고는 신변을 정리할 시간을 달라고 했다. 손원일은 그러겠다고 말하고는 유비가 제갈량을 얻었을 때도 이보다 기쁘지 않았을 것이라며 반가움을 나타냈다.

"외삼촌! 이제 대한민국의 해군이 되셨으니 해군건설을 위해 외삼촌의 해양지식과 항해술을 전수해주세요."

정긍모는 박옥규에게 거는 기대가 크다고 했다. 박옥규는 한배를 타기로 했으니 힘껏 돕겠다고 말하며 건배를 제의했다. 손원일은 냉큼 술잔을 집어 들었다. 정긍모도 덩달아 집어 들고서 내밀었다. 세 사람은 잔을 내들어 해군의 미래를 외치며 건배했다.

세 사람은 여러 차례 술잔을 돌리며 불투명한 해군의 앞날을 걱정하기도 하고, 혼란스러운 시국에 대해 논하기도 하면서 조금씩 취해갔다.

평소 절주를 잘 하던 손원일은 생전 처음으로 과하게 마시더니 결국 정긍모의 부축을 받아 숙소로 갔다.

다음 날 갓 떠오른 아침 해가 찬연스럽게 세상을 비추기 시작할 때 깨어난 손원일은 숙취로 머리가 흐리멍덩하고 속이 뉘엿거려 몸이 힘들었지만 마음만은 편했다.

기운이 빠진 몸을 추스르며 서울로 향하기 위해 작은 손가방 하나를 챙겨들고 나서려고 할 때 불쑥 최용남이 나타났다. 손원일은 놀라서 뻥하게 선 채로 쳐다보며 "진해에 있어야 할 최 소령이 여기는 어떻게 알고 왔어?"라고 물었다. 그사이 최용남은 소령까지 진급해 있었다.

"해군본부 정보감 함명수 대위가 여기 계실 것이라며 알려주었습니다."

최용남은 함명수가 급한 보고를 해야 한다며 진해로 연락이 와서 이리로 달려왔다고 했다. 손원일은 "급한 보고라니……?"라며 눈알을 치굴렸다.

"묵호경비부에 배속돼 있던 JMS 통천정이 납북됐답니다."

최용남은 적잖이 거북한 이야기를 하는 듯이 노인처럼 허리를 구붓하게 한 채 서서 말했다.

"뭐라고……? 311정이 납북돼?"

손원일은 온몸이 움츠러들 만큼 큰 충격을 받아 순간적으로 눈앞이 아찔했다.

"주문진 부근 해상에서 38선 인접 해역 경비근무를 마치고 귀항 중이었는데, 남로당 출신 승조원 다섯이 주도하여 정장 김원배 소위와 부정장 백경천 병조장을 사살하고 속초항으로 끌고 갔는데,

모두가 잠든 한밤중에 벌어진 일이라 미처 손쓸 틈도 없이 당한 것 같답니다."

최용남은 함명수에게 전해 들은 대로 보고했다. 순간 손원일은 간밤에 "우익인사들을 포섭하기 위해 경찰, 소방서 심지어 군대까지 입대를 한다는데, 거긴 어떻습니까?"라던 박옥규의 말이 빤짝 머리를 스쳤다.

"대체 우리 대원들 중에 남로당 지령을 받고 입대한 자들이 얼마나 많다는 거야?"

"정보감에서 파악한다고는 하지만 쉽지가 않은 모양입니다."

최용남은 언젠가는 또 똑같은 일이 불거질 것 같다며 골칫거리라고 했다.

"배를 태울 대원들을 어떻게 해야 남로당 출신인지 알아낸단 말이야?"

손원일은 앞으로 군함의 승조원들을 어떻게 해서 가려내야 할지 난감하다는 듯이 일그러진 얼굴의 턱을 쓸다가 "다른 사항은 없나?"라고 물었다.

"그리고 국방부에서 곧 제주도에 경비사령부를 창설한답니다."

최용남은 조선해안경비대에서도 병력과 군함을 지원해달라는 요청을 받았다고 했다.

"우리에게 무슨 여유가 있다고…… 대체 제주도가 어떻게 돌아가기에 우리더러 지원해달라는 거야?"

손원일은 병력과 군함을 보낼 여력이 안 된다고 말하다가 제주도 상황이 어떤지 물었다.

"미군정청에서 내려보낸 20연대장 브라운 대령이 올린 보고로 는 제주도에서 선거를 거부하는 움직임이 거세게 일어나고 있답니 다. 그래서 광주에 주둔한 육군5여단장 김상겸 대령을 사령관으로 내정하고 제주도에 주둔 중인 9연대를 포함해서 부산의 5연대에서 1개 대대, 대구의 6연대에서 1개 대대, 여수의 14연대에서 1개 대 대를 차출했답니다. 우리 조선해안경비대는 해안을 봉쇄할 수 있는 함정과 병력을 준비해달라는 요청입니다."

"우리에게 그만한 군함이 있나……."

"국방부에서 요청한 일이니 거절할 수도 없지 않습니까? 그냥 바 다에 떠 있기만 하면 될 것 같으니 조함창 배라도 보내면 어떻겠습 니까?"

"겨우 두 척밖에 안 되는데?"

"그거면 충분합니다."

"좋아, 그럼 그 배가 움직이는 대로 최 소령이 승무원들을 차출해 서 훈련을 시키고 준비를 해둬. 그리고 AMS 517정은 당장 묵호로 올려 보내라고 해."

"고원정을 빼면 제주도는 어떻게 하시려고요?"

최용남은 손원일이 말하는 의미를 짐작하면서도 걱정스러운 듯 이 물었다.

"어차피, 조함창에 있는 두 척을 보낼 것 아닌가? 현재로서는 38
선 가까운 바다를 비워둘 수가 없어."

손원일은 통천정이 관활했던 경비임무를 고원정에게 맞기라고
했다. 최용남은 선선히 알았다고 대답을 하고는 이내 비감스러운
어조로 "안 좋은 소식이 하나 더 있습니다."라고 했다.

"안 좋은 소식? 뭔가?"

손원일은 안면 근육이 경직되는지 눈을 거북살스럽게 깜박였다.

"바로 어젯밤에 교장선생님께서 돌아가셨습니다."

최용남은 침통한 낯빛으로 유억겸이 죽었다고 했다.

"뭐라고……?"

손원일은 넋 빠진 표정으로 한 걸음 뒷걸음질을 치다가 들고 있
던 손가방을 떨어트렸다.

"총사령관님!"

최용남은 단박에 한 걸음을 다가서며 손원일의 팔을 잡고는 "괜
찮으십니까?"라고 물었다.

"괜찮아."

손원일은 한 손으로 이마를 짚으며 힘없는 목소리로 말하고는 유
억겸이 왜 죽었는지 물었다.

"가회동 자택에서 뇌일혈로 돌아가셨답니다."

최용남은 연희전문 동문을 통해 전해 들은 소식이라고 말하고는
바닥에 떨어진 손가방을 주워 들었다.

"이제 겨우 오십을 조금 넘기셨는데, 그렇게 가시다니……."

손원일은 일찍 세상을 뜬 유억겸이 안타깝다는 듯이 한숨을 뽑아내고는 서둘러 서울로 올라가야겠다고 했다.

"가시죠, 부산역까지 모셔다드리겠습니다."

최용남은 차분하고도 사뭇 준절한 어투로 말하고는 손원일이 앞서도록 살짝 몸을 비켜서 섰다.

10.

 서울로 올라간 손원일은 중앙청광장에서 치러진 유억겸의 장례식에 참석하여 장지인 광주군 동부면 덕풍리까지 따라가 작별을 고하고서 돌아왔다.

 그로부터 두 달 후, 유엔 소총회에서 채택한 결의에 따라 남한의 제헌국회의원 선거가 확정되었다. 그러자 좌우익은 물론이거니와 중립계와 민족진영 인사들까지 대립을 일삼았다. 정국은 사막에서 거대한 사풍을 만난 것처럼 한 치 앞도 분간할 수 없을 만큼 일대 혼란에 빠졌고 국민은 우왕좌왕 갈피를 못 잡았다.

 그런 가운데도 200명을 선출하는 제헌국회의원 선거에 235명의 입후보자를 등록한 대한독립촉성국민회를 비롯하여 한국민주당 등 48개의 정당과 사회단체에서 모두 948명의 후보자를 내세웠다.

 하지만 선거를 공포한 후 3개월 동안 남로당의 파괴적 선거 방해 공작은 끊임없이 이어졌고 이에 동조한 남북협상파와 중립계 정치인은 선거불참까지 선언했다. 선거는 예정대로 5월 10일에 치러졌으나 투표방해 공작이 워낙 격렬했던 제주도는 결국 선거를 치르지 못하고 말았다.

　무질서와 혼란을 몰고 온 선거가 끝난 지 닷새가 되던 날, 손원일은 제주도에서 묵호로 이동시켰던 고원정마저 납북되었다는 소식을 듣고서 충격에 빠졌다.

　며칠 동안 식음을 전폐하다가 결국 고문 후유증이 또다시 도지는 바람에 병원 신세를 지고 말았다. 홍은혜의 극진한 간호로 사흘 만에 퇴원을 했지만 의사의 권고로 한동안 집에서 휴식을 취할 수밖에 없었다.

　그 무렵 북한은 연백평야에 공급해주었던 물길을 차단했고, 38선 남쪽으로 내려오던 송전선마저 끊어 전기공급을 차단하면서 서서히 남한과의 단절을 착수하기 시작했다.

　그러는 사이 남한은 제헌국회가 소집되었고 당선자 중 가장 나이가 많은 이승만이 의장에 선출되었다가 곧 국회선거를 통해 대통령이 되었다.

　그로부터 두 달 뒤 정부조직법 법률이 발표되면서 국방부의 입지가 강화되었다. 손원일은 다시 한 번 심기일전하여 조선해안경비대를 일으켜 세우고자 대한민국 정부수립식 때 대원들을 동원하여 분열식을 갖기로 하고 준비를 시작했다.

　홍은혜는 분열식 때 대원들이 입을 군복을 짓느라 조선해안경비대 부인들과 함께 일본 해군 항공예과 학생 정복을 뜯어고쳐 세탁하고 다리는 일에 매달렸다.

손원일은 대한민국 정부수립을 사흘 남겨두고 이승만을 찾아가 분열식 계획에 대해 보고를 하고서 허락을 요청했다. 이승만은 미처 거기까지는 생각하지 못했다면서 그것이 가능하냐고 물었다.

"나라가 건국되는 역사적인 순간에 조선해안경비대의 분열식을 보여줌으로서 우리나라가 자주 독립국임을 세계만방에 알리고자 준비를 해두었습니다."

손원일은 결연한 의지가 강하게 깃든 목소리로 말했다.

"나라에서 해준 것도 없는데, 정말 장한 일을 했어."

이승만은 그저 감개가 무량하기만 한 얼굴로 조용하게 말하고는 손원일의 어깨를 두드리며 수고가 많았다고 했다. 손원일은 고개를 숙여 "감사합니다, 각하."라고는 어릿어릿 눈치를 보다가 입을 떼어 통천정과 고원정이 연이어 납북된 사실을 보고하고는 죄송하다고 했다.

이승만은 대통령 취임 후에 보고를 받아 자세히 알고 있다면서, 어려운 가운데에서도 조선해안경비대를 창설하여 이끌어오느라 고생이 많았다는 말로 위로하고는, 같은 일이 반복되지 않도록 각별히 신경을 쓰라고 했다. 손원일은 정중하게 허리를 굽실 숙여 죄송하다는 말과 함께 조심하겠다고 했다.

"내가 하와이에서 망명 중일 때 미국 해군을 자주 보았어. 산보다도 더 큰 항공모함을 보고 얼마나 부러웠겠어? 어디 그뿐인가, 크고 작은 군함이 얼마나 많은지…… 우리나라는 언제 그런 힘을 가지게 될지 모르지만, 총사령관 같은 사람들이 많으면 희망이 있는 거 아닌가?"

이승만은 격려를 아끼지 않고는 손을 내밀었다. 손원일은 고개를 살짝 숙여 악수를 하면서 고맙다는 말을 남기고서 돌아서 문밖으로 향했다.

밖으로 나서다가 복도에서 기다리고 있는 한 명의 중년 사내와 한 명의 젊은 여자와 마주쳤다. 손원일은 두 사람을 향해 가볍게 목례했다. 두 사람도 마주 목례를 하고서 안으로 들어섰다.

손원일이 석조 계단으로 내려서고 있을 때 뒤에서 부르는 소리가 들렸다. 고개를 돌려보니 비서관 하나가 다가서며 이승만이 부르니 다시 돌아가자고 했다. 손원일은 비서관을 따라 대통령 집무실로 발길을 돌렸다.

집무실 안으로 들어서자 방금 마주쳤던 두 사람과 이야기를 나누던 이승만은 손원일을 바라보고는 가까이 오라는 손짓을 했다. 손원일은 고개를 갸웃 숙여 보이고서 이승만 곁으로 다가섰다.

"대한민국 정부의 유엔 승인을 받기 위해 3차 유엔총회가 있는 프랑스 파리로 파견될 분들인데, 알고 지내면 도움이 될 것 같아서 불렀어."

이승만은 손원일에게 두 사람을 장면과 모윤숙이라고 소개했다. 손원일은 두 사람을 향해 허리를 굽혀 인사를 했다. 이승만은 장면과 모윤숙에게 손원일에 대해 설명하고 자신도 모르는 사이 조선해안경비대 대원들 분열식을 준비했다고 덧붙였다. 장면과 모윤숙은 짐짓 놀라는 표정을 지어가며 조선해안경비대에 대한 기대가 자못 크다고 했다. 손원일은 관심을 보여주어서 고맙다고 하고는 기대에 어긋나지 않도록 최선을 다하겠다고 했다. 이승만은 "나도 기대가 커."라고는 볼일 다 보았다는 듯이 손원일을 향해 고개를 끄떡였다. 손원일은 머리를 숙여 인사를 하고 돌아서 밖으로 나섰다.

손원일은 분열식을 할 곳을 살펴보기 위해 경무대를 빠져나오자마자 효자동을 거쳐 중앙청 건물 앞으로 향했다. 정부수립식 준비를 하느라 분주하게 움직이는 많은 사람들을 비켜서서 남쪽으로 곧게 뻗어진 넓은 길을 바라보았다.

저만치 떨어진 곳에 서 있는 하얀 아치가 눈에 들어왔다. 아치 맨 위에는 유엔회원국 국기가 나팔나팔 흔들리고, 그 아래로는 세로로 쓰인 '歡迎하자! UN委員團!', '나가자! 남북통일로!'이라는 글씨가 군기를 받들어 호위하는 의장병처럼 양쪽으로 버티고 섰고, 맨 아래 줄에는 'WELCOME UN COMMISSION ON KOREA'라는 글씨가 무심하게 지나치는 우마차들과 사람들을 내려다보고 있었다.

손원일은 아치에 쓰인 글씨를 중얼거리듯 읽다가 긴 한숨을 뿜어내고서 발걸음을 뗐다.

사흘 후 중앙청 건물 중앙에 세로로 걸린 커다란 태극기 좌우로 소형 태극기와 유엔기가 걸렸다. 임시로 만든 연단에는 이승만과 맥아더를 비롯해서 국내 정치인 그리고 하지를 비롯한 미군정청의 군인과 각국 외교관 등 50여 명이 앉았고, 연단 아래에는 수많은 사람들로 가득 메워져 발 디딜 틈도 없이 빽빽했다.

이윽고 식이 시작되자 이승만은 대통령으로서 애국애족을 맹세하며 우리 민족을 떠받들고 죽을 때까지 보답하겠다는 요지의 연설을 했다.

이승만의 연설이 끝난 지 얼마 지나지 않아, 화신백화점 쪽에서 조선해안경비대 대원들이 머리에 '大韓民國海軍'이라고 쓰인 개리슨 모자 뒤로 검은색 리본을 펄럭이며 나타났다. 홍은혜를 비롯한 조선해안경비대 부인들이 힘을 합하여 만든 흰색 세일러 군복을 입은 대원들은 각반을 차고서 늠름한 모습으로 줄지어 행진했다.

맨 앞에 태극기를 앞세운 기수가 등장했고 그 뒤로 해군기와 의장대와 군악대가 따라붙었다. 사람들은 감탄을 금치 못하여 찬사와 박수를 쏟아냈다.

손원일은 예상치 못했던 사람들의 열화 같은 호응을 보자 그동안 힘들었던 모든 일들이 주마등처럼 뇌리를 스치며 눈가에 눈물이 팽돌았다.

"저 늠름하고 씩씩한 기상을 보니, 역시 우리의 바다를 맡길 수 있는 사나이들이야."

이승만은 손원일을 향해 칭찬을 아끼지 않고는, 가슴이 메어 멍하니 벌어진 입술을 다물지 못했다.

"몸과 마음을 모두 이 나라의 바다에 바친 조선해안경비대 대원들입니다, 각하께서도 응원을 보내주십시오."

손원일은 전투함을 갖고 싶은 속셈을 우회적으로 토로했다. 하지만 이승만은 무심한 얼굴로 "그래야지······."라고는 자신이 하고 싶은 말을 이어나갔다.

"이제 정부수립도 선포하고 했으니 곧 미군이 완전히 물러갈 거야. 그 때문에 미군정청이 이달 말부터 38선 이남 해역의 경비를 우리에게 넘길 것이라고 했는데, 그렇게 되면 조선해안경비대의 역할이 중요해."

"따라서 우수한 해군장교를 양성하기 위해 조선해안경비대 사관학교를 곧 해사대학교로 개칭하고 10월 25일까지 진해 옥포만으로 옮길 예정입니다."

손원일은 어떤 자신감이 넘치는지 빠른 목소리로 말했다. 이승만은 고개를 끄떡이며 "그런 준비를 한단 말이지······?"라며 말끝을 흐리다가 갑자기 윤채가 도는 눈으로 말을 이었다.

"그럴 것이 아니라, 다음 달 초에 조선해안경비대의 명칭을 아예 해군으로 바꾸고 국방경비대를 육군으로 바꿔야겠어. 그때 대한민국 해군 총참모장으로 취임하는 것이 좋겠어. 그리고 이참에 제독이 되는 것이 어때?"

"하지만 함포를 장착한 군함 한 척도 없는데, 제독이라면 웃음거리밖에 안 됩니다."

손원일은 난감한 표정을 지으며 전투함을 보유할 때까지 제독이 되고자 하는 마음이 없다고 했다.

"그 말은 전투함을 구해달라는 소리로 들리는군."

이승만은 비로소 손원일의 속셈을 알아차렸다는 듯이 말했다. 손원일은 침을 꿀떡 삼키고는 대답하지 못했다.

"내가 그 마음을 모르는 것이 아니야. 하지만 이제 막 걸음마를 떼기 시작하는 어린애나 다름없는 나라의 사정을 생각해서 좀 더 참아줘야지 어쩌겠어?"

이승만은 때가 될 때까지 차분하게 기다려달라고 했다.

"하지만 미군이 물러가면 38선 이남 해역의 경비를 우리가 떠안을 것이라고 하지 않으셨습니까? 전투함 한 척 없이는 불가한 일 아닙니까?"

손원일은 이왕 얘기가 나온 김에 말을 덧붙이고 싶었다.

"망한 왜놈들이 다시 쳐들어올 일은 없을 것이니 당분간 참아봐."

이승만은 같은 말을 되풀이했다.

"비록 세계전쟁이 끝났다고는 하나 천하 각국의 경쟁은 이제부터 시작일 것이므로 많은 나라들은 전함을 앞세운 해군력으로 무장할 것이 분명합니다. 우리나라는 삼면이 바다인데도 한 척의 전투함도 없다면 일본이 또다시 우리를 업신여기지 말라는 법이 없습니다. 그 같은 수치스러운 일을 당하기 전에 미리 방비하려면 전투함은 반드시 필요한 것입니다."

손원일은 바다를 지켜야 하는 이유와 중요성을 역설했다.

"음……."

이승만은 무슨 생각이 났는지 멈칫하고는 "우리가 보유한 군함이 얼마나 되는가?"라고 물었다. 손원일은 "군함이라고 하기에는……." 이라며 말끝을 쭉 끌고 가다가 목소리를 고르고서 입을 뗐다.

"미국이 준 것과 일본 해군이 버리고 간 것을 우리 손으로 수리한 것을 다 합쳐서 아쉬운 대로 사용할 만한 것은 YMS 소해정 15척과 JMS 소해정 10척 그리고 PG 경비정 2척을 합쳐서 27척이며, 나머지는 잡역선과 증기선, 상륙용 주정이어서 군함이라고 할 수도 없는 배들입니다."

"AMS는 뭐고, JMS는 뭔가?"

이승만은 일찍이 들어본 바도 없는 생소한 소리라는 듯 물었다.

"그것들을 다 소해정이라고 하는데, 소해정은 기뢰제거 작전을 하는 소해함을 보조하는 작은 군함을 말합니다. AMS는 미군이 준 것이고, JMS은 일본군이 만들다가 버리고 간 것을 우리 손으로 직접 만든 것입니다."

손원일은 군함의 용도와 해군이 갖게 된 전말을 차근차근하게 설명했다.

"나는 군함에 대해 잘 모르지만, 그것으로도 해안경비를 할 수 있지 않은가?"

"소해정은 기뢰제거에 맞도록 특화되게 제작된 소형으로 전투능력을 갖춘 군함이 아니어서, 기뢰 부설 해역으로 돌아다니다가 침몰하더라도 전력에 그다지 손실을 주지 않는 소모품입니다. 게다가 자기기뢰에 걸리지 않도록 선체가 나무로 만들어져 절지동물들이 갉아먹어 유지하기가 까다롭고, 접촉기뢰에 걸리지 않도록 흘수선까지 얕아서 파도가 조금만 쳐도 흔들림이 매우 심하여 출항하지 못합니다. 미국은 일본군이 패망하자 쓸모가 없다고 판단하고 내던지듯 우리에게 주고 갔고, 일본은 사용할 만한 가치가 없다고 생각하여 버리고 간 그런 배입니다."

"듣고 보니 조선해안경비대 사정이 여러 가지로 여의치 않은 것 같군. 하지만 우리 형편으로서는 미국의 군사원조를 기대할 수밖에 없는데…… 무기 이양은 고사하고 판매조차도 금지한다는 정책 때문에 지금은 난감해."

"PF(Patrol Frigate)급 이상의 전투함은 미국 정부에서 직접 관리하기 때문에 구매하기가 어렵다는 것을 압니다. 하지만 미국 정부에서 관리하지 않는 퇴역함도 있습니다."

"뭐라? 그런 군함이 있다고?"

"세계전쟁 때 수없이 많이 건조했던 PC(Patrol Craft)급 군함인 연안경비함들이 있는데, 그것들은 지금 무기를 해체하여 민간인들에게 불하했기 때문에 구입하는 데 문제가 없다고 들었습니다."

손원일은 돈을 주고 사서라도 전투함을 가지고 싶다고 했다.

"무기가 없는 군함을 군함이라고 할 수 있나?"

이승만은 함포를 떼어낸 군함을 가져서 무엇 하느냐고 묻고는 뭔가 생각난 듯 말머리를 돌렸다.

"대한제국 황실이 왜놈들한테 양무호를 구입할 때 크기만 컸지, 군함으로 사용할 수 없었던, 말 그대로 아무짝에도 쓸모없는 그런 배를 왜놈들이 55만 원이라는 말도 안 되는 가격으로 바가지를 뒤집어씌운 사실을 알아?"

손원일은 일본이 대한제국과 강제개항조약을 체결한 직후 윤웅렬이 고종을 설득하여 양무호를 구입했었다던 윤치창의 말을 떠올리며 안다고 대답했다.

"안다?"

"그렇습니다, 각하. 영국에서 건조한 팰러스(Pallas) 호라는 배로 15년 동안 석탄을 운반하는 데 사용했던 배를 일본 미쓰이물산이 25만 원에 구입해서 10년간 써먹다가 필요 없게 되자 대한제국이 막대한 돈을 지불하여 떠안고서 애물단지가 되었는데, 그마저도 이완용 일당이 나라를 팔아먹은 뒤 대한제국 군대가 강제로 해산되자 일본군이 수탈해간 바로 그 배 아닙니까?"

"잘 아는군."

이승만은 잘 알고 있으니 긴말은 하지 않겠다며 말을 이었다.

"우리는 이제 겨우 정부수립을 했고 아직 유엔의 인준도 받지 못한 국가야. 더구나 군색한 나라 살림에 쪼들린 국민의 뱃가죽이 등짝에 들러붙은 마당에 무슨 돈으로 함포가 장착된 군함을 사들인단 말인가? 게다가 38선 북쪽에 주둔한 소련군도 철수하겠다고 한 마당에…… 그러니까 전투함은 좀 더 두고 생각해봐."

"소련군이 철수하겠다는 것은 미국이 한반도 문제를 유엔에 상정했기 때문에 나온 것 아닙니까? 자기들이 철수하니 미군도 철수하라는 조항을 내걸었다는 것은 소련은 이미 북한에다가 충분한 군사력을 준비하여 북한을 위성국가로 만들 준비를 마쳤다는 말이 됩니다. 공산당은 절대로 계획 없이 일을 저지르지 않습니다."

손원일은 그렇기 때문에 더욱 서둘러 준비를 해야 한다고 했다. 이승만은 어째서 그렇게 단언하느냐고 물었다.

"북한이 작년 2월에 보안대 병력을 해체시키고 조선인민군으로 창설할 때만 해도 그런가 했습니다만, 후에 알고 보니 소련으로부터 엄청난 양의 무기를 지원받아 전투력을 강화하고서 보병사단, 독립 전차여단, 독립 포병, 고사포병, 공병연대, 통신연대 그리고 독립 항공사단과 해군까지……. 당장 전쟁을 해도 좋을 만큼 전력을 갖추었답니다. 조선인민군 창설식이 있던 날 태극기를 불태우고 인공기로 교체하면서, 우리와 완전히 등을 돌린 것도 그렇게 믿는 구석이 있었기 때문이라는 것입니다."

손원일은 해군 정보감에서 수집한 첩보 내용이라고 했다. 이승만은 안색이 굳어지면서 믿을 만한 정보냐고 물었다. 손원일은 조선해안경비대의 정보감 예하의 부대 중에 서해 연안을 중심으로 첩보활동을 하는 부대가 밝혀낸 정보로 믿어도 좋다고 했다.

이승만은 곰곰이 생각에 잠긴 듯 잠시 말을 잃은 채 가만있다가 한숨 섞인 말로 "이대로는 안 되겠군, 속히 국군조직법을 제정하여 국방기구 편성을 서둘러야겠어."라고 중얼거리고는 손원일을 향해 "어쨌든 내가 마음먹었으니 준비해."라고 했다.

"전투함을 갖도록 해주시겠다는 말씀이십니까?"

손원일을 애매한 이승만의 말뜻을 그렇게 알아듣고 반가운 표정을 지었다.

"전투함이 있든 없든…… 명색이 곧 대한민국 해군 총참모장이 되는데 제독이 되어야 할 것 아닌가?"

이승만은 조선해안경비대의 명칭이 해군으로 바뀔 때 손원일을 준장으로 진급시키겠다고 했다. 손원일은 시무룩해져서 고개를 숙이며 알았다고 했다.

"그렇게 의기가 소침해서 어떻게 해? 국방기구를 편성하고 나면 여러 방법이 나올 거야."

이승만은 마음속에 꿍꿍이가 도사리고 있는 듯이 말하면서 마음을 눅이라고 했다. 손원일은 기대가 빗나갔지만 낙담한 기색을 드러내지 못하고 알았다고 했다.

모든 행사가 끝난 저녁 무렵에서야 손원일은 집으로 향했다. 홍은혜는 모처럼 찾아온 손원일에게 정성껏 마련한 저녁상을 내놓았다. 하지만 손원일은 밥상을 앞에 놓고도 수심이 가득하여 밥맛이 당기지 않았다.

"당신 만날 이러다가 또 도져서 쓰러지면 어떻게 해요."

홍은혜는 손원일이 또다시 잘못되기라도 할까 봐 전전긍긍했다.

"당신이 이렇게 알뜰히 챙겨주는데 뭐가 걱정이오?"

손원일은 밥알이 모래알 같은지 겨우 한 숟가락 뜨는 둥 마는 둥 깨작거리며 말했다.

"말씀은 그렇게 하셔도 얼굴에 다 나타나는 걸 어째요?"

홍은혜는 걱정스러운 얼굴로 물었다. 손원일은 입에 든 밥알을 우물우물 씹어 삼키고서 입을 뗐다.

"미군이 철수할 때, 고물 덩어리라도 좋으니 전투함을 한 척이라도 주고 가면 얼마나 좋겠소."

"미국 정부에서 결정하는 것이지, 그 사람들 마음대로 할 수 있는 것이 아니잖아요?"

"내게 돈이라도 있다면 당장이라도 사오고 싶은 마음뿐이오."

"당신이 몸도 돌보지도 않고 밤낮으로 그런 일로 애쓰시는 모습을 보면 마음이 아파요."

홍은혜는 손원일을 지아비로서뿐 아니라 사내로서, 인간으로서 우러나오는 존경심을 듬뿍 담은 마음으로 말했다.

"당신, 이제 보니 바다에 마음을 빼앗긴 사람 같구려."

손원일은 수심이 서린 홍은혜의 까만 눈과 마주치자 찌릿하게 엄습해오는 애처로움을 감추려고 서둘러 둘러댔다.

"저도 마산에서 태어나서 그런지, 어렸을 때부터 파도가 출렁이는 바다를 보면 기분이 좋아지고 마음이 넓어지는 것 같았어요. 그래서 입버릇처럼 결혼해서도 바닷가 근처에서 살고 싶다고 했는데…… 그런 제가 바다의 사나이인 당신을 만난 것은 하나님이 맺어준 인연이라는 생각이 들어요."

홍은혜의 얼굴은 지아비에 대한 한량없는 존경과 신뢰를 가진 여자로서의 가득한 행복감이 꽃처럼 화사하게 빛났다. 손원일은 갑자기 가슴이 먹먹해지면서 굴절되는 감정이 대기에 분포하는 빛처럼 전신으로 퍼져 나가는 통에, 울컥 가슴속에서 치밀어 오르는 납덩이 같은 것을 누르며 힘겹게 입을 뗐다.

"그런 말로 못난 나를 위로해주다니…… 당신은 내게 없어서는 안 될 천사 같은 사람이오."

"그런 말씀 마세요. 저는 당신의 아내잖아요?"

홍은혜는 사뭇 비장한 느낌이 드는 말투로 대답하고는 조선해안경비대 사관학교를 진해로 옮긴 후 손원일을 따라가겠다고 했다.

"진해로……? 그건 안 될 말이오, 아이들은 어찌한단 말이오?"

손원일은 몸이 좋지 않은 박신일에게 아이들을 맡겨둘 수 없는 노릇이라고 했다.

"당신은? 어머님께서도 함께 내려가시기로 했어요."

홍은혜는 박신일도 이미 동의한 일이라고 했다.

"장모님과 어머니께서 아이들을 돌보신다는 거요?"

"마산은 진해에서 지척이니 가끔 넘어가서 들여다보면 돼요."

"그렇긴 해도 장모님께서 힘드실 텐데…… 꼭 그렇게 해야겠소?"

"제가 당신 곁에 있어야 내조를 할 거 아니에요? 그보다도 고생하는 대원들을 위해서 무엇이든 돕고 싶어요."

"그 마음은 알겠지만 진해에 내려가면 감당하기 힘든 일들이 많을 것이오."

손원일은 홍은혜가 겪게 될지 모를 어려움을 걱정했다.

"제가 그런 각오도 없이 그러겠어요?"

홍은혜는 마음의 준비를 단단히 했다는 듯이 말하고는 파뜩 생각이 난 사람처럼 벌떡 일어나 풍금 위에 놓인 악보를 들고 와서 내밀며 "이것 좀 봐주세요."라고 했다. 손원일은 악보를 받아들고 훑어보며 뭐냐고 물었다.

홍은혜는 얼굴에 홍조를 띠며 변변한 군가 하나 없이 언제까지 일본 군가에 한글 가사를 붙여서 부를 수는 없지 않느냐고 했다.

"아니…… 당신이 군가를 작곡했단 말이오?"

손원일은 놀랍다는 듯 두 눈을 희번덕거리며 물었다.

"작곡을 했지만, 군가로 어떨지는 당신이 봐주셔야지요."

홍은혜는 시선을 모로 깔고 수줍은 듯이 말했다. 손원일은 악보를 유심히 살펴보다가 홍은혜에게 "들려줄 수 있겠소?"라고 물었다. 홍은혜는 고개를 끄떡이고는 풍금 의자에 다가앉아 건반을 두드리기 시작했다. 풍금에서 흘러나온 장중하면서도 생동감이 넘치는 선율이 방 안을 가득 채웠다. 손원일은 지그시 눈을 감은 채 귀를 열어 음률을 음미했다.

"어때요?"

홍은혜는 건반에서 손을 떼면서 서둘러 물었다. 손원일은 말없이 종이와 연필을 준비하고서 "한 번만 더 들려주시오."라고 했다.

홍은혜는 다시 건반을 두드리기 시작했다. 손원일은 풍금 소리에 정신을 골똘하게 쏟은 채 종이에다가 글씨를 달필로 휘갈겨 나갔다.

홍은혜가 연주를 마치자 손원일은 '바다로 가자'라고 적힌 종이를 내밀며 읽어보라고 했다. 홍은혜는 살며시 받아들고서 소리 내어 읽었다.

"1. 우리들은 이 바다 위에 이 몸과 맘을 다 바쳤나니, 바다의 용사들아 돛 달고 나가자 오대양 저 끝까지. 2. 우리들은 나라 위하여 충성을 다하는 대한의 해군, 험한 저 파도 몰려 천지 진동해도 지키자 우리 바다. 3. 석양의 아름다운 저 바다 신비론 지상의 낙원 일세, 사나이 한평생 바쳐 후회 없는 영원한 맘의 고향. 후렴, 나가자 푸른 바다로 우리의 사명은 여길세, 지키자 이 바다 생명을 다하여!"

"어떻소? 당신의 곡에 어울리지 않겠소?"

손원일은 자신이 생각해도 참 그럴듯한지 소리를 높여 말했다. 홍은혜는 적이 감동 어린 목소리로 "어머! 참 잘 어울릴 것 같아요."라며 다시 풍금 앞으로 가서 건반을 두드렸다. 손원일은 선율에 맞추어 콧소리로 부르다가 이윽고 목소리를 내어 불렀다.

홍은혜는 절로 흥이 나 반복해서 연주했고, 손원일은 두어 차례 부르면서 가슴 밑바닥에 조금씩 고이던 감동이 기어코 벅차게 차올라 그만 울음을 터트리고 말았다. 홍은혜는 치맛자락으로 입을 막아가며 울음을 터트렸다. 이내 두 사람의 울음이 홍덩홍덩 넘칠 듯 방 안에 가득 고여갔다.

11.

　손원일은 조선해안경비대 사관학교를 해사대학교로 개칭하여 진해로 이전한 뒤 생도들의 훈육을 위해 진해로 내려갔다.

　며칠 뒤 홍은혜는 어린 두 아들과 박신일을 마산에 있는 친정으로 데려다주고, 진해로 넘어가 사글셋방을 얻었다. 진해에 머물면서 손원일을 돕기 위해 해군부인회를 조직했고, 작은 집을 하나 얻어 '원일다락방'이라는 이름으로 대원들이 신앙생활을 할 수 있는 공간을 마련했다.

　그러던 중 얼마 지나지 않아 손원일이 해사대학교를 해군대학교로 명칭을 바꾼 그날, 최용남이 제주도경비사령부에 주둔하면서 수륙양면작전을 위한 상륙군의 필요성을 느꼈다며 해병대 창설을 건의했다. 하지만 손원일은 시기상조라며 조금만 기다리라고 했다.

　그 무렵 북한에 주둔한 소련군은 철수하면서 평양과 원산, 청진에 주둔한 비행단과 북한 전역의 군부대와 중요시설 그리고 무기와 장비, 군사기술을 인민군에게 이전했다.

　하지만 남쪽의 군대는 사병을 대상으로 숙군(肅軍)이 시작되었다.

그러다가 제주도에 주둔한 육군9연대장 박진경 대령의 암살과 여수에 주둔한 육군14연대가 일으킨 반란이 맞물리면서 군대의 사상 검열이 강화되었고, 그로 인하여 숙군의 규모가 간부급으로 확대되었다. 그러자 남로당 출신의 군인들이 탈영하거나 반란을 일으키며 대항했다.

날이 갈수록 여수와 순천에 주둔한 군대 내에서 반란의 동조자가 점점 늘어나 사태는 심각해졌다. 그 때문에 남쪽의 군대는 점점 더 증강되어 가는 북쪽의 군사력에 신경을 쓰지 못한 채 한해가 다 저물어갔다.

손원일은 해가 넘어가기 직전에 기어이 준장으로 진급했다. 해가 바뀌자마자 조선해안경비대는 대한민국 해군으로 명명되었고, 손원일은 해군 총참모장으로 임명되었다.

손원일은 얼마 전에 이름을 바꾸었던 해군대학교를 다시 해군사관학교로 개칭하고서 정규 해군장교를 육성하는 체계를 잡아갔다.

한편 김일성은 신년사에서 '국토완정(國土完整)'이라는 용어를 열 차례나 넘게 입에 담으며 남침하겠다는 의도를 드러냈다. 그러면서 평양주재 소련대사를 겸임하는 테렌티 포미치 슈티코프 중장을 만나 스탈린을 만나게 해달라고 요청했다.

그로부터 한 달 뒤 김일성은 박헌영을 대동하고서 모스크바로 날아가 스탈린을 만났다. 김일성은 스탈린에게 지상군은 남조선을 해방시킬 준비가 다 되었지만 해군력이 약하니 청진과 나진의 해군기지에 주둔할 군함을 지원해달라고 요청했다. 그러자 스탈린은 난색이 되어 머뭇거리다가 한국군 병력이 얼마나 되는지 물었다. 김일성이 약 6만여 명 정도라고 대답하자 스탈린은 경찰을 포함한 숫자냐고 물었고 김일성은 정규군만 그렇다고 대답했다. 스탈린은 미간을 모으면서 고개를 갸웃거리다가 인민군이 강한지 국군이 강한지 물었다. 김일성은 문득 자존심이 상한 듯 듣기에 거북한 쉰 목소리로 비교가 안 될 만큼 인민군이 강하다고 했다. 스탈린은 일단 납득은 하면서도 어느 구석이 미심쩍다는 듯 남침 개시 후 두 달 이내로 전쟁을 끝낼 수 있는지 물었다. 김일성은 남침이 시작되면 남한에서 활동 중인 남로당이 봉기할 것이기 때문에 두 달이면 충분하다고 장담했다. 그러자 스탈린은 수상하다는 듯 눈알까지 굴려가며 고개를 한쪽으로 갸웃 돌리면서 지상군만으로도 충분한 것을 굳이 군함을 지원해달라는 까닭을 물었다. 김일성은 그런 말이 나올 줄 예측하고 있었다는 듯이 무덤덤하게 굴었지만 어딘지 모르게 감출 수 없는 궁색한 낯빛으로 입을 열고는, 일본해군의 주둔지가 부산과 진해였던 탓에 38선 북쪽의 청진과 나진의 해군기지에는 시설이 부족한데다가 일본군이 버린 작은 군함조차 없다면서, 군함을 확보하려고 남로당 당원을 남한해군으로 위장 입대시켜 군함 두 척을 납북하는 데 성공했지만 그것으로는 부족하다고 했다. 스탈린은 짐짓 알아들었다는 표정을 지으면서도 대답이 성에 안 찬다는 듯 무뚝뚝한 음성으로 블라디보스토크에 주둔한 군함을 동해로 지원한다고 해도 서해는 어쩔 것이냐고 물었다. 김일성은 대전과 대구를 거쳐서 부산으로 진격하는 것은 산맥과 강, 다리 등의 장애물이 많아 더디다고 설명하고는, 군함이 동해에서 7번 국도를 따라 진격하는 인민군에게 함포사격을 지원해준다면 단 열흘 만에 부산까지 진격할 수 있다고 했다. 그러나 스탈린은 이해는 하지만 소련 군함이 동해에 나타난다면 유엔이나 미국이 눈치 챌 수 있는 문제여서 지원이 어렵다며 거절하고는 소련군 군사고문단과 군속 4,000여 명을 북한에 상주시켜 남침전쟁준비를 지원하는 것으로 결론짓고 말았다. 김일성은 별수 없이 지상군만으로 해보겠다는 대답을 하고는 남침 일자를 언제로 잡는 것이 좋겠느냐고 물었다. 스탈린은 소련과 미국이 서로 약속했던 38선 분할협정을 거론하고는, 소련이 이를 위반하면 미국의 개입을 막을 명분이 없다며 때를 기다리라고 하면서도 먼저 모택동에게도 남침계획을 알리고 그 다음 자세한 남침계획을 세워서 가져오면 다시 생각해보겠다고 했다.

김일성은 평양으로 돌아오자마자 인민군 문화부사령관 김일을 특사로 모택동에게 보내서 남침전쟁에 대해 설명하고서 스탈린과 협의를 거친 사안이라며 중공군의 지원을 요청했다. 하지만 모택동은 공산당의 군대가 장개석의 국민당군대와 내전을 치르는 상태에서는 지원할 수 없다며 난색을 표하면서도 중공군 일부를 북한으로 보내 군사훈련은 돕겠다고 약속했다.

그 무렵 손원일은 준장으로 진급한 지 두 달 만에 소장으로 진급했고, 신변을 정리한 박옥규는 약속대로 해군에 입대하여 중령으로 임관했다.

그로부터 한 달 후 손원일은 해군장교 26명과 하사관 54명 그리고 수병 300명을 차출하여 진해 덕산비행장에서 해병대를 창설했다. 손원일은 최용남을 해병대사령관으로 임명하려던 당초의 생각을 바꾸어 진해특설기지 참모장인 신현준 중령을 임명했다.

그즈음 남쪽 군대는 숙군이 일단락되는가 했는데 육군 박정희 소령과 최남근 중령이 남로당 출신으로 국군에 침투했다는 혐의로 체포되었다. 두 사람은 재판 끝에 무기징역을 선고받고서 군대에서 쫓겨났다. 그러자 박정희의 동기이자 춘천 주둔 8연대 1대대장인 표무원 소령이 야간훈련을 한다면서 대대병력을 이끌고 춘천 서북방 20km 지점의 말고개 산맥을 통해 38선을 넘어 월북했다. 이뿐만이 아니라 역시 박정희의 동기이자 홍천 주둔 8연대 2대대장 강태무 소령도 300여 명의 부하대원을 인솔하여 38선을 경비한다면서 인제로 넘어가 월북했다.

남로당 출신 군인 월북사건은 육군에만 있었던 것이 아니었다. 주문진 근해의 경계임무를 띠고 부산을 출항한 해군 2특무정대 소속의 YMS-508 강화정이 포항 해상에 이르렀을 때, 위장 입대했던 남로당 출신이 정대사령관과 정장을 살해하고 월북했다. 이뿐만이 아니라 YMS-518 고성정의 승조원 일부가 함상반란 을 일으켜 월북하려다 미수에 거친 사건이 연달아 일어나 군대가 벌집 쑤신 것 같이 발칵 뒤집혀 뒤숭숭했다.

손원일은 그 일로 이승만에게 불려가 호된 질책을 받았다. 손원일은 자신의 부덕한 소치로 생긴 일이니 처벌을 해달라고 하면서도 한편으로는 전투함을 가져야 한다는 종래의 뜻을 다시 밝혔다. 그러자 이승만은 방귀 뀐 놈이 되레 골을 낸다며 면박을 주면서도, 미국 대통령 직속기관에서 경제협력법을 발표했다면서 조금만 기다리면 좋은 소식이 있을 것이라고 했다. 하지만 이승만이 말한 경제협력법이라는 것은 미국 국무장관 마셜이 유럽을 부흥하고자 마련한 것임을 모를 리 없는 손원일은 그 말을 곧이듣지 않았다.

결국 손원일은 마냥 기다릴 수만 없다고 판단하고서 함정건조갹출위원회를 구성하여 해군장병들을 대상으로 모금운동을 벌였다. 장교는 봉급의 15%, 병조장은 10%, 하사관과 수병은 5%씩을 떼기로 하자 하나같이 전투함을 보유하고 싶은 열망으로 기꺼이 동참했다. 게다가 쉬는 날이면 길거리로 나서서 고철을 줍거나 돈이 되는 일이라면 무엇이든지 찾아 나서기 시작했다.

그 같은 사실을 알게 된 홍은혜는 해군부인회를 움직여 폐품수집과 삯바느질 일거리를 구하기도 하고, 이 집 저 집 찾아다니며 이불빨래 등 허드렛일을 구걸하기 시작했다. 그 대가로 100원도 받고 200원도 받고, 돈이 없다면 보리쌀이라도 받아 팔아서 돈을 모았다. 이뿐만이 아니라 홍은혜는 부인회를 이끌고 새벽 일찍 시장으로 나가 소꼬리와 뼈다귀, 돼지창자를 구해 꼬리곰탕과 뼈다귀탕, 순대 등을 만들어 팔기도 했다. 그러다가 집에 있는 물건과 친척 집의 물건까지 끌어모아 바자회를 하기도 하고 패물까지 내다 팔아 돈을 모았지만 기대에 많이 못 미쳤다.

홍은혜는 이래서는 안 되겠다 싶어 손원일에게 바느질 공장을 차리고 싶다며 도움을 요청했다. 손원일은 해군들을 거리로 내몰고 부인들마저 온갖 고생을 시키는 것이 못할 짓을 하는 것만 같아 미안하다고 했다. 홍은혜는 해군과 해군부인회는 어느 누구도 그런 생각을 가진 사람이 없다며 힘내자고 했다.

손원일은 며칠 지나지 않아 미군으로부터 군용천막을 지원받아 막사 다섯 개를 짓고 재봉틀을 구해주었다. 홍은혜는 해군부인회를 이끌고 밤낮으로 재봉틀을 돌려 장갑부터 머플러, 작업복 등을 만들어 시장에 내다 팔거나 해군에 납품하기 시작했다. 이 소식이 알려지자 민간인들 사이에서 후원금을 내는 사람도 여럿 나타나기 시작했다.

그러는 사이 손원일은 이승만으로부터 정부수립 1주년 기념식 때 관함식을 하라는 지시를 받았다. 손원일은 썩 내키지 않았지만 인천경비부 사령관 정긍모에게 준비를 하라고 지시를 내렸다. 그런데 며칠 지나지 않아 정긍모로부터 인천경비부에 정박시켜둔 G요트를 안성갑 하사가 야밤을 틈타 어디론가 끌고 갔다는 보고가 올라왔다.

손원일은 즉시 서해 연안을 수색할 것을 지시했고 정긍모는 1정대 경비정들을 모두 풀어 연평도, 덕적도, 백령도까지 배가 닿을 수 있는 서해 항구를 샅샅이 뒤졌지만 흔적을 찾지 못했다.

며칠 뒤 해군 정보감의 함명수는 안성갑이 위장 입대한 남로당 당원이며 G요트를 황해도 몽금포항으로 끌고 갔다고 보고했다. 손원일은 경무대로 이승만을 찾아가 그 같은 사실을 보고했다. 이승만은 대뜸 "대체 무슨 일을 이따위로 하는 건가?"라며 버럭 화부터 냈다.

"그 배는 미국 국방성에서 윌리엄 로버츠 준장이 한국에서 고생한다고 특별히 보내준 선물이란 걸 몰라? 그런 배를 김일성 졸개들이 훔쳐가도록 대체 해군은 뭣을 했단 말인가?"

손원일은 대꾸할 말을 찾지 못하고 가만있었다.

"육군은 대대장이라는 놈들이 병력을 이끌고 연달아 38선을 넘어 월북하고, 해군은 동해에서 태극기를 단 함정이 월북한 것도 모자라 이젠 서해에서 성조기를 단 보트까지 월북을 해도 두 눈 뜨고 가만있으니, 대체 육군과 해군은 나 이승만을 도와주지 않고 김일성을 도와주려고 있는 것인가?"

이승만은 관자놀이의 핏줄이 신경질적으로 발딱발딱 뛸 만큼 화를 감추지 못하고 소리를 질렀다.

"각하, 면목 없습니다. 제가 모든 책임을 지고 물러나겠습니다."

손원일은 쥐구멍이라도 기어들어가고 싶은 심정이었다.

"뭐라? 물러나? 이 일이 해군 총참모장 한 사람 물러난다고 해결되는 일이야? 물러나더라도 그 전에 무슨 수를 쓰더라도 요트를 찾아 놔."

이승만은 벌겋게 달아오른 볼을 씰룩거리며 격앙된 어조로 소리쳤다. 손원일은 꼭 그렇게 하겠다고 약속하고서 물러났다.

해군본부로 돌아온 손원일은 비상대책회의를 소집시켰다. 함명수는 이대로 당하고만 있을 수 없다면서 정보감에서 독자적으로 움직여서 찾아오겠다며, 이미 서해 첩보부대장 이태영 소령에게 몽금포항에 대한 상세한 정보를 받아두었다고 보고했다.

손원일은 정보감 대원들만 움직이게 할 수 없다며 정긍모에게 인천경비부에서 움직일 수 있는 경비정이 몇 척인지 물었다.

"기함인 PG-313 충무공정을 비롯해서 JMS-301 대전정, JMS-302 통영정, JMS-307 단천정, YMS-503 광주정 이렇게 다섯 척입니다만……?"

정긍모는 야무진 목소리로 보고한 뒤 대답을 기다리듯 손원일을 똑바로 쳐다보았다.

"특공대원 20명을 결성해서 경비정에 고무보트 하나씩 싣고 백령도로 가서 기다렸다가 다음 날 밤 새벽에 침투해. 보트를 찾아올 수 없다고 판단되면 폭파해버려."

손원일은 경비정 다섯 척 모두를 출동시키라고 했다.

"인천경비부 1정대 경비정을 모두 다 말입니까?"

함명수는 정보감 대원들을 지원해줄 한 척이면 된다고 했다.

"함포가 장착된 전투함이라면 한 척으로 되겠지. 하지만 겨우 중기관총 2문밖에 없는 경비정으로는 어림도 없어."

손원일은 다섯 척을 모두 동원해야 충분한 화력지원이 가능할 것이라고 했다.

"그러시다면 경비정대는 공정식 소령에게 지휘를 맡기도록 하겠습니다."

정긍모는 손원일의 지시대로 움직이겠다고 했다.

"좋아. 경비정대를 공정식 소령에게 맡기되 반드시 찾아와."

손원일은 마치 앙갚음을 하려는 듯 이를 악물고 얼굴을 무섭게 구기며 말했다.

"알겠습니다. 기필코 김일성의 졸개들을 박살내고 G요트를 찾아오겠습니다."

함명수는 비장한 각오가 되었다는 듯 결연한 태도로 말했다. 손원일은 당장 백령도로 떠나라고 했다.

다음 날 일찍 인천경비부를 떠난 함명수는 어둠이 고요히 내려앉을 무렵 백령도에 도착했다. 다섯 척의 경비정은 백령도에서 잠시 대기했다가 몽금포 서쪽 해안으로 접근했다. 어둠 속에 괴괴히 잠든 해안이 어슴푸레하게 비치자 경비정 두 척만 조심스럽게 해안 가까이 접근하여 다섯 척의 보트를 내렸다. 함명수는 특공대 20명을 보트에 나누어 태워 이끌고 해안으로 숨어들었다. 보트들이 사라지자 두 척의 경비정은 왔던 곳으로 되돌아가 나머지 경비정과 합류하여 대기했다.

동쪽 하늘이 희미하게 밝아 오며 해안가에 새벽 여명이 조금씩 스며들 무렵 해안을 지키는 인민군 초병이 총격을 가해왔다. 함명수는 급히 보트를 갈대숲 사이로 몰아 숨기고 상륙했다. 해안가는 삑삑거리는 호루라기 소리와 인민군들의 왁자지껄 소란스럽게 떠들어대는 소리가 난무했다. 해안가에 정박해둔 인민군 소형 경비정이 부르릉 엔진 소리를 내며 개펄에 패인 갯고랑으로 빠져나와 갈대숲을 향해 총을 쏘아대기 시작했다. 함명수는 특공대원들을 이끌고 갈대숲의 지형을 골라 엎드린 채 경비정을 향해 응사하기 시작했다.

때를 같이하여 멀찍이 떨어져 있던 공정식이 이끄는 경비정대의 경비정 다섯 척이 해안가로 접근하여 인민군 경비정과 해안가에 포진한 인민군을 향해 기관총 사격을 퍼부었다. 졸지에 수세에 몰린 인민군들은 그야말로 추풍낙엽처럼 속수무책으로 팩팩 나자빠졌다.

함명수는 때를 놓치지 않고 특공대를 이끌고 인민군의 해안본부를 공격했다. 무방비 상태였던 인민군은 해군특공대의 기습공격에 맥없이 나자빠졌다.

함명수는 부두를 훑어보았으나 G요트는 그림자도 보이지 않았다. 그러자 정보감의 첩보기질이 발동하여 특공대원들에게 사주를 경계하도록 지시하고 해안본부 안으로 들어가 문서를 뒤졌다. 이리 저리 샅샅이 뒤지다가 한눈에도 중요하게 보이는 문서를 챙겨들고서 밖으로 나섰다.

"즉시 귀대한다. 1분대는 길을 잡고 2분대는 후미를 경계하라."

함명수는 빠르고 민첩하게 지시를 하고는 특공대원들을 이끌고 경비정이 기다리는 해안가로 향했다. 뒤늦게 상황을 알아차린 인민군 본대의 중대병력을 실은 트럭이 속속 도착했다. PG-313 충무공정을 비롯한 다섯 척의 경비정은 특공대를 뒤따라 붙은 인민군들을 향해 기관총 사격을 맹렬히 퍼부었다. 인민군들은 춤추듯 팔을 나울거리며 벌렁벌렁 자빠졌다. 함명수는 그 틈을 놓치지 않고 특공대원들을 이끌고 갈대숲으로 피신하여 숨겨두었던 보트에 올라타 대기 중인 PG-313 충무공정으로 복귀했다. 하지만 함명수는 양쪽 다리에 부상을 입은 채 대원들의 도움을 받아 복귀할 수 있었다.

공정식은 경비정대를 지휘하여 해안을 빠져나가 그길로 곧장 인천경비부로 향했다. 함명수는 인천경비부에 도착하자마자 병원으로 후송되었다.

손원일은 정긍모를 통해서 보고받은 120여 명에 달하는 인민군 사살과 인민군 소형경비정 4척 격침에다가 소련제 경비정 한 척과 승조원 5명을 나포했다는 것과, G요트는 이미 진남포항으로 옮겨진 뒤라 찾아오지 못했다는 내용을 정리하여 이승만에게 보고했다.

이승만은 인민군 경비정 한 척까지 나포한 전과에는 안중에 없다는 듯 G요트를 찾아오지 못한 것에 분연히 역정을 냈다. 손원일은 이승만의 가슴에 남아 있는 화기가 가시기를 기다렸다가 지금 G요트보다 더 급한 것이 인민군의 남침준비라고 했다. 이승만은 머리통을 된통 얻어맞은 것처럼 화들짝 놀라다가 금세 심각한 표정으로 그것이 무슨 소리냐고 물었다.

손원일은 함명수가 입수한 문서에 인민군 6사단의 3여단과 14연대가 옹진반도에 주둔 중인 육군17연대를 공격하도록 짜인 전투작전도를 내놓으며 남침준비가 분명하니 대비를 해야 한다고 했다. 하지만 이승만은 무초 대사가 미국의 허락 없이 군사작전을 벌인 것을 문제 삼는 처지여서 대놓고 말할 입장이 못 된다고 했다.

"소련이 문제 삼으면 미국의 입장이 난처해질 것이라며 나더러 사과하라고 떠드는 판국에, 인민군의 동태가 수상하니 조치를 취해 달라고 할 수 있겠어?"

"각하. 지금은 무초 대사의 눈치를 볼 때가 아니라 뭔가 대책을 세워야 할 때입니다."

손원일은 대수롭게 넘길 정보가 아니니 미국에도 알려야 한다고 했다.

"하지만…… 국방부장관은 우리 육군이 막강하기 때문에 김일성이 쳐들어오면 당장 38선을 뚫고 올라가 점심은 평양에서 먹고 저녁은 신의주에서 먹을 수 있다고 하지 않던가?"

이승만은 국군이 막강한 전투력을 가졌기 때문에 김일성은 함부로 남침하지 못할 것이라고 뽐내며 허장성세를 부렸던 신성모의 말을 귀담아둔 것처럼 말했다.

"장관께서 하신 말씀에 토를 달자는 것은 아니지만…… 저는 지금 단지 우리 해군이 알아낸 정보만으로 드리는 말씀이 아닙니다. 김일성 그자는 남침을 하고도 남을 위인입니다."

손원일은 김일성을 잘 아는 자라고 했다. 이승만은 날카로운 눈초리로 노려보며 "김일성이를 어떻게 안다는 것이야?"라고 물었다.

"그자의 아버지는 제 부친과 평양 숭실중학교 동창이었습니다."

손원일은 손정도와 김형직의 관계를 들려주고는, 김형직이 죽고 난 뒤 김일성은 손정도의 보호 아래 자랐다고 했다.

이야기를 듣고 난 이승만은 갑자기 놀람과 반가움이 뒤섞인 표정으로 "그으~래~?"라며 말꼬리를 지르르 끌고는 정말 뜻밖이라고 운을 떼고서 말을 이었다.

"나와는 한동안 동고동락하면서 상해 임정의정원장을 지냈던 해석 동지가 총참모장의 선친이시라니, 거기다가 김일성이가 해석 동지의 손에서 자랐다니 이거야말로 경천동지의 대사건이야."

"그런 자가 어떻게 해서 소련군 앞잡이가 되어 김일성 장군 행세를 하는지 모르지만, 그자의 행실로 보아 최근 들어 부쩍 잦아진 북쪽의 도발 모두가 그자가 계획한 것이 틀림없습니다. 그자는 반드시 침략해올 것이므로 그에 대한 대비를 해야만 합니다."

손원일은 최근에 일어나고 있는 일련의 월북사건과 38선 부근 침략행위 등을 가벼이 받아넘겨서는 안 된다고 했다.

"총참모장의 말을 참작하지. 그리고 몽금포작전에 대해서는 무초 대사에게 알아듣게 이야기할 테니, 앞으로는 이 같은 일이 생기지 않도록 잘 단속해."

이승만은 평소답지 않게 어눌한 발음이었지만, 억양은 막 움직이려는 기차 바퀴처럼 무거웠다. 손원일은 잘 알겠다고 대답하고는 나지막한 목소리로 "각하⋯⋯."라고 불렀다.

이승만은 눈초리를 한껏 끌어올리며 이번에는 무슨 일이냐고 물었다. 손원일은 조심스럽게 눈치를 살피고는 천천히 입을 뗐다.

"일전에 말씀드린 바 있습니다만, 우리 해군이 전투함을 가질 수 있도록 도와주셨으면 합니다."

이승만은 굳은 표정으로 '또 그 소리로군⋯⋯.' 하고 곧 얼굴에 난감한 빛을 띠며 말을 이었다.

"전투함이 있어야겠지. 하지만 미안한 이야기지만 우리 형편에는 그보다 더 중요한 것이 원양어선이야."

"원양어선이라니요?"

손원일은 전혀 엉뚱한 소리를 들었다는 듯 눈알이 저절로 희뜩하게 한쪽으로 돌아갔다.

"지금은 막대한 비용을 들여서 전투함을 구입하는 것보다 원양어선을 구해서 고기를 잡아오는 것이 더 급해."

이승만은 군비를 강화하는 것보다 구민 사업으로 국민의 굶주림을 달래주는 것이 우선이라고 했다. 손원일은 순간 발밑이 쑥 꺼져버리는 느낌 때문에 할 말을 잃은 듯이 멍한 눈으로 쳐다보며 "각하께서 원양어선을 생각하시는 줄은 미처 몰랐습니다."라고 대꾸했다.

"샌프란시스코에 나가 있는 주영한 총영사에게 적당한 것이 있나 알아보라고 했더니, 마침 시애틀에 있는 250톤급 원양어선 한 척이 괜찮다고 해서 계약을 하라고 했어. 엔진이 600마력짜리 디젤이고, 냉동냉장실과 어군탐지기, 무선방향탐지기, 측심기, 나는 이것이 다 무엇인지 모르지만 최신식 장비들이라는군. 그 친구는 외자구매처 이사관을 겸직하고 있기 때문에 실수 같은 거 하지 않아. 농사를 짓는 것만이 능사는 아닌 거야. 고기도 잡아와야 해. 그래서 내가 지남호(指南號)라는 이름도 지어주었어."

이승만은 자신의 결정이 실수가 아니라는 듯 기름기가 번지르르한 말로 손원일을 설득시켰다. 손원일은 실망감과는 다른 어떤 감정이 무겁게 가슴을 찍어 누르는 것을 참아내며 그만한 돈이 어디서 났는지 물었다.

"미국에서 받은 32만 6,000달러 중 일부로 사는 거야."

이승만은 ECA(Economic Cooperation Administration)가 지원해준 자금이라고 밝히며 난감한 손원일의 처지는 안중에도 없다는 듯이 자랑삼아 말을 이어나갔다.

"참. 그리고, 지금 이 나라에 지남호를 몰고 태평양을 건너올 사람들은 해군밖에 없으니 총참모장이 해군에서 사람을 뽑아 보내서 가져오도록 해."

손원일은 군함 살 돈을 마련하겠다고 봉급을 떼어서 내고 거기다가 돈을 벌기 위해 거리로 내몰린 해군과 온갖 고생을 자처하는 해군부인회가 눈에 선하게 밟혀서 견딜 수가 없었다.

"다음 달 중순까지 떠날 준비를 할 수 있겠나?"

이승만은 풀이 폭 죽어 있는 손원일에게 출발일자를 알려주고 가능한지 물었다. 손원일은 그렇게 준비해놓겠다고 대답하고는 할 말은 하고 넘어가야겠다는 듯 설득적 어조로 입을 뗐다.

"각하의 결정도 옳습니다만, 그런 것도 해상통제와 외부세력의 침입을 막아내야 되는 것 아닙니까? 우리가 국력이 쇠잔하여 해군이 유명무실하게 되었을 때 청나라와 러시아가 우리의 내정을 간섭했고, 우리가 얕잡아 보았던 섬나라 일본마저도 우리를 침탈하기 시작했습니다. 결국 우리나라의 어민은 어장을 다 빼앗기고 급기야 일본이 부산, 인천, 청진, 목포, 진남포, 통영, 원산 등 전국 주요 항구를 강탈하여 자신들의 조선업체를 진출시켰습니다. 청나라가 열국에 무릎을 꿇었던 것도 해군력이 약했기 때문이잖습니까? 세계열강들이 까마득한 거리에서도 펑펑 쏘아 척척 맞히는 함포를 장착한 군함을 몰고 왔을 때 우리는 기껏 노를 젓는 나무판자 배로 무엇을 할 수 있었겠습니까? 또다시 이런 치욕적인 일을 겪지 않으려면 함포를 무장한 군함이 반드시 있어야 합니다."

종국에는 웅변하듯 격정적 어조로 끝난 손원일의 말을 다 듣고 난 이승만은 침울한 얼굴로 '또 전투함 이야기인가······?'라고는 무슨 복안을 펼쳐놓듯 말을 이어나갔다.

"나는 전투함을 살 것이 아니라 미국으로부터 받아내고 싶은 거야. 그래서 진해를 미국 해군의 극동기지로 제공하는 대가로 미국으로부터 군사원조를 얻어낼 생각을 했어. 물론 전투함도 당연히 포함되었지. 트루먼이 아직까지 내 제안에 이렇다 저렇다 대답을 하지 않아 기다리고 있으니 조금만 기다려봐."

손원일은 체념한 듯 건조하고 쓸쓸한 어조로 알았다고 대답하다가 눈에 선하게 밟히는 해군장병들과 해군부인회가 떠오르자 불뚝 용기를 내어 입을 뗐다.

"각하. 지금 우리 해군과 해군부인회가 전투함을 가지겠다는 한 가지 일념으로 똘똘 뭉쳐 돈을 모으는 중입니다. 얼마가 모일지 모르지만······ 모자라는 부분은 보태주십시오."

"뭐? 전투함을 사기 위해 돈을 모은다고?"

이승만은 몹시 놀랐는지 재빨리 손원일의 얼굴을 이리저리 살폈다. 손원일은 열띤 목소리로 그렇다고 대답했다. 이승만은 기가 막힌다는 듯 혀를 끌끌 차고서 "어허······, 돈이 얼마나 필요한지 알기나 하고?"라고 물었다.

"얼마가 모아질지 모르지만, 아무것도 하지 않고 가만히 있을 수만 없었습니다. 각하께서도 조국의 독립이 불투명했던 암울한 시기에 조국의 자유와 독립을 위해 희생하지 않으셨습니까?"

손원일은 전투함을 가지고자 하는 해군의 열망이 해군 전체의 희생과 노력으로 이어졌다는 것을 우회적으로 설명했다. 이승만은 살포시 눈을 감고 자신이 하와이에 머물 때 상해임시정부로 복귀해달라는 손정도의 서신에 설득당하여 상해로 돌아갔던 지난날을 회상했다.

　"제가 주제넘는 욕심을 부리는 것이라면 꾸짖어주십시오."

　손원일은 충충하게 그늘진 이승만의 안색을 살피며 목소리를 낮추어 말했다. 이승만은 눈을 휘둥글게 뜨면서 손을 내저으며 아니라고 말하고는 부드러운 어조로 말을 이었다.

　"그러니까, 사겠다는 군함이 일전에 말했던 그…… 미국이 세계전쟁 때 사용하기 위해 건조했다가 무기를 해체하여 팔았다는 연안경비함을 염두에 두었다는 그 말이야?"

　손원일은 선뜻 그렇다고 대답했다. 이승만은 고개를 까딱 들어 숨소리를 고르고는 쉰 목소리로 "알아들었으니, 그만 나가보게."라고 했다. 손원일은 거수경례를 붙이고서 돌아섰다.

12.

해군장병들과 해군부인회는 함정건조갹출위원회를 구성한 후 갖은 고생을 해가며 넉 달 만에 1만 5,000달러를 모았다. 손원일은 그 돈을 지남호 인수요원 명단과 함께 준비하여 경무대로 향했다.

이승만은 손원일이 제출한 명단을 받아들고 찬찬히 살폈다. [단장 최용남 중령, 선장 최효용 소령, 기관장 한갑수 중령, 요원 박병태 소령, 최동화 소령, 양해경 소령, 이민석 소령, 민영구 소령, 윤치환 소령, 이웅래 소령]

"어째서 기관장이 선장보다 계급이 높아?"

"험한 태평양을 건너오려면 항해술만큼이나 뛰어나게 기관을 잘 다룰 줄 아는 사람이 있어야 합니다."

손원일은 한갑수가 그 일에 딱 적임자라고 했다. 이승만은 고개를 끄떡이고는 "그런 일이라면 손 제독이 더 잘 알겠지."라고는 다시 명단을 깐깐히 살폈다.

손원일은 속셈이 있는 것처럼 한껏 달라진 어투로 "각하……." 라고 운을 떼고는 눈치를 보듯 흘끔거리다가, 어색했던지 헛기침과 함께 봉투를 내밀었다. 이승만 까끄름한 눈빛으로 쳐다보다가 "이것이 무엇인가?"라고 물었다.

"지난번에 말씀드렸던…… 그 돈입니다."

손원일은 해군장병과 해군부인회가 각고의 노력 끝에 모은 돈이라고 했다. 이승만은 달라진 눈빛으로 쳐다보며 몰아세우듯 "흠……" 하고는 손원일과 봉투를 두렷거리며 "대체 얼마를 모은 것인가?"라고 물었다. 손원일은 1만 5,000달러라고 대답했다.

"만 오천……? 이렇게 많은 돈을 어떻게 모았단 말인가?"

이승만은 놀란 기색이 역력한 얼굴빛으로 물었다.

"저부터 말단 수병은 물론 해군의 부인들까지 발 벗고 나섰습니다. 월급을 각출하기도 하고 장병들은 농사일을 도와주고 받은 품삯을 보태기도 하고 길거리에서 고철을 수집하기도 했습니다. 해군 부인들은 빨랫감을 얻어 빨래를 해주거나 삯바느질을 하고 남의 집 식모살이도 마다하지 않았습니다."

손원일은 어려워도 주저앉지 않고 힘들어도 휘어들지 않고 피땀을 흘려준 해군장병들과 해군부인회가 합심한 결과라고 했다. 이승만은 별안간 가슴이 찡하여 어색한 시선으로 봉투를 쳐다보며 "해군의 피와 땀이 녹아 있는 돈이란 말이지……."라고 했다. 손원일은 고개를 숙이며 심기를 상하게 해서 미안하다고 했다.

"그렇지가 않아. 사실은 지난번에 총참모장이 전투함을 갖고 싶다고 말한 후 나도 많이 생각해봤어."

이승만은 자못 진지한 어투로 전투함에 대한 관심을 놓은 것이
아니라고 했다. 손원일은 예상치 못했던 대답 앞에 그만 어안이 벙
벙하여 무슨 말을 끄집어내어야 옳을지 갈래를 잡을 수 없었다. 이
승만은 선물 꾸러미를 내놓듯 아주 조용하고 가라앉은 음성으로 입
을 떼었다.

"그래서 내 군사고문 로빈슨 대위를 뉴욕으로 보내서 우리가 쓸
만한 군함이 있는지 알아봐달라고 했어."

"네~에?! 각하, 언제 그런 지시를 내리셨습니까?"

손원일은 너무 감격하여 눈언저리가 뜨거워졌다.

"좋아할 것 없어. 총참모장 말대로 해군에서 민간인에게 팔아넘
긴 배라서 함포도 떼어냈고 레이더도 없는 배가 무슨 군함이야? 거
기다가 몹시 낡았고 녹이 많이 슬었을 뿐만 아니라 기관을 움직여
본 지가 3년이 넘었다는군. 그런 배로 무엇을 할 수 있겠어?"

이승만은 돈의 가치에 맞는 군함인지, 사들여 와도 사용할 수 있
는 것인지 몰라 망설여진다고 했다.

"그렇지가 않습니다. 하와이 진주만기지에는 군함을 해체할 때
떼어놓은 함포들이 잔뜩 쌓여 있습니다. 그런 것들을 고철로 사서
우리 손으로 고쳐서 사용하면 됩니다."

손원일은 우물우물 미적거리다가는 기회를 놓치고 말 것만 같은
위기감을 느낀 나머지 뒷걱정을 할 형편이 못 되었다.

"군함 따로 함포 따로, 그것도 모두 고철이나 다름이 없다는 그런

것들을 사서 모아 뭘 어쩌겠다는 건가?"

이승만은 행여나 손원일이 뾰족한 대책을 가졌는지 물었다.

"물론입니다. 우리 해군은 일본 해군이 건조하다 말고 버리고 간 소해정을 진해 조함창에서 건조했고, 비록 소형 상륙정이지만 그 밖의 완전히 망가진 것들도 우리 손으로 수리하여 지금 잘 사용하고 있지 않습니까? 제아무리 고철처럼 생겼을지라도 우리 손으로 충분히 고쳐서 사용할 수 있습니다, 각하."

손원일은 우리 해군, 우리 손, 수리라는 말을 할 때는 아랫배에 힘까지 넣어가며 강조했다. 이승만은 미구에 생겨날지 모를 일을 염려하는 듯 골똘히 생각하다 이윽고 마음을 정한 사람처럼 엄숙히 "좋아. 해군을 믿고 그리하도록 하지."라고 했다. 손원일은 그저 감개무량한 얼굴로 "감사합니다, 각하."라고 소리쳤다.

"하지만 내가 보태줄 수 있는 돈은 4만 5,000달러뿐이야. 해군이 모은 돈까지 합쳐야 겨우 6만 달러인데, 이 돈으로 군함도 사고, 대포도 사고, 포탄도 사고, 레이더도 살 수 있겠어?"

이승만은 절대로 실수하지 말라는 노파심에서 그렇게 물었다.

"제가 직접 가서 배도 살펴보고, 대포도 살펴보고 가격을 협상해서 결정하겠습니다."

손원일은 실망시킬 일은 절대로 없을 것이라며 믿어달라는 말로 이승만을 안심시켰다.

"그렇게 해. 직접 가서 협상을 잘 하면 좋은 물건을 싼 가격으로 살 수 있을지 누가 알아?"

이승만은 갑자기 손원일이 든직하여 믿을 만하다는 듯 일종의 확신에 가득 찬 어조로 말하고는 뉴욕에 가 있는 로빈슨 대위를 만나 상의해보라고 했다.

"잘 알겠습니다. 그런데…… 지남호 인수요원 출발일자는 언제로 잡혔습니까?"

손원일은 그제야 마음이 좀 놓이는지 굳었던 얼굴을 풀고서 본래의 사무적인 자세를 되찾았다. 이승만은 9월 15일이라며 서둘러야 한다고 했다. 그러자 손원일은 난감한 표정으로 출발일자를 미루어달라고 했다.

"제가 미국에 가서 전투함 흥정을 끝낸다면 인수요원들이 뒤따라 들어와야 배를 수리하여 가져올 수 있지 않겠습니까? 그러니까 떠나기 전에 전투함 인수요원을 선발해두고 떠나고 싶습니다."

"총참모장은 자나 깨나 노상 머릿속에 전투함밖에 없군."

"그런 것이 아니라, 전투함은 원양어선과는 달리 구조가 복잡하기 때문에 인수요원을 미리 선발하여 교육시켜야 합니다."

"어쩔 수 없군. 며칠이나 미루면 되나?"

"보름만 미루어주십시오."

"10월 1일이라…… 좋아. 주미대사에게 일러놓지."

이승만은 장면에게 일정변경을 통보해두겠다고 하고는 볼일 끝났으면 돌아가라고 했다. 손원일은 감격스러운 목소리로 "감사합니다, 각하!"라며 경례를 하고서 돌아섰다.

　손원일은 해군본부로 돌아와 박옥규와 함께 전투함 인수요원 선발작업에 들어갔다. 박옥규는 인수요원들에게 쓰이는 비용을 최소한으로 줄이기 위해 항해와 기관에 뛰어난 실력을 갖춘 장교 15명 안팎으로 구성하자고 했다.

　"배를 수리하기에도 부족한 인원입니다. 더구나 대서양 연안을 종단해서 카리브해를 건너 더 넓은 태평양까지 횡단해야 하는 멀고도 먼 항해를 해야 하는데 더 늘려야 하지 않겠습니까?"

　손원일은 정원이 70여 명이나 되는 군함을 15명으로는 어려운 일이라며 10여 명을 늘리자고 했다.

　"10월 1일 출발하는 지남호 인수요원이 몇 명입니까? 불과 10명입니다."

　"하지만 지남호는 군함이 아니라 250톤급 원양어선에 불과한 선박이지 않습니까? 그에 비하면 우리가 흥정을 해야 하는 배는 450톤급의 낡은 중고 초계함입니다."

　"인수요원 25명 명단을 각하께 제출해보십시오, 당장 지남호보다 인원이 많다고 따지실 것입니다. 그리되면 총참모님 입장이 곤란해지는 것은 차치하더라도, 제가 걱정하는 것은 각하의 마음이 바뀔지도 모른다는 것입니다."

　"그건…… 제가 일전에 전투함은 원양어선과는 달리 복잡하고 구조가 다르다고 말씀을 드렸기 때문에 각하께서도 이해를 하실 것입니다."

"각하께서 그때는 그런 말씀을 하셨는지 몰라도 여비 문제가 불거지면 달라지실 겁니다. 지남호 인수요원 여비 지급 문제로 말이 많았다고 들었습니다. 겨우 10명의 여비 때문에 잡음이 생기는 판국인데, 15명의 여비라면 더 받아내기가 힘들지 모릅니다. 작은 일에 구애되어 큰일을 그르쳐야 될 말입니까?"

박옥규는 사소한 일로 발목이 잡히는 일이 없어야 한다고 했다. 손원일은 구구한 설명을 다 듣고 난 뒤 비로소 박옥규의 판단을 순순히 수긍하고서 인수요원으로 적당한 자를 선발해달라고 했다.

"저는 공정식 소령을 꼭 포함시켰으면 좋겠습니다."

박옥규는 공정식이 몽금포작전 때 경비정대를 지휘했던 능력이면 충분할 것이라고 했다. 손원일은 고개를 끄떡이고는 "그 밖에는요?"라고 물었다. 박옥규는 송석호 소령도 거론하고는 나머지는 차차 생각하여 선발하겠다고 했다.

"알겠습니다. 그럼 저는 인수요원 선발을 형님께 일임하겠으니 잘 처리해주십시오."

"여긴 군대 아닙니까? 총참모장님께서 일개 중령에게 형님이 뭡니까? 정말 듣기가 거북합니다."

박옥규는 손원일에게 우대받는 것이 껄끄러웠다.

"제가 드렸던 말씀을 벌써 잊었습니까?"

손원일은 부산의 허름한 국밥집에서 박옥규를 형님으로 모시겠다던 말을 들추어냈다.

"총참모장님께서야말로 그 순간부터 제가 총사령관님의 부하가 된 것이라던 말을 잊었단 말입니까?"

박옥규도 지지 않고 따지듯 물었다.

"아무리 그렇기로서니……."

손원일은 약간 난색을 보이는 미묘한 웃음을 흘리며 말꼬리를 입 안으로 감아 넣었다. 박옥규는 눈초리를 슬며시 주름 잡으며 타분한 웃음을 짓고는 최용남을 입에 올렸다.

"지남호 인수단장 최 중령을 우리가 인수해올 전투함 함장으로 발탁하면 좋을 것 같은데, 총참모장님 생각은 어떻습니까?"

"저도 최용남 중령을 눈여겨보고는 있기 때문에 지난번에 해병대를 창설할 때 최 중령을 해병대사령관으로 임명하려다가 신현준 중령으로 바꾼 것입니다."

손원일은 최용남을 첫 전투함 함장으로 임명할 뜻을 가졌음을 내비쳤다. 박옥규는 고개를 끄떡이며 잘한 결정이라고 했다.

며칠 후 손원일은 지남호 인수요원들을 이끌고 이승만에게 출국 신고를 하고서, 여의도 비행장으로 이름이 바뀐 옛 경성 비행장으로 향했다. 버드나무가 늘어선 한강 둔치 위로 널찍하게 펼쳐진 땅콩밭과 풀밭을 가로질러 자리 잡은 비행장에 프로펠러 여객기가 대기 중이었다.

지남호 인수요원들은 여비로 지급받은 달러가 신기한 듯 이리 저리 살펴보기도 하고, 난생 처음 갖는 경험 앞에 호기심과 긴장감으로 한껏 부푼 가슴을 안고 비행기에 올랐다.

손원일은 마중 나온 박옥규에게 전투함 인수요원들을 경무대에서 지시가 떨어지면 바로 달려올 수 있도록 준비해달라고 했다. 박옥규는 부디 좋은 전투함을 사달라는 당부의 말로 인사를 대신했다. 손원일은 스스로에게 다짐을 하듯 비장한 목소리로 꼭 그렇게 하겠다고 했다.

"조심해서 가십시오. 미국에서 뵙겠습니다."

박옥규는 감격과 흥분이 일시에 몰리는지 약간 떨리는 목소리로 말하고는 경례를 올려붙였다. 손원일은 답경례를 하고 돌아서서 비행기 트랩으로 올라섰다.

이윽고 비행기는 프로펠러가 회전하면서 바람을 일으키더니 활주로를 따라 질주하다가 이륙했다. 박옥규는 하늘로 솟아올라 저 멀리 날아가는 비행기가 시야에서 완전히 벗어날 때까지 움직이지 않았다.

비행기는 한반도 하늘을 종단하여 도쿄에 잠시 기착했다가 다시 날아올랐다. 비행기가 하늘을 일직선으로 가르며 알래스카 앵커리지를 향해 날아가는 동안 손원일은 옆자리에 앉은 최용남과 앞으로 사게 될 전투함에 대한 긴 이야기를 나누었다.

손원일은 낡은 군함의 사진을 보여주며 "이게 로빈슨 대위가 보내온 배야."라고 했다. 최용남은 들여다보며 짐짓 실망한 기색으로 "많이 낡아 보입니다."라고 했다.

"낡긴 낡았지. 하지만 물어도 준치 썩어도 생치라는 속담이 있듯이 명색이 미국 전투함이지 않은가?"

"보아하니 생김새가 구잠함 같습니다만?"

"바로 보았네, 세계대전 중에 대서양 연안을 순찰하며 해안으로 접근하는 독일 잠수함을 감시하기 위해 만들었다는데, 사실은 더 크고 화력이 좋은 PF급 이상의 군함을 사려고 알아보았지만 미국 국무성이 허락을 하지 않아 개인사업자에게 불하된 것이 많은 PC급 군함으로 알아보게 된 거야."

"우리 형편에 PF급까지는 바라지 않더라도 구잠함만이라도 있다면 얼마나 좋겠습니까?"

"그렇지? 그래서 말인데…… 최 중령이 함장을 맡아보겠어?"

"네? 제가요?"

최용남은 일순간 첫 전투함의 함장이라는 중책에 대한 기대와 불안이 동시에 마음속에 일렁거렸다.

"최 중령의 항해술과 통솔력이면 문제가 없을 것 같은데."

손원일은 심사숙고 끝에 내린 결정이라고 했다.

"하지만……."

최용남은 자신 있는 대답을 내놓지 못하고 박옥규가 적임자라고 했다.

"박 중령은 따로 할 일이 많아."

손원일은 박옥규는 첫 전투함을 인수한 후 또 다른 전투함을 인수하러 다시 미국으로 가야 할 것 같다고 했다.

"이번에 사들이는 전투함이 한 척이 아니란 말씀입니까?"

최용남은 예기치 않은 소리에 새로운 기대가 고개를 들었다.

"글쎄, 지금으로선 무어라고 단언할 수 없지만…… 로빈슨 대위가 보내온 내용을 검토해보았더니, 그쪽에서 2만 2,000달러를 달라고 한다는데, 예인비와 수리비용 거기다가 함포와 포탄, 레이더…… 이런 모든 것들을 갖추는 데 들어갈 비용을 계산하면 한 척당 대략 3만 달러는 들 것 같아."

손원일은 사전에 로빈슨에게 전달받았던 내용을 들려주고는 잘만 하면 두 척을 구입할 수 있을 것 같다고 했다. 최용남은 정말 그럴 수 있는가 하고 반신반의 상태가 되어 눈을 끔벅거리며 "6만 달러로 전투함 두 척을 살 수 있단 말입니까?"라고 물었다.

"지금 보러 가는 배는 학생들 실습선으로 사용하던 배인 데다가 많이 낡았다고 하니 2만 2,000달러이지만 다른 배는 또 어떨지 몰라."

손원일은 뜻대로 될지 단언하기는 어렵다고 했다.

"하지만 함포도 없는 그런 배를 사서 어디에다가 쓰시게요?"

최용남은 한 척을 사더라도 제대로 된 것을 사는 것이 좋지 않겠느냐고 했다.

"모르는 소리. 낡을수록 좋은 거야. 만약 제대로 된 군함이라면 6만 달러로는 두 척이 어림도 없지."

"그렇긴 하지만, 함포가 없다는 것이 맘에 걸립니다."

"그래서 말인데…… 최 중령이 해줘야 할 임무가 있어."

"제가 해야 할 임무라니요?"

"지남호를 이끌고 고국으로 돌아가는 길에 하와이에 들러서 알아봐줘야 할 것이 있어."

"그게 무엇입니까?"

"가만…….'

손원일은 잠깐 기다리라고는 낡은 황갈색 서류가방을 뒤적거리다가 종이 한 장을 꺼내 "이것 좀 봐, 로빈슨 대위가 알려준 거야."라고는 말을 이어나갔다.

"하와이 진주만기지에 폐철(廢鐵) 처리한 함포 야적더미가 있는 곳이야. 그곳에 가서 쓸 만한 3인치 함포가 있는지, 또 얼마면 살 수 있는지 알아봐."

"고물 처리된 함포를 사시겠단 말씀이십니까?"

최용남은 얼굴에 난감한 표정이 역력했다.

"각하께 우리 손으로 고쳐서 사용할 수 있다고 자신 있게 말씀드렸네. 내가 그렇게라도 하지 않았다면 지금 전투함을 사러 가지도 못했을 거야."

"하지만 상태가 어떤지도 모르지 않습니까?"

손원일은 선뜻 대답하기가 꺼림칙한지 군기침을 두어 번 해댔다. 그러고는 "아무리 상태가 안 좋아도 미국이 만든 물건이 아닌가?" 하고는 차근히 말을 이어나갔다.

"최 중령은 조함창을 창설하여 일본군이 버리고 간 소해정(艇)과 경비정도 많이 고쳐보았으니 물건을 고르는 안목이 있을 거라고 믿어."

최용남은 시원스럽게 목청을 뺄 마음이 나지 않았는지 목에 탈이 난 것처럼 쉰 목소리로 알았다고 대답했다.

"그리고 하와이에서 출항하거든 바로 본국으로 향하지 말고 괌에 들러서 포탄도 알아봐."

"포탄은 왜 괌입니까?"

"그곳에는 태평양전쟁 때 미국이 왜놈들에게 퍼붓기 위해 비축해둔 포탄이 잔뜩 쌓여 있어서 고철 팔듯이 한다더군."

"알겠습니다, 총참모장님의 지시대로 따르겠습니다."

최용남은 전투함 함장직 수락과 함포와 포탄을 알아보는 임무를 수행하겠다고 했다.

"지남호를 안전하게 태평양을 건너서 해운국으로 넘겨주고 난 뒤 곧바로 김영철 대령과 상의해서 전투함 승조원들을 차출해 훈련도 시켜두게."

손원일은 전투함을 인수하는 대로 곧바로 운항할 수 있도록 승조원들을 준비해두라고 했다. 최용남은 엄정한 표정으로 알았다고 대답했다.

"승조원을 차출할 때 각별히 살펴야 할 것이 무엇인지 알지? 통천정, 고원정, 강화정 게다가 로버츠 준장의 G요트까지…… 북으로 끌려간 일을 생각하면 지금도 마음이 아파."

손원일은 남로당 출신 위장 입대자들에게 당한 과오를 되밟지 말기를 바라는 노파심을 드러냈다.

"걱정 마십시오. 저도 평양에서 겪을 만큼 겪었고, 당할 만큼 당해보지 않았습니까?"

최용남은 자신이 월남하게 된 까닭을 입에 담으면서까지 남로당 출신을 가려내겠다는 의지를 보였다.

두 사람은 비행기가 알래스카 앵커리지를 거쳐 시애틀에 도착할 때까지 새로 만나게 될 전투함에 대한 기대와 희망을 건 이야기를 놓지 않았다.

13.

 손원일은 시애틀에 도착한 뒤 최용남과 인수단이 지남호를 점검한 후 출항하는 것을 보고 난 다음 날 뉴욕으로 향했다.

 라과디아(La Guardia) 공항에 도착하자 대위 계급장을 단 검은색 해군군복을 입은 자가 다가와 자신이 로빈슨이라고 소개하고는 손원일을 자동차가 있는 곳으로 안내했다.

 손원일은 당장 배를 보고 싶다며 안내해달라고 했다.

 "마음이 어지간히도 급한 모양입니다, 오늘은 일요일이지 않습니까?"

 로빈슨은 가보아야 아무도 없을 것이니 여독을 풀고 다음 날 가자고 했다. 손원일은 계면쩍은 듯이 입맛을 쭛 다시고는 얼마나 떨어진 곳인지 물었다.

 "여기서 호텔까지 20분, 호텔에서 킹스 포인트까지는 반 시간 정도 거리입니다."

 로빈슨은 여자처럼 입가에 웃음기가 번지는 얼굴로 상냥하게 알려주었다. 손원일은 고개를 끄떡이고는 전투함이 실제로 어떤지 궁금하다고 했다. 로빈슨은 당연히 그럴 것이라며 이해한다고 말하고 는 느릿느릿한 어조로 말을 이었다.

"그 배에 대한 제원은 일전에 드렸던 것이 전부이고, 그 밖의 이력을 조금 조사해봤는데…… 1943년 11월 위스콘신의 조선소에서 건조를 시작하여 다음 해 1월에 진수했고, 같은 해 7월 함종번호 USS PC-823을 부여받아 취역한 후 대서양 연안에서 활동하다가 2차 세계대전이 끝나고 무장이 해제되어 머찬트(Merchant)해양대학교로 팔려나가 항해 실습용으로 사용되다가 2년 전부터 정박 실습용이 되면서 항해를 그만 두었답니다."

설명을 듣고 난 손원일은 뭉쳤다 흩어지기를 반복하는 별의별 생각들로 머리가 번잡스러웠다. 전투함을 단 3개월 만에 건조했다는 것에 단순한 부러움 이상의 놀라움을 금치 못했다. 하지만 오랫동안 항해하지 않았다는 것에 못내 마음이 놓이질 않았다.

"2년 동안 정박만 해둔 배를 끌고 한국까지 갈 수 있겠소?"

"물론 수리도 해야 하고 시험항해도 해야 할 것입니다."

"어디서 수리를 한단 말이오?"

"호보콘에 하버보트 조선소라는 선박 수리소가 있습니다."

"거기까지 예인해야 한다는 말인데, 비용은 얼마나 드오?"

"다행히 킹스 포인트에서 이스턴 강을 통하여 갈 수 있어서 500달러 정돕니다. 그렇지 않고 롱아일랜드 끝의 몬탁(Montauk)을 돌아야 한다면 엄청난 비용이 들 뻔했습니다."

로빈슨은 그 같은 일들은 자신이 미리 조사를 해두어 가능한 일이라며 생색을 한 자락 베어 물었다.

"그런 것까지 신경을 써주어 정말 고맙소. 한데, 우리 형편을 잘 알고 있으니 말이오만…… 로빈슨 대위가 나서서 가격을 흥정해줄 수는 없겠소?"

손원일은 머릿속에 온통 2만 2,000달러에 달하는 가격을 깎아 내릴 궁리만 가득했다. 로빈슨은 자신이 중계하는 것 이상으로 나서는 것은 모양새가 나쁘다며 흥정에 관여할 수 없다고 했다. 손원일은 미안쩍은 어조로 일속을 알겠다고 말하고는 고맙다는 말 한마디를 덧붙였다.

그사이 자동차는 호텔 입구에 도착했고, 로빈슨은 내일 아침에 오겠다는 말을 남기고 떠났다.

다음 날 손원일은 아침 일찍부터 서둘러 일찌감치 로비에 나와 앉아 로빈슨을 기다렸다. 설렘과 막연한 기대로 제대로 잠을 이루지도 못한 탓에 몸은 피곤했지만 마음만은 시골 들판의 가을 풍경을 만난 듯 풍요로웠다.

근 한 시간이 지났을 무렵 로빈슨이 호텔 현관으로 들어섰다. 손원일은 벌떡 일어나 외투를 걸치고 로빈슨을 향해 다가갔다. 로빈슨은 손원일에게 아침 인사를 건네고는 학교에 찾아간다는 이야기를 미리 전화해두느라 늦었다며 나가자고 했다. 손원일은 로빈슨을 따라 나서서 자동차에 올라탔다.

호텔을 빠져나온 자동차는 노던 블로바드(Northern Blvd) 동쪽으로 달리다가 그렛 넥 로드(Great Neck Rd)로 들어서서 북쪽으로 향했다. 얼마 가지 않아 좌측으로 돌아 베이뷰 애비뉴(Bay View Ave)로 조금 달리다가 곧 만난 스팀보트 로드(Steamboat Rd) 끝에 '300 Steamboat Road Kings Point NY 11024'라는 주소판이 붙은 2층 건물이 나타났다.

로빈슨은 하얀 페인트가 칠해진 앵커가 놓인 정문 앞에 멈추어 섰다. 정문 양쪽에 돌로 만든 지구의가 얹힌 커다란 사각형 벽돌기둥이 있고, 윗부분에 'U S MERCHANT MARINE ACADEMY'라는 글씨가 쓰인 2층 석조건물이 보였다.

로빈슨은 다가서는 경비와 몇 마디 주고받고는 곧 학교 안으로 들어서서, 한눈에 바닷가가 들어오는 언덕에 자리 잡은 교회 앞에 주차했다. 손원일은 자동차에서 내리자마자 턱을 살짝 치켜들고는 지붕에 금색 돔을 투구처럼 쓴 교회를 바라보았다.

"바로 저기 있는 저 배입니다."

로빈슨은 교회 앞을 가로지른 바다 건너 쪽의 선착장을 가리키며 말했다. 손원일은 냉큼 고개를 돌려 커다란 나무 사이로 눈에 들어오는 선착장을 쳐다보았다. 기다란 선착장에 정박된 단 한 척의 하얀 배가 두드러지게 눈에 띄었다. 아무리 눈여겨보아도 사진으로 보았던 것과는 사뭇 분위기가 다른 모습이었다.

"여기서 보면 잘 모를 겁니다."

로빈슨은 은근한 말투로 말하고는 이따가 자세히 보자며 안으로 들어가자고 했다. 손원일은 로빈슨의 뜨뜻미지근한 말투에 애가 달았는지 배를 뚫어져라 쳐다보다가 곧 뒤따라 붙었다.

교장실 안으로 들어서자 소장 계급장을 단 검정색 해군제복 차림의 사내가 기다리고 있었다며 반겼다. 로빈슨은 사내를 향해 거수경례를 하고는 손원일을 소개했다. 손원일은 밝은 표정으로 손을 내밀며 이름을 밝혔다. 사내는 악수를 교환하면서 로버트 두인(Robert Duin)이라는 자신의 이름과 교장이라는 직책을 밝히고 앉기를 권했다.

손원일은 자리에 앉자마자 로버트 두인에게 어째서 해군제독이 교장인지 궁금하다고 했다. 로버트 두인은 고개를 돌려 자신이 앉은 책상의 왼쪽에 세워져 있는 깃발을 넌지시 쳐다보았다. 손원일은 덩달아 고개를 살짝 돌려 깃발을 응시했다.

둥글게 원을 그린 '☆ UNITED STATES MERCHANT MARINE ACADEMY ☆ KINGS POINT'라는 글씨 테두리 안에 앵커를 밟고 올라앉은 독수리와 양쪽으로 나란히 세워진 다섯 개의 월계수 잎 아래, 가로로 놓인 흰색 리본에 'ACTA NON VERBA'라는 글씨가 적힌 교기였다.

"보다시피 이 학교는 일본이 진주만을 공격한 직후인 1943년에 개교하여 해양과학기술학, 기계공학, 국제학, 해양군사학 등 5개 학부로 학생들을 가르쳐왔습니다."

로버트 두인은 'ACTA NON VERBA'라는 글씨 아래에 적힌 '1943'이라는 숫자를 가리키며 입을 떼고는 첫해 졸업생 대다수가 해군으로 징집되었다고 설명했다.

"그래서 해군이 학생들을 훈육하게 되었다는 그런 말씀……?"

학교의 개교에 얽힌 설명을 듣고 난 손원일은 충분히 수긍할 수 있다는 듯 고개를 끄떡댔지만, 군대의 교육기관이 아닌 곳에서도 우수한 해군인력을 육성한다는 소리에 그만 감탄과 부러움이 가슴 속에 엉기면서 마음이 답답하여 입을 뗄 수 없었다.

"2만 2,000달러라는 가격을 알고 왔습니까?"

로버트 두인은 조심스러운 시선으로 손원일의 표정을 살피며 물었다. 손원일은 그렇게 듣고 왔다고 대답하고는 배를 보고 난 뒤 결정하면 안 되겠느냐고 했다. 로버트 두인은 그러자고는 일어서며 당장 배부터 보러 가자고 했다.

손원일은 로빈슨과 함께 로버트 두인을 따라 밖으로 나섰다. 담요처럼 부드럽고 포근한 푸른 잔디가 곱게 깔린 길을 따라 바닷가로 향하자 조금 전에 보았던 선착장으로 향하는 입구가 나타났다. 뚜벅뚜벅 걸어 보트 대여섯 대가 정박되어 있는 곳을 지나자 물이 빠져나간 개펄에서 일어난 비릿한 해감 냄새가 코끝에 감돌았다.

선착장 끄트머리에서 왼쪽으로 꺾어져 조금 다가가자 낡은 배 한 척이 흰색 페인트를 뒤집어쓴 채 몹시 쓸쓸하고도 고단해 보이는 모습으로 떡 나타났다. 손원일은 가까이서 배를 대면하자마자 그만 얼굴에 실망한 빛이 감돌았다.

"보기는 이래도 크게 손볼 곳이 없는 배입니다."

로버트 두인은 손원일의 얼굴에 나타나는 표정의 변화를 읽었다는 듯이 안심시키고는 함께 살펴보자며 갑판으로 올라갔다. 손원일은 로버트 두인의 안내를 받으며 기관실로 들어갔다.

"보다시피 겉모습과는 달리 엔진은 이렇게 멀쩡합니다."

로버트 두인은 보란 듯이 빙긋이 웃으며 손을 들어 기관실을 쭉 훑어 가리키며 말했다. 손원일은 엔진 가까이 다가가 자세히 들여다보았다. 'Serial No. 7333'이라고 적힌 1번 엔진은 다행히 한눈에도 멀쩡해 보였다. 'Serial No. 7334'라고 적힌 2번 엔진도 마찬가지였고, 발전기와 배전반, 기타 펌프 등도 똑같았다.

"기관실은 더 볼 것도 없습니다."

로버트 두인은 공연한 시간 낭비하지 말고 위로 올라가자며 앞장섰다. 손원일은 기관실에서 나와 통신실을 시작으로 조타실, 함교, 갑판을 깐깐히 살펴보았다.

"이 배의 겉을 보면 녹이 많이 슬어 정이 안 가겠지만 보았다시피 엔진부터 속은 멀쩡합니다."

로버트 두인은 손원일에게 2만 2,000달러면 잘 사는 것이라고 했다. 손원일은 내심으로는 그런 생각을 가지면서도 트집이라도 잡을 것을 찾는 양 공연히 고개를 갸웃거리며 갑판을 구석구석 살폈다. 그러다가 선착장으로 내려가 배의 전체를 다시 훑어보았다. 뒤쪽으로 가서 살피다가 함미의 흘수선 위로 쓰인 'ENSIGN WHITEHEAD'라는 함명과 대면하자 번뜩 머릿속에 어떤 영감이 스쳐 지나갔다.

로버트 두인은 함미를 쳐다보며 고개를 갸웃거리고 있는 손원일의 곁으로 다가와 무슨 문제가 있느냐고 물었다. 손원일은 글씨를 가리키며 함명을 엔슨 화이트헤드 호로 한 까닭을 물었다.

"첫해 졸업생 대부분이 해군에 입대했다고 했지요?"

로버트 두인은 교장실에서 들려주었던 말을 환기시키고는 졸업생 중에 해군장교로 복무하다가 전사한 화이트헤드 소위의 업적을 기려 붙인 함명이라고 했다. 손원일은 사뭇 엄숙한 표정으로 글씨를 들여다보며 고개를 끄떡끄떡하면서도 속으로 '백두산……'이라고 되뇌었다.

"자, 배는 이쯤 구경하고 갑시다."

로버트 두인은 교장실로 돌아가자며 길을 잡았다. 손원일은 뒤를 따라가면서도 머릿속으로는 셈을 하기 바빴다. 2만 2,000달러에 구입하여 예인비용 500달러에다가 함포와 포탄 그리고 레이더까지 구입하자면 자칫 3만 달러가 넘을 것 같았다. 게다가 배 전체를 흰색에서 회색으로 바꾸자면 페인트비용도 만만찮은 데다가 수리비용은 얼마나 잡아먹을지 알 길이 없었다. 이뿐만이 아니라 미처 계산에 넣지 못했던 비용은 또 있었다. 다름 아닌 뉴욕을 출발해서 카리브해를 거쳐 태평양을 건너는 데 필요한 기름과 물값 거기다가 파나마운하 사용료까지 계산해보니 식료품 값을 계산에 넣지 않더라도 족히 5,000달러는 더 늘어날 것 같았다.

로버트 두인은 교장실로 들어서자 첫마디가 "배를 보고 난 소감이 어떻습니까?"라고 물었다. 손원일은 이 궁리 저 생각에 가슴은 갑갑하고 정신은 산란했지만 궁색하나마 솔직히 말하기로 하고서, 미국에서는 한낱 낡은 배일지 모르나 한국에서는 절실하게 필요한 배라고 했다. 그러면서 2만 2,000달러는 좋은 가격이지만, 한국으로 가져가기 위해서는 추가 비용이 생각보다 훨씬 더 들어가니 돈이 부족한 입장을 생각해서 도와주는 셈 치고 1만 5,000달러에 넘겨달라고 했다.

로버트 두인은 손원일이 뱉은 말의 자초지종을 곰곰이 생각하다가 "당신의 눈에 당신의 진실한 마음이 풍기는 것이 참 좋습니다."라고는 천천히 입을 떼어 기탄없이 말을 이었다.

"한국 해군이든, 미국 해군이든 해군이면 같은 동료가 아니겠습니까? 나는 당신이 나라에서도 해주지 못하는 것을 해군 신분으로 전투함을 가지겠다고 나서서 돈을 모았다는 소리를 여기 있는 로빈슨 대위로부터 전해 들었습니다. 나는 지금까지 이 지구상에서 당신처럼 무모하면서도 멋있는 해군을 보지 못했습니다. 마음 같아서는 그런 당신에게 저 배를 그냥 주고 싶은 마음이지만, 내 마음대로 할 수 있는 물건이 아니다 보니 규정에 따라 일을 처리해야만 한다는 것을 이해해주길 바랍니다. 내 권한으로 줄 수 있는 가격은 1만 6,000달러입니다. 배를 수리할 수 있도록 뉴저지 호보콘의 하버보트 조선소로 예인하는 비용까지 포함해서 말입니다."

조릿조릿 마음을 졸이며 이야기를 듣던 손원일은 로버트 두인의 그 말이 가슴을 툭툭 건드리며 지나간 어려웠던 시간들을 눈가로 울컥 끌어올려 자신도 모르는 사이 눈물방울이 살짝 맺혔다.

"저런…… 바다의 사나이가 눈물을 보여서야 되겠습니까?"

로버트 두인은 정이 듬뿍 담긴 위로의 말로 존경의 뜻을 표했다. 손원일은 어색한 손놀림으로 눈가에 맺힌 이슬을 닦아내고서 안경을 쓴 뒤 두인을 향해 공손한 태도와 차분한 어조로 고맙다고 했다.

"아닙니다. 당신처럼 멋있는 해군을 알게 된 내가 오히려 고맙습니다."

로버트 두인은 답인사조로 대꾸하고는 함포는 어떻게 구할 생각이냐고 물었다. 손원일은 하와이 진주만기지에 있는 함포 야적더미에서 구해볼 계획이라고 대답했다. 로버트 두인은 고개를 끄떡이고는 도움이 될 것이라며 자신이 소개장을 써주겠다고 말하고는 뭔가 떠올랐다는 듯 두 눈을 잔잔하게 움직이며 입을 뗐다.

"그리고…… 함포를 장착한 뒤 잘 다루려면 교육을 받는 것이 좋을 것입니다. 우리 학교에 사람을 보내주면 3인치 함포를 비롯해서 40mm 대공포와 20mm 기관포에 대해 포술운용법을 교육해주겠습니다."

손원일은 부담스러울 정도로 호의적으로 대하는 로버트 두인에게 거듭 고맙다는 말을 전하며 기쁘게 받아들였다. 로버트 두인은 말없이 묵묵히 듣고만 있는 로빈슨에게 앞으로 손원일을 많이 도와주라고 했다. 로빈슨은 그렇지 않아도 한국의 대통령으로부터 그런 부탁을 받고 뉴욕에 나와 있다며 힘껏 도울 것이라고 했다.

"우리도 준비를 해야 하고 도선사(導船士)의 일정도 있고 하니 닷새 뒤에 조선소로 옮기도록 합시다."

로버트 두인은 다른 볼일이 기다리고 있다고 말하고는 엔슨 화이트헤드 호를 가져갈 때 다시 보자고 했다. 손원일은 고맙고 만나서 기뻤다는 말로 인사를 하고서 악수를 나누었다. 로버트 두인은 악수를 교환한 뒤 로빈슨에게 손원일을 잘 모셔다드리라고 했다. 로빈슨은 그러겠다고 대답하면서 경례를 붙였다.

손원일은 교장실 밖으로 나서기 무섭게 로빈슨을 향해 또 다른 배를 살 수 있는 곳을 알아봐달라고 했다. 로빈슨은 손원일의 주머니 사정을 고려한 듯 시간이 조금 걸리더라도 값싼 것을 찾아봐주겠다고 했다.

손원일은 그날로 박옥규에게 인수요원들을 이끌고 오라는 연락을 넣었다. 그러고는 닷새 후 로빈슨과 함께 엔슨 화이트헤드 호를 호보콘 하버보트 조선소로 옮기는 과정을 지켜보았다.

도선사는 조류를 살펴가면서 엔슨 화이트헤드 호를 이끌었다. 맨해튼과 루즈벨트 아일랜드(Roosevelt Island) 사이를 가르는 이스트 강의 협수로(峽水路)를 빠져나갈 때 잠깐 급류에 휩쓸려 가슴을 쓸었지만, 다행히 별 탈 없이 무사히 목적지에 도착했다.

그날 밤 손원일은 남모를 비밀을 간직한 것처럼 조선소 부두에 혼자 남았다. 오랫동안 첫날밤 새색시를 맞이하듯 엔슨 화이트헤드 호를 쳐다보다가 가슴을 후비어 파고는 한을 퍼질러 놓듯이 목청껏 소리 내어 울었다. 울고 싶은 만큼 울고 나니 가슴에 엉켰던 것이 조금이나마 풀어진 듯 마음이 홀가분했다.

날이 밝자 손원일은 청소도구를 장만하여 인수요원들이 도착하면 사용할 수 있도록 엔슨 화이트헤드 호의 침실을 청소하기 시작했다. 먼저 함교갑판 여기저기에 갈겨놓은 옥수수 알갱이만한 갈매기의 하얀 똥을 치우고 아래로 내려오면서 불그름하게 흘러내린 녹물을 긁어냈다. 그러고는 안으로 들어가 함내 통풍장치를 가동시켜 모든 격실에 신선한 공기를 순환시켰다. 곳곳에 널려 있는 쥐똥도 치우고, 먼지도 털어내고, 바닥도 쓸며 닦아내느라 온몸에 비 오듯 땀을 흘려도 피곤함을 느끼지 못했다.

그로부터 사흘 뒤 박옥규가 인수요원 13명을 이끌고 동경, 앵커리지, 미니어폴리스를 경유하여 뉴욕에 도착했다.

사방이 어두워질 무렵 입국수속을 마친 박옥규 일행은 마중 나온 손원일과 로빈슨이 준비해둔 미니버스를 타고 라과디아 공항을 빠져나왔다. 미니버스가 어둠이 깃든 뉴욕 시가지로 들어서자 그사이 거리는 네온사인이 휘황하게 번쩍거렸다. 고개를 쭉 뺀 채 넋 나간 눈을 어디로 둘지 모르는 일행들의 모습은 마치 지붕 위로 쫓겨 올라간 촌닭처럼 어리벙벙한 것이 웃음이 날 정도였다. 난생처음 대하는 신비로운 불빛에 매료되어 황홀하기 그지없는 기분도 잠시였다.

호보콘 하버보트 조선소에 도착하여 엔슨 화이트헤드 호에 오르자 손원일은 먼 길을 오느라 고생했다는 의례적인 인사치레는 바닷물에 던져버렸다는 듯이 안이한 마음가짐을 갖지 말라는 지극히 사무적인 말투로 입을 열었다.

"제군들은 고국을 떠나올 때 여행 온 것이 아니므로 호텔에서 쉴 생각은 버려라. 지금부터 이 배가 제군들의 호텔이며 집이다. 이 군함이 비록 낡고 초라하지만 우리 조국의 첫 번째 전투함이 될 군함이다. 우리가 이 배를 고쳐서 여기를 떠나는 그날까지 이 배에서 먹고 자면서 지낸다. 미국인 잡부를 고용해서 도색작업이라든지 청소 등을 맡겼으면 하는 생각을 가졌을지 모르지만 여기 인건비는 우리가 감히 상상을 못할 만큼 높아서 엄두를 낼 수 없다. 따라서 부속품을 구매하는 것부터 쌀 한 톨까지 구매요구서를 작성하여 허락을 받아야 한다. 그리고 제군들이 고국에서 출발할 때 지급받은 250달러는 우리나라 국민의 1인당 국민소득보다 두 배 반이나 되는 큰돈이다. 하지만 여기서는 단 열흘의 호텔비용밖에 안 되는 돈이다. 여기는 그만큼 물가가 비싼 곳이다."

손원일은 나라와 해군건설을 위하여 마음을 굳게 먹고 손발이 부르트는 것을 두려워하지 말라고 하고는 엔슨 화이트헤드 호의 수리비를 충당하기 위해 출국할 때 받은 여비를 모두 거두겠다고 했다. 인수요원들은 하나같이 결의가 솟구치는 표정으로 저마다 지닌 여비를 거두어 내놓았다.

"내가 제군들이 쉴 침실을 미리 청소해두었다. 깨끗이 한다고는 했지만 오랫동안 방치해두어 구석구석에 쥐들이 들끓은 탓에, 문을 열고 들어가면 썰렁한 냉기가 돌고 악취와 곰팡이 냄새가 코끝을 간질이겠지만 며칠 지나면 온기도 돌고 괜찮아질 것이다. 방 하나에 3단 침대가 있으니 세 사람씩 들어간다. 지금부터 각자 방을 정하여 쉬고 내일부터 정비를 시작한다. 이상."

손원일의 이야기가 끝났을 때 어느덧 밤은 어지간히 깊었고, 허드슨 강 건너 마천루가 즐비한 맨해튼 야경의 불빛이 검은 강물 위로 번져 흘렀다. 인수요원들은 박옥규의 지시로 해산하여 제각각 조를 짜서 침실로 들어가 짐을 풀었다.

다음 날 아침, 손원일은 함미갑판에 인수요원들을 모아놓고 이성호와 김동배를 앞으로 불러냈다.

"이 소령과 김 소령은 조금 이따가 로빈슨 대위가 도착하는 대로 해양대학교로 가서 포술운용법을 배우고 와. 거기서 학생들 기숙사를 사용할 수 있도록 해준 만큼, 학교나 학생들에게 폐를 끼치는 일이 없도록 각별하게 신경을 쓰도록."

이성호와 김동배는 한꺼번에 군세고 야무진 목소리로 알았다고 대답했다. 손원일은 이성호와 김동배에게 비록 가난한 한국 해군이지만 신사다운 면모를 갖추어서 행동해달라는 당부의 말을 덧붙이고는 인수요원들을 향해 조금 고조된 목소리로 입을 뗐다.

"두 달 안으로 수리를 마치고 출발해야 한다. 거친 태평양을 건너가기 위해서는 무엇보다 기관의 완벽한 정비가 필수다. 따라서 엔진과 기관실의 각 보조장비들을 비롯한 항해장비가 제 성능을 발휘할 수 있도록 각별한 신경을 써야 할 것이다. 그 외 청락작업과 페인트작업은 눈 떠 있을 때마다 수시로 한다."

인수요원들은 뭐가 되었든 힘껏 하겠다는 비장한 각오가 넘쳐흐르는 표정을 지으며 큰 소리로 알았다고 대답했다.

그날부터 인수요원들은 배 안에서 먹고 자면서 정비작업에 몰두했다. 기관실의 장비를 정비하는 요원은 새까만 기름옷이 되어버린 작업복을 입은 채 밤낮으로 기관실에서 살았고, 나머지 요원은 낮 시간에는 해풍에 녹슨 철판을 까내고 도색작업을 하다가 해가 지면 내부로 들어가 격실 구석구석마다 청소와 도색작업을 해가면서 하루에 겨우 두어 시간만 눈을 붙였다.

손원일은 엔진과 여러 장비들의 필요한 부속품 목록이 올라오면 직접 선박 중고부품 가게로 찾아가 흥정을 하여 싼 가격에 구입해서 날랐다.

인수요원들은 몇 날 며칠이 지나가도록 면도도 못했을 뿐더러 제대로 씻지도 못하여 얼마 사이에 몰골이 차마 눈 뜨고 볼 수 없을 정도로 형편없이 변했다. 그럼에도 전투함을 갖는다는 부푼 꿈 하나로 힘든 줄 모르고 정비작업에 매달렸다.

손원일이 인수요원들을 지휘하며 엔슨 화이트헤드 호의 정비작업에 한창 몰두하고 있을 때, 최용남은 지남호를 이끌고 하와이에 도착하여 함포 구매에 대한 정보를 알아내어 손원일에게 보고했고, 얼마 뒤 괌에 들러서 포탄 구매에 대한 정보까지 알려왔다.

괌에서 떠난 최용남은 중심기압이 940hpa이나 되는 초대형 태풍 알렌(Alen)을 만나 사투를 벌인 끝에 겨우 부산에 입항했다. 하지만 지남호를 인계받으려는 윤보선 상공부장관은 이승만에게 허락을 받은 일이라며 석 달 동안 지남호에 대한 전반적인 교육을 요구했다. 그 같은 보고를 받은 손원일은 뉴욕총영사 남궁염을 찾아가 사정 이야기를 들려주고 지남호 인수요원들을 해군으로 복귀시켜 줄 것을 요구했다. 남궁염은 장면 대사에게 그 같은 사실을 알려 이승만에게 보고할 테니 전투함 수리를 잘 하라고 했다.

어느덧 뉴욕에도 늦은 가을이 지나고 한랭한 겨울바람이 쉼 없이 불기 시작하면서 엔슨 화이트헤드 호의 정비작업도 끝이 보이기 시작했다.

며칠 뒤 엔슨 화이트헤드 호의 정비가 다 되고 벌겋게 녹이 쓴 채 우중충히 보기가 흉했던 하얀색 선체는 말쑥한 회색으로 새롭게 단장되었다.

　그날 오후 신문을 들고 나타난 로빈슨은 손원일을 향해 다짜고짜 "한국 사람들은 시계를 볼 줄 모르는 것입니까? 아니면 시간 개념이 없는 것입니까?"라고 했다. 손원일은 눈을 둥그렇게 뜨고 쳐다보며 무슨 소리냐고 되물었다. 로빈슨은 들고 있는 신문을 내밀며 "기사를 좀 보십시오."라고 했다. 손원일은 냉큼 신문을 받아 펼쳐 '한국 낡은 군함을 사다.'라는 기사에 눈길을 던져 읽어갔다.

　"쉴 줄 모르는 사람들, 밤낮으로 일만 하는 한국인이라고 하지 않습니까?"

　로빈슨은 기사 내용을 소략해서 말했다.

　"이렇게 하지 않았다면 우리가 어떻게 두 달 만에 수리를 마칠 수 있었겠소?"

　손원일은 신문을 접으며 마치 추수를 끝내고 마당에 쌓인 노적가리를 보는 것처럼 뿌듯한 마음으로 대꾸했다.

　"한 나라의 해군 책임자인 총참모장님께서 작업복을 입고 손수 기계를 정비하고 페인트칠에다가 걸레질까지…… 이거야말로 기삿감인데, 뉴욕타임즈 기자들은 그런 사실을 모르는 것 같습니다."

　로빈슨은 실없이 약간의 불만이 있는 흉내를 내느라 입술을 배죽거렸다. 손원일은 "모르니 다행이지요."라며 조용히 웃음을 짓다 말고는 "그건 어떻게 되었소?"라고 물었다.

　"그렇지 않아도 그 일 때문에 왔습니다. 샌프란시스코에서 연락

왔는데…… 준비가 되어 있으니 아무 때고 오랍니다."

로빈슨은 손원일의 마음을 북돋울 생각으로 야무진 목소리로 말했다. 손원일은 반기면서 엔슨 화이트헤드 호와 동급인 배인지 물었다.

"PC급 군함은 태평양전쟁 때 샌드위치 만들 듯이 마구 만들어냈다가 전쟁이 끝나자 폐 처리한 군함인데, 샌프란시스코에 가면 모아둔 곳이 있습니다. 한 척을 사보아서 이제 요령도 생겼고 하니, 좋은 조건으로 거래를 할 수 있지 않을까 싶습니다."

로빈슨은 샌프란시스코로 가서 직접 고르면 싼 가격으로 살 수 있을 것이라고 했다.

"그것 잘 되었소. 서부에서 산다면 파나마운하 사용료와 기름값을 절약할 수 있으니 그게 어디요?"

로빈슨은 그렇다며 고개를 끄떡이고는 명명식 일정이 변하지 않았느냐고 물었다. 손원일은 예정대로 이틀 뒤에 가진다고 대답하고는 이따가 인수요원 모두 다 모여 함종명과 함명을 결정할 것이라고 했다. 로빈슨은 어설프게 웃으며 기분이 어떤지 물었다.

"글쎄요…… 오늘 밤에는 잠을 못 잘 것 같소."

"그것 참 묘합니다. 크리스마스에 명명식을 하다니, 이 배가 아무래도 큰일을 해낼 모양입니다."

"정말 그렇게 생각하시오?"

손원일은 은근한 기대가 없지 않다는 듯 빙그레 미소를 지으며 말하고는 표정을 고쳐 화제를 바꾸었다.

"이성호 소령과 김동배 소령이 포술교육을 참 잘 받고 온 것 같소. 명명식 때 한국 대사께서도 참석하시는데, 로빈슨 대위의 노고가 참으로 컸다고 대통령께 보고를 올려달라고 요청하겠소."

"별말씀을요……."

로빈슨은 새퉁스러운 소리가 당황스럽다는 듯 난감한 얼굴이 되었다. 그때 이성호가 다가와 손원일을 향해 경례를 하고는 "모두 사병식당에 집합했습니다."라고 했다.

"그럼, 일을 보십시오. 저는 그날 시간 맞추어 오겠습니다."

로빈슨은 손원일을 향해 경례를 붙이고서 돌아섰다.

"참, 나를 대신해서 교장선생님을 초청해주겠소?"

손원일은 로빈슨을 불러 세우고서 명명식 때 로버트 두인을 불러달라고 했다. 로빈슨은 돌아서서 그러겠다고 대답하고는 다시 발걸음을 떼어 현문을 나서 부두로 올라섰다.

손원일은 이성호를 앞세워 엔슨 화이트헤드 호 안으로 들어서서 비좁은 통로를 따라 사병식당으로 향했다.

"차렷, 경례!"

박옥규는 손원일을 향해 대표경례를 하고서 집합완료 보고를 했다. 손원일은 답경례를 하고는 자리에 앉으라고 했다. 박옥규는 "쉬어."라는 구령과 함께 모두 앉으라고 했다. 모두 섰던 자리에서 의자를 비걱하며 앉았다.

손원일은 자리에 앉아 모자를 벗어 내려놓으며 입을 뗐다.

"알다시피 사흘 후 여기를 떠나면 마이애미에서 기름과 물을 공급받고, 카리브해를 항해한 끝에 파나마운하를 거쳐서 태평양으로 빠져나가 캘리포니아에 들러 다시 기름과 물을 공급받은 후, 하와이로 가서 함포를 장착하고 다시 괌으로 가서 포탄을 산 후 진해로 향하는 긴 항해가 기다리고 있다. 노련한 항해술을 가진 박 중령이 있기 때문에 걱정은 안 되지만, 만에 하나 도중에 엔진이 잘못되기라도 한다면 보통 일이 아니다. 그렇기 때문에 엔진 점검은 하고 또하고 또 해도 모자람이 없을 것이니 출항 전날까지 긴장을 풀지 말기 바란다."

"그 문제라면 너무 걱정하지 않으셔도 됩니다. 주 엔진 두 대와 발전기는 확실하게 정비가 되었고, 충분하지는 않습니다만 중요한 예비부속품도 조금 갖추었습니다."

송석호는 될 수 있는 대로 손원일의 마음을 편하게 해주고 싶어 자신감 있는 어조로 말했다.

"제군들을 못 믿어서가 아니라, 대양에서 안전한 항해를 보장받으려면 사소한 장비 하나라도 작동이 멈추어서는 안 돼. 주 엔진과 발전기도 중요하지만 수많은 펌프들도 항상 최상의 상태로 유지되어야 한다는 거 잊지 마."

손원일은 송석호에게 자만심을 경계하여 일을 그르치는 일이 없도록 당부했다. 송석호는 알았다고 대답하면서도 걱정하지 말라며 똑같은 말을 되풀이했다.

"레이더가 없으니…… 자이로컴퍼스(Gyrocompass)가 잘못되면 그야말로 장님 신세를 면치 못하게 된다는 것쯤은 알고 있겠지?"

손원일은 송석호에게 항해장비도 만반의 준비가 다 되었는지 물었다.

"바로 그 때문에 제가 총참모장님께 중고가 아닌 새 부속품을 사달라고 졸랐던 것입니다. 없는 돈에 그 비싼 것들을 사서 교체했으니 그 값어치를 충분히 할 것입니다. 그리고 조타실의 리피트(Repeat)는 상태가 좋아 아무 문제없습니다."

송석호는 꼬박꼬박 말대꾸를 하는 아이처럼 또박또박 대답했다. 손원일은 예비부품이 더 필요한지 물었다.

"지북(指北)과 제진(制振)작용으로 자이로의 축을 남북방향으로 일정하게 유지시켜 주는 고속 회전로터까지 준비되었으니 걱정 없습니다."

박옥규가 나서서 손원일의 뒷걱정을 씻어주었다. 손원일은 믿음이 간다는 듯이 안심하는 표정으로 고개를 끄떡였다.

"대양 항해를 위해서는 함저에 들러붙은 부착물을 제거해야 되는데…… 비용 때문에 도크에 올리지 못했으니 항해할 때 풍랑을 만나면 예상치 못한 배의 저항으로 다소 어려움을 겪을 수는 있겠지만, 그것 외에는 아무 문제가 없을 것이니 총참모장님께서는 염려하지 마십시오."

박옥규는 손원일의 위구심을 다시 한 번 눅잦혀두었다.

"그렇다면 군걱정은 접어두겠습니다."

손원일은 한 손으로 맨송맨송한 아래턱을 만지며 말하고는, 허리를 거우듬하게 뒤로 젖혔다가 자세를 가다듬고서 입을 뗐다.

"명명식이 모레인데, 좋은 이름이 나왔나?"

인수요원들은 모두 서로의 얼굴을 쳐다보며 고개를 갸웃거렸다. 손원일은 로버트 두인에게 화이트헤드 소위의 업적을 들었을 때 마음속으로 '백두산'이라고 뇌까렸던 기억을 되살려 백두산함이라고 하고 싶다면서 어떠냐고 물었다.

"백두산함……?"

"백두산함!"

인수요원들은 눈을 빛내며 이구동성으로 중얼거렸다.

"Whitehead를 허옇게 센 머리라고 말할 수도 있겠지만, 백두(白頭)라고 해도 좋을 것 같지 않아?"

손원일은 백두산함으로 결정하자고 했다.

"어쩐지 신령한 백두산의 정기를 받은 것처럼 느낌이 좋습니다. 그렇게 하시죠."

박옥규는 백두산함이 좋겠다고 말하고는 함종번호를 701로 하자고 했다. 손원일은 아들의 이름 짓느라고 고심하는 아비처럼 '칠공일, 칠공일……'이라고 중얼거리다가 곧 숫자가 마음에 쏙 든다면서 PC701 백두산함으로 명명하자고 했다. 인수요원들은 하나같이 좋다며 찬동의 뜻을 표시했다.

"PC701 백두산함으로 결정했으니 함수와 함미에 함종번호와 함명을 새기도록 준비하지."

손원일은 마치 새신랑이 된 것처럼 벙그레 웃음이 감도는 얼굴로 말했다.

"그렇지 않아도 함수와 함미에 줄사다리를 내려놓았고 페인트까지 준비해두었습니다."

공정식은 이 순간을 기다렸다는 듯 당장 함종명과 함명을 새길 수 있다고 했다. 손원일은 흡족한 미소를 띠며 바로 해산하여 시작하라고 했다. 박옥규는 자리에서 일어나 "총원 차려!"라고 구령을 내렸다. 인수요원들은 앉은 자리에서 턱을 아래로 당기고 가슴을 활짝 폈다. 박옥규는 손원일을 향해 대표경례를 하고서 "총원 해산!"이라고 소리쳤다. 인수요원들은 자리를 털고 일어나 줄지어 밖으로 나섰다.

인수요원들이 모두 밖으로 사라지자 박옥규는 손원일에게 "총참모장님."이라고 입을 뗐다. 손원일은 박옥규의 얼굴을 곧바로 쳐다보며 "형님, 하실 말씀이라도 있습니까?"라고 물었다. 박옥규는 형님이라는 말에 갑자기 말문이 막혔는지 멀거니 손원일을 바라보다가 미안스러운 듯 어색한 표정을 지으며 "총참모장님, 이젠 그 형님이라는 말씀 그만하십시오."라고 부탁했다.

"단둘이 있는데 뭐 어떻습니까? 그럼 선배님이라고 할까요?"

손원일은 박옥규의 어색함을 까뭉개듯 인정스레 웃으며 너스레를 떨었다.

"박 중령이라고 불러야 제 마음이 편하겠습니다."

박옥규는 그렇게 해달라고 부탁하듯 말했다.

"하지만…… 어쨌든 알겠습니다. 그런데 하실 말씀이 있는 것 같은데 뭡니까?"

"다른 게 아니라, 아직 정리되지 못한 아(我)해군의 항해용어를 이번에 정리했으면 좋겠습니다."

"좋은 방법이라도 있습니까?"

"이 소령과 김 소령이 포술교육과 항해교육을 받았을 때, 모두 미국 해군 용어가 아닙니까?"

박옥규는 이성호와 김동배가 교육받은 대로 해군의 항해용어를 미국식으로 따르는 것이 어떻겠느냐고 물었다. 손원일은 일본식 항해용어의 잔재를 없애버릴 수 있다면 나쁠 것이 없다고 했다.

"알겠습니다. 아해군의 항해용어는 미국 해군용어를 교재로 삼아 사용하도록 하겠습니다."

박옥규는 백두산함을 이끌고 한국으로 가는 도중에 해군의 항해용어 정리를 마치겠다고 했다.

"미처 생각하지 못했는데, 거기까지 신경 써주셔서 감사합니다."

손원일을 노골적으로 고마운 마음을 드러내는 반가운 어조로 대답하고는 백두산함 명명식 때 박옥규의 함장 임명식도 가질 것이라고 했다.

"제게 우리나라 최초의 전투함 함장이라는 영광을 주셔서 정말 감사합니다."

박옥규는 손원일의 호의에 보답하겠다고 했다.

"저도 형님처럼 유능한 항해사를 백두산함 함장으로 모실 수 있어서 기쁩니다."

"다 좋은데…… 제발 형님이란 소리만, 부탁입니다."

"그게, 그냥은 잘 안 되고 아무래도 술자리를 마련해야 될 것 같습니다. 하하……."

"좋습니다, 한국으로 돌아가면 한 중령과 셋이서 지난 이야기하면서 뎁 챠지를 한 번 더 하시죠."

박옥규는 한갑수와 함께 다시 술자리를 만들겠다고 했다. 손원일은 무슨 신나는 일이라도 생긴 듯이 서슴없이 그러자고 대꾸했다. 박옥규는 "좋습니다."라고 맞장구를 쳐대고는 이내 격조 있는 어투로 "명명식을 치른 다음 곧바로 출항합니까?"라고 물었다.

"그렇습니다, 12월 31일 마이애미에서 유류수급 일정이 잡혔으니 그날 출항해야 합니다."

손원일은 출항 전에 백두산함 항해일정표를 주겠다고 했다. 박옥규는 알았다고 대답하고서 지남호는 어떻게 되었는지 물었다. 손원일은 윤보선의 요구로 지남호 인수요원이 해운국 직원들에게 지남호의 운항교육을 시켜주기 위해 해군으로 복귀하지 못하고 있다고 했다.

"최 중령에게는 총참모장님의 뜻을 전했습니까?"

박옥규는 최용남이 백두산함 함장직을 수락했는지 물었다. 손원일은 그렇다고 대꾸하고는 천천히 말을 이어나갔다.

"최 중령은 형님께서 적임자라며 주저했는데, 제가 형님은 따로 할 일이 있다고 하여 그렇게 하기로 했습니다."

"그렇다면 지금쯤 해군으로 복귀해 있어야 하지 않습니까?"

"아, 그건……. 제가 그전에 뉴욕총영사에게 찾아가 지남호 인수 요원들을 복귀시켜 줄 것을 요구했는데, 윤보선 장관이 반발하는 바람에 최 중령 혼자만 복귀하여 지금쯤 김영철 대령과 앞으로 백두산함을 이끌어나갈 새 승조원들을 뽑는 중일 것입니다."

손원일은 그간에 일어났던 일들을 들려주며 한갑수가 복귀하지 않아 마음에 걸린다고 하고는, 차근한 말투로 "제가 형님께서 따로 할 일이 있다고 했죠?"라며 박옥규를 말끄러미 쳐다보았다. 박옥규는 갑자기 못마땅한 표정이 되어 "또 형님입니까?"라고 물었다. 손원일은 농담조로 "아직 뎁 챠지를 안 했습니다."라고는 픽 실없이 웃음을 흘리다가 곧 준엄한 표정으로 되돌아가 말을 이어나갔다.

"사실 저는 백두산함을 보내고 난 뒤 샌프란시스코로 가서 똑같은 배를 3척 더 살 생각입니다."

"네? 3척을요?"

박옥규는 그만한 돈이 준비되었냐는 듯이 눈알을 치굴리며 쳐다보았다. 손원일은 샌프란시스코에는 폐선 처리한 PC급 군함을 많이 모아둔 곳이 있다며, 그곳에서는 싼 가격에 매입할 수 있을 것이므로 아껴서 남겨둔 돈으로 잘만 하면 그리 될 것 같다고 했다.

설명을 듣고 난 박옥규는 여느 때 같지 않게 착 가라앉은 낯빛으로 손원일을 바라보며 입을 뗐다.

"그래서 인수요원들 여비를 거두고 이 배에서 먹고 자게 하면서 단 한 번도 외출을 허락하지 않으시고, 총참모장님께서 직접 부속품을 사러 선박 중고부품 가게로 찾아다니시면서 그런 억척을 부리신 건가요?"

"미안합니다."

손원일은 인수요원들에게 못할 짓을 한 것 같아서 마음이 아프다고 했다.

"아닙니다. 우리 요원들 중에 그 누구도 그렇게 생각할 자는 없습니다. 단지 총참모장님의 그런 뜻을 헤아리지 못한 것이 부끄럽습니다."

"그런 말씀은 그만하시고…… 그러니까 선배님께서는 진해까지 백두산함을 잘 이끌고 가서 최용남 중령에게 인계를 하시고, 다시 인수요원을 이끌고 오실 준비를 해야 합니다. 그런데 저는 이번 새로운 인수요원에 한갑수 중령처럼 엔진을 잘 아는 유능한 기관사가 필요한데, 복귀를 하지 못하고 있으니 안타깝다는 것입니다. 윤보선 장관은 3개월이면 된다고 했지만 두고 보십시오, 1년을 넘기고 말 것입니다."

"총참모장님 뜻을 잘 알았습니다. 이번에는 인수요원을 몇 명이나 준비를 해야 하는 것입니까?"

"만약 3척이 안 되면 그땐 줄이더라도, 넉넉하게 60명은 준비를 해두어야 할 것 같습니다. 참…… 그리고 송석호 소령은 최 중령에게 인계하는 대로 백두산함 부장으로 명할 것입니다."

"송 소령도 알고 있습니까?"

"이미 알려줬으니 그렇게 아십시오."

"일이 그렇게 돌아가는군요. 잘 알겠습니다."

두 사람의 긴 이야기가 끝막음에 접어들 무렵 공정식이 들어서며 함종번호와 함명을 다 적었다고 보고했다. 손원일은 전에 없이 밝은 표정으로 "그래?" 하고는 박옥규에게 함께 나가서 보자며 일어났다.

두 사람은 공정식을 앞세워 후갑판으로 나서서 곧 현문을 통해 부두로 올라섰다. 부두에는 인수요원이 다 모여 손원일을 기다리는 중이었다.

손원일은 인수요원들에게 둘러싸여 함수 쪽으로 향했다. 함수 아래의 홀수선 윗부분에 적힌 '701'이라는 큼직한 흰 글씨를 보는 순간 그만 콧등이 찡했다. 인수요원들은 적군과 격투한 끝에 마침내 고지를 점령한 병사처럼 박수를 쳐대며 환호성을 질러댔다.

"함미에도 보아주십시오."

공정식은 마치 자랑하고 싶어 견딜 수 없다는 듯이 말했다. 손원일은 인수요원들과 함께 함미 쪽으로 걸음을 옮겼다. 태극기가 걸린 함미 국기봉 아래의 흘수선 위에 'ENSIGN WHITEHEAD'라고 쓰여 있던 자리에 '백두산'이라는 흰 글씨가 선명하게 띄었다. 손원일은 입을 굳게 다문 채 눈을 지그시 감았다 뜨고는 잔잔한 목소리로 인수요원들을 향해 수고했다고 했다.

"함종번호와 함명까지 다 새겨 넣고 나니 이제 정말 우리 군함이 된 것 같습니다."

공정식은 고생 끝에 누리는 기쁨이 솟아오른다는 듯 감격스럽게 말했다. 손원일은 같은 생각이라며 고개를 끄떡이고는 인수요원들을 향해 전할 사항이 있으니 주목하라고 말한 뒤 극적인 어투로 입을 뗐다.

"제군들 모두 고생 많았다. 그동안 본의 아니게 제군들을 감옥 아닌 감옥살이를 시켜가면서 휴일도 없이 고되게 몰아붙여서 미안한 마음 금할 길이 없다. 그럼에도 우리의 이 고생을, 과거 왜놈들에게 저항했던 수많은 독립투사들의 조국에 대한 헌신을 생각하면 아무것도 아니라는 생각으로 참아준 여러분이 자랑스럽다. 내일은 크리스마스이브이기도 하고 토요일이니 맨해튼에 나가서 이것저것 구경하고 그토록 보고 싶어 했던 브로드웨이도 구경하도록 외출을 허락하겠다."

인수요원들은 외출 허락이라는 말에도 환호성을 터트리기는커녕, 지난 두 달 동안 잠을 설쳐가며 견뎌왔던 힘들었던 일들에다가 감격과 흥분까지 일시에 몰려들어 온통 눈시울이 붉어졌다. 손원일은 덩달아 눈시울에 그렁거리는 눈물을 감추려는 듯이 힘찬 목소리로 입을 뗐다.

"외출 나가면서 항해에 필요한 물품 목록을 가지고 나갔다가, 돌아오는 길에 각자 나누어 구입해 오도록. 장거리 항해를 해야 하는 만큼 굶지 않으려면 알아서 해."

인수요원들은 그제야 모두 환호성을 지르고서 들뜬 목소리로 "알겠습니다!"라고 소리쳤다.

14.

크리스마스이자 일요일 아침이 밝았다. 간밤에 만함식 준비를 마친 백두산함은 함수 국기봉에서 알파벳(Alphabet) 순서대로 걸린 기류가 마스트를 거쳐 다시 함미 국기봉으로 이어져 바람에 나풀거렸다.

백두산함 승조원들은 아껴두었던 깨끗한 정복을 차려입고는 소문을 듣고 몰려온 뉴욕 인근의 교민 열댓 명과 로빈슨과 함께 찾아온 미국 해군 서너 명을 가족처럼 따뜻하게 맞이했다.

"먼 곳을 찾아와주셔서 감사합니다."

손원일을 로버트 두인을 반갑게 맞이하며 정중한 인사를 했다.

"이렇게 하고 보니 너무 헐값에 팔았다는 생각이 듭니다."

로버트 두인은 백두산함을 둘러보며 믿기지 않는다는 듯이 고개를 가로저으면서도 얼굴에는 웃음이 만연했다. 손원일은 좋은 가격으로 주고 거기다가 이성호와 김동배까지 무상으로 잘 교육시켜 주어서 고맙다고 했다. 로버트 두인은 그렇지가 않다고 손을 흔들어대며 자신은 손원일에게서 많은 것을 배웠다고 했다.

그때 박옥규가 다가와 "총참모장님, 대사께서 도착하셨습니다." 라고 했다. 손원일은 좌현 쪽으로 발걸음을 옮겨 부두를 쳐다보았다. 자동차에서 내려 모윤숙과 함께 백두산함을 이리저리 휘둘러보는 장면이 보였다. 손원일은 로버트 두인에게 실례한다고 말하고는 부두로 나갔다.

장면은 자신의 앞으로 다가와 경례를 올려붙이는 손원일을 향해 반가운 목소리로 "정말 큰일을 해냈습니다."라며 손을 내밀었다. 손원일은 악수를 나누고서 "각하께서 결단하신 일입니다."라며 이승만에게 공을 돌렸다.

"손 제독께서 전투함을 가지고 싶어서 각하를 귀찮게 했다는 소리를 이미 들어서 알고 있습니다."

장면은 천연스럽게 농이 섞인 어조로 손원일과 해군이 고생한 것을 안다고 말하고는 옆에 선 모윤숙을 가리키며 인사를 시켰다.

"우리…… 경무대에서 한번 만난 일이 있지요?"

모윤숙은 손원일에게 아는 체하며 인사를 건넸다.

"아……! 각하 집무실에서 뵈었던……."

손원일은 이승만이 소개해주었던 모윤숙을 알아보았다. 모윤숙은 "맞아요."라며 가죽 장갑을 벗어 손을 내밀었다. 손원일은 악수를 나누고서 어쩐 일로 여기까지 오게 되었는지 물었다. 장면이 나서서 "각하께서 보내셨습니다."라고 대답했다. 손원일은 두 사람을 번갈아 쳐다보며 "각하께서요……?"라고 물었다.

"각하께서 뉴욕에 있는 존 스태거스 변호사에게 전달할 문서를 모 시인님 편으로 보내셨는데, 함께 참석하게 되었습니다."

장면은 마치 이실직고하듯 말하면서도 빙긋거리며 웃는 모습이 말속에 뭔가를 감추고 있는 것 같아 보였다. 손원일은 대한민국 정부가 유엔의 승인을 받기 위해 파리로 파견될 것이라던 이승만의 말이 떠오르면서 모윤숙이 뭔가 중요한 외교를 담당하고 있다는 느낌이 들었지만 물어볼 수 없었다.

모윤숙은 손원일에게 정부수립식 때 해군장병들의 분열식을 감명 깊게 보았다고 말하고는 목소리를 가다듬어 "이따가 드릴 말씀이 있어요."라고 했다. 손원일은 고개를 갸우뚱히 하고 모윤숙을 쳐다보았다. 그때 이건주가 다가와 "총참모장님, 모두 기다리고 계십니다."라고 했다. 손원일은 알았다고 말한 뒤 장면과 모윤숙을 백두산함 현문으로 안내했다.

백두산함 후갑판에는 인수요원들이 3열 횡대로 정렬을 끝마쳤고 그 옆으로 한곳에 가만 서 있는 뉴욕 교민이 보였다. 로빈슨은 미국 해군 일행과 함께 인수요원 뒷줄에 우두커니 선 채 식순을 기다렸다. 그들 앞에 놓인 탁자에는 화분 하나와 종이 꾸러미가 놓여 있었다.

"귀빈을 모셔놓고 앉을 의자조차 마련하지 못했습니다."

손원일은 장면과 모윤숙을 향해 미안하다고 말했다.

"돈을 아끼기 위해 어떻게 지냈는지 잘 알고 있습니다."

장면은 도와주지 못해 오히려 미안하다고 했다. 손원일은 듣기가

면구스럽다고 말하고는 옆에 선 로버트 두인을 향해 고개를 숙여 보였다. 로버트 두인은 한 손을 살짝 들어 보이며 웃기만 했다. 그때 이건주가 앞으로 나서서 가만히 목청을 가다듬은 뒤 입을 열었다.

"지금부터 대한민국 최초의 전투함 백두산함에 대한 명명식을 갖도록 하겠습니다. 먼저 국기게양식이 있겠습니다. 모두 마스트를 향해 서주시고 국기가 게양될 때 경례를 해주시기 바랍니다."

참석자들은 몸을 곧추어 백두산함 마스트를 올려다보았다. 이윽고 백두산함 마스트로 태극기가 올라가기 시작하고 참석자들은 일제히 태극기를 향해 경례를 올려붙였다. 뒤이어 교민들 사이에서 애국가가 흘러나왔고, 누구라고 할 것 없이 따라 불러대기 시작했다. 애국가를 부르는 목소리는 점점 떨리더니 급기야 흐느낌으로 변했다. 걷잡을 수 없을 만큼 격렬해진 흐느낌은 백두산함 갑판 위로 너울너울 춤을 추며 나비처럼 돌아다녔다.

태극기는 마스트에서 나부끼고 애국가는 멈추었지만, 참석자들은 저마다 눈시울이 붉거나 목구멍으로 넘어오는 울음을 참느라 입을 옥다물었다.

"다음은 대한민국 해군 전투함 PC701 백두산함의 명명식과 함장 임명식이 있겠습니다."

이건주는 감정을 최대한으로 억누르고 맑은 목소리로 말했다. 손원일은 장면을 향해 목례를 하고서 탁자 앞으로 나가 섰다.

"총원, 차렷! 총참모장님께 경례!"

이건주는 인수요원들을 향해 구령을 쳤다. 인수요원들은 일제히 차려 자세로 손원일을 향해 경례를 했다. 이건주는 뒤로 돌아 손원일을 향해 대표경례를 했다. 손원일은 결의에 찬 표정으로 답경례를 했다. 이건주는 손을 내리고서 다시 뒤로 돌아 인수요원들을 향해 "바로, 열중쉬어!"라고 구령을 내렸다. 인수요원들은 같은 동작으로 손을 내리고 열중쉬어 자세를 잡았다. 이건주는 다시 뒤로 돌아서서 손원일을 마주보며 열중쉬어 자세를 잡았다. 손원일은 위엄이 있는 어조로 "중령 박옥규 앞으로."라고 했다. 박옥규는 한 걸음 앞으로 나아가 부동자세를 취했다. 손원일은 박옥규를 똑바로 쳐다보며 "대한민국 해군 중령 박옥규를 대한민국 해군 전투함 PC701 백두산함 함장에 명한다."라고 했다.

"중령 박옥규, 대한민국 해군 전투함 PC701 백두산함 함장에 명받았습니다."

박옥규는 점잖고 우렁찬 목소리로 말하고는 손원일을 향해 경례를 올려붙였다. 손원일은 답경례를 하고서 박옥규를 향해 한 걸음 앞으로 나아가 손을 내밀며 나직한 목소리로 "백두산함을 잘 부탁합니다."라고 했다.

"이 한 몸 대한민국의 안녕과 아해군의 발전을 위해 기꺼이 바치겠습니다."

박옥규는 당차고 다부진 목소리로 말했다. 손원일은 머리를 앞으로 숙여 귓속말로 "형님, 고맙습니다." 하고는 곧 아무 일 없었다는 듯 한 걸음 뒤로 물러나 "소령 이건주 앞으로."라고 했다. 이건주는 몸자세를 바르게 가다듬고서 앞으로 나갔다.

"대한민국 해군 소령 이건주를 대한민국 해군 전투함 PC701 백두산함 부함장에 명한다."

"소령 이건주, 대한민국 해군 전투함 PC701 백두산함 부함장에 명받았습니다."

이건주는 우렁찬 목소리로 말하며 경례를 올려붙였다. 손원일은 답경례를 하고서 "함장을 잘 보필하고 승조원들을 잘 이끌어 주도록."이라고 했다. 이건주는 다시 경례를 올려붙이고서 원래의 자리로 돌아갔다. 손원일은 고개를 들어 인수요원들을 휘둘러보며 입을 뗐다.

"소령 공정식, 소령 송석호, 소령 김동배, 소령 김승완, 소령 노진석, 소령 민홍기, 소령 윤영원, 소령 이성호, 소령 최희돌, 대위 김진복, 대위 이상원, 대위 정원삼 이상 12명을 대한민국 해군 전투함 PC701 백두산함 승조원으로 명한다."

인수단원들은 백두산함 승조원으로 명받았다는 소리를 같은 목소리로 크게 말하고는 단체 경례를 했다. 손원일은 답경례를 한 뒤 "이제부터 제군들은 인수요원이 아니라 백두산함 승조원이다."라고는 축하한다는 말을 덧붙였다.

"이것으로 대한민국 해군 백두산함 명명식을 마치겠습니다."

이건주는 사뭇 들뜬 목소리로 폐식을 알렸다. 박옥규는 승조원들을 향해 "총원, 차렷!"이라고 구령을 내렸다. 승조원들은 일제히 차렷 자세를 취했다. 박옥규는 뒤로 돌아 손원일을 향해 대표경례를 올리고는 큰 소리로 입을 열었다.

"백두산함 함장 중령 박옥규 외 승조원 13명은 1949년 12월 25일부로 본함을 뉴욕에서 출항하여 대한민국 진해로 안전하게 이동하라는 명을 받았기에 이에 신고합니다."

박옥규는 출항신고를 하고서 손원일을 향해 경례를 했다. 손원일은 준엄한 표정으로 답경례를 하고는 발걸음을 떼어 박옥규 앞으로 다가가 손을 내밀었다.

"정원이 70명인 군함을 14명만으로 먼 항해를 하려면 어려운 점이 많을 것입니다. 조심해서 가십시오."

"저와 우리 승조원들을 믿고 걱정하지 마십시오."

박옥규는 자신감이 넘치는 목소리로 빠르게 말했다. 손원일은 입술을 꾹 다문 채 고개를 끄떡이고는 뒷줄에 선 이건주를 향해 손을 내밀며 "바다가 사나울 것이야. 함장님 잘 보필해."라고 했다. 이건주는 굵은 목소리로 알겠다고 짧게 대답하고서 손원일을 향해 경례를 올려붙인 뒤 악수를 했다. 손원일은 공정식과 송석호 등 승조원 전원을 차례로 악수하며 건투를 빌고서 참석자들과 함께 부두로 올라섰다.

박옥규는 이건주와 함께 중갑판으로 올라가 곧장 함교로 올랐다. 곧이어 함내 통신장치 스피커에서 "각 부서 출항준비!"라는 구령이 흘러나오고 승조원들은 바삐 자신들의 위치를 찾아 뿔뿔이 흩어졌다. 뒤이어 "출항 15분 전!"과 "출항 5분 전!" 구령이 흘러나오고 이윽고 "출항!"이라는 구령과 함께 백두산함은 함미에서 물살을 쳐내며 호보콘 하버보트 조선소 부두를 이탈하기 시작했다.

박옥규는 몸을 돌려 부두에서 배웅하는 사람들을 향해 경례를 했다. 교민들은 백두산함 마스트에서 펄럭거리는 태극기가 장하고 고맙다는 듯이 두 손을 머리 위로 올려 흔들어대며 눈물을 글썽거렸다. 백두산함을 향해 경례를 하는 손원일의 눈가에도 물기가 돌았다.

"감회가 남다르시겠습니다."

모윤숙은 손원일 옆으로 한 걸음 다가서며 소곤거리고는 정작 자신이 더 감개 어린 표정이었다. 손원일은 멀리 자유의 여신상 옆으로 사라지는 백두산함에서 눈을 떼지 못한 채 목이 약간 잠긴 목소리로 말할 수 없이 기쁘다고 했다.

"제독님은 멋지고 인품도 훌륭해서 그런지 승조원들이 잘 따르는 것 같아요."

모윤숙은 손원일을 치켜세우기를 주저하지 않았다.

"그런 말씀 마십시오. 승조원이 다 잘해준 덕에 제가 있고, 우리 해군이 있는 것입니다."

손원일은 면전에서 듣기에는 쑥스러운 말이라는 듯이 부러 활달하게 승조원 덕으로 오늘이 있다고 했다.

"말씀 안 하셔도 압니다. 영어, 중국어, 일본어 거기다가 독일어까지 능통하시고 상해 국립중앙대학 항해과를 우등생으로 졸업하신, 머리가 보통 좋은 분이 아니시라는 소리를 들었습니다. 이런 분은 외교관이 되셨으면 더 잘 어울릴 텐데…… 하필이면 힘든 해군을 택하셨는지 모르겠군요?"

모윤숙의 말투는 완숙한 여인다운 연정을 품은 것인지, 아까운 인재가 바다에서 썩는 안타까움인지 모를 만큼 애매했다. 손원일은 무슨 말을 하려는 듯 입술을 딸싹거리다가 이내 표정을 바꾸어 "저에게 하실 말씀이 있다고 하시지 않았습니까?"라고 물었다. 모윤숙은 무슨 말인가 더 하고 싶은 표정을 그리다가 입을 가무리고는 "샌프란시스코로 가신다고 들었는데……?"라고 말을 흐렸다.

"그렇습니다만……?"

손원일은 그 일을 어떻게 아느냐고 물었다.

"각하의 해군고문인 로빈슨 대위가 올린 보고서 때문에 알게 되었습니다."

모윤숙은 이승만에게 전해 들었다고 입을 떼고서, 미국 국방성 관계자들을 만나 PF급 군함을 살 수 있도록 로비하라는 지시를 내렸다고 했다. 손원일은 단박에 반가운 표정이 확 피어오르면서 가능하냐고 물었다.

"확신할 수는 없습니다, 하지만 존 스태거스 변호사가 소개장을 써주었으니 기대는 걸어봐야지요."

모윤숙은 모호한 웃음을 지으며 알쏭달쏭한 말을 했다. 손원일은 모윤숙이 이승만이 보낸 문서를 존 스태거스에게 전달할 것이라던 장면의 말과 무슨 연관이 있나 하여 고개를 돌려 장면을 쳐다보았다. 장면은 무슨 뜻인지 육감으로 알았다는 듯 눈을 동그랗게 뜨며 '아!' 하고는 어물쩍 입을 뗐다.

"각하께서 전달하신 문서에는 존 스태거스 변호사에게 PF급 전투함을 살 수 있도록 소개장을 써달라는 부탁의 편지도 있었답니다. 잘만 하면 도움이 될지도 모르겠습니다."

"정말입니까?"

손원일은 속마음에 숨어 있는 응원을 청하듯 부러 큰 목소리로 묻고는 "그리되면 정말 좋겠습니다."라고 부언을 달았다. 모윤숙은 결과를 단언하기가 어려운 일이니 너무 기대하지 말라는 말로 넌지시 입막음을 하고서 백두산함의 하와이 입항일자가 언제인지 물었다. 손원일은 한 달 뒤라고 대꾸했다.

"지남호가 호놀룰루에 들렀을 때 인수단장 최용남 중령이 보내온 함포 구매에 대한 정보를 보셨지요?"

모윤숙은 불그스레한 뺨에 겸연쩍은 미소를 띠며 물었다. 손원일은 별달리 놀랐다는 기색도 없이 "그걸 어떻게 아십니까?"라고 물었다.

"호놀룰루의 김용식 총영사님께서 최용남 중령에게 사람을 붙여주어서 알게 되었습니다."

모윤숙은 그 역시 이승만에게 들어서 알게 되었다는 말을 하고는

"각하께서 그 문제에 대해 몹시 신경 쓰고 계십니다."라고 한마디를 부언했다. 손원일은 갑자기 불안스러운 기색이 감도는 얼굴로 무슨 문제가 생겼는지 물었다.

"미국 애들이 혹시라도 무기판매와 무기이양 반대정책을 들먹거리며 팔지 않을까 봐 걱정이신 것이지요."

모윤숙은 이승만이 여간 신경 쓰는 일이 아니라고 했다.

"여기서 그만 이러고, 우리와 함께 우리 숙소로 갑시다. 이제 백두산함도 떠났으니 천천히 그 문제를 논의해봅시다."

장면은 진중한 어투로 말하고는 자동차에 오르라고 했다. 손원일은 고개를 까딱 숙여 그러겠다고 말하고는, 얼굴빛도 엄숙하거니와 정중한 말씨로 장면과 모윤숙을 향해 자동차에서 잠깐 기다려달라고 말한 뒤 발걸음을 옮겼다.

손원일은 로빈슨의 일행과 교민들에게 일일이 고맙다는 인사를 나누고 로버트 두인에게 다가가 입을 뗐다.

"오늘이 크리스마스인데 가족들과 함께 보내셔야 할 텐데도 불구하고 귀한 시간을 내주셔서 감사합니다."

"그렇지 않습니다, 오늘이 제 평생 받아본 크리스마스 선물 중에 가장 값진 것 같습니다."

로버트 두인은 백두산함 명명식을 보고 받은 감동이 채 가시지 않았다는 듯이 흥분기가 묻어나는 어조로 말했다. 손원일은 그리 생각해주어 고맙다는 인사말을 하고는 막질러 말하기 어려운 듯이 잠시 뜸을 들이다가 "교장선생님께서 써주신 소개장 말씀인데……."라며 말꼬리를 도사렸다. 로버트 두인은 대번에 눈치를 챘다는 듯이 "아! 무슨 말인지 압니다."라고는 한껏 밝은 표정으로 말을 이었다.

"그거라면 걱정하지 않아도 됩니다. 진주만 기지에 있는 고철 야적더미에 있는 함포는 이미 해군에서 폐철 처리하여 민간기업에 불하한 것이므로 정부와는 아무런 상관이 없습니다. 그렇지 않아도 소개장을 써준 후 따로 알아보았으니 걱정하지 않아도 된답니다. 제가 써준 소개장을 가져가면 값싸게 살 수 있을 것입니다."

손원일은 미국 정부의 무기이양 반대정책으로부터 간섭을 받지 않는다는 소리를 확인하자 그만 가슴이 북받치면서 뭉클거렸다.

"교장선생님의 도움이 정말 컸습니다. 저야말로 참으로 값진 크리스마스 선물을 받았습니다, 감사합니다."

"그런 말씀을 들으니 왠지 기분이 좋군요."

로버트 두인은 진심 어린 목소리로 자신의 감정을 드러내고는 승용차를 가리키며 기다리고 있으니 그만 가보라고 했다. 손원일은 감격한 눈빛으로 로버트 두인을 똑바로 쳐다보며 한국 국민과 정부를 대신해서 고마움을 전한다며 경례를 했다. 로버트 두인은 "당신처럼 멋있는 해군을 만나서 기뻤습니다."라고 언젠가 했던 말을 다시 하고는 맞경례를 했다.

손원일은 못내 아쉬운 마음을 접으며 돌아서 자동차로 걸어가 올라탔다. 자동차는 곧 시동을 걸고서 호보콘 하버보트 조선소 부두를 빠져나갔다.

한편 허드슨강을 따라 남쪽으로 빠져나간 백두산함은 브루클린만으로 나섰다. 뉴저지와 브루클린으로 감싸여진 브루클린만의 시야가 확 트이면서 크고 아름다운 대서양이 한눈에 펼쳐졌다.

박옥규는 머릿속에 언제 거친 파도가 덮쳐 백두산함을 울퉁불퉁한 물마루로 곤두박질치게 할지 모른다는 경계심을 품고 있으면서도 지금의 평화로운 항해를 한껏 즐기고 싶었다.

다행히 바다는 잔잔하고 날씨는 쾌청하여 백두산함은 닷새 동안 평온한 항해 끝에, 12월의 마지막 날 마이애미에 도착하여 기름과 물을 사고서 다음 날 새해 첫날 아침 7시 다시 출항했다.

미국 동부해안을 따라 남하하여 터크스 케이크스 제도(Turks And Caicos Islands)를 지나 카리브해에 접어드는 동안 바다는 승무원들의 바람처럼 조용했다.

송석호는 명명식 전날 구경나갔던 맨해튼에서 사온 커피를 끓여 함교로 올라갔다. 항해에 몰두 중인 박옥규를 향해 커피가 담긴 컵을 내밀며 "함장님, 커피 한잔 어때요?"라고 했다.

"어허, 송 소령이 언제 다방 마담이 되었나?"

박옥규는 우스갯소리 같은 말 뒤에 고맙다는 말을 매달아 내고는, 받을 생각도 않은 채 우현 쪽 바다를 가리키며 "돌고래 떼야."라고 했다.

송석호는 냉큼 컵을 음력전화기 박스 위에 내려놓고는 박옥규
가 가리키는 곳을 향해 고개를 쑥 내밀어 바다를 쳐다보았다. 물속
에서 힘차게 솟구쳐 오르기도 하고 물살을 가르며 빠르게 내달리는
이루 다 헤아릴 수 없이 많은 돌고래가 눈에 들어왔다.

"우와!! 수평선이 온통 돌고래 천지네요."

송석호는 산만한 정신으로 눈을 휘둥그레 뜨고서 말했다.

"저렇게 역동적인 돌고래 떼를 만나면 기분이 좋아져."

박옥규는 횡재수가 뻗친 것같이 환하게 웃으며 말했다.

"그러게 말입니다. 뱃놈들은 다 그렇지 않을까요?"

송석호는 덩달아 웃으며 말하다가 한곳을 가리키며 큰 소리로
"저것 좀 보세요! 흰돌고래입니다."라고 소리쳤다. 박옥규는 시선을
송석호의 손가락 끝으로 쫓아갔다. 길게 뻗은 주둥이를 물속으로 처
박으며 낫 모양의 등지느러미로 물살을 가를 때마다, 수면 위로 물
거품을 일으키며 질주하는 돌고래 무리 틈에 섞인 하얀 돌고래 한
마리가 보였다.

"흰돌고래는 등지느러미가 없는데 저건 있잖아? 게다가 크기도
흰돌고래라고 하기에는 너무 작은 데다가 추운 곳에 서식하는 그놈
들이 여기까지 올 리가 만무하잖아?"

박옥규는 바다의 상식에 대한 일가견을 피력하듯 설명하고는 흰
돌고래가 아니라 알비노라고 했다.

"아…… 말씀을 듣고 보니 그렇군요."

"어쨌든 회색 돌고래들 틈에 낀 흰 놈 하나 때문에 기분이 한결 좋아지는군."

"그러게 말입니다. 이번 항해가 안전한 항해라는 것을 보장받은 것 같지 않습니까?"

"왠지…… 앞으로 백두산함에 좋은 일이 생길 것 같은 징조야."

박옥규는 흡족한 듯 자족적인 미소를 짓고는 송석호를 향해 "커피 안 줘?"라고 했다. 송석호는 재빨리 음력전화기 박스 위에 얹힌 컵을 가져다가 내밀었다. 박옥규는 컵을 받아 커피를 한입 머금고는 "송 마담 커피 끓이는 솜씨 좋은데?"라고는 즐겁게 웃었다.

"진해에 도착할 때까지 함장님 커피는 제가 책임지겠습니다."

송석호는 칭찬을 들은 아이처럼 싱긋거렸다. 박옥규는 커피를 홀짝홀짝 마시며 송석호에게 "진해에 도착하면 백두산함 부장으로 발령 날 것이라며?"라고 물었다. 송석호는 장난기를 거두고 정색을 지으며 준절한 음성으로 입을 열었다.

"최용남 선배님께서 백두산함을 이끌어나가시는 데 불편함이 없도록 잘 보좌하라는 명을 받았습니다."

"나도 그 이야기 들었어. 우리가 도착할 때쯤이면 최용남 중령이 승조원들을 잘 훈련시켜 놓겠지. 하지만 총참모장님께서는 아무래도 인수요원 한 명 정도는 남아서 최용남 중령을 도와줘야 한다고 생각하신 것 같아. 그러니까 송 소령도 진해로 가는 항해기간에 백두산함에 대해 모든 것을 세세히 파악해두는 것이 좋을 거야."

박옥규는 송석호를 친아우 대하듯 따뜻하게 말했다. 송석호는 고개를 꾸벅 숙이며 비장한 결의를 갖춘 듯이 "잘 알아들었습니다."라고 엄숙히 대답했다. 박옥규는 고개를 끄떡이고는 전성관(傳聲管)에다 입을 가져가 "조타실 함교, 키 170도, 아이드 홀."이라고 지시했다. 곧 전성관을 통해 "함교 조타실, 키 170도, 아이드 홀."이라는 복창이 전달되었다.

백두산함은 파나마의 리몬 만(Limon Bay)으로 향해 나아가고, 스크루가 밀어내는 물줄기가 함미에서 꼬리를 이었다. 등에 짙은 다색을 띤 회색 돌고래 떼는 이따금 흰 복부를 드러내며 날렵하게 헤엄치면서 백두산함과 나란히 남쪽으로 내려갔다.

한편 샌프란시스코로 날아간 손원일은 PF급 전투함을 사려고 모윤숙이 준비해준 존 스태거스의 소개장을 가지고 국무성 한국과장을 찾아갔다. 그러나 그는 자신의 힘으로 해줄 수 있는 것이 아니라고 잘라 말했다. 소개장이 무용지물임을 알게 되자 할 수 없이 로빈슨이 알려준 곳으로 가는 것 말고는 달리 다른 방도가 없었다.

손원일은 퇴역한 PC급 군함들을 적잖이 모아둔 샌프란시스코 북동쪽의 카르퀴네즈(Carquinez) 해협 안으로 쑥 들어간 우위선만(Suisun bay)으로 찾아갔다.

그곳에서 만난 유태인 선주는 중남미와 남미, 아시아의 여러 나라에서 군함을 사겠다고 찾아온다면서 값싸게 팔 생각이 없다고 했다. 거기다가 판 군함들은 자신들이 지정한 곳에다가 수리를 맡겨야 한다는 조항을 내걸어 손원일의 뜻대로 거래를 성사시키기가 여간 어렵지 않았다.

손원일은 수중에 남은 4만 달러로 3척을 살 궁리를 했지만 묘안이 떠오르지 않아 고민이었다. 게다가 백두산함이 호놀룰루에 입항하는 날짜에 맞추어 하와이로 날아가야 하는 일정이 기다리고 있어 하루빨리 매듭지어야 하기 때문에 마음이 초조했다.

15.

 그 무렵 최용남은 진해로 내려가 김영철과 함께 상의하여 차출한 백두산함 승조원들을 소집해 훈련에 돌입했다. 매일 새벽 4시 반에 기상한 승조원들은 구보를 시작으로 아침을 맞이하고 밤 9시까지 군사훈련을 비롯하여 응급구호법, 소화방수훈련, 응급복구훈련, 퇴함훈련, 전투수영, 포술훈련, 항해교육, 단정술, 기류신호, 수기신호, 결색술, 통신, 전탐, 음탐, 기관 등의 온갖 훈련과 교육을 받았다.

 최용남은 한 사람의 실수와 태만으로 해군의 피땀이 고스란히 담긴 전투함이 침몰할 수 있으며, 침몰이란 곧 전 승조원들의 몰살을 의미하는 것이므로 해군은 공동운명체라는 점을 강조했다. 그러면서 내가 아닌 우리만 있을 뿐이라고는 한 사람의 실수에 대해서도 가차 없이 연대책임을 물어가며 강도 높은 훈련을 시켰다.

 승조원들은 달랑 사진 한 장으로 본 적밖에 없는 백두산함의 승조원이 되기 위해 피나는 훈련과 교육에도 지친 기색은커녕, 오히려 자부심이 깃든 당당한 태도로 훈련을 받아냈다.

 최용남이 그처럼 한창 훈련을 시키고 있을 때 백두산함은 샌프란시스코를 경유하여 태평양의 거친 파도를 헤치는 중이었다. 심한 풍랑을 만나 롤링(Lolling)과 피칭(Pitching)이 심해 때로는 마치 파도에 잠기어 항진하는 잠수함 같은 모습으로, 때로는 돛단배처럼 위태위태하면서 말로 표현할 수 없을 정도로 고초를 겪으며 서쪽으로, 서쪽으로 나아갔다. 승무원들 중에는 멀미를 참지 못하여 며칠을 굶고도 위액을 토해내는 고통을 겪는 자도 많았다. 그런 가운데에서도 박옥규는 노련한 항해술로 백두산함을 이끌고 하와이 몰로카이를 지나 호놀룰루를 눈앞에 두었다.

그 시각 고국의 해군 군함이 입항한다는 소식을 들은 호놀룰루 교민들은 저마다 손에 태극기를 들고서 부두로 몰려들었다. 하나같이 설레는 마음으로 먼바다를 바라보며 이제나 저제나 하며 백두산함을 기다렸다.

이윽고 작은 군함 한 척이 먼 수평선 위에 가물가물 나타났다. 교민들은 가슴 설레는 기대감으로 고개를 길게 빼고서 다가오는 백두산함을 지켜보았다. 하지만 백두산함이 점점 다가오자 교민들의 얼굴에는 실망의 빛이 가득했다. 함포는커녕 레이더도 없는 그야말로 군함이라고 말하기가 부끄러운 낡은 배를 보고는 너무도 초라하고 가련하여 눈물을 흘리거나 숫제 울음을 터트리는 사람도 많았다.

"함장님, 부두에 태극기를 든 사람들이 보이십니까?"

송석호는 부두를 바라보며 신기한 듯 말했다.

"그러게 말이야, 이곳에서 교민들의 환영을 받을 줄이야. 정말 뜻밖이군."

박옥규는 부두에서 눈을 떼지 못한 채 중얼거리듯 말했다.

"뉴욕에서도 교민을 보았지만 저렇게 많지가 않았는데…… 대체 어떤 사람들일까요?"

송석호는 동포가 먼 이곳까지 와서 살고 있는 것이 궁금했다.

"일본군 놈들에게 강제로 징용당해 미군과 싸우다가 포로가 되었다가 전쟁이 끝난 후 고국으로 못 간 동포들과 망국의 시름으로 조국을 등지다시피 하여 이곳까지 내몰렸던 사람들이지."

박옥규는 일본을 성토하듯 말하고는 애석한 표정을 지으며 말을 이어나갔다.

"조국이 일본 놈들에게 침략당한 뒤로 절망한 나머지 멋모르고 내몰리다시피 왔다가, 사탕수수밭에서 중노동을 견뎌내며 모은 돈을 독립운동 자금으로 내놓을 만큼 오매불망 고국의 독립을 기다렸던 사람들이니 해방된 고국의 해군이 얼마나 자랑스럽겠는가? 하지만 배가 너무 초라해서 실망을 많이 했을 거야."

"동포들을 보니 우리가 앞으로 어떻게 해야 되겠는지 자강해야겠다는 생각이 듭니다."

송석호는 스스로 힘써 몸과 마음을 가다듬어서 나라를 부강하게 해야겠다는 책임감이 든다고 했다.

"물론 그래야지. 감상에 젖는 것은 이쯤 하고 입항준비 해."

박옥규는 당연한 마음가짐이라고 말하고는 입항지시를 내렸다.

송석호는 함내 통신장치 마이크를 쥐고서 "각 부서 입항준비!"라는 구령을 내렸다. 백두산함 승조원들은 제각각 각자의 입항위치로 달려가 입항준비를 했다.

백두산함은 진주만에 정박해 있는 항공모함을 비롯한 수많은 전함들 사이로 비집어 들어가 부두의 한 귀퉁이에 정박했다. 그때까지 동정적인 시선으로 지켜보던 교민들은 마스트에서 펄럭거리는 태극기를 보자 고국의 군함이라는 사실을 확연하게 깨닫기라도 했다는 듯 눈물을 지으면서 손에 든 태극기를 흔들어대기 시작했다.

"함장님, 저기……."

송석호는 미군 헌병과 함께 다가오는 중년신사를 가리켰다. 박옥규는 물끄러미 바라보다가 "정부에서 나온 모양이야."라고 말하고는 함교에서 내려가 후갑판으로 향했다.

후갑판에는 공정식과 몇몇 승조원들이 계류삭을 정리하느라 바삐 움직이는 중이었다. 박옥규는 공정식을 향해 현문가교부터 설치하라고 지시했다. 공정식은 서둘러 승조원들과 합심하여 백두산함과 부두를 잇는 현문가교를 설치하고서 도열했다.

박옥규는 부두로 나서기 위해 곧 현문가교로 올라섰다. 공정식은 현문당직자를 지휘하여 박옥규를 향해 경례를 했다. 박옥규는 답경례를 하고는 이어서 함미에 걸린 태극기를 향해 경례를 하고서 부두로 올라섰다. 백두산함 함내 통신장치 스피커에서 "땡, 땡……. 함장 하함!"이라는 소리가 바람 소리를 짓누르며 울려 퍼졌다.

박옥규는 부두로 올라서서 갈색 뿔테안경을 쓰고 엷은 콧수염을 기른 중년신사 앞으로 다가가 거수경례를 했다.

"여기까지 오느라 고생이 많았소."

신사는 손을 내밀며 입에 발린 인사를 하고는 호놀룰루 총영사 김용식이라고 했다. 박옥규는 김용식이 내민 손을 잡아 악수를 하고는 백두산함으로 안내를 하겠다고 했다.

"각하께서 백두산함을 얼마나 기다리고 계시는지 모르오."

김용식은 박옥규와 나란히 걸으며 이승만도 백두산함이 오늘 진주만에 입항하는 사실을 알고 있다고 했다. 박옥규는 "관심과 배려에 감사합니다."라고는 현문가교를 밟고 올라서며 함미에 걸린 태극기를 향해 경례를 했다. 때를 같이하여 "땡, 땡……. 함장 승함!"이라는 소리가 함내 통신장치 스피커를 통해 울려나오고 공정식과 현문당직자들은 박옥규를 향해 경례를 했다.

박옥규를 뒤따라 후갑판으로 올라온 김용식은 고개를 들어 마스트를 올려다보고는 고개를 갸웃거리며 "아까 입항할 때 저기 걸렸던 태극기가 어째 안 보이오?"라고 물었다.

"마스트에 국적기를 달 때는 항해할 때입니다. 지금은 정박 중이기 때문에 저쪽 국기봉에 걸렸습니다."

박옥규는 함미의 국기봉에 걸린 태극기를 가리키며 말했다.

"아, 그것이 그렇게 되는 것이오?"

김용식은 새로운 사실을 알았다는 듯 고개를 주억거렸다. 박옥규는 걸음을 떼어 김용식을 사관실로 안내했다. 김용식은 비좁은 통로가 적응이 안 된다는 듯 이리저리 두리번거리며 뒤따라갔다.

"함상생활이라는 것이 보시다시피 이렇습니다."

박옥규는 사관실로 들어서며 김용식을 향해 앉기를 권하며 말했다. 김용식은 자리에 앉으며 "고생이 많겠소."라고는 무거운 목소리로 입을 뗐다.

"내가 여기 온 것은 함포하고 레이더 때문인데……. 그게 금방 되기가 어려울 것 같소."

박옥규는 듣고 싶지 않은 소리를 들었다는 듯이 갑자기 마음이 초조하여 난언한 빛이 가득한 얼굴로 쳐다볼 뿐 섣불리 입을 뗄 수 없었다.

"설령 함포를 산다고 해도, 미국의 무기이양과 판매금지정책 때문에 진주만 해군 수리창이 백두산함에다가 장착하는 것에 대해 난색을 표하기 때문이오."

김용식은 갈수록 더욱 어려운 지경에 처하게 되었다고 했다. 박옥규는 불안한 마음에 앉은 자리에서 엉덩이를 옴찔옴찔 들썩이다가 긴장된 목소리로 "그럼 어떻게 한단 말입니까?"라고 물었다.

"조금만 기다려보시오. 손원일 총참모장이 며칠 내로 이리로 오기로 했습니다."

김용식은 손원일에게 해결책이 있어 보인다고 했다. 박옥규는 놀란 목소리로 "총참모장님께서 오신다는 말씀입니까?"라고 물었다.

김용식은 그렇게 연락받았으니 기다려보자고 말하고는 말머리를 돌렸다.

"교민들은 백두산함을 보고는 마치 고국 땅을 밟은 듯이 위안거리로 삼고 있소. 그래서 모두가 자신들의 집으로 초대하여 고국의 음식을 먹이고 싶어서 안달이라오. 승조원들을 며칠만이라도 쉬게 하고 교민들의 환영 초청에 응해주었으면 좋겠소."

"아, 그렇습니까?"

박옥규는 마치 예견했다는 듯이 대답하고는 "진주만으로 들어올 때 태극기를 들고 모여든 교민들을 보고 가슴이 뭉클했습니다."라며 찡한 감동을 한마디로 형용하기 어려웠다고 했다.

"이날까지 하와이에 사는 동안 고국의 군함이 태극기를 달고 진주만에 입항하리라고는 꿈에서조차 생각 못해본 일이잖소? 그러니 기쁨에 겨워 덩실덩실 춤이라도 추고 싶은 심정일 것입니다."

김용식은 교민들이 백두산함 승조원들과 시간을 나누면서 고국을 향한 그리움을 달래고자 한다고 했다.

"그 마음 알고도 남습니다. 승조원들에게 조를 짜서 교대로 교민들의 초청에 응하도록 하겠습니다."

박옥규는 잔잔한 음성으로 말했다.

한편 손원일은 군함의 가격 흥정이 여의치 않자 밤늦도록 고민하다가 간밤에 써둔 편지를 챙겨서 선주를 찾아갔다.

선주는 시큰둥한 표정으로 맞이했지만 손원일은 개의치 않고 지난밤에 마음먹은 대로 PC급 군함 3척을 3만 6,000달러와 자체적으로 수리를 한다는 조건을 적은 계약서를 내놓았다. 선주는 예상대로 어림없다며 단박에 거절했다. 손원일은 마음속의 얘기를 쏟아내려고 작정했다는 듯 동상처럼 딱딱하게 굳어진 표정으로 간밤에 썼던 편지가 들은 봉투를 꺼내주었다. 선주는 봉투와 손원일을 핼끗 쳐다보고는 뭐냐고 물었다. 손원일은 편지라고 말하며 거래가 성사되지 않아도 좋으니 읽어달라고 했다. 선주는 뜻밖이라는 듯이 잠시 머뭇거리다가 편지를 끄집어내 읽기 시작했다.

[친애하는 선주님 보시오. 나는 낡은 군함을 헐값에 사서 이것저것 고쳐 되팔아 이익을 남기고자 당신의 배를 사려는 것이 아닙니다. 우리나라는 수십 년 동안 일본의 억압 속에서 허덕이다가 태평양전쟁이 끝나면서 독립한 가난하고 힘없는 나라입니다. 이스라엘 백성들도 바빌로니아 군대의 침략을 받아 예루살렘이 함락되면서 젖먹이들이 목말라 혀가 입천장에 붙고, 어린 것들이 먹을 것을 달라고 하여도 한술 떠주는 이가 없고, 어미가 제 손으로 자식들을 삶아서 먹고, 젊은이와 늙은이가 길바닥에 쓰러지고, 처녀와 총각이 칼에 맞아 죽어가고, 도망치다가 여리고 평지에서 바벨론 군사들에게 체포된 시드기야 왕은 두 아들이 죽임당하는 비참한 광경을 목도한 것도 모자라 자신마저도 두 눈이 뽑힌 채 쇠사슬에 묶여 바빌로니아로 끌려가 감옥에서 숨을 거둔 가슴 아픈 역사가 있기에, 내 조국의 백성들이 일본군에게 당한 말로 형언할 수 없었던 뼈아픈

고통을 이해하리라 믿습니다. 이스라엘 백성들이 바빌로니아의 침략에도 여호와를 포기하지 않았듯이 저의 부친께서도 망국의 서러움을 뼈에 사무치도록 느끼면서도 한순간에도 여호와의 말씀을 전하는 일을 잊지 않으시려고 몸소 성직자가 되어 우리 국민에게 여호와의 가르침을 전하는 데 몸을 바치셨습니다. 이제 우리나라는 독립되었고 나는 내 부친의 말씀에 따라 내 조국이 다시는 주변국으로부터 업신여김을 받거나 침략당하는 일이 없도록 해군력을 키우기 위해 당신이 소유한 군함을 사고자 합니다. 내게 돈이 많다면 당신이 원하시는 값을 다 치르고 기쁜 마음으로 거래를 하고 싶습니다. 하지만 가난한 내 조국의 현실로는 3만 6,000달러도 실로 벅차서 힘에 부칩니다. 부디 선주님께서 이런 고충을 헤아려 도와주신다면 그 은혜를 두고두고 잊지 않겠습니다. 사랑과 존경을 담아 대한민국 해군 총참모장 소장 손원일]

편지를 읽고 난 선주는 입술을 꾹 깨물고 지그시 눈을 감았다가 뜨고는 "부친께서 목사였소?"라고 물었다. 손원일은 그렇다고 대답하고서 "독립운동도 하신 분이십니다."라며 은근히 손정도에 대한 존경심을 덧붙였다.

"그렇군요. 나는 당신이 대한민국 해군 우두머리인 줄 몰랐소."

선주는 새삼스러운 느낌이 든다는 듯 차분한 어조로 대했다. 손원일은 입장이 난처해진 것처럼 아무런 대꾸 없이 가만있었다. 선주는 싱끗 웃으며 고개를 두어 번 끄덕끄덕하다가 "커피 한잔 하겠소?"라고 물었다. 손원일은 표정을 바꾸어 "고맙소."라고 짧게 대답했다. 선주는 잠시 기다리라며 일어나 자신이 손수 커피를 만들어 내놓으며 "맛이 괜찮을 거요."라고 했다. 손원일은 입에 한 모금 적시고는 "맛이 좋군요."라며 살짝 웃었다. 선주는 커피를 후루룩 소리가 나도록 마시고 잔을 내려놓으며 천천히 입을 열어 "좋소. 3만 6,000달러에 합시다."라고 했다. 손원일은 한순간 반뜩거리는 눈빛으로 선주를 쳐다보았다.

"수리도 당신이 원하는 대로 하시오. 그 대신 부속품이 필요할 때는 내가 소개는 해주겠소."

선주는 손원일이 부담스러울 정도로 호의적으로 돌변했다. 손원일은 자신도 모르게 앉은 자리에서 벌떡 일어나 고맙다고 했다.

그 무렵 북쪽의 김일성은 스탈린의 입맛에 맞도록 남침계획을 짜는 중이었다. 침략 이틀 만에 서울을 점령한 다음 닷새 안으로 수원, 원주, 삼척으로 이어지는 전선을 형성하고, 보름 만에 군산, 대구, 포항을 잇는 전선을 확보 한 후 한 달 내에 남해안까지 진출하고 8월 15일까지 남한을 완전히 정복하여 서울에서 광복절 5주년 기념식을 겸한 민족해방 행사를 갖는다는 것이 골자였다. 그러기 위해서는 무엇보다 인민군을 총동원하여 선전포고 없이 일제히 38선 전역을 밀고 내려가야 승산이 있다고 판단했다. 그렇다고 하더라도 문제가 아주 없는 것은 아니었다. 다름 아닌 일본에 주둔 중인 맥아더가 이끄는 극동군사령부가 부산으로 들어온다면 낭패를 당하지 말라는 법이 없는 것이었다. 김일성은 고심 끝에 전면전 개시와 함께 부산부터 점령해야 승산이 있다고 판단했다. 그리만 된다면 극동군 사령부가 부산항으로 들어오는 것을 봉쇄할 수 있을 뿐만 아니라, 인민군 병력을 부산으로 상륙시켜 국군의 후방을 공격함과 동시에 보급부대를 점령하여 국군의 보급로를 끊어 고립시킨 다음, 전후방에서 동시에 총공세를 퍼붓는다면 계획보다 훨씬 앞당겨 전쟁을 끝낼 수 있을 것으로 내다보았다. 그러나 기뢰와 인민군 병력을 부산으로 이동시킬 마땅한 군함이 없다는 것이 문제였다. 하지만 유엔이나 미국이 눈치 챌 것을 염려하여 군함지원은 어렵다며 난색을 짓던 스탈린을 설득시킬 묘안이 떠오르지 않았다.

　김일성은 그 문제로 고심참담하던 끝에 테렌티 포미치 슈티코프에게 부산 점령에 대한 작전을 설명하고서 기뢰 1,000개와 부산까지 병력을 이동시킬 수 있도록 수송선을 지원해달라고 요청했다. 테렌티 포미치 슈티코프는 자신이 결정할 문제가 아니라며 즉답을 피하고는 그 대신 스탈린을 설득시킬 수 있는 보고서를 작성하여 모스크바로 보내놓을 테니, 김일성이 직접 스탈린을 만나서 허락을 받아내는 것이 좋겠다고 했다. 김일성은 테렌티 포미치 슈티코프가 입맛에 맞는 보고서를 작성하여 준다면 스탈린은 거절하지 않을 것이라고 단정 짓고는 자신감에 찬 나머지 김일에게 부산으로 기습 침투시킬 육전대 600명을 특수부대원으로 선발하여 함경남도 갑산에서 비밀리에 훈련을 시키라는 특명을 내렸다. 게다가 김창덕 소장 휘하의 인민군 5사단 병력 중 해방 후 인민군으로 편입된 중공군 164사단 출신의 군사와 조선의용군 출신 군사들로 구성된 2개 여단 병력을 별도로 조직하여 부산으로 상륙할 수 있도록 만반의 준비를 하라는 지시를 내린 후 모스크바로 향했다.

한편 백두산함 승조원들은 호놀룰루 교민 집으로 초대되어 오랜만에 고국의 음식으로 배도 채우고 고국에 대한 이야기도 나누었다. 교민들은 백두산함이 고향이나 다름없다며 승조원들을 환대했고, 서로 교대로 돌아가며 음식을 해서 백두산함 승조원들에게 날라다주기도 했다. 그렇게 일주일을 보내고 났을 때 손원일이 백두산함으로 찾아왔다. 박옥규는 함포 구매에 문제가 있어서 손원일이 도착하기만 기다리는 중이었다고 했다. 손원일은 그 일 때문에 왔다고 말하고는 문제가 잘 해결되었다고 했다.

"모윤숙 시인님의 도움이 컸습니다."

"명명식 때 대사님과 함께 왔던 그 여자 말씀입니까?"

박옥규는 호보콘 하버보트 조선소 부두에서 장면과 함께 백두산함을 이리저리 휘둘러보던 모윤숙의 모습을 떠올리며 의아스러운 얼굴로 물었다. 손원일은 여유만만하게 빙긋이 미소를 지어 보이며 고개를 끄떡이고는 입을 뗐다.

"모윤숙 시인님이 PF급 전투함을 살 수 있도록 존 스태거스의 소개장을 받아주었는데, 그게 소용이 없게 되자 다시 존 스태거스를 찾아가 3인치 함포라도 살 수 있도록 요구했습니다. 이를테면 찡 대신 닭이라고 할까요? 어쨌든 그 때문에 자존심이 상한 존 스태거스가 미국 국방성에다가 군함이 안 되면 함포만이라도 살 수 있도록 요청했는데, 국방성에서 한국과장을 통해 3인치 함포를 구입해도 좋다는 허가서와 진주만 수리창에다가 백두산함에 포를 장착해주라는 지시까지 내려보냈습니다. 거기다가 로버트 두인 소장님이 써준 소개장까지 있으니 싼 가격으로 구입할 수 있게 되었습니다."

가만히 이야기를 듣고 난 박옥규는 감탄하는 표정으로 꼴깍 소리가 나게 생침을 삼키고는 적이 안도의 빛을 보이며 그간의 시름을 털어놓았다.

"이제 한시름 놓았습니다. 함포를 장착하지 못하면 어쩌나 싶어 이만저만 마음을 졸인 게 아닙니다."

손원일은 마음이 평안하다는 듯 흐뭇한 표정을 지으며 비로소 백두산함의 상태를 물었다.

"여기까지 이끌고 오는 동안 문제는 없었습니까?"

"승조원 서넛이 멀미 때문에 죽다가 살아났을 뿐입니다."

박옥규는 백두산함에는 문제점이 없다며 손원일을 안심시켰다.

"머챈트(Merchant) 해양대학교에서 처음 보았을 때만 해도 마음이 싱숭생숭했었는데…… 우리가 수리는 제대로 한 모양입니다."

손원일은 자화자찬을 한마디 던지고는 살짝 웃었다.

"참! 아까 말씀 중에 PF급 전투함을 못 사게 되었다고 하셨는데…… 혹시 그 때문에 동급 군함을 3척 사겠다고 하셨던 것도 잘못

된 것입니까?"

박옥규는 혹여 모윤숙이 받아준 존 스태거스의 소개장이 군함 구입에 도움은커녕 되레 어떤 악영향을 미친 것이 아닌지 낭패해하는 표정이었다. 손원일은 퇴역하여 무기를 해체한 PC급 군함은 미국의 무기이양과 판매금지정책의 영향을 받지 않아 괜찮다고 설명하고는 기분이 일신한 어조로 3만 6,000달러에 3척을 구입했다고 했다.

"그래요? 아…… 3만 6,000달러에 3척이라니! 결국 그 돈으로 3척을 샀단 말입니까? 이야……! 그 소리를 들을 때만 해도 무모하다고 생각했는데, 기어코 해내셨군요? 거기다가 우리 손으로 수리하기로 했다니 수리비 바가지 쓸 일도 없고, 정말 대단한 일을 해내셨습니다. 이러니 제가 총참모장님을 좋아하지 않을 수가 있습니까?"

박옥규는 좋아서 참지 못하겠다는 듯 잴잴 떠벌리며 재담을 섞어 손원일의 노고를 위로하듯 말했다. 손원일은 싱긋이 웃으며 "좋습니까?"라고는 자신도 좋다는 듯이 혈색이 도는 얼굴로 입을 뗐다.

"당장 인수받을 수가 없어서 계약금만 주었는데, 잔금을 넘기면 바로 롱비치로 옮겨주기로 했습니다."

"샌프란시스코에서 구매하지 않았습니까?"

"배가 있는 곳은 샌프란시스코의 우위선만(Suisun Bay)인데 유태인 선주가 마음이 좋아서인지 캘리포니아 롱비치까지 예인해주기로 했습니다."

손원일은 힘들었던 흥정 과정은 숨긴 채 엷게 웃었다.

"아, 그래서 군이 우리 손으로 수리하겠다고 하신 거군요? 총참모장님께서 상해에서 익힌 사업 수완을 발휘하신 것을 보니 보통이 아니신 것 같습니다."

박옥규는 손원일이 윤치창과 동화양행을 꾸려나갔던 사업을 입에 담고는 능력 있는 사업가답다고 치켜세웠다. 손원일은 손을 휘휘 내둘러서 그런 말 하지 말라며 입으로는 비쌔면서도 싫지 않은 눈치를 보이다가 슬쩍 입을 떼었다.

"어쨌든 백두산함이 괌에서 출항할 때쯤 저는 잔금을 지불하고 3척 모두 다 롱비치로 옮겨놓을 것입니다. 쉬지 못하게 해서 미안하지만 백두산함을 최용남 중령에게 인계하고 나면 바로 인수단을 꾸려서 캘리포니아로 향해 주십시오."

"3척을 구매하셨으니 지난번에 말씀하신 대로 60명을 준비해야겠군요?"

"그래야겠지요. 그리고 한국에 도착하시면 김영철 대령과 함께 윤보선 장관을 찾아가 한갑수 중령을 빼달라고 해보십시오."

"말씀대로 해보기는 하겠습니다만, 해운국 쪽에서 순순히 들어주지 않을 것 같다는 생각이 듭니다."

"그렇다면 할 수 없지만…… 어쨌든 저는 도착 날짜에 맞추어 차를 가지고 엘에이 공항으로 나가 기다리겠습니다."

손원일의 마음은 벌써 새로 구입한 PC급 군함 3척에 승선해 있었다.

16.

　며칠 뒤 백두산함은 진주만의 해군 수리창으로 이동했다. 함수 갑판은 3인치 함포를 장착할 곳과 탄약고 여섯 개를 만드느라 용접 불꽃이 이리저리 튀고 철판을 갈아내는 그라인더 소리가 요란스러웠다. 상갑판은 좌우현에 20mm 기관포 두 문을 장착하기 위해 철판에 볼트 구멍을 뚫고 거치대를 앉히느라 어수선하고, 중갑판에는 40mm 대공포를 장착하기 위해 철판을 지져대는 용접불꽃이 쏟아져 내렸다.

　백두산함 승조원들이 구슬땀을 흘리는 동안, 교민들은 자기 일이나 되는 것처럼 팔을 걷고 나서 궂은일을 도왔고, 여자들은 집에서 한국음식을 만들어 백두산함으로 날라다주었다.

　승조원들이 함포 앉힐 자리를 잡아가는 동안 손원일은 박옥규와 이성호, 송석호를 데리고 함포를 시험 포격하는 자리에 참석했다. 송석호는 3인치 함포의 포탄 신관 조절과 장전 그리고 발사되는 과정을 꼼꼼히 살피고 배웠다.

　한 달이 넘도록 모두 합심한 끝에 드디어 부두에 3인치 함포를 실은 트럭과 육상크레인이 나타났다. 트럭이 백두산함 가까운 곳에 멈추어 서자 크레인이 월컥덜컥 소리를 내며 다가와 함포를 들어 백두산함 함수갑판에 만들어놓은 함포 거치대에 올려놓았다.

진주만의 해군 수리창에서 나온 미국 기술자들이 함포를 이리저리 살펴가며 함포 거치대에 자리를 잡았다.

기술자들은 반나절이 지나도록 거치대 여러 곳에 볼트를 채우고 함포를 좌우상하로 돌려가며 관찰한 끝에 함포 장착을 마쳤다.

손원일은 철수하는 미국 기술자들에게 고맙다는 말로 인사를 하고는 박옥규와 함께 3인치 함포 앞으로 가서 하늘로 향해 곧게 뻗은 굵고 긴 포신을 우러러보았다.

"문제는 없겠지요?"

박옥규는 기대와 꿈을 걸고 있는 것처럼 하면서도, 한편으로는 아주 걱정이 없는 것은 아니라는 듯 물었다.

"시험 포격을 할 때 문제가 없는 것을 확인했으면서도, 그래도 살짝 걱정이 되는 것은 어쩔 수 없나 봅니다."

손원일은 박옥규와 같은 심정이라고 털어놓고는 기대도 크다고 했다.

"그렇습니다. 주포와 대공포가 자리 잡고 기관포까지 얹어놓으니 이제야 군함답습니다."

박옥규는 함포를 보기만 해도 마음이 든든하다고 했다.

"여기 함포 수리에 필요한 공구가 들었는데……."

손원일은 3인치 함포 뒤쪽 조타실 아래의 벽에 붙은 철로 된 상자를 가리키며 말하다가 뚜껑을 열어보았다. 속에는 함포수리용 공구 몇 벌과 그리스(Grease)와 그리스주입기 등이 들어 있었다.

손원일은 상자 속을 절커덕거리며 뒤지다가 한쪽에 수북하게 쌓인 고무로 된 스프링 하나를 끄집어 내보이며 입을 뗐다.

"이것이 트리거 계통에 쓰이는 격발장치 고무스프링이랍니다. 포를 쏘다 보면 가끔 탈이 나는 부품이라고 해서 넉넉하게 달라고 했더니, 마음껏 가져가라고 하기에 이만큼 가져왔습니다."

"그런 것을 보면 미국 해군 인심이 고약하지 않은 것 같습니다."

"물자가 풍족하니 선심 쓰듯 하는 것이지요. 우리말에도 부자의 인심은 곳간에서 난다고 하지 않습니까?"

"우리같이 가난뱅이는 이 작은 부품 하나에도 감격해야 한다니…… 그저 부러울 뿐입니다."

박옥규는 나라의 처지가 딱하다 보니 저절로 자조적인 말이 나온다고 말하고는 상자를 가리키며 '31포 보수상자'라는 글씨를 써 붙여야겠다고 했다.

"그렇게 해두는 것이 좋겠습니다. 그리고 3인치 함포를 달아놓고 보니 폭뢰와 해치호크도 장착했더라면 더없이 좋았겠다는 생각이 듭니다."

손원일은 백두산함의 대잠 무장까지 욕심을 냈지만 예산 부족으로 그림의 떡이 된 것이 못내 아쉬웠다.

"잠수함을 잡는 무기도 좋지만 저는 레이더를 구입하지 못한 것이 더 안타깝습니다."

"레이더는 나중에라도 돈만 생기면 어디서 구해도 구할 수 있으니 조금만 참아야지 어쩌겠습니까?"

"어쨌든 여기까지 오느라 총참모장님께서 너무 고생하셨습니다. 저를 처음 찾아오셨을 때는 이렇게까지 하실 줄 몰랐습니다, 정말 대단하십니다."

"아, 이거, 이러시면 안 됩니다. 형님께서 도와주시지 않았다면 어떻게 여기까지 올 수 있었겠습니까?"

"또 그 소리…… 제발……."

"알겠습니다, 그나저나 오늘 밤은 파티라도 해야 할까 봅니다."

"우리를 위해 애를 써주신 교민들을 생각해서라도 그냥 넘겨서는 안 되지요."

"그렇지요. 그건 그렇고…… 내일 출항하면 중간 급유는 콰잘라인(Kwajalein)에 들러서 받고 괌으로 가십시오. 괌에 도착하면 3인치 함포 포탄 100발을 실어줄 것입니다."

손원일은 미국 국방성 한국과장이 연락해두었다고 말했다.

"그걸 꼭 돈을 받고 팔아야 한답니까?"

박옥규는 그냥 줄 만도 한 일이지 않느냐고 했다. 손원일은 파는 것도 감지덕지해야 한다고 말하고는 그나마 20mm 기관포와 40mm 대공포 포탄은 비싸지 않아서 다행이라고 했다.

"돈이 넉넉하다면 3인치 포탄을 1,000발 이상이라도 사고 싶습니다. 안 그렇습니까?"

박옥규는 공연한 심술을 피우듯 어깃장을 놓았다.

"어디 포탄뿐입니까? 욕심 같아서는 저기 있는 저것을 가져가고 싶습니다."

손원일은 진주만에 정박해 있는 항공모함을 가리키며 말했다. 박옥규는 항공모함을 바라보며 너무도 턱없고 허황된 소리라는 듯 한숨을 푸 내쉬었다. 손원일은 자신이 생각해도 허무맹랑하다는 듯이 계면쩍어 피식 웃고는 말머리를 돌려 "진해에 도착하면 벚꽃이 반겨주겠군요."라고 했다. 박옥규는 새삼 진해의 부두가 그립다는 듯 가슴을 떡 벌려 크게 숨을 들이쉬고는 "4월 초쯤 도착하니 그렇겠습니다."라고 대꾸했다.

"각하께 불편을 드리지 않도록 일정에 차질이 생기면 그때그때 해군본부에 알려주십시오."

손원일은 백두산함이 진해에 입항할 때 이승만이 몸소 마중을 나올 것이라고 했다. 박옥규는 어글어글한 목소리로 알았다고 대답했다.

그사이 순조롭게 착착 진행되던 함포 장착은 해가 서쪽으로 기울기 시작할 무렵에 끝이 났다.

손원일은 김용식을 비롯한 호놀룰루 총영사관 직원들과 교민들을 초청하여 군함개방식을 겸한 간단한 연회를 베풀었다. 하지만 마련된 음식은 죄다 교민들이 바리바리 싸들고 온 것들이어서 주객

이 전도된 느낌이었다.

후갑판에 마련된 연회장에서 오가는 이야기는 시종일관 백두산함에 대한 이야기였고, 시간이 지나면서 하나둘 흩어져 백두산함을 구석구석 찾아다니며 구경하기 시작했다. 박옥규는 승조원들에게 사람들이 안전하게 구경할 수 있도록 조를 짜서 안내하라고 지시했다.

승조원들의 안내로 백두산함을 둘러보던 교민들은 3인치 함포 앞에서는 발을 떼지 못했다. 자식의 볼을 쓰다듬듯 매만지며 이리저리 살펴보기도 하고 어떤 이는 울먹거리기도 했다.

그렇듯 연회도 끝나고 백두산함은 진주만에서의 마지막 밤을 맞이했다. 진주만에 정박해 있는 수많은 군함의 불빛이 잠이 든 고래처럼 누워 있는 바다 위로 내리비치어 검붉게 물들어갔다.

손원일은 백두산함에서 잠을 자고 아침을 맞이했다. 승조원들은 아침 일찍부터 부산하게 움직여 갑판을 정리하고 엔진을 점검했다. 부두에 도착한 유조차로부터 기름을 공급받고 물탱크에 물을 가득 채우는 등 출항준비에 여념이 없었다.

박옥규는 출항준비를 다 마친 뒤 손원일에게 출항신고를 했다. 손원일은 호보콘 하버보트 조선소에서 그랬던 것처럼 조심하라고 하면서도 박옥규를 믿는다고 했다.

"우리 국민이 성원하고 있는 군함이잖습니까?"

박옥규는 걱정하지 말라고 하다가 부두 안쪽으로 시선을 돌려 "저기, 교민들 아닙니까?"라고 했다.

"작별 인사를 하려고 오시는 것 같아."

손원일은 박옥규에게 부두로 나가서 맞이하자고 했다.

두 사람은 부두로 올라가 교민들이 다가오자 따뜻하게 맞이하며 인사를 했다. 교민들은 저마다 가져온 보따리를 건네며 받아달라고 했다.

"이것들이 뭐랍니까?"

손원일은 어찌해야 할지 난감한 표정이 되었다.

"군인들이 집에 왔을 때 김치를 가장 많이 먹습디다. 바다에 나가면 구경도 못할 텐데 얼마나 먹고 싶을까 싶어 우리가 집집마다 나누어 담아왔수, 맛있게 먹고 우리나라를 잘 지켜주시오."

한 노파가 나서서 손원일의 손을 꼭 잡으며 말했다. 손원일은 그만 콧등이 시큰거려 대꾸도 하지 못한 채 노파의 갈퀴진 손등을 어루만졌다.

"어머님, 정말 고맙습니다. 우리 장병들이 아주 좋아할 것입니다. 잘 먹겠습니다."

박옥규는 노파를 향해 굽실 절을 하며 말했다. 손원일은 눈가에 비치는 눈물을 감추느라 고개를 외틀고는 턱을 치켜들었다. 박옥규는 현문당직 근무 중인 송석호를 향해 교민들이 가져온 김치를 실으라고 했다. 송석호는 함내 통신장치의 마이크를 잡고서 "총원 그대로 들어. 부식작업자 부두에 집합!"이라는 구령을 내렸다.

곧 공정식을 비롯한 승조원 네 명이 부두로 나왔다. 박옥규는 승조원들에게 교민이 정성껏 마련해준 김치라고 설명하고 부식창고로 옮기라고 했다. 공정식은 교민들을 향해 승조원들을 대신하여 대표경례를 하고는 눅진하게 젖은 목소리로 "잘 먹겠습니다."라고 했다. 교민들은 눈시울을 적시며 노파가 했던 것처럼 "우리나라 잘 지켜주시오."라는 똑같은 말로 작별을 고했다.

"총참모장님, 이제 가보겠습니다."

박옥규는 손원일을 향해 출항하겠다며 경례를 했다. 손원일은 답경례를 하고는 "부탁합니다."라고 짧게 말했다. 박옥규는 "염려 마십시오."라고 인사를 하고서 교민들을 향해 경례를 한 뒤 백두산함으로 향했다.

"땡, 땡……. 함장 승함!"

함내 통신장치 스피커에서 박옥규가 탔다는 방송이 흘러나오고 곧이어 "현 시각 함내 통신장치 현문에서 함교로 이동."이라는 방송이 뒤따라 나왔다. 그러더니 뒤질세라 하고 "각 부서 출항 5분 전."이라는 소리가 연이어 흘러나왔다. 백두산함 갑판에는 현문가교와 현문당직 탁자 등이 철거되고 계류삭을 걷어내느라 승조원들이 분주하게 움직였다.

이윽고 호루라기 소리와 함께 함수의 해군기와 함미의 태극기가 내려지고, 마스트 위로 태극기가 올라갔다. 백두산함은 뚜 뱃고동을 울리며 부두를 이탈하기 시작했다.

백두산함 승조원들은 좌현갑판에 나란히 정렬하여 멀어져가는 부두를 향해 일제히 경례를 했다. 손을 흔들어대던 교민들은 그만 하나둘씩 울음을 터뜨리더니 어깨를 들썩이도록 울어댔다. 손원일은 교민들 뒷발치에 조용히 선 채 멀어지는 백두산함을 향해 경례를 했다.

고요한 바다를 미끄러져 나간 백두산함은 진주만을 빠져나가 뱃머리를 서쪽으로 돌려 콰잘라인으로 향했다.

그 무렵 김일성은 스탈린을 만나 남침계획서를 내보이며 이러저러하다고 꽤 장황한 설명을 늘어놓는 중이었다. 이야기를 다 듣고 난 스탈린은 더없이 흡족한 듯 빙글 웃고는 국제정세마저 자신들에게 유리하게 변하고 있으니 좋은 징조라며 김일성의 남침계획을 허락했다. 자신감을 얻은 김일성은 꿍쳐 두었던 속셈을 끄집어내어 전쟁을 속히 종결짓기 위해서는 개전과 동시에 부산을 점령하는 것이 관건이라고 설명하고는, 그러기 위해서는 소련해군 군함이 꼭 필요하다고 했다. 스탈린은 테렌티 포미치 슈티코프가 보내준 보고서를 보았다고 말하고는, 아무리 그래도 드러내놓고 군함을 지원할 수는 없다고 하면서도 기뢰는 가능하다고 했다. 그러자 김일성은 군함이 안 되면 병력만이라도 해상으로 이동시킬 수 있도록 상선이라도 지원해달라고 했다. 스탈린은 어디로 얼마의 병력을 이동시킬 것인지 물었다. 김일성은 정동진과 옥계 해안 일대에 1,800명과 삼척과 임원 해안 일대에 1,300명 그리고 부산에 600명을 침투시킬

것이라고 했다. 스탈린은 테렌티 포미치 슈티코프가 보내준 보고서
에는 부산뿐이었는데 군이 다른 곳까지 침투시켜야 하는 이유를 물
었다.

　김일성은 동해안으로 침투하는 목적은 강릉에 주둔한 국군8사
단의 퇴로를 차단하고 삼척에 주둔한 국군8사단 21연대가 8사단
을 지원하는 것을 저지하면 남진하는 인민군5사단과 협공으로 국
군8사단을 단숨에 무너트릴 수 있고, 국군8사단이 무너지면 청년방
위대와 경찰뿐인 동해안선을 인민군의 손아귀에 넣은 것은 시간문
제라고 했다. 그러면서 인민군 병력을 대대적으로 부산에 상륙시켜
후방에서 치고 북상하면 전쟁은 두 달도 걸리지 않을 것이라고 했
다. 스탈린은 곰곰이 생각하니 딴은 그럴 법한 소리라는 듯이 안색
을 달리하더니 소련해군의 소형 경비정 몇 척과 수송함 두 척을 민
간 수송선으로 개조하여 지원해주겠다고 했다. 그러자 김일성은 못
내 감격한 나머지 기쁘다는 표정으로 고맙다면서 고개를 꾸벅 숙이
고 나서는 능숙한 소련어로 입을 떼어 한반도를 통일된 사회주의국
가로 만들어 소련 위성국가로서의 역할을 다할 것이며 소련을 이념
의 조국으로 섬기겠다는 아첨을 덧붙였다.

　스탈린은 만족한 듯 고개를 끄떡이고는 다시 한 번 모택동을 찾
아가 군사지원을 요청해보라고 말하고는, 자신은 국제정세 변화에
따라 해방전쟁에 착수하겠다는 김일성과 북한 인민들의 제의에 동
의하니 모택동도 지원을 해주면 좋겠다는 친서를 써주었다.

김일성은 그날로 모스크바를 떠나 북경으로 향하여 다음 날 모택동을 만났다. 김일성의 남침계획을 듣고 스탈린의 친서까지 받아 쥔 모택동은 군사지원을 할 수 없다던 종래의 생각을 뒤집고는 국공내전 초기에 북한의 도움을 받은 빚을 갚기 위해서라도 나서겠다고 했다. 그러면서 중공군 내에서 조선인으로 구성된 2개 사단의 병력을 북한에 넘겨주겠지만, 국공내전이 막바지이므로 추가 병력지원은 그때그때 사정을 봐 가면서 하겠다고 했다.

같은 시기, 콰잘라인에서 중간 급유를 받고 괌의 아프라 항구에 도착한 백두산함은 그곳에서도 일본군에게 강제징용으로 끌려왔다가 귀국하지 못한 교민들의 열광적인 환영을 받고, 미국 해군으로부터 3인치 포탄 100발을 사들였다. 그런 후 기름과 물을 구입하여 교민들의 환송을 받으며 출항했다.

박옥규는 진해로 향하는 동안 이성호와 김동배를 불러 두 사람이 머찬트 해양대학교에서 받았던 항해교육을 참고로 하여 해군의 항해용어를 체계적으로 정리했다.

백두산함은 어느덧 거제도를 눈앞에 두었고 오랜 항해의 끝이 보였다. 장승포 앞을 지나 이수도를 눈앞에 두었을 때 멀리 대죽도와 가덕도 사이에 구월산정과 고성정이 보였고, 그 주위를 에워싼 채 맴도는 한 무리의 어선들도 보였다. 어선에는 태극기를 든 어부들이 만세를 부르며 백두산함을 반기는 중이었다.

"함장님, 저게 다 뭡니까?"

송석호는 뜻하지 않은 광경에 그만 뭐라고 형언할 수 없는 감정이 뭉클 가슴속을 기어오르는지 목구멍이 콱 틀어막힌 것처럼 목소리가 글그렁거렸다.

"구월산정과 고성정이 마중을 나왔군."

박옥규도 감개무량함을 금할 길 없다는 듯이 목소리가 낮고 약간 떨렸다.

"어선들이 몰려나와 저렇게 반길 줄은 미처 몰랐습니다."

송석호는 감동을 주체하지 못하겠다는 듯 감탄하고 흥분했다.

"그만큼 우리 국민이 백두산함에 거는 기대가 크다는 것이지. 그러니까 앞으로 최용남 중령을 함장으로 모시고 백두산함을 이끌어 나가야 하는 송 소령의 어깨가 무거운 것이야."

박옥규는 송석호에게 백두산함 부장으로서의 사명과 책무가 중차대하다고 일러주었다. 송석호는 불굴의 의지가 엿보이는 격정적 어조로 잘 알겠다고 대답했다. 박옥규는 송석호의 어깨를 두드리며 격려하다가 고성정에서 보내오는 발광신호를 발견하고는 대함답례 준비를 하라고 지시했다.

송석호는 즉시 함내 통신장치 마이크를 쥐고서 "총원 좌우현 대함답례 준비!"라고 구령을 내렸다. 백두산함 승조원들은 좌우현 갑판으로 나뉘어 함수에서 함미까지 일렬횡대로 나란히 섰다.

이윽고 백두산함이 구월산정과 고성정 사이로 지나치자 구월산정과 고성정 갑판에 나란히 선 수병들이 백두산함을 향해 대함경례를 했다.

"경례!"

송석호의 구령이 떨어지자 백두산함 승조원들은 구월산정과 고성정을 향해 답경례를 했다. 이윽고 "바로!"라는 구령이 하달되고 구월산정과 고성정에서도 경례를 마쳤다. 주위에서 이를 지켜본 어선에서는 감격과 열광의 도가니에 빠진 것처럼 태극기를 흔들어대며 쉬지 않고 만세를 불러댔다.

한편 백두산함이 입항한다는 보고를 받은 이승만은 최용남을 대동하고서 진해의 해군전용 내항 부두에서 기다리는 중이었다.

"백두산함을 인계받을 승조원들은 어때?"

이승만은 백두산함 신입승조원들의 조련이 잘 되었는지 물었다.

"모든 훈련과 교육을 다 마친 만큼 준비가 잘 되었을 뿐만 아니라, 우리나라 최초의 전투함 승조원이라는 자부심으로 똘똘 뭉쳐 사기가 높습니다."

최용남은 될 수 있는 한 분명한 어조로 발음하려 애쓰면서 큰 목소리로 또박또박 끊어서 말했다. 이승만은 고개를 끄떡거리며 "암, 그래야지."라고 말하고는 손원일이 기어이 큰일을 해냈다며 칭찬했다. 최용남은 공손히 머리를 숙이며 "그렇습니다, 각하."라고 대답했다.

"최 중령은 어째서 수군 장교가 될 생각을 했나?"

이승만은 전투함을 갖는다는 생각에 공연히 가슴이 벅차올랐는지 그만 뜬금없는 소리를 뱉었다. 최용남은 조리가 맞지 않은 엉뚱한 소리를 들었다는 듯이 잠시 망설이다 천천히 입을 떼어 해방 직후 기차 안에서 손원일을 만난 것이 인연이 되어 월남한 후 찾아가 해군장교가 되었던 사연을 개략하여 들려주었다.

이야기를 듣고 난 이승만은 기대에 찬 표정으로 "역시 손 제독에게는 남다른 뭔가가 있어."라고 중얼거렸다. 최용남은 "그렇습니다, 각하."라고 맞장구를 쳤다.

"그런데…… 거포를 장착한 군함이 입항하려면 진해만의 수심이 얕지 않겠어? 혹시 좌초라도 될까 걱정되는군."

이승만은 머리의 생각이 오로지 3인치 함포에 대한 부푼 기대감 한 가지로 가득 채워진 것처럼 말했다.

"그럴 일이 있을까 봐 가평정과 고원정을 동원하여 수심 측정을 이미 마쳤습니다."

최용남은 뒷걱정을 하는 이승만을 안심시켰다.

"어떻게……?"

이승만은 의아한 눈빛으로 쳐다보며 바닷속의 깊이를 무슨 수로 재느냐고 했다.

"그것을 측심이라고 합니다, 각하. 측심 방법으로는 수압측심과 온도측심, 음향측심, 줄측심 등이 있는데, 이 중 줄측심이 가장 널리 사용됩니다."

최용남은 이승만이 알아듣도록 조곤조곤 설명했다.

"나는 들어도 수군이 하는 일은 잘 모르겠어."

이승만은 여전히 해군을 수군이라고 지칭하면서 알아듣기 어렵다는 듯 두 눈을 슴벅슴벅했다.

"바다에서 하는 일이라 생소해서 그러실 겁니다."

최용남은 이승만의 마음을 헤아려가며 말하다가 퍼뜩 고개를 들고는 "각하, 저기! 드디어 백두산함이 나타났습니다."라고 소리치듯 말했다. 이승만은 의자에서 천천히 일어나며 손으로 모자챙을 만들어 수평선 위로 시선을 집중시켰다. 멀리 부도 옆을 비켜서 언뜻번뜻 다가오는 백두산함이 눈에 들어왔다. 백두산함 뒤에는 구월산정과 고성정이 따르고 그 뒤로는 수많은 어선들이 멸치 떼처럼 줄줄 따라붙었다.

"드디어…… 드디어……. 함포를 장착한 군함을 가지는구나……."

이승만은 감격에 겨워 말을 여물지 못했다. 최용남은 떨리는 목소리로 나직이 "그렇습니다, 각하."라고 대꾸했다. 이승만은 손가락 끝으로 소맷자락을 돌돌 감아 눈에 핑 어리는 물기를 찍어 내다가 수평선을 가리키며 "백두산함 뒤에 따라오는 저 많은 어선들은 다 뭔가?"라고 물었다. 최용남은 망원경으로 백두산함의 항적을 살피다가 이승만을 향해 가까이 허리를 숙여 입을 뗐다.

"각하, 근처에서 조업하던 어선들 같은데, 감격해서인지 뒤따라

오면서 만세를 부르는 것 같습니다."

"그래? 조업도 포기하고 백두산함을 따라오며 만세를 부른다 이 말이지?"

"그렇습니다, 각하."

"우리 백성들이 온갖 수탈질을 하던 일본 놈들 군함만 보다가 태극기가 펄럭거리는 우리 전투함을 처음 보았으니 어찌 안 그렇겠어?"

이승만은 일본을 경멸하는 듯 목소리에 앙분한 마음이 묻어 있으면서도 어딘지 모를 한숨이 섞인 어조였다. 최용남은 이승만의 마음을 살펴가며 그렇다고 대답하고는 다가오는 백두산함을 쳐다보았다.

박옥규는 벚꽃이 흐무러지도록 피어 있는 진해항의 해군전용 내항 부두가 보이자, 그동안 누적되었던 긴장이 풀리고 배 속이 땡땡하도록 술을 퍼마시고 싶은 생각에 비로소 밝은 안색을 지어보였다. 부두에 몰려 있는 여러 사람들을 바라보는 송석호는 박옥규와는 정반대로 더욱 긴장되는지 약간 떨리는 목소리로 "대통령 각하께서 나와 계시는 것 같습니다."라고 했다. 박옥규는 이승만이 몸소 마중 나올 것이라는 소리를 들은 탓인지 무덤덤한 어조로 "그렇군." 하며 입항준비 지시를 내렸다.

송석호는 함내 통신장치 마이크를 움켜쥐고서 "총원 그대로 들어. 각 부서 입항준비!"라고 구령을 내렸다. 백두산함 승조원들은 저마다의 위치로 배치되어 입항준비를 마쳤다.

"우현 스톱, 우현 아이드 원, 키 오른쪽 25도 잡아."

박옥규는 부두를 바라보면서 조함(操艦) 지시를 내렸다. 곧 조타실에서 전성관을 통해 "우현 스톱, 우현 아이드 원, 키 오른쪽 25도 잡기 끝!"이라는 복창 소리가 올라오고 백두산함은 박옥규가 의도한 대로 움직였다. 박옥규는 백두산함의 움직임과 부두와의 간격 그리고 물살의 움직임 등을 살펴가며 조함 지시를 내려 부두에 계류시켰다.

"휘리~익! 입항!"

함내 통신장치 스피커에서 호루라기 소리와 함께 입항을 알리는 소리가 흘러나왔고 "현 시각 함내 통신장치 함교에서 현문으로 이동. 현문당직자 배치!"라는 방송이 연속적으로 나왔다.

박옥규는 송석호에게 승조원을 부두에 집합시키라고 지시했다. 송석호는 함내 통신장치 마이크를 쥐고서 "기관실 당직자를 제외한 총원 지금 즉시 부두에 집합할 것. 이상 함장명 당직사관."이라는 구령을 내린 후 곧장 후갑판으로 내려갔다.

백두산함 승조원들을 바삐 움직여 부두로 올라가 집합했다. 부두 뒤쪽에 있는 동산에 키 작은 소나무와 어울린 벚나무에서는 벌겋게 벌어진 벚꽃이 분단장한 여인의 웃음처럼 화사한 빛깔로 백두산함 승조원들을 반겼다.

박옥규는 승조원들 앞으로 나서서 이승만을 향해 귀국 신고를 했다.

"해군 중령 박옥규 외 13명은 백두산함을 뉴욕에서 진해로 인수하여 왔음을 보고드리며, 아울러 인수요원 전원 무사히 귀국하였음을 신고합니다!"

이승만은 그저 감개가 무량하기만 한 얼굴로 박옥규 앞으로 다가가 악수를 나누고는 어깨를 두드리며 "우리 수군이 대견하군, 믿음직해."라고 했다. 박옥규는 굵고 큰 소리로 "감사합니다!"라고 했다.

이승만은 박옥규를 대동하고서 뒷줄에 서 있는 승조원들에게 다가갔다. 승조원들은 이승만과 악수를 할 때마다 큰 소리로 관등성명을 말했다. 승조원들과 일일이 악수를 마친 이승만은 부두에 선채 백두산함을 지그시 건너다보았다.

"선배님, 고생 많으셨습니다."

최용남은 박옥규의 곁으로 다가서며 나직한 목소리로 말했다. 박옥규는 반갑게 손을 내밀며 "이제 이 배는 최 중령의 배야."라고 했다. 최용남은 악수를 하며 "최선을 다하겠습니다."라고 대답하고는 "각하를 부산까지 모셔 주십시오."라고 했다. 박옥규는 그러겠다고 대답하고서 승조원들을 향해 출항을 준비하라고 지시했다. 승조원들은 백두산함으로 몰려가 일사불란하게 출항준비를 마쳤다.

"각하, 승함하시죠. 대한민국 전투함 백두산함이 각하를 부산으로 모실 것입니다."

최용남은 이승만을 향해 백두산함으로 오르라고 말했다. 이승만은 그러자며 최용남의 안내를 받으며 백두산함으로 향했다.

"차려~엇, 경례!"

송석호의 우렁찬 목소리에 따라 현문당직자들은 현문가교로 들어서는 이승만을 향해 일제히 경례를 올려붙였다. 이승만은 손을 들어 보이며 백두산함 후갑판으로 올라섰다.

"땡, 땡……. 대통령 각하 승함!"

함내 통신장치 스피커에서 울려나온 송석호의 목소리에 이어 마스트에 대통령 승함을 알리는 봉황깃발이 올라갔다. 박옥규는 이승만을 함교로 안내하여 특별히 마련된 의자에 앉도록 권했다. 이승만은 모든 것이 신기한 듯 함교를 휘둘러보고는 의자에 앉았다. 박옥규는 이승만을 향해 경례를 올려붙이며 "출항하겠습니다."라고 출항신고를 했다. 이승만은 손을 들어 보이며 고개를 끄떡거렸다.

박옥규는 곧 출항 구령을 내렸고 백두산함은 서서히 후진하며 부두에서 이탈했다. 박옥규는 곧 "침로 165도."라는 지시를 내렸고 백두산함 타각지시계는 165도를 가리키며 남쪽으로 방향을 잡았다. 백두산함이 함미에서 물살을 일으키며 속력을 내기 시작하자 부두의 동산에 만발한 벚꽃이 환송하듯 꽃잎을 해끗해끗 눈발처럼 흩날렸다.

외항에서 대기 중이던 구월산정과 고성정에서 백두산함을 향해 대함경례 신호를 보내왔다. 송석호는 박옥규의 지시를 받아 함내 통신장치 마이크를 쥐고서 "총원 우현 대함답례 준비!"라고 구령을 내렸다. 백두산함 승조원들은 일제히 우현 갑판으로 몰려가 함수에서 함미까지 나란히 섰다. 구월산정과 고성정에서 백두산함을 향해 경례를 하자 백두산함 승조원들은 답경례를 했다.

대함경례를 지켜보던 이승만은 박옥규를 향해 "수군은 신사야." 라며 흡족한 미소를 띠었다. 박옥규는 "감사합니다, 각하."라고 대답한 뒤 포술훈련 시범을 보이겠다고 했다. 이승만은 잔뜩 기대에 찬 표정으로 고개를 끄떡거렸다. 박옥규는 곧 "훈련, 총원전투배치!"라는 구령을 내렸고 백두산함 승조원들은 각자 발 빠르게 움직여 전투배치 위치로 이동했다.

"함포에 몇 명이 붙은 건가?"

이승만은 함수를 내려다보더니 3인치 함포에 배치된 승조원들을 세어가며 물었다.

"사수, 선회수, 장전수, 탄약수, 신관수, 전화수 각각 1명 총 6명입니다, 각하."

박옥규는 앞쪽으로 손을 뻗쳐 3인치 함포의 위치를 집어가며 말했다. 이승만은 "그렇군."이라며 고개를 끄떡이다가 이내 고개를 갸우뚱거리며 말을 이었다.

"내가 듣기로는 포탄이 엄청 비싸다고 들었는데, 훈련 때 막 쏘아도 되나?"

"훈련 때는 훈련용 모의탄을 사용합니다만, 오늘은 각하 앞에서 실탄으로 시범을 보일 생각입니다."

박옥규는 3인치 함포의 진면목을 보이겠다고 했다. 이승만은 '실탄……?'이라며 주춤거리다가 손을 저으며 입을 뗐다.

"아니야, 그럴 필요 없어. 나 보자고 그 비싼 포탄을 함부로 쏘아 서야 되겠나?"

"하지만…….'

박옥규는 자못 놀랐는지 엉거주춤했다.

"나라가 가난해서 공무원 월급도 제대로 못 주는 판에, 괌에서 겨 우 100발을 사서 가져온 것을 의미 없이 소비할 수 없어. 하와이 총 영사관의 보고에 의하면 함포를 장착하기 전에 시험사격도 했다던 데……."

이승만은 한사코 평소 하던 대로 모의탄으로 하라고 했다. 박옥 규는 알았다고 대답한 뒤 포술훈련을 지휘했다.

최용남의 설명을 들어가며 포술훈련을 지켜보던 이승만은 탄약 수가 포탄을 들고 함포 옆에서 쭈그려 앉았다 일어났다 하는 것이 안쓰러운 듯 "실제 포탄은 무게가 얼마나 되나?"라고 물었다. 최용 남은 허리를 숙여 11kg이라고 대답하고는 분당 최대 16발을 쏠 수 있으며 최대 사거리가 1.3km가 넘는다며 3인치 포의 제원까지 곁 들여 자랑스럽게 설명했다.

"전투 중에 누구라도 다치면 어떻게 하나?"

"그럴 경우는 다른 승조원이 그 임무를 수행하도록 되어 있습니 다. 그러기 위해서 승조원들 모두가 포술요원 자격을 갖추도록 훈 련을 해야 합니다."

"그러니까…… 승조원은 평소 자신이 맡은 임무가 아니더라도 급한 상황에서 다 할 줄 알아야 한다는 말이군."

이승만은 알아들었다는 듯 고개를 끄떡이며 말했다. 최용남은 그렇다고 대답했다.

승조원들이 포술훈련을 비롯해서 함상훈련을 하는 동안 백두산함은 부산으로 향했고 이승만은 최용남에게 궁금한 이것저것들을 물었다. 최용남은 그럴 때마다 세세하게 설명해주었다. 그러는 사이 가덕도와 거제도 사이를 빠져나간 백두산함은 어느덧 태종대 앞을 돌아 부산항으로 들어섰다.

부두에는 소식을 듣고 나온 부산 시민들이 대대적으로 백두산함 입항을 환영했다. 박옥규는 노련한 항해술로 백두산함을 부두에 계류시켰고, 승조원들은 이승만이 내릴 수 있도록 신속하게 현문가교 설치를 마쳤다.

이승만은 박옥규를 향해 수고가 참 많았다며 치하를 하고는 현문 앞에 도열한 승조원들에게 일일이 악수를 했다. 악수가 끝나자 박옥규는 "총원 차렷, 경례!"라는 구령을 내렸고 승조원들은 이승만을 향해 경례를 올려붙였다. 이승만은 답경례 비슷한 경례를 하고서 현문가교로 올라섰다.

"땡, 땡……. 대통령각하 하함!"

함내 통신장치 스피커에서 울려나온 송석호의 목소리에 이어 마스트에 걸렸던 봉황깃발이 내려졌다. 최용남은 이승만의 뒤를 따라

나서며 부두로 배웅했다.

　부두로 올라선 이승만은 환영 나온 시민들을 향해 손을 흔들어 답례를 하고는 최용남을 불렀다. 최용남은 이승만 앞으로 다가가 하문을 기다린다는 듯이 부동자세를 취했다. 이승만은 걱정기가 다분한 어조로 입을 뗐다.

　"노파심에서 하는 말인데…… 백두산함을 인계받을 승조원들 중에 혹시라도 남로당에서 위장 입대한 자가 있을지 모르니 각별히 신경을 쓰게."

　최용남은 단박에 엄정한 얼굴빛을 띠며 "잘 알겠습니다, 각하!" 하고서 고개를 숙였다.

　"내가 이런 걱정을 하는 것은 또다시 태극기를 단 군함이 월북하는 일이 생겨서는 절대로 안 되기 때문이야."

　이승만은 월북하거나 납치된 배를 일일이 거론하며 백두산함이 절대로 그래서는 안 된다고 했다.

　"무슨 일이 있어도 그런 일만큼은 일어나지 않도록 막을 것이니 걱정하지 마십시오, 각하."

　최용남은 마치 죄인이 된 것처럼 참담하게 고개를 떨어트리고 말했다.

　"백두산함이 진해로 돌아가거든 정박한 부두 주변에 경계근무자들을 배치시켜서 백두산함 승조원 외의 모든 외부인의 접근을 철저히 막아."

이승만은 백두산함을 비밀병기 취급하듯 하라고 했다. 최용남은 지시대로 이행하겠다고 대답했다.

"그리고 아까 오면서 보니까 저곳에 걸렸던 태극기가 너무 작던데…… 저기다가 페인트로 큼직하게 그려 넣어봐."

이승만은 항해할 때 보았던 마스트에 걸렸던 태극기만으로는 성에 안 찬다고 말하고는, 백두산함 조타실 아래의 넓은 벽 양쪽에다가 태극기를 그리라고 했다. 최용남은 당장 그렇게 하겠다고 대답했다.

"그리고 또 하나, 내가 직접 타보니까 참으로 감격스럽더군. 나는 내가 느꼈던 것을 국민들과 함께 나누고 싶어. 최 중령이 인계를 받아 새로운 승조원들이 배치되어 준비가 되는 대로 우리 국민에게 보여줘."

이승만은 전국 주요 항구로 순회하며 국민에게 백두산함을 구경시키라고 했다. 최용남은 역시 그렇게 하겠다고 대답했다. 이승만은 최용남의 어깨를 두드리고는 경호원들에게 둘러싸여 부두를 떠났다.

그 무렵 소련에서 발동선 30척에다가 범선 40척 그리고 견인용 화물선 4척을 지원받은 김일성은 이만저만 실망이 아니었다. 그나마 나중에 들어온 40mm 2연장 기관포로 무장한 어뢰정 4척이 다소 위안이 될 뿐이었다.

김일성은 소련의 미온적인 태도로 동해의 해상전력에 큰 차질이 생기자 오진우를 시켜 남한 해군력을 파악하여 보고하라고 했다.

오진우는 동해에는 묵호경비부가 있으며 그곳에 배치된 군함은 가평정 한 척이라고 말하고, 37mm 대전차포와 12.7mm 중기관총을 장착했지만 선체가 목재여서 속력이 느리고 해전이 벌어질 경우 포격에 쉽게 파손되기 때문에 위협적이지 않다고 보고했다.

김일성은 동해로 특수부대를 침투시키는 데 문제가 없겠느냐고 물었다. 오진우는 특수부대가 침투할 강릉과 삼척 지역은 속초와 가까운 거리니 원산에 있는 어뢰정과 발동선을 미리 속초로 이동시켜 두었다가, 전쟁 전날 야음을 틈타 출항시키면 기습 상륙을 하는 데 문제가 없을 것이라고 했다.

김일성은 설명을 듣고는 마음이 좀 놓이는지 굳었던 얼굴을 풀고 부산으로 침투하는 특수부대는 어떤 준비를 해야 하는지 물었다. 오진우는 발각되지 않게 침투하려면 먼바다로 돌아 내려가야 하므로 반드시 천 톤급 이상의 무장 수송선이 필요하다고 했다.

김일성은 다시 안색이 굳어지더니 소련대사관으로 사람을 보내 사정을 설명하고 천 톤급 무장 수송선의 지원을 받아내라고 했다. 오진우는 그렇게 하겠다고 대답한 뒤 서해의 인천이나 수원, 군산, 목포 등으로 특수부대를 침투시켜야 하지 않겠느냐고 물었다.

김일성은 소련의 블라디보스토크에서 보내준 배를 서해로 보낼 방법이 없다고 말하고는, 옹진반도만 점령하면 서부전선은 120km 나 축소할 수 있는 이점이 있다고 했다. 그렇기 때문에 인민군 6사단의 3여단과 14연대가 옹진반도에 주둔 중인 국군 육군17연대를 신속하게 괴멸시킬 방도를 마련해두었다고 했다.

오진우는 더는 토를 달지 못하고 알았다고 대답하고는 남로당 부산시당 연락원에게서 올라온 보고라면서 남한 해군이 전투함 한 척을 미국에서 가져왔다고 했다. 김일성은 따로 보고받아서 알고 있다고 대답한 뒤, 박헌영이 남한 해군에 위장 입대한 남로당 당원 중에 백두산함 승조원으로 발령이 난 당원에게 모종의 지령을 내려두었다고 했다.

오진우는 반색을 하면서도 어딘가 만족스럽지 못하다는 듯이 미심쩍은 눈초리로 그자가 어떤 자인지 물었다. 김일성은 이름은 최방순이며 계급은 일등수병이라고 대답했다. 오진우는 미간을 살짝 찌푸리며 "그런 졸병으로 어떻게 전투함을 나포할 수 있겠습니까?"라고 물었다. 그러자 김일성은 함경도 갑산의 산속에서 살인기계로 다듬어진 동무이기 때문에 문제가 없다고 했다.

"갑산이라면……? 문화부사령관 동지께서 부산으로 기습 상륙할 육전대를 비밀리에 훈련을 시키는 곳이 아닙니까?"

오진우는 그곳에 있던 자가 언제 남한 해군에 위장 입대했는지 의아한 눈초리였다. 김일성은 그렇다고 대답하고는 통천정과 고원정, 강화정 그리고 G요트를 납치한 자들도 모두 갑산에서 훈련시켜 남로당으로 내려보낸 자들로 모두 일당백의 결사대여서 믿을 수 있다고 했다.

한편 다시 진해로 입항한 백두산함은 천막으로 함포를 감추고 부두 주변에는 무장헌병을 배치시켜 경계를 강화했다. 최용남은 그동안 훈련과 교육을 시켰던 백두산함 승조원들을 승선시켜 군함 내부를 익히도록 했고 백두산함을 인수하여 온 승조원들에게서 엔진, 발전기, 항해장비, 포, 항해용어 등을 교육받게 했다. 승조원들은 조국에 하나밖에 없는 전투함의 승조원이라는 자부심으로 신중하고 열심히 교육받았다.

공정식은 신만균과 기관부 대원들에게 엔진과 발전기 운용방법과 항법장치 등을 전수했다. 이성호는 최성모와 장포사에게 머찬트 해양대학교에서 배웠던 포술교육을 집중적으로 전수했고, 김동배는 조타사와 갑판사에게 박옥규와 함께 편찬한 해군용어를 전수했다.

2주 후 박옥규와 승조원들은 신임 함장 최용남이 이끄는 승조원들에게 일체의 항해를 맡기고 하루 종일 조함훈련을 했다. 박옥규는 승조원들의 항해 능력이 충분하다고 판단하고서 최용남에게 백두산함의 지휘권을 넘겨주었다.

그날 저녁 박옥규는 최용남과 단둘이 진해역 앞의 한 술집에서 술잔을 마주 놓고 앉았다.

"고생을 많이 하셨는데 또 떠나시다니…… 언제 떠납니까?"

최용남은 박옥규의 술잔에 술을 그득하게 채우며 물었다. 박옥규는 술잔을 내려놓고 술병을 건네받아 최용남의 잔을 채워주며 입을 뗐다.

"곧 캘리포니아 롱비치로 예인한다고 하니까 서둘러서 가야지."

"그 돈으로 3척을, 총참모장님은 대단하신 분입니다."

"맞아, 정말 대단하신 분이야. 백두산함을 수리할 때도 부속 값 한 푼이라도 아끼겠다고 가공하는 곳을 찾아내어 똑같은 것으로 만들어 오기도 하고, 백두산함 기관실 밑바닥을 기어 다니며 닦고 페인트를 칠하고…… 총참모장님이 그러시는데 우리가 어떻게 게으름을 피울 것이며 불평 한마디를 할 수 있었겠어?"

"제가 총참모장님을 기차에서 처음 뵈었을 때 이순신 장군을 많이 생각해보셨다면서 해방된 조국의 바다를 지키는 해군을 육성하는 것이 꿈이라던 말씀이 생각납니다."

"나도 총참모장님께 최 중령에 대한 이야기를 들었어."

"선배님보다 한참 어린 신출내기에다가 항해술도 일천한데 중임을 맡게 되었으니 그저 부끄럽고, 죄송하고 고맙습니다."

"그렇지가 않아, 아해군에 연희전문학교를 졸업한 인재가 많다던가? 게다가 최 중령은 임관과 동시에 진해기지교육대 교관과 함정부 부관, 신병교육대장 등을 역임할 때 단숨에 해군의 체계를 잡아놓지 않았나? 어디 그뿐인가? 지남호를 인수하여 태평양을 건너올 때 괌에서 초대형 태풍을 만났는데도 이겨냈다는 것은 이미 조함술이 검증된 거나 마찬가지야. 또한 제주도경비사령부에서도 최 중령의 지휘력에 대해 아주 평가가 좋다고 들었는데, 이만한 장교를 찾기도 힘들어."

"아이고, 선배님, 듣기가 참 민망합니다."

"나보고 선배라고 하는 그 말도 그래. 사실 따지고 보면 최 중령이 나보다 해군 선배가 아닌가?"

"무슨…… 당치도 않습니다. 큰삼촌뻘 되시는 분에게 선배 소리를 듣다니요?"

"내가 쓸데없이 나이만 먹어서 임관과 동시에 중령 계급장을 달았지만, 최 중령처럼 소위에서 차근차근 중령이 된 장교가 진짜 해군 장교야."

"그건 선배님께서 원해서 그런 것은 아니지 않습니까? 총참모장님께서 선배님의 도움이 얼마나 절실하셨으면 삼고초려를 하셨겠습니까?"

"나한테 찾아와서 해군을 건설한다고 도와달라고 할 때만 해도 그저 그렇겠지 생각했는데…… 이렇게까지 되리라고는 생각도 못했어. 비록 나보다 나이는 어린 분이지만, 존경을 안 할 수가 없어. 그런 분의 손길이 백두산함 구석구석에 닿지 않은 곳이 없어. 그러니까 최 중령이 백두산함을 잘 이끌어줘야 돼."

"명심하겠습니다, 선배님."

"모르긴 몰라도 백두산함은 재수가 있는 배일 거야."

"재수가 있다니요?"

"카리브해를 지나올 때 돌고래 떼를 봤는데…… 수평선을 다 뒤덮을 만큼 많은 놈들 중에 흰 놈을 하나 보았거든."

"그렇다고 재수가?"

"말이 그렇다 이거야……. 어쨌든 그래도 송석호 소령이 백두산함 부장으로 남아서 최 중령을 보좌하게 되었으니 마음이 든든해."

"든든하긴 저도 마찬가지입니다."

"아 참, 그리고 내가 천거한 최성모 대위는 유능한 친구야. 도움이 많이 될 거야."

"그럴 것 같아서 포술장이라는 중책을 맡겼습니다."

"잘했군. 참, 그리고 대통령 각하께서 백두산함을 국민에게 구경시키라고 하신 거…… 뉴욕을 떠난 후 넉 달 이상 이어진 항해 때문에 선체가 온통 시뻘겋게 녹이 난 상태로는 좀 그러하니, 정비를 한후 시행하는 것이 좋겠어."

"그렇지 않아도 깡깡망치로 함체의 녹을 털어낸 뒤 페인트를 깨끗하게 칠하고, 엔진과 통신장비도 다시 정비하여 보름 후에나 출항할까 생각 중입니다. 재박훈련도 좀 해야 할 것 같고요."

"그럼, 나는 이제 백두산함 걱정은 잊어버리고 다시 미국으로 가서 나머지 전투함도 가져오고 총참모장님도 모시고 오겠네."

"또 고생하시게 되었습니다, 선배님."

두 사람은 해군과 백두산함과 손원일의 이야기를 맛나게 주거니 받거니 하며 술잔을 비우느라 밤이 깊어 가는 줄을 몰랐다. 진해역 앞은 고요하게 깊어가고 짓궂은 밤바람에 벚꽃의 낙화가 눈송이처럼 사뿐사뿐 날아다녔다.

17.

최용남은 백두산함 함체를 페인트로 깨끗하게 칠하고, 이승만이 지시한 대로 조타실 아래 널찍한 좌우현의 양쪽 벽에다가 커다랗게 태극기를 그려 넣었다. 엔진과 통신장비까지 정비하여 새롭게 단장한 후 서너 차례의 재박훈련과 항해훈련을 마치고, 주요항구 순회를 위해 진해항을 떠나 가까운 부산으로 갔다.

함포를 장착한 군함이 들어온다는 소식을 들은 사람들이 몰려들어 부두는 초만원을 이루었다. 백두산함이 정박하고 함정공개행사가 시작되자 백두산함은 사람들로 복작복작하여 승조원들은 정신이 없었다.

백두산함은 이틀간의 함정공개행사를 마치고 부산항을 떠나 묵호로 향했다. 자정을 훨씬 넘긴 시각 바다의 파도도 하늘의 별도 모두 잠이 들었고 백두산함은 울진 근해를 지나는 중이었다.

최용남은 별들이 송송히 떠 있는 밤하늘을 쳐다보다가 최성모를 불러 미드와치(Midwatch) 당직자가 누구인지 물었다.

"기관실 당직자는 김생용, 송홍기, 조종래, 한준희이며, 안전당직자는 김종식, 통신당직은 황명욱, 조타실은 이종두, 황목원, 황영일 그리고 함교는 저와 최방순입니다."

최성모는 주기도문을 외우듯이 줄줄 내리 읊었다.

"안전당직자는 수시로 순찰을 돌게 하고, 특히 우리는 레이더가 없기 때문에 야간항해 중에 졸았다가는 큰 사고로 이어질 수 있으니 견시당직자는 졸지 말고 주변을 잘 살펴야 할 것이야. 항해 중에 무슨 일이라도 생기면 언제든지 나를 깨워."

최용남은 근무 수칙을 잘 지키라고 당부하고는 자러 간다고 했다. 최성모는 알았다는 대답과 함께 경례를 하고는 "수고하셨습니다. 안녕히 주무십시오."라고 했다. 견시 근무를 하던 최방순은 뒤돌아서서 최용남을 향해 경례를 하면서 "수고하셨습니다."라고 했다. 최용남은 "수고."라는 말과 함께 답경례를 하고서 함교에서 이탈했다.

최성모는 심호흡을 한 번 크게 내뱉고는 가슴을 쫙 펴서 소금 냄새가 흠씬 풍기는 바닷바람을 들이마시고서 조함에 몰두했다.

백두산함이 어둡고 잔잔한 밤바다를 가르며 반 시간쯤 나아갔을 때 견시 근무를 서고 있던 최방순이 최성모를 향해 "포술장님 고향은 어디십니까?"라고 말을 붙였다. 최성모는 고개를 살짝 돌려 "최방순 일등수병은 어디야?"라고 되물었다. 최방순은 대답을 하지 않고 땅이 꺼질 듯이 한숨을 내쉬었다. 최성모는 이상히 여기고서 "무슨 고민이 있어 한숨을 쉬나?"라고 물었다. 최방순은 우물쭈물 말을 하지 못했다.

"털어놔 봐, 내가 도울 수 있다면 도울 테니."

최성모는 친근감 있게 말했다.

"정말 도와주시겠습니까?"

정색을 하고 묻는 최방순의 목소리에는 어딘가 냉기가 감돌면서도 어두운 여운이 맴돌았다. 최성모는 대수롭지 않게 가벼운 말투로 그렇다고 했다. 최방순은 최성모를 향해 다가서더니 슬그머니 권총을 꺼내들어 겨누었다.

"이게 뭔 짓이야?"

최성모는 마치 어떠한 상황에도 대처할 수 있게 만전의 태세를 갖춘 용맹스러운 병사처럼 당황하는 기색 없이 눈을 부릅뜨고서 소리쳤다.

"내 고민이라는 게 바로 이 배를 끌고 올라가는 거야. 도와준다고 했으니 잔말 말고 속력을 높여."

최방순은 권총을 겨눈 채 백두산함을 38선 너머로 끌고 가라고 했다.

"네놈의 정체는 뭐야?"

최성모는 순간적으로 최방순이 남로당 출신일 것이라는 짐작이 들면서도 한편으로는 틀리기를 바라며 소리쳤다.

"나……? 나는 이 배를 나포할 임무를 띠고 넘어온 공화국의 전사다. 그러니 고분고분하는 게 좋아."

최방순은 호령하듯 떠들었다.

"뭐라……? 네놈이 빨갱이라고?"

최성모는 자신의 짐작이 맞아떨어지자 재빨리 머릿속으로 위기를 벗어날 모면책을 궁리하면서 소리쳤다.

"지금 인민군 어뢰정 두 척이 38선 가까운 해역에서 기다리고 있다. 네놈만 순순히 따라주면 해가 뜰 무렵에는 안전하게 속초에 입항할 것이다. 그리되면 넌 영웅이 될 것이지만 반항하면 이 자리에서 죽을 것이다."

최방순은 설득과 협박을 적당하게 섞어 회유하듯 말했다.

"내가 그까짓 권총 한 자루 앞에 무릎을 꿇을 것 같아? 총알이 무서웠다면 애초 해군이 되지 않았어. 네놈이 대기 중이라는 어뢰정을 다 끌고 내려와서 위협을 해도 조국을 배반하지 않아. 그러니 네놈이야말로 총을 버리고 내 말을 따르는 것이 좋을 거야."

최성모는 기개가 꺾이지 않을 것처럼 강건하게 버텼다.

"패기는 넘치지만 어리석기가 짝이 없는 놈이로군."

최방순은 권총으로 최성모의 옆구리를 푹 찌르며 방아쇠를 당길 기세로 말했다. 최성모는 별수 없다는 듯 순종할 뜻을 내비치고는 조타실로 이어진 전성관에다가 입을 대고 "올 엔진 스탠드."라고 구령을 내렸다.

"더 올려!"

최방순은 권총으로 다시 옆구리를 꾹 찌르며 최고속력을 내라고 협박했다. 최성모는 잠시 멈칫했지만, 다시 전성관에다가 입을 대더니 갑자기 우렁찬 목소리로 "실전, 총원 전투배치! 반복한다, 실전 총원 전투배치!"라고 소리쳤다. 전성관으로 "실전 총원 전투배치!"라는 복창 소리가 조타실에서 올라오고 곧이어 전투배치 경보음이 백두산함을 들썩거리도록 울려 퍼졌다.

"이놈이?"

최방순은 너무나 당황하여 경겁한 눈으로 쳐다보며 권총을 쩔컥거렸다. 순간 최성모는 몸을 획 틀어 최방순을 가격했다. 최방순은 비틀거리며 두어 걸음 뒤로 물러나다가 이내 몸을 가누고서 다시 권총을 겨누었다. 최성모는 머뭇거림 없이 최방순을 향해 달려들었다.

"탕, 탕, 탕!"

세 발의 총성과 함께 최성모는 그 자리에서 쓰러졌고, 때를 같이하여 잠을 털어낸 승조원들이 "총원 전투배치!"라는 구령을 외쳐대며 각자의 전투배치 위치로 달려가느라 백두산함 전체가 우당탕거렸다.

함교에서 울린 총성을 들은 이종두는 급히 조타실에서 함교로 올라서며 "당직사관님 무슨 일입니까?"라고 소리쳤다.

"탕!"

최방순은 함교로 올라서는 이종두를 향해 권총을 쏘았다. 이종두는 그 자리에서 푹 쓰러지더니 조타실로 굴러떨어졌다.

"이 일등병조!"

황목원은 소리를 지르며 달려가 이종두를 끌어안았다.

"함교에 무슨 일이 벌어진 모양이야."

이종두는 피가 철철 흐르는 허벅지를 움켜쥐며 말했다. 그때 최방순이 함교에서 조타실로 내려서며 권총을 겨누면서 "북으로 전속 올려!"라고 소리쳤다.

"야, 최 일등수병! 이 새끼야, 너 미쳤어?"

황목원은 고압적 말투로 소리쳤다.

"간나새끼 몰라면 몰지, 말이 많아!"

최방순은 황급히 서둘러 소리치고는 권총을 쏘았다. 황목원은 그 자리에서 힘없이 폭 고꾸라졌다.

"너! 빨리 키 잡아!"

최방순은 황영일을 향해 고함을 질렀다. 그때 전투배치 구령을 듣고 올라온 최용남은 피비린내가 진동하는 조타실을 보고 사태가 심각함을 직감적으로 간파하고는 얼른 권총을 뽑아들고서 최방순을 향해 겨누었다.

"총 버려!"

"빌어먹을!"

최방순은 눈을 부릅뜨고 최용남을 쳐다보다가 함교로 뛰어 올라갔다. 최용남은 얼른 함교로 뒤따라 올라갔다. 사방은 캄캄하고 바람 소리가 쇄쇄 소리를 내며 귓가를 스쳤다.

"최방순, 투항하라!"

최용남은 어두운 구석진 곳을 향해 소리쳤다. 그때 "탕!" 하는 총

성이 울려 퍼지고 이내 사방은 바람 소리만 윙윙 날 뿐 고요했다. 최
용남은 잠시 주춤거리다가 조타실을 향해 "비상등 가져와!"라고 소
리쳤다. 뒤따라 올라왔던 송석호는 냉큼 조타실 벽에 붙은 비상등
을 빼어 들고 함교로 올라갔다.

최용남은 비상등을 받아들고 함교의 구석을 비추다가 쓰러져 있
는 최방순을 발견했다. 가까이 다가가 비추자 축 처진 오른손에 핏
자국이 눌어붙은 권총이 쥐어져 있고 총알이 관통한 머리는 형체를
알아보기 힘들었다.

"자살한 것을 보니 이놈이 남로당 놈이었군."

최용남은 끈적끈적한 피가 굳어가는 최방순의 머리를 비추어 보
며 최방순이 백두산함 납북을 시도했다가 실패한 것을 알아차렸다.
그러다가 바람 소리에 섞여 들려오는 쥐 울음 같은 신음 소리에 퍼
뜩 정신이 들어 비상등을 돌려 비추다가 "최 대위!"라고 소리쳤다.
최성모는 허벅지와 복부에 총상을 입은 채 기어들어가는 소리로
"최 일등수병은 남로당 당원이었습니다."라는 소리를 뱉고는 의식
을 잃었다.

"최 대위, 정신 차려!"

최용남은 최성모를 붙들고 소리치다가 뒤따라 올라온 송석호에
게 의무실로 옮기라고 했다. 송석호는 승조원들을 지휘하여 최성모
를 의무실로 옮겼다.

최용남은 칼로 에는 듯이 괴로운 마음을 진정시키고 함내 통신장

치 마이크를 들고서 입을 뗐다.

"총원 그대로 들어. 금일 02시 10분 현재 아해군으로 위장 입대한 남로당 당원 최방순이 본함의 나포를 시도하다가 사정이 여의치 않자 자살했다. 이에 본함은 항구 순회 일정을 모두 취소하고 긴급히 진해로 회항할 것이다. 승조원들은 그 어떤 동요도 하지 말고 각자의 위치에서 맡은 바 임무를 잘 수행하기를 바란다. 이상, 함장."

방송을 마친 최용남은 감정이 조금 전보다 훨씬 더 착잡하고 격했다. 남로당 당원이 위장 입대하여 백두산함을 노릴지 모르니 조심하라던 이승만의 말이 물속에 잠겼던 잠수함처럼 떠오르면서 얼굴이 묘하게 일그러졌다.

최용남은 미동도 않은 채 낭패감과 분노가 착잡하게 엉클어진 감정을 겨우겨우 추슬러가면서 백두산함을 남쪽으로 조함했다. 먼동이 드문드문 어렴풋이 밝아 오고 있을 때 위생사 윤영록이 함교로 올라와 경례를 했다. 최용남은 창백한 안색으로 쳐다보며 어떻게 되었냐고 물었다. 윤영록은 침통한 어조로 "포술장님께서 06시 15분에 숨을 거두었습니다."라고 보고했다. 순간 최용남은 '내가 천거한 최성모 대위는 최 중령에게 도움이 많이 될 거야.'라던 박옥규의 말이 귓전을 훑으면서 울컥 눈물이 솟구쳤다.

최용남은 눈물을 감추려고 출렁대는 가슴을 진정시키느라 길게 심호흡을 한 번 하고서 나직한 음성으로 "다른 대원들은……?"이라고 물었다. 윤영록은 모두 중상을 입었지만 생명에는 지장이 없다고 대답했다. 최용남은 티끌이 눈에 들어간 것처럼 불그스름하게 물든 눈을 깜박거리고는 "수고했어, 잘 보살펴줘."라고 했다. 윤영록은 알았다는 대답과 함께 경례를 하고서 돌아섰다.

수평선 위에서 주홍의 화염을 뿜던 동해는 그사이 찬란한 아침해를 물 위로 발끈 밀어 올리고, 갈매기들은 끼룩끼룩 우울한 소리로 울어대며 백두산함 주변으로 날아다녔다.

한편 김일성은 이른 아침부터 참모들을 모아놓고 남침계획을 최종 점검 중이었다.

"각 사단 지휘관들은 일본군 놈들과 싸웠던 게릴라 출신으로 배치했으며, 예하부대의 군관들은 중앙군관학교와 정치 및 포병군관학교 출신 6,346명을 임명했습니다. 사단 배치를 보면 보병 1사단을 비롯해서 2, 3, 4, 5, 6, 10, 12, 13 및 15사단 등 10개 사단이 준비를 마쳤고, 105전차여단과 603모터사이클연대는 38선으로 이동중이며, 독립포병연대는 122mm 곡사포 12문, 122mm 평사포 24문으로 무장을 완료했으며, 독립고사포병연대는 37mm 고사포 24문, 85mm 고사포 12문, 대구경 고사기관총 30문으로 무장을 완료했습니다. 또한 독립연대는 통신, 공병, 경호 3개 대대 그리고 국경수비대인 4개의 독립여단 병력까지 합한 총병력 17만 5,000명의 해방전사들이 명령만 떨어지기를 기다리고 있습니다."

김책은 대한민국 전도가 나타나 있는 큼직한 상황판을 막대기로 짚어가며 인민군 전체의 남침준비 상황을 두루 포괄하여 설명했다. 김일성은 고개를 끄떡이고는 턱을 치켜들어 이활을 가리켰다. 이활은 자리에서 일어나 서슴없는 말투로 입을 뗐다.

"조선민주주의 인민공군은 1개 항공사단으로 전폭기, 전투기 그리고 훈련연대, 2개의 항공정비대대 등을 포함하여 239대의 항공기가 준비를 마쳤고, 전투기 조종사 32명과 훈련기 조종사 151명, 항공정비 77명, 무기담당 항공특수요원 및 기술자 67명 등 2,900명의 병력이 명령만 기다리고 있습니다."

설명을 듣고 난 김일성은 제법 흡족한 얼굴로 뒷짐 지고 고개를 끄떡거리고는 입을 뗐다.

"공군은 그나마 소련공군에서 파견한 마이오리 맥심 소좌 동무의 도움으로 전투력을 갖추었는데, 해안방어에만 치중할 수밖에 없는 해군이 문제야. 어쨌든 그만하면 됐고……. 이제 남조선의 군사력에 대해 말해보시오."

한쪽 모로 물러나 있던 김책은 다시 앞으로 나서서 "남조선의 육군 사단 편제에 대해 설명 드리겠습니다."라고 입을 뗀 후 상황판을 향해 돌아서서 말을 이어나갔다.

"첫째, 개성을 방어하고 있는 백선엽 대령 휘하의 1사단은 11연대 2,600명, 12연대 2,750명, 13연대 2,600명 그리고 공병과 포병대대를 포함하여 9,800명이며, 서울을 방어하는 이종찬이 이끄는 수도사단은 8연대 2,620명, 18연대 2,800명뿐인 데다가 그나마 병력

중 의장대가 많고 공병과 포병은 아예 없어 전력이라고도 할 수도 없는 오합지졸들입니다."

"용산에 주둔한 17연대는 어디로 갔소?"

김일성은 고개를 기웃이 기울이며 물었다. 김책은 17연대의 병력 2,500명이 옹진반도에 주둔한 백인엽의 지휘 아래로 편입되었다고 설명했다. 김일성은 고개를 끄떡이고는 계속하라고 했다. 김책은 다시 돌아서서 상황판을 가리키며 입을 뗐다.

"의정부 지역의 유재흥이 이끄는 7사단은 1연대 2,500명, 3연대 2,500명, 9연대 2,450명 공병과 포병대대를 포함한 9,700명입니다. 그리고 춘천 정면의 중부 산악지대에 배치된 김종오가 이끄는 6사단은 2연대 2,300명, 7연대 2,400명, 19연대 2,170명, 공병과 포병대대 포함한 9,200명이며, 동해안 국도에 배치된 이한림이 이끄는 8사단은 10연대 2,500명, 21연대 2,470명, 공병, 포병대대 포함한 6,900명입니다. 그 외 후방지역은 현재 소백산맥에서 활동하고 있는 우리의 빨치산 부대를 토벌하기 위해 대전에 주둔한, 이형근이 이끄는 2사단은 5연대 1,900명, 16연대 2,400명, 25연대 2,200명과 공병과 포병대대 합하여 7,900명이며, 부산과 대구 주변에 주둔한 김석원이 이끄는 3사단은 22연대 2,650명, 23연대 2,600명, 포병 없이 공병을 포함한 7,100명이며, 광주 주변에 주둔하여 전라남북도와 지리산 주변의 치안 유지에 전념하고 있는 이응준이 이끄는 5사단은 15연대 2,120명, 20연대 2,200명, 1독립대대 700명이며 공병과 포병은 없습니다."

김책의 막힘없는 시원스러운 설명을 듣고 난 김일성은 더없이 흡족한 듯 만면에 미소를 머금으며 천천히 입을 뗐다.

"해방전쟁은 단숨에 끝내지 못하고 시간을 끌면 미국 놈들이 달려들 것은 불 보듯 빤한 일이오. 미국 놈들이 달려들기 전에 끝내기 위해서는 무엇보다도 먼저 부산을 해방시키는 것이 매우 중요하오. 부산만 해방시키면 일본에 주둔 중인 미국 놈들이 발붙일 곳이 없으니까 남조선 놈들은 그야말로 독안 든 쥐 꼴이 되는 거다 이 말이오. 그러기 위해서는 2군단 김광협 소장 동무와 5사단 김창덕 소장 동무 그리고 1경비여단 오백룡 소장 동무는 신속하게 남조선 8사단을 초전에 격파하여 강릉을 해방시킨 후 남하하여, 개전 전날 945육전대와 645육전대가 삼척과 옥계로 침투하여 확보할 진격로를 통해 신속하게 부산까지 진격해야 할 것이오. 수원, 대전, 대구를 거쳐서 부산으로 가려면 넘어야 할 산맥도 하나둘이 아닌데다가 중간 중간에 한강, 금강, 섬진강, 낙동강이 가로막고 있어 시간이 너무 많이 걸리지만 동해해안을 따라 내려가면 거치적거릴 것이 없으니, 강릉만 무너트리면 단숨에 부산까지 내려갈 수 있다 이 말이오."

김일성은 마치 술 취한 놈처럼 자기 말만 주절거리다가 김일을 쳐다보며 감정을 누르기 어렵다는 듯 볼을 씰룩거리며 격정적인 어조로 입을 떼어 "갑산에서 훈련받은 특수 육전대는 빈틈없이 준비가 다 되었소?"라고 물었다. 김일은 자신감이 넘치는 표정으로 그렇다고 대답하고는 여간한 자랑거리를 늘어놓듯 길게 빼는 어투로 뒷말을 이어나갔다.

"소련으로부터 지원받은 배는 어뢰정 4척과 발동선 15척에다가 군함을 개조한 천 톤급 수송선 두 척 입니다. 그중 수송선 두 척은 길이 70m, 폭 10m, 최고속력은 12노트로서 무장병력을 실어 나르는 데 문제가 없습니다. 특히 특수 육전대를 태우고 갈 한 척에는 부산항만에 부설할 기뢰 1,000발을 포함하여 85mm 전차포 1문과 중기관총 4문의 무기가 장착되어 있기 때문에 설령 바다에서 남조선의 군함을 만나더라도 능히 해치울 수 있습니다. 그리고 이 모든 선박들은 6월 20일까지 속초항으로 전진배치하고, 그동안 비밀리에 훈련시켜온 특수부대원 600명은 6월 22일까지 속초로 이동시켜 대기할 예정입니다. 이제 부산으로 침투하여 부산항만을 점령하는 것은 시간문제입니다."

"좋소! 좋소!"

김일성은 듣기만 해도 옥죄인 마음이 풀린다는 듯 팔팔하게 생기가 도는 어투로 말하고는 이내 김창덕을 향해 "특수 육전대가 부산을 점령한 후 부산으로 상륙할 병력은 문제없소?"라고 물었다.

"부산을 해방시킬 만반의 준비는 다 끝났습니다."

김창덕은 자신만만한 태도로 가성까지 써서 한껏 우람한 목소리로 대답했다.

"만반의 준비라는 것이 어떤 것인지 구체적으로 설명해보시오."

김일성은 김창덕이 제대로 준비한 것이 맞는지 대해 미진한 감을 감추지 못하겠다는 듯이 단도직입으로 물었다.

"특수 육전대는 속초에 대기하다가 개전과 동시에 수송선으로 이동 후 부산에 상륙하여 부산항만을 점령한 후 곧 바로 기뢰를 부설할 것입니다. 그리고 다음 날 중공군 164사단 출신과 조선의용군 출신으로 구성된 2개 여단 병력이 다른 수송선으로 이동하여 부산에 상륙하면 지체 없이 양산, 울산 쪽으로 밀고 올라올 것입니다. 그리하여 동해해안을 따라 남진하는 인민군5사단 병력과 포항에서 합류하면 일주일 안으로 부산과 동해해안은 완전하게 우리 손에 넣게 될 것입니다. 그와 동시에 부산으로 내려갔던 수송선 두 척은 원산으로 돌아가 숨겨둔 예비사단병력을 싣고 다시 부산으로 가 상륙시킬 것입니다. 부산에 합류한 예비사단병력은 2진으로 나누어 1진은 진해, 마산, 진주를 거쳐 전라도로 진격하고 2진은 밀양, 청도, 대구를 거쳐 북상하여 앞뒤에서 맹렬하게 국군을 공격한다면 해방전쟁은 계획했던 것보다 훨씬 빨리 끝낼 수 있습니다."

김창덕은 김일성이 품은 의혹을 불식시키겠다는 듯 당돌한 눈빛으로 쳐다보았지만 말씨는 정중했다. 김일성은 더 들을 것도 없다는 듯 고개를 끄떡이며 돌아서서 오진우를 향해 "그밖에는 어찌하고 있소?"라고 물었다.

오진우는 벌떡 일어나 상황판 앞으로 나서서 김일성이 잘 볼 수 있도록 비켜서서 지시봉으로 짚어가며 글 읽듯 또박또박 입을 뗐다.

"인민군 6사단은 옹진과 해주, 1사단은 개성, 3사단과 4사단은 연천, 2사단은 춘천, 12사단은 인제, 5사단은 양양으로 각각 6월 15일까지 38선에 전면 배치를 마쳤고 현재는 암호명 폭풍이 하달될 때만을 기다리는 중입니다."

설명을 듣고 난 김일성은 긴요한 말을 빼먹은 것처럼, 모자람을 보충하겠다는 듯이 "에……."라고 기억을 더듬어내는 소리를 길게 꼬리를 끌며 앞으로 나와 입을 뗐다.

"이제 우리 인민과 해방전사들은 이 땅에서 개인주의적이며 부르주아로 물들은 남반부의 잔재를 몰아내고 광복절 5주년 기념식과 더불어 민족해방 행사를 갖기 위하여, 조국해방전쟁이라는 민족적 대과업을 앞에 두고 한뜻과 한마음으로 완전 동체가 되었소. 곧 전쟁개시를 알리는 폭풍이 하달되면 조속히 국토완정의 대과업을 완수할 수 있도록 모두 분발하여주시오."

김일성이 눈알을 반짝이며 결의를 다지는 훈계를 끝내자 모두 하나같이 대가리를 까딱 숙이며 몸과 마음을 바치겠다는 굳고 굳은 다짐과 같은 대답을 했다.

한편 최용남은 진해로 돌아가 부상자 세 명을 입원시키고 최방순의 시신은 헌병대로 넘겼다. 최성모는 소령으로 진급되어 장례를 치렀다.

장례식이 끝난 후 최용남은 김영철에게 사태의 책임을 지고 백두산함 함장 사퇴는 물론 군복까지 벗겠다며 전역을 요청했다. 하지만 김영철은 손원일이 귀국할 때까지 보류하겠다고 말하고서 비어 있는 포술장 자리를 유용빈 대위로 채워주고, 죽은 최방순과 부상당한 세 명으로 비게 된 인원까지 보충해주었다. 최용남은 김영철의 제안을 받아들이면서 또 어떤 사태가 일어날지 모르니 수술을 할 수 있는 능력을 갖춘 군의관을 인사발령 내달라는 부탁을 했다. 김영철은 최용남의 뜻에 따라 김인현 중위를 백두산함 군의관으로 발령 내주었다.

최용남은 일상으로 돌아와 순회일정을 다시 시작하기 위해 출항을 앞두었지만, 박옥규가 추천해준 최성모의 죽음 때문에 가슴이 갈기갈기 찢어지듯 마음이 아팠다. '유능한 친구야, 도움이 많이 될 거야.'라던 박옥규의 말이 귀에 쟁쟁 울릴 때마다 몰아치는 죄책감과 회한에 몸부림을 쳤다. 하지만 이대로 있을 수만 없어 심기일전해서 마음을 추스를 생각으로 승조원 모두의 단체사진을 찍기로 했다.

최용남은 송석호를 함장실로 불러 자신의 뜻을 전하고 단체사진을 찍을 준비를 하라고 했다. 송석호는 알았다고 대답하고서 함장실에서 나와 곧장 CPO(Chief Petty Officer)실로 찾아갔다. 그러고는 이종인에게 단체사진 찍을 준비를 하고 사진을 찍을 때 정복을 착용하라고 지시하고는 사진사를 데리러 갔다.

이종인은 갑판부 승조원들을 이끌고 부두에 수병들이 올라설 수 있도록 두 개의 계단식 받침대를 만들고 그 앞에 장교와 CPO가 앉을 의자 일곱 개를 놓았다.

백두산 승조원들이 정복을 차려입고서 부두로 나와 웅성거리고 있을 때 송석호가 사진사와 함께 나타났다.

이종인은 수병들을 지휘하여 뒷줄에 있는 두 개의 계단식 받침대와 의자가 놓인 바닥 뒤에 3열 횡대로 세웠다. 최용남은 앞줄에 놓인 일곱 개의 의자 중 가운데에 앉고, 좌우현에 송석호와 신만균을 앉히고 나머지 의자에 유용빈, 최영섭, 강영혁, 김종식을 앉혔다.

사진사는 손짓을 해가며 백두산함 승조원의 시선을 사진기로 집중시켰고, 백두산함 승조원들은 사진기 렌즈를 맞바로 쳐다보았다. 이윽고 사진사는 차광포를 뒤집어쓴 채 초점을 맞추더니 백두산함 승조원 60명의 형상을 필름에 결상시켰다.

단체사진을 찍고 난 뒤 최용남은 승조원들 앞으로 나서서 침통한 목소리로 입을 뗐다.

"제군들이 다 알다시피 우리 해군은 지난 5년 동안 해방된 조국의 열악한 환경을 딛고 눈물겹게 일어나는 과정에서 배가 고파서, 잠잘 곳이 없어서, 입을 옷이 없어서 집으로 돌아간 자들도 있었다. 하지만 우리는 이러한 역경과 고난에도 굴하지 않고 우리 손으로 전투함을 갖고자 하는 열망으로 총참모장님을 핵으로 똘똘 뭉쳐서 봉급을 보태고 갖은 험한 일을 해서 마련한 돈으로 드디어 바로 이 백두산함을 갖게 되었다. 제군들 중에서도 백두산함을 사는 데 돈을 보탠 자들도 있고 노동력을 보탠 자들도 있을 것이다. 이렇게 피와 눈물과 땀으로 갖게 된 백두산이 하마터면 북괴의 손아귀로 넘어갈 뻔했다. 다행히 전임 포술장 고 최성모 소령의 희생으로 위기를 모면할 수 있었지만, 나는 백두산함 함장으로서 책임감을 통감한다. 내가 제군들을 소집하여 훈련을 시킬 때, 한 사람의 실수와 태만으로 해군의 피땀이 고스란히 담긴 전투함을 잃을 수 있으며 그로 인하여 전 승조원들이 몰살할 수 있으니, 해군은 공동운명체라고 강조했던 말을 제군들은 기억할 것이다. 우리 모두는 전임 포술장인 고 최성모 소령에게 빚을 졌다. 그러므로 우리는 고 최성모 소령의 희생이 헛되지 않도록 각자 최선을 다하여 맡을 바를 충실하게 해야 할 것이다. 본함이 명일 오전에 출항하여 남은 순회일정을 무사히 마칠 때까지 새로운 마음가짐으로 근무에 임해주기를 바란다, 이상. 알았나?"

출항에 앞서 정신력이 결여되지 않도록 기강을 쇄신하는 훈시를 들은 승조원들은, 비장한 결의를 갖춘 모습으로 엄숙하지만 큰 소리로 알았다고 대답했다.

다음 날 아침 진해를 떠난 백두산함은 묵호로 올라갔다. 묵호항에 입항하자 묵호경비부 사령관 김두찬 중령은 50여 명의 장병을 부두 외곽과 백두산함 근처에 배치시켜 삼엄하게 경비했다.

이틀 동안의 함정공개행사를 탈 없이 마치고 백두산함이 출항할 때 김두찬은 가평정을 출항시켜 호위하도록 지시했다. 백두산함은 덕산 앞 해상까지 가평정의 호위를 받고서 홀로 남쪽으로 향했다.

제주도와 목포, 군산, 인천을 차례로 돌며 순회 공개행사를 마치고 진해로 회항했을 때는 토요일 밤이었다.

부두에 계류를 마치자 이종인은 갑판사들을 지휘하여 계류삭 정리와 현문가교를 설치하느라 분주히 움직였고, 김생용은 기관부 수병들을 이끌고 육전(陸電)용 전선을 부두로 끌어내느라 용을 썼다. 김생용이 부두의 전원박스에 육전용 전선을 연결하고 기관실의 발전기를 끄자 백두산함은 일순간에 산골 마을처럼 고요해졌다.

"발전기를 끄니 마치 절간 같구만."

현문에 있던 최영섭은 왼쪽 팔뚝에 굵은 노란색 줄이 세 개가 둘러쳐진 검은색 완장을 차며 말했다. 그때 김창학이 다가서며 "당직사관님, 총원 후갑판에 집합하라는 함장님의 지십니다."라고 말했다. 최영섭은 팔뚝에 찬 당직사관 완장을 툭툭 치며 알았다는 대답과 함께 함내 통신장치 마이크를 집어 들었다.

"총원 그대로 들어. 총원 지금 즉시 후갑판으로 집합할 것, 이상 함장명 당직사관."

함내 통신장치 스피커를 통해 나간 구령은 백두산함 구석구석으로 전달되었다. 탄약고에 있던 최석린도, 기관실에 있던 송홍기와 조종래, 유제현도, 위생실에 있던 윤영록도, 통신실의 황명욱도, 조타실에서 항박일지를 정리하던 최갑식도, 취사장에 있던 조경규와 김동식도 모두 빠짐없이 후갑판으로 모여들었다.

최영섭은 모두 집합한 것을 확인하고서 당직병을 함장실로 보냈다. 당직병은 곧장 함장실로 달려가 최용남을 향해 집합완료를 보고했다. 최용남은 당직병을 앞세우고 후갑판으로 향했다.

최영섭은 최용남이 나타나자 승조원들을 향해 "총원 차려!"라는 구령을 내리고 돌아서서 최용남을 향해 대표경례를 했다.

"총원 59명, 사고 0명, 현재원 59명 집합완료 했습니다."

최용남은 답경례를 하고서 "열중쉬어."라고 했다. 최영섭은 뒤로 돌아 "열~쭝 쉬어!"라고 말하고는 다시 뒤로 돌아서서 최용남을 바라보며 열중쉬어 자세를 취했다. 최용남은 얼굴빛을 바로잡아 순탄한 안색으로 입을 뗐다.

"그동안 순회 함정공개행사를 위해 수고들 많았다. 제군들도 봐서 알겠지만 우리 국민이 백두산함에 거는 기대가 크다. 그런 만큼 제군들도 백두산함의 승조원인 것에 강한 자부심을 가지고 더욱 충실하게 근무해줄 것으로 믿는다. 오늘이 토요일이지만 현재 시각이 밤 11시가 넘어가고 있으니 외박은 없다. 대신 당직사관은 내일 외출자를 아침 일찍 나갈 수 있도록 조처하고, 이 시각 이후 영외거주자는 퇴근을 해도 좋다. 이상!"

최용남의 훈시가 끝나자 최영섭은 차려 자세를 취하고는 뒤로 돌아 "총원 차려!"라는 구령을 내린 후 다시 돌아서서 최용남을 향해 대표경례를 했다. 최용남은 답경례를 하고서 자리를 떠나 함장실로 향했다.

최영섭은 다시 뒤로 돌아서서 승조원들을 향해 "해산!"이라고 구

령을 내렸다. 승조원들은 제각각 흩어져 휴식에 들어가고 영외거주
자들은 퇴근을 서둘렀다.

그 시각 인민군은 서쪽의 옹진반도에서부터 금천, 장풍, 연천, 철
원, 화천, 양구, 인제, 양양에 이르는 38선 전역에 배치를 마치고서
암호명 폭풍이 하달되기를 기다리는 중이었다.

오진우는 김일성의 지시대로 강원도 정동진과 옥계 그리고 금진
으로 침투시킬 병력 1,800명과 삼척과 임원에 침투시킬 1,300명 그
리고 죽변과 울진에 침투시킬 1,500명을 발동선 30척과 여러 척의
소형 수송선에 분산 승선시켜 4척의 어뢰정으로 호위하게 하며 속
초항을 떠나보냈다. 하지만 부산으로 침투시킬 특수부대 600명을
태운 수송선은 야밤에 맞추어 부산 외항에 도착시키기 위해 출항을
정오로 미루었다.

드디어 새벽 4시가 되자 김일성은 전 인민군에게 암호명 폭풍을
하달했고 38선으로 집결한 인민군은 10개 보병사단과 105전차여
단 그리고 603모터사이클연대를 앞세워 일제히 38선을 넘어섰다.

그 시각 38선을 경계하던 남한 육군 병력은 삼분의 일 이상이 주
말 외출과 농번기 휴가 중이었고, 일선 사단장들도 영내(營內)에 머
물지 않아 인민군의 기습공격에 무방비 상태로 당했다. 게다가 육
해공군총사령관을 겸하는 육군총참모장 채병덕마저 전날 참석한
육군본부 장교구락부 준공식 파티에서 과음한 탓에 골아 떨어져 전

화를 받지 않았다. 그러기는 국방부장관인 신성모도 매한가지였다.

육군이 38선 전역으로 노도처럼 밀려드는 인민군에게 속수무책으로 무너져가고 있을 때 해군본부 정보감실에 긴급보고가 들어왔다.

"묵호경비부에서 올라온 보고입니다. 오늘 새벽 가평정이 경계항해를 하던 중 옥계 북방 5km 해안에 상륙 중인 북괴군 함정을 만나 공격을 받고 즉각 응사하여 상륙정 1척을 격침하고 발동선 1척을 나포했지만 그사이 발동선 30여 척과 소형 수송선 수십 척이 뿔뿔이 해안으로 흩어져 상륙하여 인민군병력을 풀어놓고서 북으로 도주했답니다."

"뭣이라? 북괴군이 상륙을 해?"

함명수에게 김두찬이 보낸 보고를 전해 들은 김영철은 자기 귀가 의심되어 멍한 표정으로 꿈꾸듯 말했다. 함명수는 가평정까지 전투 중에 좌현에 피격을 당해 묵호경비부로 긴급 회항했다며 자못 심각한 표정으로 어찌하면 좋을지 물었다.

"대체 얼마나 상륙했다는 거야?"

"어림잡아 3,000명이 넘는답니다."

"뭐? 3,000며…… 어…… 엉?"

"그렇습니다, 아무래도 심상치가 않습니다."

"국방부에 보고했어?"

"일요일이라 그런지, 아무리 전화를 해도 받지를 않습니다."

"전화를 안 받아? 그렇다면 이거 큰일이잖아? 묵호경비사령부는 어떻게 대응한데?"

"김두찬 사령관이 기지대원들과 경찰 그리고 동네 청년단을 끌어모아 육전대를 편성하여 방어 중이랍니다."

"이거…… 아무래도 김일성이가 전면전을 벌인 것 같아. 이대로 두고 볼 수만 없는 일이야. 가평정이 움직일 수 없다면 동해는 무방비 상태야. 어서 진해 통제부에 연락해서 백두산함을 올려 보내라고 해."

"국방부에 보고부터 해야 하지 않겠습니까?"

"전화도 안 받는데, 사안이 위급하니 지시를 기다릴 시간이 없어. 이후에 벌어지는 모든 상황에 대한 책임은 내가 질 테니, 해군은 지금부터 내 지시대로 움직여."

"알겠습니다. 당장 통제부사령관에게 하달하겠습니다."

"그리고 호놀룰루에 계시는 총참모장님께 빨리 이 사실을 알려드려."

김영철은 머릿속에 갖가지 떠오르는 생각들을 요리조리 정리하여 말했다. 함명수는 알았다고 대답하고서 급히 돌아섰다.

18.

　어느덧 일요일 아침이 밝았다. 백두산함 승조원들은 저마다 휴일을 즐기고 있었다. 야간 현문당직자는 늦잠을 자고, 취사장은 아침밥 먹은 식기를 설거지하고, 모처럼 편지를 쓰거나 책을 읽는 자도 있고, 어떤 자들은 부두의 수도시설이 있는 곳에 여럿 모여 군복을 세탁하고, 부두 건너 쪽의 연병장에서 축구시합을 하기 위해 편을 가르는 자들도 보였다.

　연병장 주변에 듬성듬성 서 있는 미루나무의 암녹색 이파리는 쏟아지는 햇빛을 받으며 무심히 너울거리고, 잔가지가 간들간들 흔들리는 플라타너스에서는 매미 소리가 귀청을 찢는 듯이 시끄럽게 울어댔다.

　"아따, 저놈의 매미새끼들 징그럽게 울어쌌네."

　전병익이 짜증 섞인 말로 소리치다가 눈을 까끄름하게 뜨고 부두 끝을 쳐다보며 "저거 통제부사령관님 지프 아니야?"라고 했다. 김창학은 하던 것을 멈추고 얼굴을 배스듬히 돌려 쳐다보고는 "맞네."라고는 고개를 꺄울이며 말을 이었다.

"뒤에 스리쿼터(Three-Quarter) 세 대도 따라오네. 무슨 일일까? 일요일 아침부터……."

"또 출동 나가라는 거 아닐까?"

전병익은 지금까지 풀어져 있던 표정이 굳어지면서 말했다.

"무슨 소리야? 어젯밤에 들어왔어."

김창학은 어림없는 소리 말라며 면박을 주면서도 지프가 백두산함 현문 앞에 멈추어 서도록 눈을 떼지 못했다.

지프가 백두산함 현문 앞에 멈추자 뒤따라오던 반트럭 세 대도 연달아 끼익 소리를 내며 멈추었다. 백두산함 주위에서 경비를 서던 헌병들이 일제히 김성삼을 향해 경례를 올려붙였다. 김성삼은 답경례를 하는 둥 마는 둥 하고는 백두산함 현문으로 들어서다가, 잠시 멈추어 함미에 걸린 태극기를 향해 경례를 하고서 발걸음을 뗐다.

"차렷, 경례!"

최영섭의 구령에 맞추어 부직사관, 당직병조, 당직수병이 힘찬 구호를 뱉으며 경례를 올려붙였다. 김성삼은 답경례를 하고는 최영섭을 향해 "외출, 외박, 휴가자가 있나?"라고 물었다. 최영섭은 김성삼의 갑작스러운 방문을 맞이할 준비가 안 되었다는 듯 뻣뻣하게 선 채로 "네."라고 대답했다. 그러는 사이 당직병조는 함내 통신장치 마이크를 잡고서 "통제부사령관 승함."이라고 방송하고 당직수병은 재빨리 통제부사령관 승함을 알리는 깃발을 마스트로 올렸다.

김성삼은 최영섭에게 인원보고를 해보라고 했다. 최영섭은 냉큼 현문에 비치된 인원현황판을 들고서 큰 소리로 입을 뗐다.

"총원 60명, 사고 27명, 현재원 33명, 사고내용 외출 12명, 영외 거주자 15명, 이상!"

김성삼은 입술을 잘끈 물더니 곧 "지금 즉시 승조원 비상소집망을 가동해."라고 지시했다. 최영섭은 놀란 눈으로 쳐다보며 "훈련입니까?"라고 물었다.

"나도 몰라. 해군본부에서 부총참모장님으로부터 내려온 지신데, 사안이 위급하다는 것밖에는 알려진 것이 없어."

김성삼은 김영철이 내려보낸 지시라고 했다. 최영섭은 즉시 경례를 올려붙이고는 함내 통신장치 마이크를 집어 들었다.

"총원 그대로 들어, 현 시각 이후 하던 일을 멈추고 즉시 현재 복장 그대로 후갑판에 집합. 다시 한 번 알린다, 총원 현 복장 그대로 후갑판에 집합."

"아, 뭐야? 이 빨래들 다 어떻게 해?"

윤영록은 발로 세탁물을 푸닥거리하듯 짓밟으며 투덜대다가 함께 빨래를 하던 김동식을 향해 "너는 어서 연병장으로 뛰어가 집합이라고 해."라고 소리쳤다. 김동식은 알았다고 대답하고는 젖은 발로 연병장을 향해 뛰어갔다.

"스리쿼터는 왜 온 겁니까?"

최영섭은 부두에 세워져 있는 반트럭에 실린 확성기를 이상히 여기며 김성삼을 향해 물었다. 김성삼은 반트럭에 승조원 3명씩 태워서 진해 시내로 흩어져 돌아다니며 방송할 것이라고 했다. 최영섭은 귀를 쫑긋 세우며 "무슨 방송 말입니까?"라고 물었다.

"백두산함 승조원 귀대하라는 방송이지 뭐겠어? 9명을 차출해."

김성삼은 긴말은 않겠다는 듯 요점만 말했다. 최영섭은 긴장된 표정으로 "네." 하며 그만 입을 다물었다.

"사안이 워낙 엄중한 것 같아 진해시장에게 통보하여 각 동마다 백두산함 장병들 귀대하라는 방송을 하도록 요청을 했지만, 그렇다고 비상연락망을 가동하지 않을 수가 없어. 그리고 잠시 후 현측에 유조선이 계류할 것이니 유류수급 준비를 하고 또한 부식차량도 곧 도착할 것이니 받을 준비해."

김성삼은 사실상 출항준비를 지시했다. 최영섭은 뭔가 심상치 않음을 깨닫고는 한껏 굳어진 표정으로 알겠다고 대답했다.

그사이 김창학이 최영섭 앞으로 다가와 경례를 하며 집합을 마쳤다고 보고했다. 최영섭은 후갑판으로 나아가 승조원들 앞에 서서 입을 뗐다.

"방금 해군본부로부터 긴급 출항 지시가 떨어졌다. 따라서 이 시각 이후 외출자와 영외거주자를 비상소집하고 나머지는 출항준비를 할 것이다. 전기장은 해산하는 즉시 발전기 가동하여 육전에서 함전(艦電)으로 바꾸고 육전용 전선을 철거할 것이며, 내연사는 엔진 점검을 하고 보수사는 물을 보충하고 오일킹은 유조선이 오는 대로 기름을 보충하고, 주계장은 부식차량이 도착하는 즉시 부식작업을 한다."

최영섭은 마치 실타래의 실마리를 잡은 듯 입에서 지시사항을 거침없이 술술 풀어내고서 비상연락요원 앞으로 나오라고 했다. 전병익을 비롯한 7명이 앞으로 나섰다. 최영섭은 고개를 주억거리며 숫자를 세어보고는 다시 승조원들을 향해 "포갑부 6명, 작전부 3명 앞으로 나와."라고 소리쳤다. 홍양식을 비롯한 승조원 9명이 앞으로 나서자 최영섭은 한 걸음 다가서서 입을 뗐다.

"너희 아홉 명은 부두에 있는 스리쿼터에 나누어 타고 진해 시내를 돌아다니며 백두산함 승조원들 즉시 귀대하라는 방송을 정오까지 하고서 귀대한다. 그리고 비상연락요원은 스리쿼터를 타고 진해 시내로 나가 각자 맡은 영외거주자 집으로 향한다. 전병익 일등병조는 통제부사령관님 지프를 타고 함장님 댁으로 가. 다들 알아들었나?"

전병익을 비롯한 16명은 한목소리로 알았다고 대답했다.

"어서 올라타!"

최영섭의 지시가 떨어지자마자 승조원 16명은 쏜살같이 부두로 나가 세 대의 반트럭에 나누어 올라탔다. 지프와 반트럭은 곧 출발하여 뽀얀 먼지를 일으키며 부두를 벗어나 저만치 갔다.

모처럼 늦잠을 즐기고 일어난 최용남은 마루에서 늦은 아침을 먹던 중에 이마에 물 같은 땀을 흘리며 급히 대문으로 들어서는 전병익을 발견하고는 눈이 휘둥그레졌다.

"함장님, 긴급출항 명령이 떨어졌습니다."

전병익은 숨을 헐떡거리며 경례를 하고서 소리쳤다. 최용남은 어디가 아픈 사람처럼 안색이 흐려지며 "긴급출항? 무슨 일로……?"라고 물었다.

"통제부사령관님께서 직접 오셔서 말씀하셨습니다."

전병익은 자기도 까닭은 모른다고 말하고는 큰길에 지프가 대기하고 있다고 했다.

"통제부사령관님께서? 알았어."

최용남은 머리가 쑤시는 것처럼 앓는 소리로 말한 뒤 안방으로 들어가 군복으로 갈아입고 나섰다.

대문 밖으로 나서서 골목길을 빠져나와 큰길로 들어서자 여기저기서 백두산함 승조원 귀대하라는 방송이 떠들썩하게 들려왔다. 동사무소마다 확성기에서 백두산함 장병 귀대를 알리는 방송이 요란스럽게 울려 퍼지고, 반트럭은 "백두산함 장병들은 지금 즉시 귀대하시오."라는 방송을 해대며 거리를 헤집었다.

최용남은 지프를 타고 급히 통제부로 들어가 부두에 도착했다. 외출자들과 영외거주자들도 속속 모여드는 중이고 백두산함은 출항준비로 어수선했다.

최용남은 현문으로 들어서서 갑판에서 기다리고 있는 김성삼 앞으로 다가가 경례를 하고는 "사령관님, 휴일에 대체 무슨 일입니까?"라고 급히 사정을 물었다.

"안으로 들어가서 이야기해."

김성삼은 까닭은 말하지 않고 사관실로 들어가자고 했다. 최용남은 알겠다고 대답하고는 최영섭을 향해 입을 뗐다.

"현재까지 미귀대자 몇 명이야?"

"외출자 두 명을 포함한 모두 일곱입니다."

최영섭은 몸을 곧추세우고 말했다.

"일곱……? 장교와 직별장도 있나?"

"네."

"귀대하는 대로 내게 보고하고 출항준비에 만전을 기해."

최용남은 준엄한 표정으로 지시한 뒤 김성삼을 사관실로 안내했다.

같은 시각 해군본부로부터 북한이 남침했다는 보고를 받은 손원일은 대번에 자신이 이승만에게 김일성은 남침을 하고도 남을 위인이니 그에 대한 대비를 해야 한다고 했던 말부터 떠올랐다. 그러면서 그 말이 무슨 예언이나 되듯 기어코 터지고 말았다는 생각에 미치자 이 상황을 어떻게 대처해야 할지 몰라 마음이 어지러웠다. 손정도의 도움으로 어려움을 벗어났던 김성주가 김봉환의 사주를 받은 박상실을 도와 김좌진 암살에 끼어들고, 결국 그 일로 일본군에

게 만주를 침략할 수 있는 길을 터주고 손정도까지 죽음에 이르게
되었던 일들이 머릿속에서 회오리바람처럼 일어났다.

"김성주 이놈이 기어이⋯⋯."

손원일은 도무지 이 믿을 수 없는 현실을 어떻게 받아들여야 하
는 것인지 눈앞이 깜깜하고 가슴이 울렁거려 말을 잇지 못했다.

"국방부에서는 연락이 없는데, 이게 정말일까요? 정말 북괴 놈들
이 남침을 했다면 국방부에서 가만있을 리가 없지 않습니까?"

박옥규는 김영철이 보내온 보고가 차라리 잘못된 것이기를 바
랐다.

"묵호경비부의 가평정이 북괴군 선박과 전투를 벌이는 도중에
3,000명이 넘는 병력이 해안으로 상륙했다면 이건 단순한 침투가
아닙니다."

손원일은 유감스럽게도 김영철의 보고가 잘못되지 않았다고 했
다. 박옥규는 사실이라면 당장 출항해야 하지 않겠느냐고 했다.

"그 전에 김영식 총영사께 자세히 알아보는 것이 좋겠습니다."

손원일은 한숨 쉬듯 말하고는 호놀룰루 총영사관에 다녀오겠다
며 후갑판으로 향했다. 후갑판으로 나서자 부두에 승용차가 들어서
멈추더니, 김용식이 급히 금강산함 현문으로 들어서며 손원일을 보
자마자 다짜고짜 "손 제독, 각하께서 군함 3척을 다 이끌고 급히 귀
국하라는 지시를 내리셨소."라고 소리치듯 말했다.

"총영사님, 대체 본국에 무슨 일이 터진 것입니까?"

손원일은 절박함이 눌어붙은 목소리로 물었다. 김용식은 다급한 목소리로 김일성이 새벽에 38선 전역을 밀고 내려왔다고 했다.

"그렇다면 그 말이 사실이군요?"

손원일은 해군본부로부터 연락을 받았다고 했다.

"해군본부에서요……? 국방부장관은 대체 뭘 하고…….."

김용식은 신성모를 원망하고는 언제 출항할 수 있는지 물었다. 손원일은 대답 대신 상황을 미국에서도 알고 있는지 물었다. 김용식은 동경에 있는 맥아더사령부에서 보고를 했으니 알고 있을 것이라고 했다.

"그렇다면 출항을 조금 늦추더라도 미국 국방성에 연락을 넣어 주시죠."

손원일은 무기를 더 싣고 갈 수 있도록 김용식이 나서달라고 했다. 김용식은 정색을 하고는 당장 귀국하라는 이승만의 지시를 어길 참이냐고 물었다.

"빨리 가는 것이 능사가 아닙니다. 아시다시피 포탄 살 형편이 되지 못해서 겨우 100발씩 실었는데, 전쟁이 터진 마당에 포탄을 달라고 하면 설마 안 된다고 하겠습니까?"

손원일은 샌프란시스코에서 산 금강산함, 삼각산함, 지리산함 3척의 전투함에 포탄을 가득 싣고 갈 심산이었다. 김용식은 시들한 어투로 "그 사람들이 그렇게 해줄까요?"라고 물었다.

"몇 발 되지도 않는 포탄으로 돌아가봐야 제대로 된 싸움을 할 수나 있겠습니까?"

손원일은 인민군이 쳐내려왔으니 미국은 포탄이 아니라 전투함이라도 달라면 줄 것이라고 했다.

한편 백두산함은 승조원들 비상소집을 마쳤고, 유류수급과 부식을 싣느라 시끄럽고 어수선했다.

김성삼은 사관실에서 최용남에게 해군본부에서 내려온 지시사항을 하달하는 중이었다.

"오늘 새벽에 묵호경비부의 가평정이 옥계 북방 5km 지점에서 북괴가 내려보낸 괴선박 30여 척과 전투가 벌어졌다. 한 척을 침몰시켰지만 나머지는 모두 북으로 도주했고 가평정도 피격을 당해 묵호경비부에서 긴급 수리에 들어갔다. 부서진 가평정보다 더 걱정이 되는 것은 해안으로 상륙한 북괴군 병력이다. 더구나 북괴군이 옥계 해안에만 상륙한 것이 아니라 삼척과 맹방 해안으로도 상륙한 사실이 밝혀졌다. 해서…… 해군본부에서는 또 내려올지 모를 북괴군을 차단시키기 위해 백두산함 출동을 명했다."

"그럼 우리 임무는 동해 38선 바다를 막는 것입니까?"

"현재로서는 그렇다, 하지만 출항한 후 작명이 어떻게 변할지 모른다."

"혹시, 나라에 무슨 일이 생긴 것은 아닙니까?"

최용남은 딱히 뭐가 집히는 것은 아니지만 마음을 스치는 불안한 느낌을 지울 수 없었다.

"만약 그렇다면 국방부에서 어떤 지시가 떨어졌을 텐데……."

김성삼은 해군본부의 작전명령이기 때문에 그럴 가능성은 없다고 했다.

"그렇긴 하지만 뭔가 이상하지 않습니까?"

"나도 같은 생각이지만 섣부른 예단은 금물이야. 어쨌든 지금 출항하면 현 시각 가덕도를 벗어나고 있을 구월산정과 고성정을 청사포앞 해상에서 만나게 될 거야. 그때부터 최 함장이 작전을 지휘하게."

김성삼은 백두산함이 기함으로서 구월산정과 고성정을 지휘하라고 지시하고서 일어났다. 최용남은 뒤따라 일어서며 사관실 문을 열었다. 김성삼은 사관실 밖으로 나서며 모자를 쓰고는 통로를 따라 후갑판으로 향했다. 현문 앞에 서서 뒤따라 나온 최용남을 향해 손을 내밀었다.

"어깨가 무거운 만큼 잘 해낼 것으로 믿는다."

"충무공 정신으로 임하겠습니다."

"좋아, 잘 다녀오도록 하게."

최용남은 알았다는 대답과 함께 경례를 올려붙였다. 김성삼은 답경례를 하고는 돌아서서 함미 국기게양대에 걸린 태극기를 향해 경례를 하고서 곧 현문으로 나섰다.

최영섭은 왼쪽으로 나란히 서 있는 부직사관, 당직병조, 당직수병을 향해 차렷과 경례라는 예령과 동령을 구분하여 구령을 내렸다. 현문당직자들은 일제히 현문 밖으로 나서는 김성삼을 향해 거수경례를 붙였다. 김성삼은 답경례를 하고서 부두로 내려섰다. 당직병조는 함내 통신장치 마이크를 잡고서 "통제부사령관 하함."이라고 방송하고 당직수병은 재빨리 마스트에 걸린 통제부사령관 깃발을 내렸다.

최용남은 최영섭을 향해 "각 부서 출항 15분 전."이라고 말했다. 최영섭은 굵고 짧은 목소리로 대답하고는 곧 함내 통신장치 마이크를 들고서 "총원 그대로 들어, 각 부서 출항 15분 전."이라고 구령을 내렸다.

백두산함 승조원들은 재빠르게 각자의 위치로 이동했다. 기관실은 발전기가 시끄럽게 돌아가고 주 엔진은 스크루를 돌릴 만반의 준비를 끝냈다. 조타실에는 장학룡이 타륜을 점검하고, 김창학은 기관실과 백두산함의 속도 명령을 주고받는 기관전령기를 점검하고, 통신실의 황명욱은 통신기 작동상태를 확인했다.

갑판 좌현에는 수병들이 이종인의 지휘를 받으며 횡대로 섰다. 이유택은 함수 국기봉 앞에, 김호민은 함미 국기봉 앞에 자리했다.

최용남이 함교로 올라가자 송석호와 좌우현에 배치된 전화수 정병열과 조삼재가 최용남을 향해 경례를 했다.

"이상 없나?"

최용남은 송석호에게 의례적인 점검사항을 확인했다.

"기관실, 통신실, 조타실, 모두 이상 없습니다."

송석호는 머리를 두른 음력전화기의 한쪽 헤드를 벗겨내며 말했다. 최용남은 꼭 다문 입으로 고개를 까딱하고는 곧 "출항 5분 전."이라고 지시를 내렸다. 송석호는 "출항 5분 전!"이라고 복창을 한 후 이내 함내 통신장치 마이크를 집어 들었다.

"총원 그대로 들어, 출항 5분 전!"

백두산함 구석구석으로 구령이 울려 퍼지자 현문당직자는 현문 당직 근무 탁자와 현문을 철거하고, 갑판수병들은 이종인의 지시에 따라 함수의 1번 계류삭만 남겨두고 2, 3, 4번 계류삭을 차례로 걷어냈다.

함교에서 갑판을 살피던 최용남은 "키 왼편 15도, 좌현 백 원(Back One)."이라고 했다. 송석호는 복창을 하고서 전성관에 입을 대고 조타실에 같은 구령을 내렸다. 조타실에서 전달받은 장학룡은 턱을 치켜들고서 전송관에 입을 대어 "아이 써, 키 왼편 15도, 좌현 백 원."이라고 복창을 하고는 타륜을 돌렸다. 옆에 있는 김창학은 좌현 기관전령기를 앞뒤로 서너 번 왕복시킨 뒤 바늘을 BACK ONE 위치에 놓았다. 이윽고 함미의 함저(艦底)에서 물살이 휘감아 돌면서 백두산함은 뒤로 움직이기 시작했다. 이종인이 힘차게 호루라기를 불고서 "올 렛고!"라고 소리치자 마지막 남은 1번 계류삭이 걷어졌다.

"휘리~익! 출항!"

호루라기 소리와 출항을 알리는 송석호의 목소리가 함내 통신장치 스피커를 통해 울려 퍼졌다. 때를 같이하여 함수 국기봉의 이유택과 함미 국기봉의 김호민은 해군기와 태극기를 내리고, 함교의 유봉화는 마스트에 태극기를 올렸다.

"키 왼편 30도, 올 백 원."

최용남은 백두산함의 전후좌우를 살펴가며 조함 구령을 내렸다. 송석호는 복창을 하고서 전성관에 입을 대고 같은 소리를 반복했다. 장학룡은 큰 소리로 복창을 하고서 힘차게 타륜을 돌렸다. 김창학은 양쪽 기관전령기를 앞뒤로 흔들고서 바늘을 BACK ONE 위치에 놓았다.

백두산함은 부두에서 이탈하여 미끄러지듯 움직이기 시작했다. 최용남은 부두에 서 있는 김성삼을 향해 백두산함 승조원을 대표하여 거수경례를 올려붙였다. 김성삼은 자세를 고쳐 잡고서 백두산함을 향해 답경례를 했다.

"각 부서 출입항요원 배치해제, 연안항해요원 배치 붙어."

백두산함 승조원들은 함내 통신장치 스피커를 통해 울려 퍼지는 구령에 따라 일사불란하게 움직였다. 백두산함은 곧 물고기가 방향을 바꿀 때처럼 바다에 둥글게 원을 그리는 물결 파장을 일으키며 방위를 바꾸고서 함미로 물살을 힘차게 밀어내며 앞으로 나아갔다.

김성삼은 멀어져가는 백두산함을 한참 지켜보다가 지프를 타고 부두를 떠났다.

백두산함은 전속력으로 옥포만을 가로질러 가덕도와 거제도 사이를 빠져나갔다. 해운대 앞바다를 벗어나 동해로 들어선 지 10여 분 지났을 무렵 송석호가 북동쪽을 가리키며 "우와~! 함장님, 저거 돌고래 떼 아닙니까?"라고 탄성을 질렀다. 과연 송석호의 말대로 물속에서 힘차게 솟구쳐 오르며 떼 지어 이동하는 돌고래 무리가 보였다. 수평선은 온통 뜀박질을 해대는 돌고래 천지였고 하늘에는 갈매기가 벅신벅신 떼를 지어 끼룩끼룩 울어댔다.

"함장님, 제가 백두산함을 인수해 올 때 카리브해에서 돌고래 떼를 보긴 했지만 우리나라에서는 처음입니다."

송석호는 자랑삼아 떠들어대며 넋 나간 표정으로 돌고래 떼를 바라보았다.

"돌고래 떼가 지나가면 날씨가 안 좋아지는데…… 하늘을 보니 비가 내릴 것 같기도 하고…… 곧 황천(荒天)준비를 해야겠군."

최용남은 바다 날씨가 어떻게 변할까 근심스러운 표정이었다.

"하지만 드넓은 바다에서 돌고래 떼를 만나다니, 어쩐지 기분이 좋아지지 않습니까? 박옥규 함장님께서도 항해 중에 돌고래 떼를 만나면 기분이 좋아진다면서 백두산함에 좋은 일이 생길 것 같은 징조라고 하시던데요."

송석호는 굳이 박옥규와 나누었던 이야기를 들추어가며 말했다.

"그래……? 정말 좋은 일이 있으려나?"

최용남은 재수를 운운하며 송석호처럼 행운이 있을 징조라던 박옥규의 말을 떠올렸다. 그때 안종경이 "좌현 견시보고!"라고 소리치고는 "아함(我艦) 두 척, 방위 350도, 거리 7마일."이라고 물체의 움직임을 보고했다. 최용남은 쌍안경을 집어 들고 좌현 쪽 바다를 살펴보았다. 힘겹게 물살을 밀어내며 북상 중인 구월산정과 고성정이 포착되었다.

"연안에 돌아다녀야 할 낡고 작은 배가 대해로 나온다는 자체가 무모한 것 아닙니까?"

송석호는 몰아치는 파도를 감당하지 못하고 기우뚱거리며 나아가는 구월산정과 고성정을 보기가 안타깝다는 듯이 말했다.

"단 한 척이 아쉬운 판에, 그나마 저런 경비정이라도 많았으면 좋겠어."

"총참모장님께서 백두산함과 똑같은 전투함 3척을 더 끌고 오시면 동서남해에 한 척씩 내보내고 한 척은 대기시키고…… 정말 든든하지 않겠습니까?"

"우리가 함포를 장착한 군함을 가지겠다고 돈을 모을 때가 엊그제 같은데, 이런 군함을 가지고 보니 정말 뿌듯해."

"그렇습니다. 목선 소해정에서 근무할 땐 꼭 어부 같았는데, 이렇게 함포가 떡하니 장착된 군함에서 승선하게 되니 비로소 진짜 해군이 된 것 같습니다."

송석호는 백두산함 승조원이라는 사실이 자랑스러운 듯 웃음기를 담은 얼굴로 떠들었다. 그때 이태기가 "우현 견시보고!"라고 소리쳤다. 최용남은 우현 쪽으로 천천히 고개를 돌렸다.

"정체불명의 물체 피어오름! 방위 030도! 거리 알 수 없음!"

이태기는 쌍안경에서 눈을 떼지 않은 채 동쪽 수평선을 가리키며 반복해서 소리쳤다. 최용남과 송석호는 쌍안경을 들고 동쪽바다를 살폈다. 수평선 끝자락에서 시커먼 연기가 피어오를 뿐 아무것도 보이지 않았다.

"바다 한가운데 연기라니…… 이상하지 않습니까?"

송석호는 괴상하다는 듯이 고개를 갸웃거렸다.

"바다에서 검은 연기가 피어오를 곳이라고는 연돌밖에 없어. 연기가 솟아오르는 크기로 보아서 적어도 천 톤은 족히 넘는 증기선 같아. 이 근처 해역에 그만한 배가 있을 리가 없는데……?"

최용남은 지구가 둥글기 때문에 8마일 이상 떨어진 물체는 보이지 않으니 다가가서 확인하는 것이 좋겠다고 했다. 송석호는 알았다고 대답하고는 곧 전성관을 통해 "키 우현 전타!"라고 구령을 내렸다. 조타실에서 같은 소리의 복창이 올라오고 곧이어 백두산함은 동쪽으로 급선회했다.

최용남은 전속력을 내라고 명령했고 백두산함은 물살을 힘차게 밀어내며 속력을 높였다. 파도를 가르며 힘차게 얼마쯤 나아가자 시커먼 물체가 가물가물 보였다.

"스컹크 컨택, 거리 10마일, 속력, 침로 알 수 없음!"

이태기는 여전히 쌍안경에서 눈을 떼지 않은 채 중계하듯 견시보고를 멈추지 않았다.

"뭔가 찜찜해, 해군본부에 스컹크 출현을 알리고 조치를 바란다고 해."

최용남은 검은 괴선박의 정체가 꺼림칙하다는 듯이 말했다.

"아이 써(Aye Sir)!"

송석호는 알았다는 대답과 함께 통신실과 연결된 전화기를 들고서 해군본부에 상황을 알리라고 했다. 통신실의 황명욱은 즉각 해군본부에 상황을 보고했다.

같은 시각 해군본부 상황실은 인천경비부와 묵호경비부에서 연달아 올라오는 보고 때문에 정신을 가눌 수 없게 바쁘고 어지러웠다. 그런 혼란 속에서도 김영철은 백두산함의 위치를 물었고, 함명수는 묵호경비부에 도착 예정 시각이 다음 날 새벽 01시 30분이라고 대답했다.

"현재 강릉지역 상황은 어떤가?"

김영철은 강릉이 무너지면 백두산함을 묵호경비부에 입항시켜야할지 말아야 할지 고민이었다. 함명수는 인민군을 잘 막아내고 있다는 국방부의 말은 믿을 것이 못 된다고 하고서, 뒷받침할 만한 물증이라도 보이겠다는 듯 정보감에서 파악한 정보를 입에 담았다.

"묵호경비부 정보감에서 올라온 보고에 의하면 강릉지구를 방어하는 육군8사단이 인민군 1경비여단과 5사단을 막아내기도 벅찬데, 정동진과 옥계해안으로 상륙한 인민군이 후방을 공격하는 바람에 삼척에 주둔한 8사단 21연대를 급히 북쪽으로 이동시켜 강릉 남쪽의 군선강(君仙江) 일대에 상륙한 인민군 후방을 치게 했답니다. 김두찬 사령관이 긴급히 편성한 육전대도 합류하여 인민군과 전투를 벌이다가 옥계 남방 도직리에서 인민군 1개 중대를 만나 33명을 사살했답니다. 하지만 지금 묵호경비부는 사실상 텅텅 빈 상태이기 때문에 인민군이 또 해상으로 내려와 상륙한다면 한순간에 넘어갑니다."

"그렇다면 가평정은 어찌한다는 거야?"

"다행히 가평정은 피격당한 곳을 긴급히 때우고 출항했답니다."

"어디로?"

"옥계 북방 3마일 지점에서 해안가에 상륙한 인민군을 향해 기관포를 사격하면서 육군 21연대를 지원 중입니다."

"북괴군 군함이 또 언제 남하할지 모르는 다급한 판국이라, 백두산함이 빨리 도착해야 할 텐데……."

"그렇습니다, 백두산함이라도 올라가서 해상에서 포격지원을 하면 숨통이 트일 것입니다."

두 사람이 전황을 논의하고 있을 때 작전장교가 들어서며 경례를 하고서 전문을 내밀었다. 함명수는 냉큼 받아들고 살피다가 김영철을 향해 입을 뗐다.

"백두산함이 스컹크를 칸택했는데 지시를 내려달랍니다."

김영철은 눈살을 모으고 고개를 갸웃거리며 입을 뗐다.

"지금 그쪽 해역에는 일본이든, 미국이든, 소련이든 드나들 선박
이 없지 않은가?"

"그렇습니다, 그런데 괴선박이 남쪽으로 움직인다는 것이 뭔가
이상합니다."

"혹시 모르니, 정보감이 교신해봐."

김영철은 함명수가 직접 백두산함과 교신하여 전후 사정을 알아
보라고 했다. 함명수는 알았다는 대답과 함께 경례를 붙이고서 돌
아서 통신실로 향했다.

같은 때 최용남은 눈앞에 나타난 수송선을 향해 접근 중이었다.
송석호는 구월산정과 고성정을 불러서 합동으로 작전을 수행하는
것이 어떻겠느냐고 물었다.

"아까 돌고래 떼 못 봤어? 곧 파도가 높아질 거야. 스컹크가 해안
으로 접근하지 못하게 막을 준비를 하라고 해."

최용남은 높은 파도를 피해 이동하는 작은 군집성 어류나 오징어
를 따라 움직이는 돌고래 뒤에는 필시 거친 파도가 닥쳐올 것으로
믿었다. 그 때문에 구월산정과 고성정에게 해안가를 따라 이동하면
서 괴선박이 해안으로 접근하지 못하게 차단하라고 했다.

송석호는 알았다는 대답과 함께 구월산정을 향해 발광신호를 보
냈다. 이어 구월산정으로부터 알았다는 발광신호가 왔다. 그때 황명
욱이 함교로 올라서며 최용남을 향해 경례를 했다.

"방금 해군본부 정보감님과 교신했습니다."

최용남은 황명욱을 쳐다보며 "뭐래?"라고 물었다.

"현재 묵호 쪽 해상이 다급하여 지체할 시간이 없으니, 신속하게 조사를 하고서 수상한 점이 없으면 바로 올라가랍니다."

황명욱은 묵호경비부가 위태롭게 되었다고 했다. 최용남은 알았다고 대답하고서 다른 지시가 있으면 그때그때 보고하라고 했다. 황명욱은 알았다는 대답과 함께 경례를 올려붙이고서 돌아섰다.

최용남은 곧 "방위 110, 양현 아이드 홀."이라며 조함 구령을 내렸다. 송석호는 복창을 하고서 전성관에 입을 대고 같은 말을 반복했다. 조타실의 장학룡은 반복을 하고서 타륜을 빙그르 돌리고, 김창학은 양쪽 기관전령기를 빠르게 앞뒤로 서너 번 왕복시키고는 바늘을 FULL 위치에 놓았다. 백두산함은 곧 18노트의 속력으로 점점 거칠어지는 파도를 박차고 나아갔다. 함수에 부딪힌 파도가 함수갑판을 덮치고 산산이 쪼개진 물거품은 물보라를 일으키며 함교까지 날아들었다.

백두산함이 20여 분 파도를 가르며 나아간 끝에 굴뚝에서 연기를 펑펑 내뿜으며 남하하는 선박 한 척이 정체를 드러냈다. 눈결에 잠깐 스쳐보아도 천 톤이 넘어 보이는 수송선이었다.

"스컹크 속력 10노트, 침로 150도 이상!"

이태기는 쉬지 않고 쌍안경으로 수송선을 이리저리 살펴가며 견시보고를 했다.

"함장님, 이상합니다. 겉모양은 FS급 해군수송선처럼 생겼는데 선체가 모두 검은색이고 선명(船號)도 표시하지 않았습니다."

송석호는 괴선박의 정체가 수상쩍다고 했다.

"국적기는커녕 아무런 깃발도 없고, 대체 뭐하는 놈들이야? 안 되겠어, 킬로(Kilo) 깃발 게양해."

최용남은 괴선박과 교신을 요구한다는 신호를 보내라고 했다. 송석호는 조타사 박순서를 향해 같은 지시를 내렸다. 박순서는 냉큼 기류박스에서 K기를 끄집어내어 마스트에 매달았다. 마스트에 절반은 노랗고 절반은 푸른 깃발이 힘차게 펄럭거렸다. 하지만 괴선박은 아무런 반응을 보이지 않았다. 최용남은 정지신호를 보내라고 했다. 송석호는 박순서를 향해 "오스카(Oscar), 리마(Lima) 깃발 올려!"라고 소리쳤다. 박순서는 재빠르게 기류박스에서 O기와 L기를 끄집어내어 기류줄에 묶고서 마스트로 올렸다. K기가 주르륵 내려온 자리에 빨강색과 노란색이 대각선으로 이등분 된 깃발과 노란색과 검은색이 아래위와 좌우로 4등분 된 깃발이 펄럭거렸다. 하지만 괴선박은 비웃기라도 하듯 멈추기는커녕 오히려 속력을 높였다.

"저놈들이 도망갈 심산인 것 같습니다."

송석호는 안달하는 목소리로 말했다. 최용남은 출항지와 입항지가 어딘지 물어보라고 했다. 백두산함 마스트에는 곧 리마(Lima), 델타(Delta), 오스카(Oscar) 깃발이 올라가 펄럭거렸고, 괴선박은 여전히 묵묵부답이었다. 백두산함은 "국적기를 게양하라(JF).", "국적을 밝혀라(NHJPO)."라는 기류를 연속적으로 올렸지만 괴선박은 여전히 우이독경이었다.

"날이 점점 어두워져, 못 본 것이 아닐까요?"

송석호는 괴선박이 못 보았을 수도 있겠다고 했다. 최용남은 발광신호를 보내라고 했다. 박순서는 기류박스에서 이탈하여 우현의 12인치 탐조등이 있는 곳으로 옮겨 스위치를 켜고는 곧 모스부호 신호로 국적, 출항지, 목적지를 대라는 신호를 보냈다. 하지만 괴선박은 여전히 반응을 보이지 않았다.

최용남은 수상하다고 하면서도 박순서를 향해 발광신호를 멈추지 말라고 했다. 박순서는 계속해서 같은 동작으로 발광신호를 보냈다. 사방은 차츰 어두워지고 게다가 바람까지 세차게 불어 백두산함은 좌우로 심하게 흔들거렸다.

같은 시각 백두산함으로부터 괴선박의 남하를 저지할 것을 허락해달라는 요청을 받은 김영철은 고개를 갸웃거렸다.

"검문에 불응하며 전속력으로 남하를 한다는 것은 필시 정체를 밝힐 수 없다는 이야긴데, 그렇다면 십중팔구 북괴가 내려보낸 수송선이라는 소리……? 동해 해안으로 상륙했던 인민군들처럼 남쪽 어딘가에?"

김영철은 요리조리 궁리하다가 어떤 감이 언뜻 잡힌다는 듯이 눈을 반뜩이고는 말을 이어나갔다.

"그렇지! 부산으로 상륙하려는 인민군을 실은 배가 틀림없어."

"그럼 이거 큰일입니다. 빨리 조치를 취해야 하지 않겠습니까?"

함명수는 괴선박 격침지시를 내리자고 했다.

"그래도 만에 하나 아니라면 국제적인 책임을 면하기 어려우니, 좀 더 가까이 접근해서 정밀 검색하는 것이 좋겠어."

김영철은 갑자기 책임 소재가 마음에 걸린다는 듯 생각 따로 말 따로 행동했다.

"그러다가 만약 북괴군 수송선이라면 먼저 공격을 할 텐데, 가까이 접근하는 것은 위험하지 않겠습니까?"

함명수는 백두산함이 선제공격 당할 것을 우려했다. 김영철은 강경한 어조로 심증만으로 사격할 수 없다고 말하고는 최용남의 판단을 믿자며 이내 군은 표정으로 말을 이었다.

"할 수 없어. 북괴가 38선 전역에 걸쳐 남침했다는 사실을 알리고, 날이 어두워졌으니 탐조등으로 수색을 한 후 함장의 판단에 맡긴다고 해. 그리고…… 묵호경비부에는 따로 연락해서 지금 묵호에 정박 중인 LST 문산호(汶山號)에 전시동원령을 내려서 대기시켜 두는 것이 좋겠어."

"교통부의 대한해운공사에서 사용하는 바로 그 문산호를 말씀하시는 것입니까?"

함명수는 문산호를 징발하여 전력으로 사용하자는 소린지 물었다. 김영철은 그렇다고 말하고는 손원일과의 통신 연결은 어떻게 되었는지 물었다.

"여러 차례 시도했지만 통신 연결이 잘 되지 않아 텔레타이프라이터로만 간간이 연락이 되는 실정입니다."

"KSR이라도 된다니 다행이군. 지금 상황도 총참모장님께 보고드려."

"그 말씀은 지휘를 받겠다는 말씀입니까?"

"KSR로 지휘를 받다가 긴박한 상황이 터지면 어떻게 할 거야? 상황만 보고드려. 그리고 내일 중으로 해군본부가 후퇴해야 할지 모른다는 것도 빼먹지 말고."

"국방부에 보고하지 않아도 되겠습니까?"

"국방부……? 곧 의정부가 인민군 손에 떨어질 판이고, 경무대도 대전으로 옮길 것이라는데, 지금은 경무대도, 국방부도, 육군도, 믿을 만한 곳이 없어. 무엇보다도 해상의 상황은 우리만큼 빠르고 정확한 곳이 없어. 어서 움직여."

"알겠습니다."

함명수는 짧게 거수경례를 하고서 통신실로 달려갔다.

한편 최용남은 괴선박이 해안 쪽으로 향하지 못하도록 항로를 막아가며 추적하는 중이었다. 백두산함의 추격을 피해가며 송정리 동쪽 25km 지점까지 내려온 수송선은 뱃머리를 몇 차례 서쪽으로 바꾸려다가 백두산함의 끈질긴 방해로 무산되자 속력을 줄였다가 올리기를 반복하며 대한해협으로 들어섰다.

"일본 배가 아닌 것은 확실해."

최용남은 괴선박이 대마도 쪽으로 방향을 돌리지 않는 것으로 미루어 북한에서 내려보낸 배라는 의구심이 더욱 커졌다. 그때 황명욱이 급히 함교로 올라와 경례도 잊은 채 숨 돌릴 틈도 없이 다급한 목소리로 "함장님, 전쟁이 터졌답니다."라고 소리치며 전문을 내밀었다.

"뭣이? 전쟁!!"

최용남은 까무러치게 놀라 냉큼 전문을 받아 들고서 손전등을 비추고 살폈다.

[발신 : 해군본부 부총참모장. 수신 : 백두산함 함장. 내용 : 귀함이 추적 중인 스컹크의 저지요청에 대한 답신. 1. 금일 새벽 04시를 기해 북괴가 38선 전역을 통해 남침을 개시했음. 2. 동해 해안으로 상륙한 북괴군도 그 때문임. 3. 따라서 현재 귀함이 추적 중인 스컹크도 북괴군 병력을 태운 수송선일 수 있다는 점을 유의하여 접근할 것. 4. 스컹크가 계속 도주할 경우 함장의 판단에 의해 처리해도 무방함. 참고사항 : 어떠한 경우에도 스컹크가 해안이나 항구로 접근하지 못하게 저지할 것.]

"이…… 이것이 사실이란 말이야?"

최용남은 충격을 받은 듯 입술을 부르르 떨면서 말했다. 황명욱은 그렇다고 대답하고는 내일 중으로 해군본부가 서울을 떠나 수원으로 후퇴할지 모른다고 했다.

"전쟁이 났다니 이게 다 무슨 소립니까?"

머리를 얻어맞은 듯 얼떨떨한 표정으로 옆에서 듣고 있던 송석호는 몹시 갈라진 목소리로 물었다. 최용남은 황명욱을 향해 통신실로 돌아가라고 하고는 격노를 억누를 수 없다는 듯이 "전쟁이 터졌어, 전쟁!"이라며 주먹으로 함교의 난간을 쳤다.

"전쟁이 터지다니……? 그럼 우린 이제 어떻게 합니까?"

송석호는 별안간 걷잡을 수 없는 초조감에 휩싸인 듯이 목소리가 글그렁거렸다.

"우선, 저 빌어먹을 놈의 배가 북괴군 배가 맞는지 아닌지 확인한다."

최용남은 괴선박을 먼저 처치하여 해안이나 항구로 접근하지 못하도록 막겠다고 했다.

"본함은 24인치 카본탐조등 없지 않습니까? 이 어두운 밤에 12인치로는 어렵습니다."

송석호는 백두산함의 탐조등은 불빛신호용이어서 물체를 식별할 능력이 없다고 했다.

"없는 장비를 찾으면 뭐해? 가까이 접근해서라도 비추어야지."

최용남은 아무리 캄캄한 어둠이라도 근거리에서는 뭐라도 알아낼 수 있을 것이라고 했다. 송석호는 알겠다고 대답하고서 전투배치 구령을 내리는 것이 어떠냐고 물었다.

"그러면 놈들이 사격할 수 있는 빌미만 주게 돼."

최용남은 전투배치는 안 된다고 말하며 속력을 높이라고 지시했다. 송석호는 전성관에 입을 대고 조타실을 향해 최용남의 지시를 전달한 뒤, 곧 박순서와 이태기에게 12인치 탐조등으로 위치 이동을 하달했다.

백두산함이 괴선박 가까이 접근했지만 괴선박은 불빛은커녕 항해등마저 켜지 않아 어둠이 짙게 엉긴 바다 위에 유령처럼 얼른거리며 시커멓게 나타났다.

최용남은 속력을 줄인 후 "비춰!"라고 소리쳤다. 박순서와 이태기는 12인치 탐조등의 셔터손잡이를 앞으로 눌렀다. 동시에 불빛두 줄기가 괴선박의 선교와 중갑판을 훑었다. 순간 갑판 위에 수를 헤아릴 수 없이 꽉 찬 무장병력이 보였다.

놀라 자빠질 듯이 입을 떡 벌리고 쳐다보던 송석호는 째진 징을 치는 듯이 "함장님, 완전 무장한 상륙군입니다!"라고 찢어지는 소리를 내질렀다. 최용남은 박순서와 이태기를 향해 "선수와 선미를 비춰!"라고 소리쳤다. 그와 동시에 푸른 빛줄기가 괴선박의 선수와 선미에 들러붙었다. 그러자 선수와 선미에 커버를 씌운 포가 떡하니 나타났다. 최용남은 이어 "선교!"라고 소리쳤다. 박순서와 이태기는 재빨리 탐조등 불줄기를 선교와 마스트를 향해 쏘았다. 선교 좌우에 커버를 씌운 기관총이 보이고 마스트에는 아무런 표식이나 깃발이 없었다.

"키 오른편 25도, 양현 아이드 홀!"

최용남은 다급한 용무가 생겨난 것처럼 서둘러 소리쳤다. 송석호는 큰 소리로 복창을 하고서 전성관에다 입을 대고 소리쳤다. 곧이어 백두산함은 함수가 급히 우현으로 돌며 속력이 높아졌다. 연돌에서 시커먼 연기가 뿜어져 나오고 함미에서 하얀 물살을 밀어내며 빠르게 괴선박에서 멀어졌다.

"무장 수송선이 틀림없습니다. 저놈들은 대체 어디로 상륙할 작정일까요?"

송석호는 몸을 돌려 멀어지는 수송선을 바라보며 말했다.

"여기까지 내려왔다면 부산밖에 없어."

최용남은 인민군이 남침을 했으니 빤한 거 아니냐고 했다.

"만약 저놈들이 부산에 상륙한다면 큰일 아닙니까?"

송석호는 반드시 격침시켜야 한다고 했다. 최용남은 마땅히 그렇게 할 것이라며 장교와 병조장들을 사관실로 집합시키라고 했다. 송석호는 큰 소리로 대답하고는 함내 통신장치 마이크를 집어 들어 "총원 그대로 들어, 장교 총원 사관실에 집합. 이상 함장명, 부장." 이라고 구령을 내렸다. 최용남은 송석호에게 함교 지휘권을 맡기고 함교를 떠나 사관실로 향했다.

19.

　사관실로 들어서자 최영섭이 대표경례를 하며 "부장님을 제외한 6명 집합했습니다."라고 했다. 최용남은 답경례를 하고는 앉으라고 했다. 꼿꼿한 부동자세로 말뚝처럼 서 있던 장교들은 돌부처처럼 뻣뻣하게 앉았다. 최용남은 모자를 벗어 탁자 위에 놓으며 "지금부터 내가 하는 말 잘 들어."라고 입을 떼고서 장교들을 훑어보았다. 장교들은 경직된 얼굴로 눈을 쌈빡거렸다.

　"우리가 비상소집 당하여 긴급히 출항하게 된 이유는…… 오늘 새벽 04시에 북괴군이 38선 전역을 밀고 내려와 전쟁을 일으켰기 때문이다."

　장교들은 흠칫 놀라며 찢듯이 입을 벌린 채 서로를 쳐다보며 시선만 주고받았다.

　"우리가 묵호경비부로 올라가던 것도 북괴군이 후속으로 동해 해안으로 상륙할 것을 대비하여 이를 막기 위해서였다. 하지만 지금 우리가 추적하는 스컹크는 북괴군이 부산으로 침투시킬 특수부대를 태운 수송선이라는 것이 밝혀졌다. 주지하다시피 만약 북괴군 특수부대가 부산으로 침투한다면 후방은 완전히 무너지고, 나라 전체가 북괴군 수중에 떨어지는 것은 시간문제다. 따라서 우리는 우리의 목숨을 내던져서라도 기필코 북괴군 특수부대를 이 바닷속으로 수장시켜야 한다."

최용남은 괴선박을 격침시킬 만전의 태세를 갖춘다는 각오를 다지라고 했다. 모두 투지를 다짐하는 표정으로 굳게 입을 다문 채 고양이가 쥐를 노려보듯이 눈을 반뜩였다. 최용남은 광채가 도는 눈으로 휘둘러보며 입을 뗐다.

"현재까지 스컹크를 살펴본 바로는 소련 해군이 사용했던 천 톤급 수송선으로서, 선교 뒤쪽에 마스트가 있고 선수 쪽에 보조 마스트 하나가 더 있다. 그리고 위장용 포 커버의 크기를 보아서 선수에 85mm 포 1문, 선미에 57mm 1문, 선교 좌우현에 37mm 중기관총이 무장된 것으로 파악되고, 약 천여 명의 무장병력이 승선한 것으로 보인다. 질문 있나?"

"저놈들이 북한군 특수부대를 태웠다면 우리가 가까이 접근했을 때 무엇 때문에 가만있었을까요?"

신만균은 괴선박이 물리적 반응을 보이지 않는 것이 이상하지 않느냐고 물었다.

"놈들의 목적은 해전이 아니라 특수부대를 부산에 상륙시키는 것이기 때문이다. 따라서 우리의 눈을 피하려고 일부러 먼바다로 돌아서 움직였다. 그러다가 발각되었지만 되도록 조용하게 지나치려고 반응을 보이지 않았을 뿐이다. 하지만 막상 전투가 벌어지면 놈들이 사생결단을 내자고 덤벼들 것이 분명하다."

최용남은 냉정하고 분명한 음성으로 말하고는 유용빈을 쳐다보며 "포술장." 하고 불렀다. 유용빈은 굵고 짧은 목소리로 "네, 대위 유용빈."이라고 대답했다.

"놈들은 우리보다 덩치가 4배나 되는 천 톤급 철선이다. 본함의 포술요원이 깨부술 수 있겠나?"

최용남은 해상전투가 벌어지면 승리할 수 있겠는지 물었다. 유용빈은 선뜻 대답을 못하고 우물쭈물했다.

"괜찮아, 솔직하게 대답해봐."

최용남은 책망할 뜻이 전혀 없는 듯 미적지근하게 말했다.

"실전경험이 없는 데다가 31포요원들은 아직까지 단 한 번도 실탄사격을 해보지 않았습니다."

유용빈은 포탄이 제대로 날아갈지는 모른다고 했다.

"미국 애들이 만든 포가 안 나갈 리가 없지 않나? 훈련탄으로 훈련했던 대로 하면 돼. 포탄이 아까워서 한 발도 쏘지 못한 덕에, 100발이 그대로 다 있으니 오히려 잘 된 셈이야."

최용남은 사기를 꺾지 않으려고 태연히 말했지만 기실 자신도 유용빈의 생각과 다르지 않았다. 그런 마음을 다잡기라도 하겠다는 듯 확신에 찬 음성으로 말을 이어나갔다.

"설령, 주포가 발사되지 않는다고 해도 물러나지 않을 것이야. 최

후에는 충돌을 해서라도 스컹크를 침몰시킬 것이다. 알았나?"

유용빈은 무거운 목소리로 알았다고 대답했다. 최용남은 무슨 말을 하려다가 그냥 입을 꾹 누르고서 고개를 한 번 끄떡이고는 신만균을 향해 입을 뗐다.

"전투 상황이 벌어지면 우리는 신속한 기동력을 발휘하는 것이 최대 관건이다. 그러기 때문에 함교에서 지령이 내려갈 때마다 기관실에서 엔진을 잘 움직여줘야 하는데, 문제없겠지?"

신만균은 말밑천이 모자라는 것처럼 잠시 머뭇거리다가 난감한 표정으로 입을 뗐다.

"사실…… 그동안 순회 함정공개행사 때문에 전국 항구로 돌아다니느라 엔진과 발전기가 스트레스를 많이 받은 상태입니다."

최용남은 정비해야 한다는 것을 알고 있다고 운을 뗀 후 말을 이어나갔다.

"나는 기관에 대한 지식이 없어서 어떻게 돌아가는지 모르지만, 기관실이 잘 움직여주지 않으면 백두산함은 죽은 것이나 마찬가지라는 것은 알아. 우리가 싸울 수 있는 조건을 만들어주는 기관부가 제 역할을 다해줘야 놈들을 따라잡든지, 포를 쏘든지 무슨 작전이든지 할 수 있지 않겠나?"

"알겠습니다. 엔진이 망가지는 한이 있더라도 함장님 뜻대로 백두산함이 움직이도록 하겠습니다."

신만균은 죽음을 각오했다는 듯 쇳덩이에 꽉 눌린 목소리로 말했다. 최용남은 고개를 끄떡이고는 감정을 누그려 최영섭을 향해 "갑판사관, 당번병을 불러."라고 했다. 최영섭은 "네."라고 대답하고서 사관실 벽에 붙은 당번병 호출버튼을 눌렀다.

최용남은 다시 본래의 준엄한 표정으로 되돌아가 주위를 휘둘러보며 입을 뗐다.

"필생즉사, 필사즉생. 충무공께서 지금의 우리를 두고 하신 말씀이다. 우리는 대한민국 최초의 전투함 백두산함 승조원이다. 국가에 대한 투철한 신념과 불타는 사명감으로 무장한 우리는 오늘 밤 두려움 없이 적과 맞서 싸우다가 이 바다에서 죽을 것이다."

그러자 모두 하나같이 반짝 날이 서는 삼엄한 눈빛으로 두 주먹을 불끈 쥐었다. 그때 노크 소리와 함께 김동식이 들어서며 경례를 했다. 최용남은 김동식을 향해 "냉수 한 잔씩을 준비해 와."라고 했다. 김동식은 큰 목소리로 알겠다는 대답과 함께 경례를 올려붙이고서 돌아섰다.

최용남은 갑자기 무슨 도통이나 한 사람처럼 평정한 안색을 띠더니 목소리를 평온하게 다듬어 입을 뗐다.

"각 부서별로 승조원들에게 상황을 설명하고 만반의 준비를 하도록. 그리고…… 해군은 신사다……. 신사는 죽은 모습조차 추하게 보일 수 없다. 앞으로 10분 후 전투배치 구령이 하달될 것이다. 그전에 승조원 모두에게 속옷을 포함한 모든 옷을 깨끗한 것으로 갈아입도록 하라. 질문 있나?"

모두 입을 꾹 다문 채 최용남의 뜻을 따르겠다는 결의를 보였다. 그때 김동식이 냉수를 담은 잔 일곱 개를 가져와 탁자에 올려놓았다. 최용남은 모두를 향해 잔을 들라고 했다. 다들 잔을 집어 들자 최용남은 잔을 높이 들어 올리며 우렁찬 목소리로 "싸우자!"라고 외쳤다. 모두 함께 잔을 들어 올려 "싸우자!"라고 외치고서 냉수가 담긴 잔을 비웠다.

최용남은 빈 잔을 탁 내려놓고서는 해산하라고 지시를 한 뒤 사관실 밖으로 나섰다. 하나둘 최용남의 뒤를 따라나서고는 제각각의 책임부서로 향했다.

유용빈은 포술요원들을 후갑판으로 집합시켜 놓고서 최용남에게서 들었던 내용을 들려주었다. 대원들은 놀라 휘둥그레진 눈으로 수군거렸지만 곧 침착한 태도를 유지했다.

"함장님께서는 우리 모두 이 바다에 수장되는 한이 있더라도 반드시 스컹크를 격침시켜야 한다고 말씀하셨다. 이 전투의 승패는 우리 손에 달렸다. 40mm 대공포과 20mm 기관포의 포술요원들은 그동안 몇 차례 실탄 사격을 해보아서 익숙하겠지만, 3인치 주포는 한 번도 실탄 사격을 해보지 않아 상황이 어떻게 벌어질지 모른다. 우리가 명심해야 할 것은 전투는 무기와 탄약이 아니라 연속적으로 이어지는 순간과 순간의 사에서 얼마만큼 강인한 정신력으로 똘똘 무장되느냐에 달렸다. 우리가 적에게 끈끈하게 뭉쳐진 우리의 전우애를 보여줄 기회가 드디어 왔다. 모두 죽음을 두려워하지 말고 싸우자!"

유용빈은 불굴의 정신으로 괴선박을 무찔러 바다를 지키자고 외쳤다.

"일본 놈들에게 끌려가 일본 놈을 위해서 싸우는 것도 아니고, 해방된 내 나라를 위해서 싸우는데 얼마나 자랑스러운 일입니까?"

최석린은 분기탱천하여 질끈 주먹을 쥐어 들어 올리며 말했다.

"그렇습니다. 대한민국 해군으로서 적과 싸우다가 전사한다면 이보다 명예로운 죽음이 어디 있겠습니까?"

전병익은 바다를 지킬 수 있다면 한목숨을 초개와 같이 버릴 수 있다고 했다. 유용빈은 거센 목소리로 "다들 같은 각오인가?"라고 물었다. 모두 결의에 찬 목소리로 "네!"라고 한목소리를 냈다.

"좋다. 지금 해산해서 모두 깨끗한 옷으로 갈아입도록, 이상."

"총원 차렷."

최석린은 유용빈을 향해 대표경례를 했다. 유용빈은 답경례를 하고서 돌아섰다. 포술요원들은 우르르 흩어져 안으로 사라졌다.

잠시 후 백두산함 구석구석에 "뚜~우, 뚜~우, 뚜~우." 하는 전투배치 경보음이 울려 퍼지고 함내 통신장치 스피커에서 "실전! 총원 전투배치!"라는 소리가 반복해서 나왔다.

백두산함 승조원들은 "전투배치! 전투배치!"라고 외쳐대며 구명의를 입고서 통로와 갑판을 반시계방향으로 뛰어서 제각각의 위치로 향했다. 통신사는 통신실로, 조타사는 조타실로, 견시요원은 함교 좌우현으로, 포요원은 함수의 31포를 비롯해 후갑판의 41포 그리고 중갑판 좌우현에 있는 21포와 22포로 이동했다. 내연사는 1기관실과 2기관실로 달려가 주엔진을 조종했고, 전기사는 발전기 병렬을 운전하여 항해장비전원을 비롯한 통신장비와 각 포대에 공급되는 전원을 안전하게 유지했으며, 보수사와 위생사는 보수본부에 집결했다. 이 모든 것이 완료되었다는 보고가 함교에 있는 최용남에게 올라오는 데는 채 2분이 걸리지 않았다.

"전포(全砲) 회로 및 전도 검사."

최용남은 함교 전화수 오일수를 향해 말했다. 오일수는 큰 소리로 복창을 하고서 음력전화기 송화기에다 입을 대고 "전포 회로 및 전도 검사!"라고 했다. 그 소리는 백두산함 전체 전화수의 귀로 전달되었다. 각 포의 전화수들은 화답이라도 하듯이 음력전화기 송화기에다가 입을 대고서 목소리를 높여 "전포 회로 및 전도 검사!"라고 소리쳤다. 3인치 포의 사수와 선회수는 두 손을 바삐 돌리며 포신의 앙각과 좌우 선회를 검사했다. 40mm 대공포와 20mm 중기관총도 같은 검사를 했다.

"31포~오, 회로 및 전도 검사 이상 무!"

3인치 함포 사수 최석린의 외침이 함교 전화수의 귀로 올라오고 뒤이어 "41포, 회로 및 전도 검사 이상 무."라는 소리가 올라왔으며 같은 소리가 21포, 22포 순으로 올라왔다.

"부장, 스컹크에게 마지막 오스카 리마 발광신호를 보내."

최용남은 괴선박을 향해 멈추지 않으면 사격하겠다는 경고를 보내라고 했다. 송석호는 "아이 써!"라고 대답하고는 직접 12인치 탐조등을 잡고서 발광신호를 보냈다. 같은 신호를 연속적으로 여러 차례 보냈지만 괴선박은 반응을 보이지 않았다.

최용남은 괴선박이 시커먼 바닷물을 가르며 만들어내는 인(燐)과 선미에서 물살과 함께 밀려나오는 인의 흐름을 따라 추격했다.

"전포, 실탄 장전!"

최용남은 사격준비 태세를 지시했다. 유용빈은 최용남의 말을 복창하고서 음력전화기를 통해 각 포의 전화수에게 전달했다. 전병익은 준비하고 있던 실탄을 장전하고서 "31포 실탄 장전!"이라고 소리 질렀다. 41포, 42포 그리고 21포, 22포에서도 같은 소리가 들리고 그 모든 것들이 함교의 유용빈 귀로 모아졌다.

"전포, 장전 끝!"

유용빈은 최용남을 향해 큰 소리로 보고했다. 최용남은 침을 꿀꺽 삼키고 수송선을 노려보며 사격 명령을 내릴 것인지 말 것인지 고민했다. 40mm 수동포 1문과 20mm 수동포 2문만으로 천 톤이 넘는 수송선을 상대한다는 것은 승산이 없는 싸움이었다. 더구나 상대는 85mm 포 1문에다가 57mm 1문 그리고 37mm 중기관총으로 무장했고 게다가 개인 화기로 무장한 수백 명의 특수부대원이 타고 있었다. 만약 3인치 주포가 발사되지 않는다면 그야말로 낭패 중의 낭패가 아닐 수 없었다. 그것은 최용남뿐이 아니라 백두산함 승조원들이 가진 똑같은 걱정이었다.

"이런 일이 있을 줄 알았다면 한 발이라도 쏘아볼 것을⋯⋯."

최용남은 그동안 포탄이 아까워 단 한 번도 실탄 사격훈련을 해보지 않은 것이 후회가 되었다. 나라가 가난해서 공무원 월급도 제대로 못 주는 형편이라며 비싼 포탄을 함부로 허비하지 말라던 이승만이 괜스레 야속하기까지 했다.

송석호는 채근하듯 카랑한 목소리로 "함장님, 어떻게 할까요?"라고 소리쳤다. 최용남은 머릿속을 정리하기라도 한 듯 단연한 표정으로 "방위 300, 올 엔진 아이드 할프(Half)."라고 소리쳤다. 송석호는 전성관에 입을 대고서 조타실에 최용남의 지시를 전달했다. 백두산함은 서서히 우측으로 선회하며 앞으로 나아갔다. 그사이 어둠 침침한 밤하늘에서 가랑비가 술술 내리기 시작했다.

최용남은 12인치 탐조등으로 괴선박의 선교와 선미를 비추라고 했다. 박순서와 이태기는 12인치 탐조등 셔터손잡이를 앞으로 눌렀다. 가랑비를 걸러내며 쏘아대는 빛줄기가 괴선박의 선교와 선미에 모여들었다.

"전포 조준 좋으면 보고."

최용남은 불빛에 비치는 괴선박의 동태를 살펴가며 지시했다. 유용빈은 음력전화기로 각 포의 전화수에게 같은 지시를 내렸다.

"31포 조준 좋아!"

"41포 조준 좋아!"

"21포 조준 좋아!"

"22포 조준 좋아!"

유용빈은 각 포에서 속속 올라오는 보고를 최용남이 들을 수 있도록 큰 소리로 복창했다. 최용남은 시종 굳은 표정으로 듣고 있다가 심호흡을 가다듬더니 이윽고 "31포 쏘아!"라고 지시했다. 유용빈은 우렁찬 목소리로 31포 전화수 김춘배에게 사격지시를 내렸다. 김춘배는 큰 소리로 "쏘아!"라고 소리쳤다. 최석린은 침을 꿀떡 삼키고 오른발에 힘을 주어 31포의 사격발판을 밟았다.

"꽝!"

31포 포신 끝에서 불꽃이 번쩍거리면서 백두산함 전체가 흔들거렸다. 그 순간 들큼한 화약 냄새가 최석린의 코를 쿡 찔렀다. 포신을 빠져나간 포탄은 수평선으로 빨랫줄처럼 뻗어 나가다가 그만 바닷물 속으로 곤두박질쳤다.

"날아갔어! 포탄이 날아갔어!"

최석린은 가슴이 벅차 두 팔을 번쩍 들고 일어나며 소리쳤다. 백두산함 승조원들은 일제히 "이~야!!"라고 환호성을 지르며 서로 얼싸안았다. 승조원들은 포탄이 괴선박에 명중하지 않은 것은 아랑곳 않고 포탄이 발사되었다는 것만으로 날아갈 듯이 기뻤다.

"함장님, 31포 포탄이 날아갔습니다."

유용빈은 목멘 소리를 하며 눈물을 질금거렸다. 최용남은 울컥 가슴에 치미는 뜨거운 무엇을 억누르고는 "31포 재장전!"이라고 소리쳤다. 유용빈은 번질거리는 눈가를 쓱 문지르고서 "31포 재장전!"이라고 복창했다.

조준 좋으면 보고하라는 구령과 조준 좋다는 보고가 숨이 가쁘게 음력전화기를 통해 오가고 최용남은 다시 한 번 "쏘아!"라고 지시했다. 이어 "꽝!" 하는 소리와 함께 31포 포탄이 날아갔다. 하지만 이번에도 괴선박 근처에 미치지 못하고 물속으로 처박히며 물기둥을 만들었다. 그때 괴선박의 갑판에서 부산스럽게 움직이는 인민군이 탐조등 불빛에 걸려들었다. 인민군들은 포 커버를 벗기고 포신을 백두산함을 향해 겨냥하기 시작했다.

"전포 연속 쏘아!"

최용남의 구령 소리가 떨어지기 무섭게 백두산함의 모든 포가 포문을 열었다.

"꽝! 꽝! 꽝……!"

"텅, 텅, 텅…….""

"뚜르륵, 뚜르륵…….""

31포, 41포, 21포, 22포가 일제히 포신에 불을 뿜으며 포탄을 쏟아붓기 시작했다. 때를 같이하여 괴선박에서 쏘아대는 중기관총 탄알이 백두산함을 향해 비 오듯 날아들었다. 양쪽에서 쏘아대는 포탄은 가랑비가 흩뿌리는 어둡고 음산한 밤하늘로 춤추듯 신나게 오갔다.

"여기는 백두산함, 현 시각 스컹크와 전투 중, 스컹크에서 쏘아대는 포탄이 본함 여기저기서 터지고 있음, 이상."

　황명욱은 해군본부와 교신하면서 전투 상황을 중계방송하듯 보고했다. 황명욱의 말대로 수송선에서 날아드는 포탄이 터질 때마다 갑판 여러 곳에 불꽃이 번쩍이면서 잠깐씩 밝아졌다가 어두워지는 것이 마치 빤뜩빤뜩 빛을 내며 날아다니는 반딧불이 같았다.

　백두산함 포술요원들은 오직 한 가지 생각만으로 무서움도 모른 채 괴선박을 향해 사격을 퍼부었다. 괴선박을 침몰시키지 못하면 내가 죽고, 내가 죽으면 부산이 뚫린다는 그 생각으로 악이 받친 듯이 쏘아댔다. 하지만 3인치 함포의 포탄은 헛발질하듯 자꾸 빗나가기만 했다. 그나마 40mm 대공포와 20mm 대공포가 제대로 날아들었지만 괴선박을 무너트리기에는 역부족이었다.

　"파도 때문에 스컹크도 흔들리고, 우리도 흔들리는 데다가 단 한 번도 실탄사격 훈련을 해본 경험이 없는 포술요원들을 탓할 일이 아니야. 레이더가 없어 스컹크의 거리를 제대로 읽지 못하고 눈대중으로 곡사 사격을 해봐야 포탄만 허비할 뿐이야. 가까이 접근해서 직사로 날리면 못 맞출 리가 없어."

　최용남은 아까운 포탄을 허비하지 않으려면 백두산함을 수송선 가까이 접근시키는 방법밖에 없다고 했다.

　"그러다가 적의 포격에 우리가 먼저 당할 수 있지 않습니까?"

　송석호는 잘한 결정인지 모르겠다고 했다.

　"몸을 사리고 이기기를 바라나? 필생즉사, 필사즉생, 잊었어?"

"알겠습니다."

"방위 320도, 올 엔진 아이드 홀."

송석호는 전성관에다가 입을 대고 최용남의 지시를 전달했다. 조타실의 장학룡은 같은 소리를 반복하고서 타륜을 힘차게 돌렸다. 김창학은 양쪽 기관전령기를 앞뒤로 서너 번 왕복시키고서 지시침을 FULL 위치에 놓았다.

백두산함은 연돌에서 검은 연기를 뿜어 올리며 괴선박을 향해 돌진했다. 괴선박에서 쏘아대는 포탄이 정신없이 백두산함으로 날아들었다. 최용남은 31포의 포탄을 아낄 생각으로 나머지 포에만 사격지시를 내렸다. 40mm 대공포와 20mm 대공포만 괴선박을 향해 불을 뿜어대기 시작했다. 괴선박은 백두산함을 향해 사격을 퍼부어가며, 변침도 해가며 도주했다.

백두산함은 끈질긴 추격 끝에 1km 거리까지 따라붙었다.

"조금만 더 붙으면 직사로 날려버릴 수 있어."

최용남은 3인치 함포의 명중률을 높이기 위해 더 가까이 다가갈 심산이었다. 하지만 그만큼 위험한 작전이기도 했다.

"꽝!"

그때 괴선박에서 날아온 포탄 하나가 조타실로 파고들어와 터지면서 김창학이 그 자리에서 풀썩 주저앉았다.

"보수본부, 조타실!"

조타실 전화수 최도기는 음력전화기 송신기에 입을 대고 보수본

부를 불렀다. 음력전화기 수신기에서 "조타실, 보수본부."라는 소리
가 들렸다.

"김창학 일등병조 피격 당했음. 즉시 군의관 보내주기 바람."

"알았다."

최도기의 외침 소리가 채 사라지기도 전에 31포에서 포탄 터지
는 소리가 나더니 전화수 김춘배가 쓰러졌다.

"함교, 31포. 31포 부상자 1명 발생, 포요원 지원 바람."

김춘배는 파편이 관통한 다리가 으스러졌는데도 음력전화기를
놓지 않고 포술요원 지원을 요청했다. 대기 중이던 김주호가 얼른
달려들어 김춘배를 끌어다가 안전한 곳으로 옮겨놓고서 앞가슴에
음력전화기 본체와 송신기를 걸고 머리에 수신기를 썼다.

음력전화기로 시시각각 일어나는 피해 상황을 보고받는 송석호
는 최용남에게 빠짐없이 전달했다.

"기관실도 적탄이 파고들어 김종식 소위가 쓰러졌습니다."

"올 엔진 프랭크(Frank)!"

최용남은 송석호의 말을 무시하고서 전속력을 내라고 했다.

"함장님?"

송석호는 잘못 들었나 싶어 최용남을 불렀다.

"머뭇거리다가는 피해가 걷잡을 수 없어!"

최용남은 기관실 피격도 엔진도 살펴볼 여유가 없다고 했다. 송
석호는 알았다고 대답하고서 조타실을 향해 최용남의 지시를 전달

했다.

백두산함은 더욱 속력을 높여 돌고래처럼 힘차게 물살을 가르며 괴선박을 향해 쭉쭉 나아갔다.

"함장님, 거리 500입니다."

송석호는 500m까지 좁혔다고 했다. 최용남은 비로소 "전포, 발사!"라고 지시를 내렸다. 유용빈은 음력전화기에다가 입을 대고 "전포 발사!"라고 소리쳤다.

"꽝! 꽝!"

31포는 이때가 오기만을 기다렸다는 듯이 포탄을 퍼붓기 시작했다. 직사로 날아가는 포탄은 마치 지남철처럼 괴선박에 철커덕 들어붙고는 이내 폭발음과 함께 불꽃을 일으켰다.

"명중이다! 만세!"

최석린은 눈물을 글썽이며 소리 질렀다. 뒤따라 41포와 21포, 22포도 수송선을 향해 쉼 없이 포탄을 퍼 나르기 시작했다. 백두산함에서 쏘아대는 포탄이 수송선에 명중할 때마다 튀어 오르는 불꽃은 빗발을 뿌리는 캄캄한 밤바다를 달구었다.

"31포, 스컹크 기관실 흘수선을 조준해!"

최용남은 괴선박의 기관실이 있는 옆구리를 맞추라고 소리쳤다. 유용빈은 같은 소리를 31포 전화수 김주호에게 전달했고, 최석린은 포신을 흘수선을 향해 겨누었다.

"제발…… 제발……. 아, 씨바!"

최석린은 괴선박이 고리조준기에 잘 걸려들지 않자 초조감을 이기지 못하고 짜증스럽게 욕지거리를 뱉었다. 파도가 일렁일 때마다 백두산함은 좌우 앞뒤로 흔들리며 아래로 잠겼다 위로 떠오르기를 반복했다. 거기다가 괴선박도 파도를 타고 들쑥날쑥하여 도무지 조준이 되지 않았다.

"키 우현 전타!"

최용남은 31포의 조준이 잘 되도록 백두산함을 급선회하여 함수가 괴선박의 옆면과 마주치도록 했다. 백두산함은 이내 함수가 괴선박의 옆면으로 향했다. 최용남은 다시 한 번 속력을 높이라고 지시했고 백두산함은 괴선박을 향해 투우처럼 달려갔다. 괴선박에서 날아오는 포탄은 펑펑 소리를 내며 백두산함을 사정없이 두들겨댔다.

"걸렸어!"

그 와중에도 최석린은 31포 고리조준기에 괴선박의 흘수선을 끌어넣고서 사격발판을 밟았다.

"꽝!"

31포 포신에서 빠져나간 포탄은 괴선박의 흘수선을 때리며 번쩍거리는 불꽃과 함께 폭발음을 내더니 이내 흘수선에 커다란 구멍을 냈다.

"31포 장전 끝!"

전병익은 기뻐할 겨를도 없이 재빨리 무거운 포탄을 거뜬히 들어 31포에 장전하고서 고함을 지르듯 소리쳤다.

"개새끼들아, 한 방 더 먹어라!"

최석린은 다시 사격발판을 밟았다.

"꽝!"

포탄은 같은 곳으로 날아가 산산조각 나며 괴선박의 옆구리를 찢었다.

"31포 장전 끝!"

전병익은 다시 포탄을 장전했고 최석린은 사격발판을 밟았다.

"꽝!"

전병익과 최석린은 신들린 사람처럼 포탄을 장전하고 쏘아댔다. 31포는 꽝꽝 하는 소리를 내며 포탄을 괴선박으로 날려 보냈다. 괴선박은 여기저기 찢어지고 터지며 검은 연기와 불길이 솟고 선교까지 화염에 휩싸였다. 하지만 괴선박의 85mm포와 중기관총의 사격은 멈출 줄 몰랐다. 게다가 수백 명에 달하는 인민군들까지 개인 화기로 사격에 합세했다.

"31포 장전 끝!"

전병익의 장전완료 목소리에 이어 최석린은 사격발판을 밟았지만 31포는 잠잠했다.

"뭐야? 왜 안 나가?!"

최석린은 악다구니를 쳐대며 사격발판을 반복해서 밟았다. 하지만 31포는 반응이 없었다.

"아, 씨바! 고장 났어!"

최석린은 당황한 얼굴로 소리치며 김주호를 향해 함교에 보고하라고 소리쳤다.

음력전화기로 보고받은 유용빈은 최용남에게 31포 고장 사실을 알렸다. 최용남은 안색까지 변하며 놀라다가 이내 송석호를 향해 전속으로 빠져나가라고 했다. 송석호는 재빨리 조타실에 같은 지령을 내렸다. 백두산함은 곧 수송선 뒤쪽으로 급선회하여 속력을 높였다.

최용남은 유용빈에게 31포로 내려가서 직접 상태를 알아보고 오라고 지시했다. 유용빈은 음력전화기를 벗고 함교에서 이탈하여 함수로 향했다.

백두산함은 괴선박과 멀어지면서도 나머지 포의 사격은 멈추지 않았다. 최용남은 사정거리에서 벗어나자 사격중지 지시를 내리고는 일정한 거리를 유지한 채 괴선박을 쫓도록 지시했다.

한편 부상자들은 사병식당으로 옮겨져 치료를 받는 중이었다. 오른발 뒤축에 파편이 박힌 김종식과 다리 관통상을 당한 김춘배는 응급조치로 위급한 상황을 넘겼지만 김창학은 상태가 좋지 않았다. 파편이 관통하면서 터져버린 배로 내장이 흘러나와 수술이 시급했다.

김인현은 서둘러 수술을 시작했지만 배에서 삐져나와 탁자 위에 널린 창자 때문에 비위가 상하는 데다가 멀미까지 겹쳐서 수시로 구토를 했다. 윤영록은 깡통에 줄을 매달아 김인현의 목에다 걸어주었다. 김인현은 목에 걸린 깡통에다가 구토를 해가며 탁자에 쏟아져 나온 창자를 배 속으로 집어넣으며 수술을 했다.

백두산함은 쉼 없이 흔들렸고 김인현은 점점 멀미가 심해져 속이 올깍거렸다. 왈칵 올라오는 구토 때문에 몸을 비틀다가 그만 바닥을 적신 김창학의 피에 미끄러졌다.

"군의관님!"

윤영록은 몸을 날려 김인현을 붙잡았지만 도리어 미끄러져 벌러덩 나자빠졌다. 그때 백두산함이 파도를 타고 기우뚱하게 기울면서 탁자 위에 누운 김창학이 스르르 미끄러져 윤영록의 몸뚱이 위로 떨어졌다. 그러면서 배에서 삐져나온 창자까지 붙따라 두르르 떨어졌다.

"김창학 일등병조!"

김인현은 눈알을 뒤집고 덤벼들며 소리쳤다. 목에 걸린 깡통은 뒤집어지고 그 속에 든 구토한 오물이 머리와 어깨에 쏟아져 흘러내렸다. 김인현은 손바닥으로 얼굴을 훑고는 김창학을 향해 엉금엉금 기어갔다.

"김창학 일등병조!"

김인현은 응혈이 터질 듯이 자지러지는 비명을 지르며 김창학에게로 달려들었다. 윤영록은 김인현의 도움을 받아 조심스럽게 몸을 비틀어 자신을 덮쳐 누운 김창학을 가로눕혔다. 김인현은 울부짖는 소리로 "김창학, 김창학, 창학아, 창학아……." 하며 부르르 떨리는 손으로 바닥에 흐트러진 김창학의 창자를 쓸어 담았다.

"으…… 군의관님……."

김창학은 바닷속으로 가라앉는 소리로 김인현을 불렀다.

"이봐, 김창학 일등병조!"

김인현은 김창학의 손을 잡으며 소리치다가 울컥거리더니 목울대 너머로 울컥울컥 구토를 해대기 시작했다.

"목이 마르네요…… 물, 물 한 잔만……."

김창학은 피를 많이 흘린 탓에 갈증이 심했던지 입술이 시커멓게 타버린 양 자색의 끈끈한 피가 둥근 고리처럼 말라붙은 입술 사이로 혀를 살짝 내밀었다.

"김창학 일등병조장님, 잠시만 기다려요."

윤영록은 소리를 지르며 일어나다가 두어 번 미끄덩거리더니 겨우 일어나 취사장으로 향했다.

"군의관님…… 적함은 어떻게…… 되었습…… 니까?"

김창학의 눈빛은 매서웠지만 목소리는 모기 소리처럼 가냘팠다.

"걱정 마. 격침시켰어."

김인현은 차마 한창 전투 중이라는 말을 하지 못했다.

"저…… 정말…… 입니까?"

김창학은 갑자기 목이 갈린 것처럼 약간 떨리는 듯이 새된 소리를 냈다. 김인현은 그렇다고 고개를 끄떡이고는 울먹이는 소리로 "그러니까 살아야지."라고 했다.

"대원들과……, 끝까지 싸우지…… 못해…… 죄송……."

김창학은 가냘픈 숨을 가쁘게 헐떡거리며 말했다. 김인현은 김창학의 손을 꼭 잡고서 "그런 소리 마, 자넨 용감하게 잘 싸웠어."라고 울먹거렸다. 그때 윤영록이 물이 담긴 그릇을 가져왔다.

"김창학 일등병조장님, 여기 물."

윤영록은 한 손으로 김창학의 머리를 받쳐 들고서 물그릇을 입으로 가져갔다. 김창학은 꿀꺼덕꿀꺼덕 소리를 내며 물을 단숨에 들이켰다.

"김창학, 정신 들어?"

김인현은 김창학의 얼굴을 들여다보며 소리쳤다. 김창학은 힘없이 빙긋 웃으며 남은 힘을 다 모아 "대한민국 만세!"라고 외치고는 눈을 뜬 채 숨을 거두었다.

"이봐! 김창하~악!!"

김인현은 턱을 쳐들며 실성한 것처럼 울부짖었다.

같은 시각 유용빈으로부터 31포의 상태를 보고받은 최용남은 기관실에 연락하여 김생용을 31포로 보내라고 지시했다.

"전기장님! 즉시 31포로 지원하랍니다!"

기관실 전화를 받은 이덕봉은 김생용을 향해 소리쳤다. 김생용은 시끄러운 엔진 소리 때문에 귀를 쫑긋거리며 "뭐라고?"라고 묻다가 이덕봉 곁으로 다가갔다. 이덕봉은 김생용의 귀에다 "31포가 고장 났답니다!"라고 소리를 지르고는 손가락으로 하늘을 찌르는 흉내를 내며 헤치(Hatch)를 가리켰다. 김생용은 얼른 직선 사다리를 타고 올라가 해치를 열고서 갑판으로 나섰다.

갑판은 곳곳에 피격당한 흔적이 난무했고, 어두운 밤바다 먼 곳에는 폭격을 당한 괴선박에서 치솟는 불꽃이 도깨비불처럼 이리저리 흐느적거렸다.

김생용은 흔들리는 어두운 갑판을 더듬어가며 함수갑판으로 달려갔다. 바닷물을 흠뻑 뒤집어쓴 갑판은 눈길처럼 미끄러웠다. 급한 걸음으로 뛰다가 넘어지는 바람에 무릎이 깨졌지만 이를 악물고 절룩거리며 갔다.

"전기장, 격발이 안 돼! 전기장치가 고장 난 것 같아!"

최석린은 김생용을 보자마자 빨리 고쳐달라고 야단이었다.

"격발이 안 되면 트리거 계통이 문제야."

김생용은 한마디 들은 것만으로도 판단이 섰다는 듯 탄약수인 홍양식을 향해 "물 한 양동이 떠와!"라고 외친 뒤 약협(藥莢)을 분해하기 시작했다. 최석린은 선회수인 이유택과 함께 김생용을 거들어 약협을 뜯어냈다.

"맨날 정비한다고 구리스만 떡칠했지, 한 번도 안 쏘다가 갑자기 많이 쏘니까 눌어붙지."

김생용은 포신이 달구어져 격발장치 고무 스프링이 녹아 그리스와 함께 고착되었다고 하고는 이유택을 향해 그리스가 끈끈하게 엉겨 붙은 트리거의 고무스프링을 보이며 "이거 있어?"라고 물었다. 이유택은 냉큼 큰 소리로 "많이 있습니다!" 하며 31포 뒤쪽에 있는

31포 보수상자를 열고서 뒤적거렸다. 그때 홍양식이 물이 출렁거리는 양동이를 들고 나타났다.

"벗어."

김생용은 홍양식에게 다짜고짜 웃옷을 벗으라고 했다. 홍양식은 알아듣지 못했다는 듯 "네?"라고는 우물쭈물했다.

"옷 벗으라니까!"

김생용은 다급하게 소리치다 말고 자신의 윗도리를 훌쩍 벗어 양동이 속에 집어넣었다가 김주호를 향해 던지듯 주고는 "포신을 식혀!"라고 소리쳤다. 그제야 홍양식도 웃옷을 벗어 물에 적셔서 과열된 포신을 식히기 시작했다.

"여기 있습니다."

이유택은 김생용에게 31포 보수상자에서 끄집어낸 고무스프링을 건넸다. 김생용은 얼른 받아들고서 서둘러 격발장치 조립을 시작했다. 그러는 사이 31포 포술요원들은 너 나 할 것 없이 옷을 물에 적셔 포신을 식혔다.

함교에서 내려다보고 있던 최용남은 송석호를 향해 "부장, 현 위치가 어디쯤인가?"라고 물었다. 송석호는 망원경을 들고서 이리저리 살펴보며 눈어림으로 짐작한 것을 말했다.

"북서쪽 21km 지점에 오륙도 등대가 있고 남동쪽 29km 지점에 대마도 등대가 보입니다."

"어느새 여기까지 내려왔단 말인가?"

최용남은 밤바다를 휘둘러보며 말하다가 시계를 들여다보며 "벌써 네 시간이 지났군."이라고 했다.

"그렇습니다. 여기서는 부산까지 불과 한 시간 거리입니다."

"더 이상 시간을 끌 수는 없어. 주포가 수리되는 대로 끝장을 봐야 해."

"적선은 기관실이 침수될 만큼 손상을 입었으니 부산으로 가지는 못할 겁니다."

송석호는 나포해도 되지 않겠느냐고 했다.

"모르는 소리, 저놈들이 작정을 하고 쳐들어온 전쟁이야. 그런 안일한 생각으로 대처할 전투가 아니다 이 말이야."

최용남은 반드시 괴선박을 격침시켜야 한다고 했다.

31포를 수리하던 김생용은 조립을 마치자마자 최석린을 향해 자신에 찬 목소리로 "한 방 쏴봐!"라고 했다. 최석린은 냉큼 "31포요원 배치 붙어!"라고 소리치고는 사수 자리에 앉았다. 31포요원들은 "배치 붙어!"라고 복창한 뒤 선회수, 탄약수, 장전수, 신관수, 전화수 등 제각각의 자리로 이동했다.

"함교, 31포."

김주호는 음력전화기로 함교를 불렀다. 유용빈은 즉시 "31포, 함교."라고 대꾸했다. 김주호는 "31포 수리완료, 시험 발사하겠음."이라고 보고했다. 유용빈은 곧 발사 지시를 내렸고 김주호는 최석린에게 전달했다. 최석린은 곧 포탄 장전을 지시했고, 전병익은 포탄

하나를 번쩍 들어 약협 속으로 힘차게 밀어 넣었다. 그러자 약협이 덜커덩하는 소리를 내며 닫혔다. 전병익은 우렁찬 목소리로 "31포, 장전 끝!"이라고 소리쳤다. 최석린은 포신을 약간 돌리고서 사격발판을 힘껏 밟았다.

꽝 소리와 함께 포탄이 발사되면서 화염의 열기가 훅 코끝을 스쳤다. 최석린은 허공을 향하여 힘껏 두 손을 들어 올리며 "됐어!"라고 소리쳤다.

함교에서 이를 지켜본 최용남은 함내 통신장치 마이크를 집어 들었다.

"총원 그대로 들어. 현 시각 본함 주포가 수리되었다. 따라서 우리는 다시 스컹크를 잡기 위해 전투를 시작할 것이다. 비록 본함이 적지 않은 피해를 입긴 했으나 스컹크는 큰 타격을 입었다. 본함은 곧 스컹크의 사정권 안으로 들어갈 것이다. 모두 마음가짐을 단단히 하고 해군과 백두산함의 명예를 걸고 기필코 침몰시켜야 한다. 야간인 데다가 가랑비도 내리고 파도까지 높아 힘든 전투가 되겠지만 자랑스러운 충무공의 후예답게 후회 없이 싸우자. 이상, 함장."

함내 통신장치 스피커를 통해 백두산함 곳곳으로 퍼지는 최용남의 음성은 마치 죽기를 각오한 것처럼 비장하고 엄숙했다. 백두산함 승조원들은 다 같이 우렁찬 목소리로 "아~이 써~어!"라며 결의를 다졌다.

"키 좌현 25, 올 엔진 아이드 홀!"

최용남은 침로를 괴선박으로 향하게 하고 전속으로 항진하라고
했다. 송석호는 큰 소리로 복창하고서는 조타실로 같은 구령을 내
렸다. 백두산함은 서서히 함수를 돌려 속력을 높이고서 도망가는
괴선박을 쫓았다. 괴선박은 백두산함이 다가가기 시작하자 사정권
밖에서부터 사격을 가하기 시작했다.

　"쓔욱, 쓔욱, 쓔욱." 소리를 내며 맹렬하게 날아오는 괴선박의 포
탄이 백두산함에 못 미쳐서 "푝, 푝." 휘파람 같은 소리를 쏟아내며
바닷물 속으로 처박혀 물기둥을 일으켜 세웠다. 괴선박은 결사적으
로 저항하며 도주했지만 이미 기관실이 피격을 당한 데다가 한쪽으
로 약간 기울어져 제대로 속력을 내지 못했다.

　"거리 1,200. 사격지시를 내릴까요?"

　송석호는 당장 3인치 함포의 포탄을 날리고 싶었다. 최용남은 조
금 더 들어간다고 말하고는 "올 엔진 크랭크!"라고 구령을 내렸다.
송석호는 전성관을 통해 조타실로 같은 구령을 내렸다.

　기관실의 신만균은 백두산함 엔진출력을 110%까지 끌어올려 과
부하 상태로 전투속력을 만들어냈다. 백두산함은 거친 파도와 비바
람과 괴선박에서 쏘아대는 포탄을 뚫어가며 무서운 속력으로 나아
갔다.

　"거리 500."

　송석호는 더 이상 접근하면 충돌 위험이 있다고 소리쳤다. 최용
남은 이때를 기다렸다는 듯이 "전포 쏘아!"라고 우렁찬 구령 소리

를 냈다.

"쾅!"

31포를 시작으로 백두산함의 모든 포가 일제히 포문을 열었다. 하늘을 찢을 듯이 요란한 소리를 내면서 포신을 떠난 포탄은 날아가는 족족 괴선박에서 작렬되어 넓고 넓은 망망한 밤바다를 뒤흔들었다.

쾅쾅거리는 폭발음이 뿜어낸 검은 포연이 검은 바다를 뒤덮고 하늘을 가르는 화염은 연달아 괴선박의 갑판 여기저기서 번쩍, 번쩍대며 난리도 아니었다.

"쾅!"

그때 괴선박에서 날아온 포탄이 함수 31포 뒤쪽에 떨어져 터졌다. 포탄을 장전하던 전병익이 비명을 지르며 그 자리에 쓰러졌다. 파편을 맞은 가슴을 움켜잡고 거친 숨을 내쉬며 입으로 핏덩이를 쏟아냈다.

"전화수! 빨리 위생병 지원 요청해!"

최석린은 김주호를 향해 소리쳤다. 김주호는 음력전화기로 함교에 보고했다.

"삐~익, 삐~익. 31포 부상자 발생, 보수본부 위생병 투입하라."

함내 통신장치 스피커에서 들려오는 소리에 보수본부에 있던 김인현은 윤영록과 함께 31포로 향했다.

"야, 박승만! 니가 장전수 해!"

최석린은 박승만을 향해 고함을 질렀다. 박승만은 장전수 위치로 자리 잡고 김주호는 음력전화기를 홀러덩 벗어던지고는 탄약수 위치로 가 탄약박스에서 포탄 하나를 끄집어내어 번쩍 들어 박승만을 향해 건넸다. 박승만은 받아든 탄약을 31포의 약협 속으로 힘껏 밀어 넣었다.

"31포 장전 끝!!"

박승만은 목울대가 후끈거리도록 고함을 질렀다. 최석린은 다시 괴선박을 고리조준기 안으로 끌어넣고서 힘껏 사격발판을 밟았다. 꽝 하는 굉음과 함께 날아간 포탄은 여지없이 괴선박 홀수선에 작렬하여 번쩍 불꽃을 일으켰다. 포탄이 터진 곳의 철판은 마치 칼로 가른 생선의 배처럼 쩍 벌어졌고, 그곳으로 바닷물이 빨려 들어가기 시작했다.

함수갑판으로 달려온 김인현은 얼른 윤영록과 함께 전병익을 들것에 급히 실었다. 들것에 누운 전병익은 가슴의 살갗이 떨어져나가 숨을 쉴 때마다 꿀렁꿀렁 들썩이는 허파가 보였다.

"전병익! 조금만 참아!"

김인현은 전병익에게 살 수 있다는 희망을 주려 말을 시켜가며 격실 안으로 향했다.

최석린은 다시 괴선박의 선교를 조준하여 사격발판을 밟았다. 꽝 하는 소리와 함께 날아간 포탄은 괴선박의 선교를 두들기며 폭발하여 마스트를 주저앉혔다. 마침내 괴선박은 여기저기서 검은 연기를 피어올리며 갑산에서 훈련받은 특수 육전대 600명과 기뢰 1,000발을 끌어안은 채 불더미가 되어 서서히 바다 속으로 가라앉기 시작했다.

"이~야!!"

백두산함 승조원들은 서로 부둥켜안고 만세를 부르며 환호성을 질렀다. 최석린은 31포 사수 자리에서 벌떡 일어나 31포의 포신에다가 입맞춤을 하고서 아이처럼 엉엉 소리 내어 울었다.

"전병익! 저기 봐! 놈들이 침몰하고 있어!"

들것을 들고 가던 김인현은 멀미도 잊은 채 붉은 화염에 싸여 침몰하는 괴선박을 가리키며 소리쳤다. 전병익은 힘겹게 고개를 돌려 쳐다보며 숨을 헐떡거렸다.

"우리가 이겼어! 이겼다고!!"

김인현은 승리감에 도취하여 목이 터져라 고함을 질러대다가 제정신이 돌아온 듯 전병익을 향해 "힘내! 살 수 있어!"라고 소리를 쳐대며 격실 안으로 들어섰다.

함교에서 눈언저리에 번질거리는 눈물을 훔쳐내고 서서히 가라앉는 괴선박을 바라보는 최용남의 눈가에는 근심의 빛이 비껴가고 안도의 빛이 떠돌기 시작했다. 송석호는 기쁨에 겨워 떨리는 목소리로 "함장님." 하고 최용남을 불렀다.

"그래, 우리가 막아냈어."

최용남은 감격스러운 목소리로 말하고는 곧 냉정을 되찾아 전투배치를 해제하고 피해 상황을 보고받으라고 지시했다. 송석호는 격한 음성으로 알았다고 대답하고는 함내 통신장치 마이크를 집어 들어 "상황 끝, 총원 전투배치 해제."라고 구령을 내렸다. 백두산함 대원들은 짜랑짜랑한 목소리로 "상황 끝, 전투배치 해제!"라는 소리를 세 번 반복하고는 뒷정리를 하기 시작했다.

"포술장은 포술요원과 31포가 괜찮은지 살펴보고, 부장은 빨리 피해 상황을 확인해."

최용남은 유용빈과 송석호를 향해 각각 다른 지시를 내리고 백두산함을 괴선박이 침몰된 구역으로 조함했다. 백두산함은 함교 좌우현의 탐조등을 작동시켜 전방을 비추어가며 서서히 움직였다.

"함장님, 보수본부에서 올라온 보고입니다."

송석호는 피해 상황을 보고받았다면서 안타까움과 비통함이 섞인 어조로 말을 이어나갔다.

"전사 1명, 중상 4명, 경상 5명, 전사자 김창학 일등병조장, 중상자 김종식 소위, 김춘배 이등병조, 전병익 이등병조입니다. 그중 전병익 이등병조는 위독합니다."

"위독……? 상태가 어떤데?"

"가슴에 치명상을 입었는데, 호흡이 어렵고 의식을 잃어가고 있답니다."

최용남은 힘줄이 우글쭈글한 주먹을 불끈 쥐고서 입술을 꾹 깨문 채 눈을 감고는 "다른 피해는?"이라고 물었다.

"기관실 우현 직경 10센티미터 파손, 함수창고 전소, 조타실, 통신실, 사관침실 피격으로 파손, 후갑판······."

송석호는 백두산함 전체의 포탄 피격 개소를 열거해나갔다. 보고를 다 받고 난 최용남은 기관실이 입은 피해가 항해에 지장을 줄 정도인지 물었다.

"방수작업을 잘하여 침수는 막았습니다."

송석호는 높은 속력을 내지 않는다면 괜찮다고 했다. 최용남은 고개를 끄떡거리고는 두 개의 탐조등 빛줄기가 죽 훑어가는 바다를 쳐다보았다. 출렁거리는 바닷물 위에 옷가지와 나뭇조각 등의 부유물이 떠다니고, 수면에 퍼진 기름이 간간이 탐조등 불빛에 반사되어 반득거렸다.

"01시 38분 현재, 상황종료 되었음을 보고해."

최용남은 해군본부에 괴선박 격침과 백두산함의 피해 정도를 보고하고 부상자 치료와 피격당한 기관실의 보수를 위해 귀항을 요청하라고 지시했다.

한편 김인현은 전병익을 살리기 위해 안간힘을 쓰는 중이었다. 붕대로 살점이 떨어져 나가 휑해진 가슴을 막았지만 출혈은 멈추지 않았다. 워낙 출혈이 심한 탓에 혈관은 위축되었고 정신은 들락날락 혼미했다.

"전병익! 정신 차려!"

김인현은 전병익의 뺨을 도닥거리며 소리쳤다. 전병익은 게슴츠

레한 눈으로 힘없이 손을 들어 올리며 "군의관님, 어떻게 되었습니까?"라고 물었다.

"아까 봤잖아? 침몰시켰어! 침몰시켰다고!!"

김인현은 피범벅으로 물컹한 전병익의 손을 잡고서 소리쳤다. 얼굴색이 환해지면서 "정…… 정말입니까?"라고 뱉은 전병익의 목소리는 들릴락 말락 했다.

"그래, 그래. 우리가 해냈다니까. 이제 너만 일어나면 돼, 알았어? 알았냐고?"

김인현은 전병익이 기적적으로 살아나는 요행수를 바라듯이 목에 힘을 주며 소리쳤다. 전병익은 흐릿한 소리로 "고…… 고맙습니다."라고 했다.

"그래, 알았어. 지금 배가 부산으로 들어가는 중이니까 조금만 참아. 넌 살 수 있어, 알았지?"

김인현은 애절한 목소리로 말을 시켰다.

"우리나라 대한민국 만……."

전병익은 입술을 떨며 간신히 내뱉은 말을 마치지 못하고 그만 고개를 떨어트렸다.

"야! 전병익!!"

김인현은 바스러지는 소리를 질렀다.

함교에서 조함 중인 최용남은 포항경비부로 가서 사상자를 내려놓고 묵호로 올라가라는 해군본부의 지시를 받고 귀를 의심했다.

기관실 옆구리의 피격상태가 심하다며 재고해달라고 교신을 했지만 전황이 워낙 위급하기 때문에 그럴 만한 여유가 없다는 답변만 들었다.

"묵호로 올라가서 육군8사단의 부상병과 물자를 싣고 있는 LST 문산호를 엄호하여 안전하게 포항으로 철수시키라는데…… 기관실이 피격당하여 위험한 상태인데 대체 어떻게 한단 말이야."

최용남은 이쪽도 저쪽도 다 다급하여 입장이 몹시 난처했다.

"북괴군이 생각보다 빠르게 밀고 내려오는 모양입니다."

송석호는 함교 옆을 지나치며 끼룩끼룩 울고 밤하늘로 사라지는 갈매기처럼 우울한 목소리로 말했다. 그때 윤영록이 올라와 최용남을 향해 경례를 하고는 "전병익 이등병조가 전사했습니다."라고 보고했다. 순간 최용남은 무엇에 빨려 들어가는 듯 눈동자의 초점이 점점 흐려지더니 이내 고개를 발딱 젖혀 하늘을 노려보았다. 쏠쏠 흩뿌리는 가랑비는 최용남의 얼굴을 호졸근히 젖혀가고 최용남의 가슴속 울음소리는 축축한 하늘을 찔렀다.

"함장님, 어떻게 할까요?"

송석호는 가랑비처럼 우울하게 가라앉은 목소리로 물었다. 최용남은 답답하고 산란한 정신을 가다듬으려는 듯 두 손바닥으로 얼굴을 쓸어내리고는 입을 뗐다.

"침로 350, 올 엔진 아이드 홀!"

송석호는 큰 소리로 "아이 써!"라고 복창하고는 전성관에다 입을 들이대고 조타실로 구령을 전달했다. 백두산함은 곧 속력을 높여 북으로 향했고, 밤하늘에서 추적추적 뿌려대는 가랑비는 김창학과 전병익의 눈물이 되어 백두산함 갑판을 적셔갔다.

한편 손원일은 해군본부로부터 백두산함의 승전보가 적힌 전문을 받고는 기쁨과 감격으로 가슴이 아르르 저며와 기어코 눈시울을 붉히고 말았다.

"총참모장님께서 큰일을 해내셨습니다."

박옥규는 안경을 벗고 눈가를 훔치는 손원일을 향해 그동안 힘들었던 일들을 보상이라도 해주고 싶다는 듯이 따뜻한 소리로 말했다.

"아닙니다, 우리 해군이 큰일을 해냈습니다."

손원일은 감격의 여운이 가시지 않아 목소리가 글그렁거렸다.

"그렇습니다. 아해군도 큰일을 해냈습니다."

박옥규는 사뭇 엄숙한 표정으로 대꾸하고는 종이를 내보이며 "또 다른 전문이 있습니다."라고 했다. 손원일은 손에 들고 있는 안경을 쓰고서 물끄러미 바라보며 "뭡니까?"라고 물었다.

"해군본부가 수원으로 철수한답니다."

"서울이 기어코 함락된 모양이군요."

"서울에 계시는 가족이 걱정 안 되세요?"

손원일은 박옥규의 물음에 선뜻 대답하지 못하고 입술만 문치적 댔다.

"김영철 대령이 총참모장님 댁에 사람을 보내 아이들과 사모님을 모시고 오게 했답니다. 아마 지금쯤 해군본부와 함께 수원으로 이동 중일 겁니다."

박옥규는 비로소 전문의 내용을 소상하게 알려주었다. 손원일은 나직한 음성으로 "고맙군요." 하며 지그시 눈을 감았다.

"총참모장님 말씀대로 미군이 포탄을 잔뜩 실어주었으니, 한국으로 돌아가면 포탄 걱정 없이 싸워볼랍니다."

박옥규는 전쟁터로 나서는 장수처럼 비장한 각오로 말했다. 손원일은 "그럽시다, 어서 가서 북괴군을 막읍시다."라고 대꾸하고는 출항지시를 내렸다.

곧이어 함수 흘수선 위에 '702', '703', '704'라고 적힌 PC급 군함 세 척이 마스트에 태극기를 펄럭이며 호놀룰루를 빠져나가 태평양으로 향했다. 함미 흘수선 위에 '금강산', '삼각산', '지리산'이라고 적힌 군함이 맑고 잔잔한 진주만 바다 위에 물살을 일으키며 나아갔다. 세 척의 군함 뒤로 갈매기 떼가 날개를 너울거리며 따라붙었다.

-끝-

백두산함

펴낸날	초판 1쇄 2017년 1월 24일
	초판 2쇄 2017년 4월 5일
지은이	최순조
펴낸이	정현미
책임편집	서지영
기획·마케팅 총괄	김현석
기획·편집	김태정
경영지원	정유진
펴낸곳	리오북스
출판등록	2015년 10월 6일 제2015-000190호
주소	경기 고양시 일산동구 백석동 1330, 브라운스톤 103-415호
전화	031-901-6036 팩스 031-901-9601
이메일 안내	info@riobooks.co.kr 투고 book@riobooks.co.kr
페이스북	www.facebook.com/riobooks2015
블로그	http://blog.naver.com/riobooks1001

ISBN 979-11-87509-13-4 03810

이 도서의 국립중앙도서관 출판시도서목록(CIP)은 서지정보유통지원시스템 홈페이지
(http://seoji.nl.go.kr)와 국가자료공동목록시스템(http://www.nl.go.kr/kolisnet)에서
이용하실 수 있습니다. (CIP제어번호: CIP2017001068)